この世をば　下

藤原道長と平安王朝の時代

永井路子

朝日文庫

本書は一九八六年九月、新潮文庫より刊行されたものです。
新装版にあたり副題をつけました。

この世をば　下●目次

図版作成　谷口正孝

カバー図版　岩佐派「源氏物語図屏風」全図

この世をば　下
藤原道長と平安王朝の時代

覇者の妻

すさまじい夏の日照りであった。

道長と倫子《りんし》の住む一条邸の、かなりに広い池の面に、小波《さざなみ》ひとつ立たないのは、そよとも渡る風がないからだ。人も木も大地も、すべてをじんわり包んで離そうとしない都の熱気は毎年のことだが、それにしても今年は、曇ることとさえ忘れたような連日の晴天である。そのしつこさに、さすがに呆《あき》れはてたか、池の水さえ不機嫌にくすんでいる。

が、あるじの道長夫妻は、その暑さもさほどこたえていないらしい。思いがけず転りこんできた幸運に、胸をわくわくさせているからだ。とりわけ、倫子は、

——運の強いお方なのだわ。

うっとり道長を眺めずにはいられない。

——今年のお正月、この方が政界の第一人者になるなんて考えてもみなかったわ。

そのころ夫の上座には六人の公卿《くぎよう》がひしめいていた。そのほとんどが悪疫のおかげで姿を消すなどと誰が予想できたろう。それに東三条院詮子《せんし》の強引な後押しがなかったら、

危うく甥《おい》の伊周《これちか》におくれをとるところだった。

倫子はいまさらながら義姉の詮子の実力に舌を巻くと同時に、土御門《つちみかど》の邸《やしき》を提供したことが、思いがけないほど大きく報われていることを感じざるを得ない。

——あのときは、とっさの思いつきだったけれど……。

頼りになるお方のためならと、自分たちの邸を明け渡したとき、倫子自身の胸の中にはさほど打算が働いていたわけではなかった。計算ずくでなかった提案であったことが、いまの倫子の心を明るくしている。

倫子の母、穆子《ぼくし》——夫に先立たれ一条の尼上と呼ばれている彼女はもっと無邪気である。

「こうなる方だと思っていましたよ」

歯のない口をもぐもぐさせて言う。何しろ夫の雅信《まさのぶ》の反対を押しきって、道長を婿ときめたのは彼女なのだから……。

長徳元（九九五）年六月十九日、三十歳の道長は右大臣に任じられ、同時に氏の長者となった。左大臣は空席だから、事実上のトップである。このところ、倫子の眼にも、夫はかなり貫禄がついたようにみえる。依然左大将を兼ねているから、外出の際は、ものものしい随身《ずいじん》を従えての威風堂々の行列となる。

それに応じるように、夫は歩き方から変ってきた。顎《あご》をひき、腹をつきだすように静々と進むのだ。

「殿……」

家来が何か言上しようとすると、顎にいっそう力を入れて、おもむろにふりむく。どうやら「御貫禄」の秘訣《ひけつ》はこの辺にあるらしいと、倫子は首をすくめた。

「あなた、宮中でもそんなふうにしていらっしゃいますの」

夜の床の中でたずねると、道長はけろりとして言った。

「そりゃあそうだ。ついこの間まで権大納言《ごんだいなごん》だったからな、ちっとは貫禄をつけにゃならん。なにしろ地位は下でも俺より年上の連中が揃《そろ》っているんだから」

立ち聞きする者があったら、何をくだらない、と眉をしかめそうなこの風景も、まあ大目に見てやろうではないか。道長夫妻のこの太平楽はほんのつかのまのことだったのだから。

後になって思えば――

不吉な予兆は、道長が右大臣になった直後に、すでにあらわれはじめていたのだった。祝客でごったがえす道長邸に、慌《あわただ》しく近衛《このえ》の舎人《とねり》が馬を飛ばしてやってきたのが二十一日の夜。

「火が、火が……」

息をきらせて近衛の舎人は報告した。

「右近衛府の倉から出火いたしました」

変事はただちに家司《けいし》から道長に伝えられた。

「なに？　火が……」

瞬間頬をぴりりとひきつらせた道長であったが、

「大事に到らぬよう手配せよ」

短くそれだけ言って、すぐ平静な表情に戻ったのは、祝の客の手前を憚《はばか》ってのことであったかもしれない。

が、道長のそばにいた倫子は、夫の表情の変化を見逃さなかった。と同時に、妙に胸騒ぎがした。

——夫の右大臣就任直後の出火とは……。何者かの嫌がらせではないだろうか。

ただの不始末による出火とは思えなかった。人々に気づかれないように、そっと簀子《すのこ》（縁側）に出てのび上がって見ると、思いなしか右近衛府のあたりの空が朱色を帯びていた。

——大事にならなければいいが。

いままでは単なる世の中の一事件でしかなかった火事についても、別の気遣いをしなければならないことを、倫子は、はじめて思いしらされたものだった。

もっとも火事は大事にいたらずに済んだし、倫子もこの夜の胸騒ぎを忘れるともなく忘れた。ひきもきらずに訪れる祝の客にかこまれての華やかな日々に酔っていたといえるだろう。

倫子の見るところ、夫は日ましに政界の第一人者としての風格をそなえてきているように見える。若いだけになかなか意欲的でもある。

ただの幸運児ではない、ということを見せるために、意欲的に政治に取りくむつもりだ、としばしば言いもした。綱紀の粛正、政治の建直し。そのための官庁の実態調査、員数の把握、その上での官僚に対する信賞必罰……。

「もう中には手をつけはじめていることもある」

誇らしげに、夫はそのことを語った。

しかし倫子はそのうち、彼の口数が少しずつ少なくなってきたのに気がついた。そしてある日、あっと息を呑《の》むほど嶮《けわ》しい表情をして夫は宮中から帰ってきたのである。顎をひいて静々と歩くことも、すでに彼は忘れているようだった。

「あなた、どうかなさいまして？」

ただならない夫の顔色に、思わず倫子はそうたずねずにはいられなかった。

「いや、何でもない」

口ではそう言うが、何か尋ねられることさえ煩わしい、という表情をしている。

こういうとき、彼女の手足となって働くのは、側近に仕える侍女たちである。その中の一人、赤染衛門《あかぞめえもん》は歌もうまいし、気もよく廻る。夫は大江匡衡《おおえのまさひら》という学者である。

倫子は赤染衛門をそっと呼びよせた。

「殿のお顔色がひどく冴《さ》えないのです。宮中で何か大きな事件でもあったのではないでしょうか」

「左様でございますね、私も殿さまをお迎えしたときから、そのことを御案じ申しあげておりました」

さすが才女は勘が鋭い。早速手を廻したらしく、まもなく、

「北の方さま……」

声をしのばせて、倫子の局《つぼね》に入ってきた。

「内裏では大評判になっておりますそうで」

「何が？」

「今日、殿さまが内大臣さまと大口論をなさって」

「まあ」

胸つぶれる思いの中でやはりそうだったのか、と倫子はうめいた。あの伊周が黙っているはずはなかったのだ。

「それもつかみあいにでもなるかと思われるほどの激しさで、お二人のお声は外まで洩《も》れたとか」

ふつう公卿の会議は、内裏の中の近衛の詰所《つめしょ》である「陣《じん》」で行われる。道長と伊周の口論の声が、その陣の座の外までも聞えたというからには、定めて怒鳴りあいに近いものだったのであろう。こういう事件はたちまち宮中全体にひろがる。それで赤染衛門は夫の大江匡衡あたりから聞きだしたのだろう。

倫子は頬から血の気のひく思いであった。

「まあ、どのようなことで言い争いをなすったのかしら」

「さあ、お話の中味までは……」

大江匡衡は公卿ではないから会議に連なってはいない。内容までは聞き知り得なかったのだろうが、それにしても、右大臣と内大臣が会議の席上大げんかをするとは前代未聞だ。伊周はなかなかのもの知りだし、短い期間だが、文書内覧《もんじょないらん》をつとめた経験もある。そうでなくとも知識をひけらかしたいこの若者は、道長の神経を逆なでするような批判を加えたのに違いない。

「右府はそのようなことも御存じないのか」

道長は満座の中で恥をかかされたのであろう。倫子には夫の無念さが手にとるようにわかった。夫は多分我慢できなくなって大声をはりあげたのだ。しかし、理由はさておき、一座の首班たるものが下位の者と大声をあげて口論することは大失態である。

――伊周をおさえきれなかったことで、夫は統率力不足を暴露してしまった。

伊周は頭もいいし、若いころ弁官になって実務の修業もしている。それにここ数年、道隆《みちたか》の片腕として実際に政務に関与しているから、夫が押され気味なのはわかっている。このころの政治は思いつきの独裁政治では決してない。故事先例の尊重、といえば古めかしいが、いわば六法全書や判例等に相当する律令の条文や格《きやく》、式《しき》、過去の実例等を頭に叩きこんで渡りあうのだから、無知、経験不足はたちまち軽蔑《けいべつ》されてしまう。

——それに陣の座の外まで聞えるような大声で怒鳴りあうなんて……。

噂《うわさ》はたちまち宮廷中を駆けめぐるであろう。倫子は人の嘲笑《ちようしよう》が聞えてくるような気がする。

「やはり権大納言から一気に首班になるのは無理というものよ。おさえはきかないな」

「姉君に尻を押されて、やっと摑《つか》んだ幸運だものな」

太平楽の夢は一時に吹飛んだ。

幸運というもののおそろしさが、はじめて倫子をさいなみはじめる。たしかに夫は運がよすぎた。その代り、これからはいやというほどその代償を払わされるだろう。

現代と違って、簡単に公卿の首をすげかえることのできない時代である。とすればこれから先、ずっと伊周にからまれ続けるというわけか。

——地獄だわ。幸運という名の地獄……。考えただけでもぞっとする。

——誰か夫を助けてくれる者はいないのか。

倫子が公卿の顔ぶれに関心を持ちはじめたのはそのときからだ。道長は右大臣になると同時にかなり大幅な人事異動をやっている。疫病《えやみ》で死んで空席になっている地位を急いで埋める必要もあったからだ。

大納言朝光《ともみつ》の後はその異母兄《あに》の中納言顕光《あきみつ》が、同じく済時《なりとき》の後には、道長の叔父にあたる中納言公季《きんすえ》が坐る形になったが、いずれも凡庸な人物だ。顕光にいたっては魯鈍《ろどん》に近い。十五、六も年の違う弟の朝光にずっと追いこされ放しでいたのだから。

倫子の異母兄にあたる時中《ときなか》、扶義《すけよし》といった連中も順送りに出世してはいるが、彼らが毒にも薬にもならない人間であることは彼女自身がよく知っている。

——みんな頼りにならない人ばかり。

ためいきをつきたくなってきた。

おまけに参議には、うるさ型の実資《さねすけ》が控えている。伊周の味方にはなるまいが、人一倍もの知りで文句の好きな御仁《ごじん》ときている。

しかも伊周には、強力な味方がいる。実弟の中納言隆家《たかいえ》だ。

その顔を思いうかべたとき、倫子は嫌な予感がした。

隆家、十七歳。参議の経験もない彼が、この四月、一躍権中納言にのしあがったのは、瀕死《ひんし》の床にあった父道隆と、当時文書内覧だった兄伊周の強引な人事作戦のおかげである。他の人間とのバランス上、道長は、最近彼を正中納言に転任させている。

そのものものしい肩書が滑稽《こっけい》に見えかねないほどの年頃だが、それが案外誰の眼にもおかしく映らないのは彼自身の肝魂《きもだましい》のなせるわざか。兄の伊周ほど博学ではないが、その分だけ向う気が強く、こわいもの知らずのところがある。

——伊周どのにはこの上もない頼もしい味方だろうけれど……。

強気な隆家の気性をうけて、従者に乱暴ものが多いというのが倫子には気がかりなのである。彼らは驚くほど主人の心情に敏感だ。主人たちの間に微妙な感情の対立があるとき、すぐさま乱闘事件を起したりする。

「御主人さまの代りに、奴らを撲《なぐ》りつけておいてやりました」

中には手柄顔をする者もいる。腕っぷしの強さを買われて召しかかえられているのだから、お役に立つところを見せなければと思っているのだろう。それが勢に乗じて拡大すれば、どんなことになるか、倫子は気にせざるを得ない。

「御参内の途中は十分御注意遊ばして」

が、道長はあまり気にもとめない様子である。

「なあに案ずるな。第一俺は左大将だ。れっきとした随身もついている。指一本させさせるものか」

「でも……」

そしてまもなく、倫子の予感は、気味が悪いほど的中してしまうのだ。宮中で口論のあった数日後、都大路で道長と隆家の従者が、ささいなことで口論となり大乱闘をやってのけたのである。幸い、このとき道長も隆家もその場には居あわせなかった。従者たちだけで都大路をのしあるいていたときに起きた事件だが、いったん撲りあいがはじまると、

「それっ」

待ちうけてでもいたように、お互いの邸から加勢がぐりだし、大騒動になった。

「けんかだけんかだ。みんな来い！」

「けんか？　どこだっ」

「七条大路だ、急げっ」

わめき声は倫子たちのいるところにまで響いてくる。

「まあ、何ということでしょう」

相手が隆家の従者と聞いて、倫子は色蒼《いろあお》ざめてしまう。騒ぎは益々《ますます》大きくなるばかりで、遂には検非違使庁《けびいしのちょう》の役人、つまり警官が出動して鎮定にあたる始末、わが邸にも頭をなぐられたり、鼻から血を出した怪我人がかつぎこまれたと聞いて倫子はおろおろする。

「命は？　命は大丈夫なのでしょうね」

この日の騒ぎは、検非違使別当でもある実資が日記に「合戦アリ」と書くほどであっ

た。

乱闘の折、怪我人の出たのは道長側だけではなかった。いやそれどころか隆家側には矢にあたって重傷を負ったのがいるとわかって問題はこじれはじめた。ただの取っくみあいや撲りあいではない、これは現在の発砲事件に相当する。

「急所をはずれたからいいようなものの、もう少しで生命を落すところだった」

隆家側からは猛烈な抗議がきた。しかし道長側の従者の言い分はこうである。

「手出しをしたのは向うだ。数人でいるところに多勢で襲いかかってきた。何とか騒ぎを鎮めようとしたのだが、相手はますます数が増えるばかりで……」

そこでやむを得ず威嚇《いかく》射撃をしたまでだ、というのである。お互いが正当性を主張し、報告書を提出してなおも争い続けた。

若い隆家は、負傷者を出したことが無念でならない様子である。最強を誇っていた従者群に傷をつけられては心おだやかではいられないのだ。

――それも矢を射かけてくるとは何事だ。ようし、覚えておれ。

その日から、眼付の悪いのが道長邸のまわりをうろうろしはじめた、と聞いて、倫子は胸つぶれる思いである。

「殿の御身辺をしっかり守るように」

侍女を通じて随身や従者に言いつけた。

「それはもう万全を期しております」

頼もしい答が返ってきたが、しかし虚をつかれるような形で事件は起きた。道長こそ狙われなかったが、随身の一人が、殺害されてしまったのだ。

秦久忠《はたのひさただ》というその男が、警固の役を終えて道長邸を退出した後、路上で何者かに襲われた。物蔭《ものかげ》にひそんでいた相手はよほど手だれの射手だったのだろう、矢は過《あや》またず久忠の喉笛《のどぶえ》を射とおしていた。随身に選ばれるほどだから、久忠も一応のたしなみはあったはずなのに、とっさのことで、避けきれなかったとみえる。人通りの少ない路上での夕闇《ゆうやみ》にまぎれての犯行だったので、発見されたとき、久忠は仰のけに血の海に倒れたままこときれていた。

むろん犯人はたちまち姿を消している。が、これを命じた人間は直ちに推察がついた。久忠は数日前の七条大路の大乱闘の折に、隆家の従者に矢を射かけた中の一人だったからだ。

――借りは必ず返す。いいな。

見えざる犯人はそう言っているようだ。そしてその背後にいる隆家も……。

変事を知らされた倫子は、

「まあ、久忠が……」

眼の前が真暗になり、気を失いそうになった。親しく言葉を交わしたことはないが、道長に扈従《こしよう》するその姿には見覚えがある。その久忠が、こんな形で非業の死を遂げようとは……事態はいよいよ悪化してゆく。

随身というのは、下僚とはいえ近衛府の役人である。その一人が殺害されたとあっては、棄《す》ててはおけない。しかも、直接の犯人はわからないにしても事件の輪郭は、はっきりしている。道長は隆家に犯人の引き渡しを厳命した。が、隆家は、

「私の従者が犯人だとでもおっしゃるのですか。とんでもない言いがかりだ」

と、うそぶくばかりだった。

「私は何も知らない。従者に命令した覚えもない」

十七歳の少年は、ぬけぬけとしらをきった。

――小僧め。

歯噛《はが》みする思いの道長は、ついに最後の手段に訴える。一条帝の綸旨《りんじ》という形で、犯人を引き渡さないかぎり隆家の参内を禁じる、と申し渡したのだ。

それでもしばらくは隆家は言を左右にして抵抗したが、そのうちちゃっと従者の一人を犯人として検非違使庁に出頭させた。が、彼自身はこの事件で敗北したとは決して思っていない。

「あっちは俺の従者を二人怪我させたが、俺の方は一人を殺した。さしひき、俺の勝だ」

こわいもの知らずの少年は、いよいよ意気軒昂《いきけんこう》、そう放言して憚らなかった。

「これからもこの手でゆけ、なあに道長なんかにおびえることはないぞ」

従者たちをけしかけているという噂も倫子の耳には入ってくる。じじつ、相変らず眼付の悪いのが邸の周辺をうろついているし、巷《ちまた》の噂では、隆家は荒くれ男たちをさらに集めているということだった。

そういう話が耳に入るたびに、倫子は頰をこわばらせる。このような状態では、おちおち物詣《ものもう》でにもゆけない。まして娘や息子などを連れて出るのはおそろしい。

——とんだことになってしまった。

道長は右大臣ではあるが目下最上席、「一《いち》の上《かみ》」と呼ばれる立場にある。表面は栄光にみちた勝利者だが、夫がそうなって以来、倫子の心の安まるときはなくなっている。

そのうち、さらに倫子をおびやかす噂が入ってきた。

「伊周たちの外祖父、高階成忠《たかしなのしげただ》入道が呪詛《じゆそ》しております」

というのである。

「陰陽師《おんみようじ》二人、僧侶《そうりよ》が二人、ずっと成忠入道の家に籠《こも》りきりで、昼夜をわかたず」

流行病《はやりやまい》についての医学的知識のないそのころのことだ。成忠は、関白道兼《みちかね》がころりと死んだのも自分の呪詛によるものだと信じきっている。

「それ呪《のろ》え、やれ祈れ、そひゃ、ふひゃ」

呪詛の効用を信じているという点では倫子も例外ではない。何だか背筋がぞくぞくしてきた。気がついてみると、このところ食欲がめっきり衰えている。道長も倫子の不調に気づいて心配そうに言った。

「どうした、大丈夫か」

つとめて平静を装っているものの、倫子の頬には生気がない。

「大丈夫ですわ、御心配なさらないで」

笑って夫に答えようとするが、呪われている、という不安を抑えることはできない。道長はもちろん成忠入道の呪詛のことを聞かされているのだが、あえてそのことを口に出さないのは、もし自分が言ってしまえば、まちがいなくその呪いが実現してしまいそうな気がするからだ。倫子には夫のその心づかいが痛いほどよくわかる。

「苦労をかけるなあ」

心配そうに言うとき、右大臣の肩書を取り払った、ごく普通の男の顔がそこにある。——そのごく普通の男の俺が、柄にもない地位に上ったばっかりに、そなたにも迷惑をかけてしまった。

夫の眼はそう言っている。そしてその瞳《ひとみ》の奥に、倫子は彼のたじろぎの翳《かげ》を感じるのだ。多分彼は自分の周囲がみな敵のように見えるのではないか。伊周との口論、隆家との対立。そしてそれを皮肉に眺める公卿たちの眼、そして呪詛……。そんな中で自信喪失状態になるのはあたりまえだ。

「苦労をなさっているのはあなたですわ」

思わず涙ぐんで言うと、道長は黙ってかぶりをふり、やさしく背中を撫《な》でた。

「俺はいい、それよりもっと効験のある陰陽師を呼び集めよう」

じじつ、高僧や陰陽師、修験者などにさまざまの読経、祈禱《きとう》を行わせているのだが、いっこうに効果があらわれない。そのことが、ますます成忠入道の呪詛の執拗《しつよう》さを裏づけているようにも思われる。

倫子は床につきがちになった。八歳の娘、四歳の息子がまつわりついてくるにつけても涙がこぼれる。

——この子たちの成人した姿を見られるだろうか。

のびかけた姫の黒い髪を撫でながら、ふと弱気になってしまうのだ。そう思っただけで胸苦しくなり、何も食べていないのに度々吐き気に襲われる。

「よほどしつこいお祟《たた》りでございますなあ」

修験者は首をかしげている。彼らは、よりましという相棒をつれてきて祈禱をする。祈禱が最高潮に達すると、よりましに霊がのりうつって、自分の身許《みもと》をあかし、恨みの理由を語るのだが、修験者が珠数を揉《も》みたてて祈禱しても、よりましはきょとんとして、いっこうに降霊現象が始まらないのである。

「お疲れでしょうが、もう一祈り」

侍女たちはやきもきする。修験者たちも莫大なかずけものを貰《もら》っている手前、何とかしたいと祈禱の声に力を入れるが、さっぱり効果がない。

「相手がしたたかな生《い》きすだまでございますと、こういうことが起りますので」

生きすだま——つまり生霊のことだが、その言葉を聞くなり、侍女たちは震えあがってしまった。

が、その中で一人、比較的平静さを失わない女性がいた。例の赤染衛門——。和歌をよくする知性派である。

「北の方さま」

ある夜、うとうとしている倫子の枕許に近づいてきた彼女はそっとささやいた。

「お加減はいかがでいらっしゃいますか」

「ありがとう、どうもはかばかしくなくて」

「あの……じつは……失礼ではございますが」

赤染衛門が、いっそう近くに、にじりよって、さらに声を落して言った言葉を、終生倫子は忘れないだろう。

「まちがっておりましたらお許しください。北の方さまは、おめでたではいらっしゃいませんか。お月のものは？」

「え？　え？　何ですって！」

──まあ、私としたことが……。

赤染衛門の言葉に、倫子は床に起きあがっていた。

──そうだ、たしかに、月のものはとまっている。子供を産んだことのないからだでもないのに、なんでその事に気づかなかったのか。

「そ、そうです。そのとおりですよ」

思わず声をあげてしまってから、倫子は照れくさそうに言った。

「あまり気分が悪かったので、すっかり何かの祟りだと思いこんでしまっていたのです。それに……。私って今まであまりつわりがひどいたちじゃなかったから」

赤染はゆっくりうなずく。

「人によって、それぞれでございますし、そのときによって違うようでございますから。いいえ、私はとても苦しむほうでございますの。ちょうど息子をみごもりましたときが、只今の北の方さまの御様子によく似ておりましたので、もしや、と思いまして」

「ありがとう、恩に着ます」

倫子は赤染の手を固く握っていた。

邸内の空気が一変したのはその直後である。その中で修験者は、けろりとして呪法の道具をまとめはじめている。

「まあ、大変御験力のあるお方かと思いましたら、北の方さまの御懐妊も見ぬけなかったんですか」

若い侍女があてつけがましく言っても、相手は平然たるものだ。

「いや、私も妙だとは存じました。何しろよりよりましに何も憑《つ》きませんでしたし。いや、御懐妊ではつかないのがあたりまえでございますな。はい」

けろりとしてそう言って帰ってしまった。

「何て図々しい。あれで貰うものだけはちゃんと貰ってゆくんだから」

くやしそうな若い侍女をなだめる役は倫子である。

「まあまあいいじゃないの。とにかく生きすだまがついてなかったのだから」

一変して味わったよろこびに、心が寛大になっている。

ふしぎなものだ。女の居直りというべきか。みごもった、とわかったとき、急にからだがしゃんとした。成忠入道の呪詛などには負けていられない。ともかく、いい子を産むことである。

「さあ、あなたも、しっかりしてくださいませ」

逆に夫を励ます倫子であった。

「うむ、うむ」

道長も笑みくずれてうなずいている。思いなしか、おどおどした翳が薄れたように見えたのは、倫子の気持のせいばかりではなかった。彼自身もいまやっと最初の低迷期を脱しかけているところだったのである。

政治の世界にあって、まず心しなければならないのは人間関係だ。協力者を要所要所に貼《は》りつけ、人脈を作りあげなければどうにもならない。そのことは知ってはいたが、実際にやってみると、これがなかなかむずかしい。それでも、秋の人事異動でどうやら緒《ちょ》についた。まず彼はうるさ型の参議実資を権中納言に昇進させた。上位の連中は頼りにならないし、彼には手をさしのべておく必要がある。すでに道隆一族と距離をおきはじめた蔵人頭《くろうどのとう》源俊賢《としかた》は参議に抜擢《ばってき》した。道隆の死の前後に見せた活躍に報いてやらねばなるまい。

彼はなかなか使える男だし、それに道長のもう一人の妻、明子《めいし》の異母兄だ。倫子の異母兄たちだけでなく、明子の線に連なる者も、傘下に抱えておく必要がある。

俊賢は蔵人頭を辞するにあたって、一条帝に後任者として藤原行成《ゆきなり》を推挙した。ときに行成二十四歳、左兵衛権佐《さひょうえのごんのすけ》を辞して、備後権介《びんごのごんのすけ》という閑職にいる彼の経験の浅さに、一条は首をひねったらしい。が、俊賢は、

「家柄もよろしうございますし、誠実で見どころのある男でございますから」

と行成を強く推したという。

行成は故太政大臣伊尹《これただ》（兼家の兄）の孫だから家柄は一流だ。ただ父を早く失ったために出世がおくれている。その上今度の疫病で、頼りにしていた母方の祖父、中納言　源　保《みなもとのやす》

光《みつ》をも失ってしまった。その不遇への同情もあって、道長は彼の登用に踏みきった。

蔵人頭は天皇と公卿の間を往復する連絡係だが、ときには、天皇を動かすほどの力を発揮する重要なポイントを握る役だ。なまじ小才のきく人間より、誠実で手垢《てあか》のついてない人間の方がいい。もう一人の頭にはベテランの藤原斉信《ただのぶ》を据えおきにして、バランスをとった。かくて後年名筆の名をほしいままにする誠実にして勤勉なる有能官僚、行成は、官界へのデビューのチャンスをつかむのである。

行成の蔵人頭就任については、一つのエピソードが伝えられている。あるとき行成と、藤原実方《さねかた》という男が口論したが、実方は興奮のあまり行成の冠を叩きおとし、小庭に投げすててしまった。冠を落されるというのは、当時にあっては大恥辱である。当時の公家がりっぱに見えるのは、冠や烏帽子《えぼし》のおかげであって、これを取ってしまうと、見るも哀れな貧相な人体《にんてい》に転落し、人々の嘲笑の的になる。行成は満座の中で恥をかかされたのだ。

が、彼はこのとき、一つも慌てなかった。小役人を呼びよせて冠を拾わせ、塵《ちり》を払ってかぶり直してから、

「ひどいことをするお人《ひと》だな」

静かに呟《つぶや》いた。この一部始終を一条帝が物蔭から見ていて、彼こそ、と心にとめておいた、というのである。さらに一方の実方については、このことのために、

「陸奥《みちのく》の歌枕を見てまいれ」

と陸奥守《むつのかみ》に飛ばされてしまった、という言いつたえがある。

たしかに実方の陸奥守就任と任地赴任はこの時期である。もっとも一条から手厚い餞《はなむけ》を受けての出発だから左遷であったかどうか。さらにその歓送のさまを克明に記しているのが、ほかならぬ行成そのひとの日記『権記《ごんき》』なのだからふしぎといえばふしぎである。その行間からはエピソードを思わせるようなものは、何ひとつ浮かんではこない。

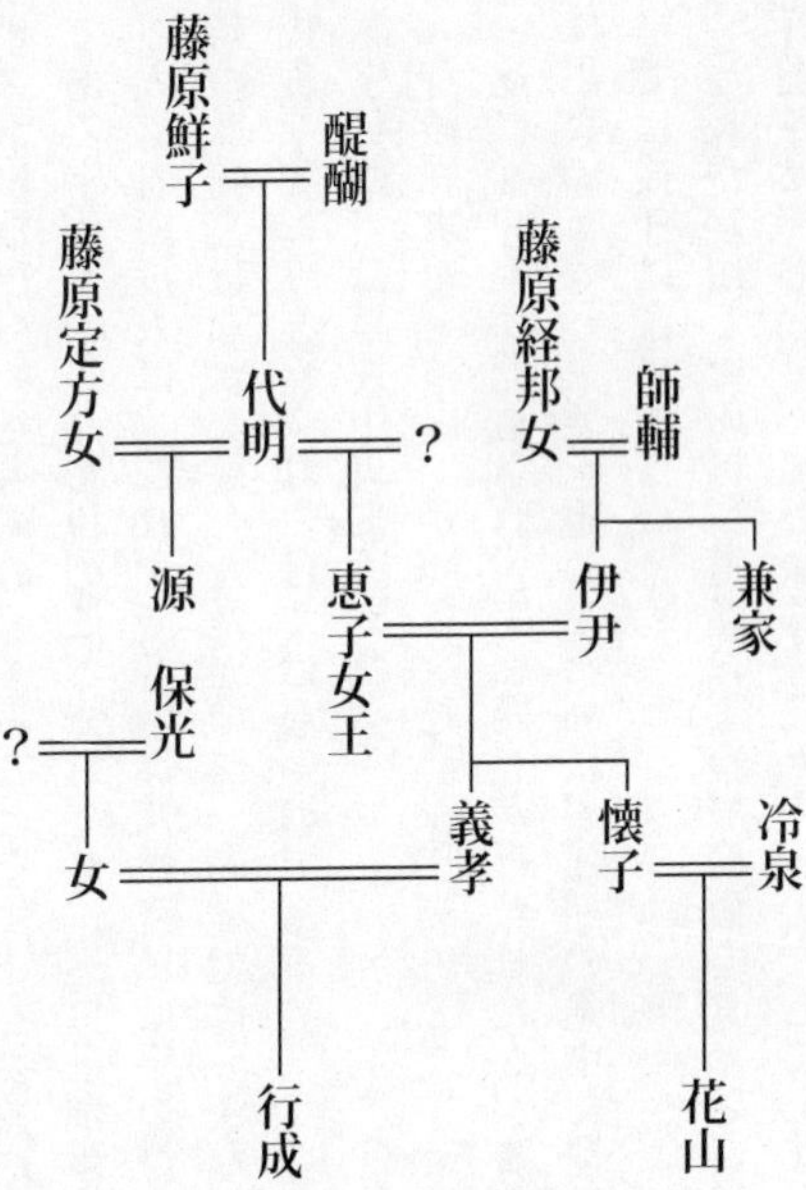

ところで、行成と並ぶもう一人の名筆、大宰大弐《だざいのだいに》藤原佐《すけ》理《まさ》は、このころ任地で事件を起していた。

性来ぐずで事務能力に欠ける佐理は、うまみの多いこのポストに飛びついたものの、することなすこと要領が悪く、まもなく、現地の有力社寺である宇佐八幡宮と租税のことで対立し、遂に乱闘事件まで起してしまった。

大宰府の役人は、これまでも宇佐八幡宮には手を焼いている。古くから大きな所領を持つ八幡宮はなかなかしたたかで、一筋縄ではいかない存在なのだ。行政手腕に欠ける佐理などにうまくやれるはずはないのである。

宇佐側では早速中央に訴えた。

「苛斂誅求《かれんちゆうきゆう》だ。残虐、かつ貪欲《どんよく》だ」

遂に推問使《すいもんし》が派遣され、実態調査が行われたが、これに対して佐理は病と称して対応に出ないという失態を重ねたために、任期の途中で罷免《ひめん》されてしまった。

では後任は誰にするか?

道長が起用したのは、道隆によって冷飯を食わされていた藤原在国《ありくに》だった。彼の位を昇進させておいて、ていよく実務から追いだしてしまった道隆の手口はすでに書いたとおりだが、道長はこの在国を官界に復帰させることにしたのである。

在国は、現在参議になっている平惟仲《これなか》と並んで、父兼家の左右の眼と称されてきた。道隆に睨《にら》まれてしばらく不遇でいた彼としては、久しぶりの返り咲きである。これは道隆の一方的人事への復讐《ふくしゆう》というよりも、失意の時代を経験している道長の、いわば思いやりであろう。もちろん在国自身も、一条帝の乳母《めのと》である妻の橘徳子《たちばなのとくし》を通じて、しぶとく官界復帰工作を続けていた。それらが実を結んだだけに、在国は手放しの喜びようで、名前も有国と変え、妻の徳子を連れて意気揚々と九州へ向った。

道長は綱紀の粛正にも意欲をみせている。全国の地方長官である国の守《かみ》に、任国の富を残らず吸いあげるような行為を禁止する通達を出したのもそのころだ。

一方有力者の家の従者や役所の下僚たちが、強引に人の家に押し入って財物をかすめとったり、はては家をこわしたりすることに対するきびしい禁令も出した。こうした連中が暴力行為に及んだ場合、以後容赦なく強盗犯に準じて逮捕する、というものである。

が、総じていえば新味ある施策ではない。平凡児らしい常識的な布石というところであろう。兄の道隆は、人の気持などおかまいなしの人事異動をやってのけたし、策士の次兄道兼が健在だったら、人をあっと言わせる奇手を、すばやく打ちだしたかもしれない。

これに比べると、道長は、ごく常識的な道を、ゆっくり、やや大まじめに歩むことからはじめた。見ばえはしない代り、それは、少なくとも批難を浴びることを避けるだけの効用はあったようだ。そして何よりも、これに好意を持ったのは、年少の天皇一条であった。

やっと成人の域に近づきつつあった一条は、政治に興味を持ちはじめている。つねに自分を子供扱いにして、陽気に冗談ばかり言っていた道隆とは違うパートナーを道長に見出したらしいのである。

もっとも、道長に対して激しい敵意を燃やしている隆家は、これらの施策に対しても露骨に反撥《はんぱつ》した。暴徒まがいの連中をきびしく取りしまるということは、とりもなおさず、腕っぷし自慢の自分の従者たちへの弾圧と見たのである。

「ふん、美名に名を借りて俺たちを押えつけようというのだな。よし！」

隆家はたちまちいきりたつ。

「かまうな、気にするな。俺がついてる」

むしろ従者たちをけしかけたりもした。こうして、その年の暮近くになると、何となく世の中が殺伐になってきた。それでも翌長徳二年、正月半ばまでは、一応平穏に過ぎた。そして十六日も……倫子の耳には異常を感じさせるような気配は何一つ響いてこなかった。

その夜、道長は倫子の許で、近づく大饗《たいきよう》の支度について語っていた。大饗というのは、大臣が正月に私邸で行う公的な招宴である。道長にとっては、大臣に就任して最初に迎えた正月の大饗だから、誇らしい思いも強い。

——俺もようやく大饗を催す身分になった。

上機嫌であれこれ話をしているところへ、急ぎ足で近づいてきた家司の足音がして、

「殿……」

妻戸を押しあけ、声を殺して道長を呼んだ。

「何か」

取次ぎに立った侍女が戻って、

「夜中ではございますが、急に申し上げたいことが起きましたそうで」

道長はうなずいて起《た》ちあがった。

「すぐ戻る」

言いおいて姿を消した後、なかなか夫の足音が聞えてくる気配がないことに、

――どうしたのかしら。

倫子は不安を覚えはじめた。大饗は十日後の二十六日、まだいろいろ打ちあわせるべきことも残っている。

道長が姿を見せたのは、一刻《とき》ほども経ってからであろうか。

「どうなさいました」

見あげる倫子に、

「いや、ちょっと……急に使を出すことができてな。その使の帰りを待っていたので」

言葉が冴えないのは、事の重大さを裏書きしているように思われた。

「まあ、どなたへのお使ですの」

「使の別当、中納言実資卿のところへ」

使の別当、つまり検非違使庁の長官への急使とあっては、緊張せざるを得ない。不安をつのらせる倫子をみつめて道長は言う。

「驚いてはいかんぞ」

夫の言葉には、ただならぬ緊張と、あるいたわりがあった。そのいたわりは、多分、倫子がみごもって過敏になっていることへの気づかいに違いない。こうしたいたわりを口にしなければならないほど事件が重大であることは、頬をひきしめ、緊張したその表情からも読みとれた。

しばしの沈黙の後、道長はやっと言った。

「人が殺された」

「まあ……」

「それも二人」

「どこで」

「鷹司《たかつかさ》のあたりで」

「えっ」

倫子は思わずのけぞりそうになった。鷹司小路といえば、この邸《やしき》からもそう遠くはない。この邸と同じような、高位の貴族の邸宅の並ぶ一角である。

――いよいよ暴力の手が身近に迫ってきたか。

ひとごとではない、という気がした。

「そ、それでどなたかのお邸で」

「故為光公の姫君の邸を出たあたりだという」

為光は道長の父、兼家の異母弟で数年前すでに死んでいる。後に美貌《びぼう》の娘が二人残っていることは聞いているが、父を失った娘たちは、どんなに恐ろしい思いをしたことか。

「じゃ、何か物盗《ものと》りのしわざでしょうか」

「いや、そうではないようだ」

「で、殺されたのは、姫君のところの下人か何か？」

「そうでもない。姫君たちの家の者ではないそうだ」

ただ殺戮《さつりく》は残虐をきわめていた。殺された二人は首がなかった。ちょっとしたゆきずりの口論からの刃傷《にんじよう》沙汰なら、一方が倒れれば、相手はいちはやく姿を消す。探索を恐れるからである。なのに、二人を殺した犯人は悠々と首を刎《は》ねて持ち帰ったという。これは犯人たちが、無言でその威力を誇示していることにほかならない。

「なんとむごいことを……」

おさまっていたつわりが戻ってきたのか、胸をつきあげるものに、慌てて倫子は口を抑えた。

「大丈夫か」

道長は急いでその背を撫でてやった。

「あまり心配するな、からだにさわるといけない」

慰めはしたものの、この時点では、道長自身、この事件が、自分の運命にどのようなかかわりを持つようになるか、はっきり予想したわけではない。せいぜい思いうかべたのは、この事件につながりのありそうな、ある人物の面影だけであった。

血なまぐさい事件にはおよそふさわしからぬ僧形。しかもこの上なくやんごとなき血筋の持主——花山《かざん》法皇。

ありうべからざることだが、道長の、そして検非違使別当実資の眼は期せずしてその人に注がれている。なぜなら、このところ、花山が為光の娘の許に入りびたっていることは、周知の事実だったからだ。

一応仏道に入った形はとっているものの、花山の遊蕩《ゆうとう》は今に始まったことではない。故道兼にだまされて皇位を降りてすでに十年経つとはいえ、二十九の若さで暇をもてあませば、結局楽しみはそれしかないのだろう。

はじめ花山は亡き摂政伊尹（道長の伯父）の娘で九の御方《おんかた》と呼ばれる姫君の許に通っていた。が、やがて、九の御方に仕える中務《なかつかさ》という女に夢中になったかと思うと、その娘にも手をつけ、親娘ともどもみごもらせてしまった。こうなると、さすがに九の御方に対して気が咎《とが》めたのだろう。花山は一つの解決策を思いつく。

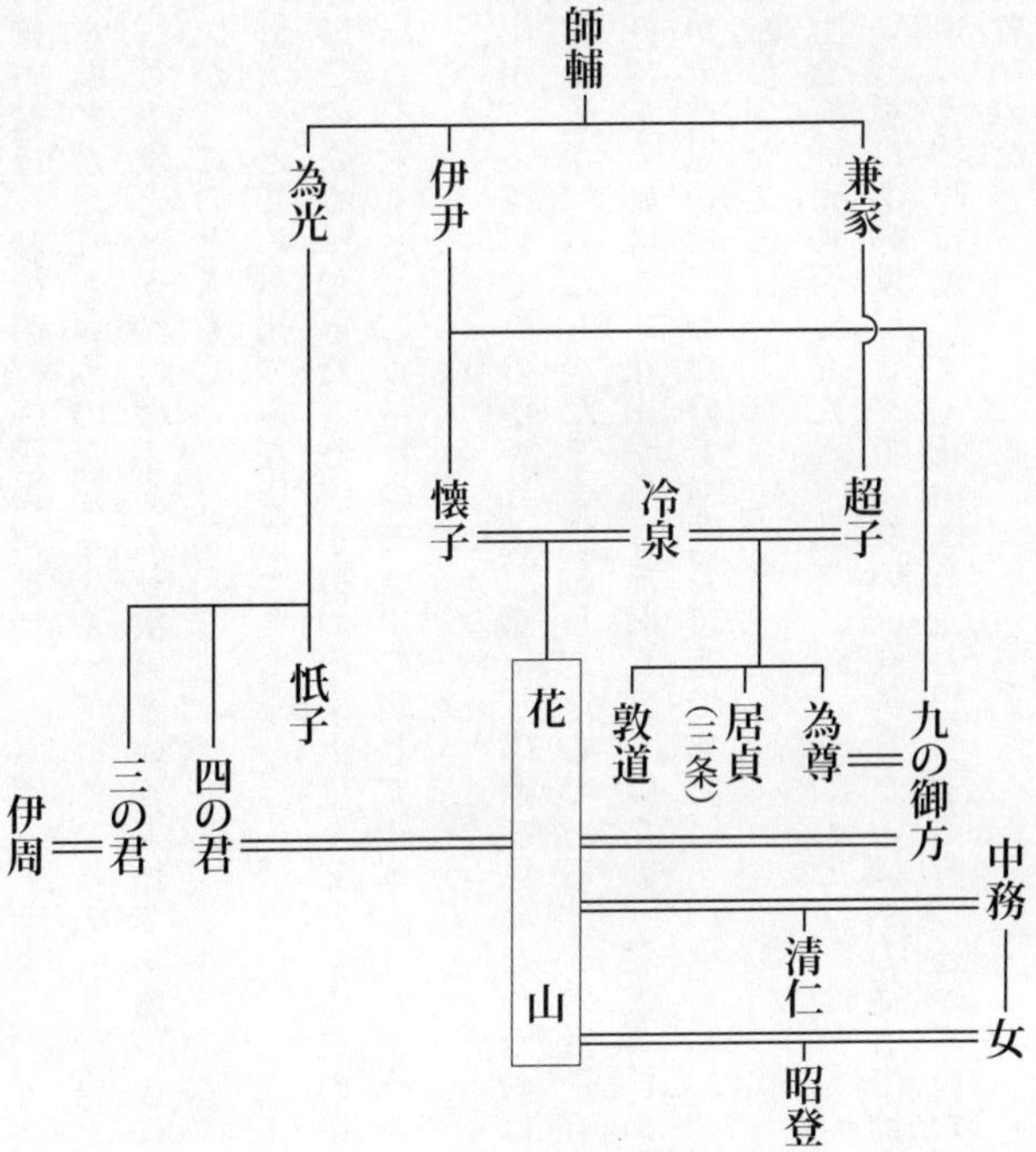

師輔
為光
伊尹
兼家
懐子
冷泉
超子
忯子
花山
敦道
居貞（三条）
為尊
九の御方
三の君
四の君
伊周
中務
清仁
女
昭登

「じゃ、九の御方には、私の弟、弾正《だんじょう》の宮を」

身代りに弟をあてがおうというのだからふるっている。この弾正の宮というのは異母弟の為尊《ためたか》だが、彼も女と名がつけば手あたり次第という人物である。後に和泉式部とも浮名を流すのだが、このときも、

「どう、九の御方のところへ来てみない？」

誘われるとこのこやってきた。狂疾を持つ冷泉《れいぜい》上皇を父とするこの系統の皇子たちは、現東宮の居貞《おきさだ》を除くと、どうも性のモラルに関して一本ぬけたようなところがあるのだ。

そもそも花山が、道兼にそそのかされて、譲位、出家を思いたったのは、そのころ溺《でき》愛《あい》していた女御《にょうご》忯子《し》が、みごもったまま急逝したためである。この忯子も為光の娘だから、その異母妹である姉妹を、花山が放っておくはずはない。殺人事件の噂が広まるにつれて、誰もがそう思いはじめたのもあたりまえである。

ところが、ふしぎなことに――。

花山はその噂を真向から否定した。

「とんでもない、私はあの邸に行っていない。殺されたのは私の従者ではない」

が、調べてゆくと、噂に違わず、花山は為光の娘のところに通っていたし、殺されたのも花山の従者だった。

なぜ、花山は事件をひたかくしにかくしているのか？　本来ならば、従者を二人までも殺害された花山自身が、いきりたって事件を訴えでるところなのに……。

しかも、検非違使庁の探索が進むにつれて、花山自身も、怪我こそはしなかったが矢を射かけられていたことが判明した。と同時に花山がしきりにこの事件を隠したがっている理由もほぼ摑めてきた。

その夜、花山は身分をさとられまいとして馬に乗っていたのだ。為光の娘とのひとときを過しいい気分で外に出たところで呼びとめられ、

「法皇のおしのびだな」

と聞かれて、

「いいや、違う」

としらを切ったらしい。

「そうか、白状しないなら」

相手が暴力を振いはじめるに及んで法皇側の従者は気色ばんだ。

「無礼な、法皇さまに向って何とする」

「なに、いま法皇じゃないと言ったではないか。それは嘘《うそ》か」

乱闘のさなか、誰が射たともしれない矢が袖に当り、花山は震えあがって逃げだす。相手が残った従者の首まで奪って立ち去ったのは、はじめから花山と知っていて、見せ

しめ、あるいは嫌がらせのために違いない。ここまでやっておけば、もう花山は二度とこの邸に現われないだろう、というわけである。

花山は不名誉きわまるこの事件を、できれば徹頭徹尾自分でないことにしてしまいたかったのだ。

「また法皇が御乱行のあげく……」

と言われたくないのである。

しかし、こういう女に関する噂は、倫子の許にも、たちまち伝えられる。周囲の侍女たちの多くは、中堅官僚の妻や娘たちだから、情報への反応はすばやいのだ。

このときも、中の一人が、したり顔にこう言った。

「法皇さまは口止めされたという噂もございます」

「口止めですって？」

倫子は眼を丸くした。

「はい、法皇さまのおしのび歩きもなかったことにするかわり、自分たちのこともばらさぬこと。もし約束を破ればどうするか、わかっているだろうな、と……」

「まあ……」

法皇に脅しをかけたとすれば、これは行きずりの夜盗のたぐいではあるまい。

そのうち事件の手がかりは、別の方面から手繰られはじめた。

当時問題の邸にいた為光の二人の娘のうち、姉の三の君は美貌の聞えの高い女性だった。亡き父に溺愛され、遺産のうち最も豪奢《ごうしゃ》な一条邸を相続しているが、このときは、妹の四の君のいる鷹司の邸に来ていたらしい。

女にかけてはうるさい花山が眼をつけたのは、当然三の君——と思われたが、すでに彼女の許には内大臣伊周が通いつめていた。とすれば、花山を警戒した伊周が、腕っぷしの強い男たちを使って脅しをかけるということは十分あり得る。もっとも、

「いや、法皇のお通いになっておられたのは、四の君の方で……」

という噂もないわけではないが、それを伊周がてっきり三の君と早呑《はやの》みこみしたとすれば、結果は同じことだ。そして、伊周以上にこの事件に乗り気になったのは、暴れん坊の弟、隆家に違いない。

以前、隆家は花山とつまらない力くらべのまねごとをやった前歴がある。腕自慢の従者をひきつれ、肩で風を切って歩いているのを、花山にからかわれたのだ。

「えらい鼻息だな。でも、よもやわが邸の門の前を、車で通りぬけることはできまい」

貴人の家の前を車で通るのは最大の非礼の一つ。いくら隆家がいい気になっても、そんなまねはできるわけがないと挑発したのだ。

ところが、こわいもの知らずの隆家は、うそぶいた。

「やれとおっしゃるならやってみましょうか」

その当日、逸物《いつもつ》の牛に車をひかせ、はでな直衣《のうし》、指貫《さしぬき》をこれみよがしに着けた隆家は、数十人の従者に、盛んに前駆《さきばらい》の声をあげさせて、一気に花山院の御所の前を駆けぬけようとした。

が、花山も負けてはおらず、隆家側を上廻る多勢の従者に御所の周りを固めさせた。手に手に石を握り、杖《つえ》を構えて、一歩も通すものかと気勢をあげる様子に、御所の近くまで押しよせた隆家も、さすがにそれを蹴《け》ちらす決心はつかなかったのだろう、遂に門の前を駆けぬけるのはあきらめて引きさがった。

後になって隆家は、

「つまらんことを言いだして大恥かいたよ」

とからからと笑いとばしたという。花山も花山、隆家も隆家、いわば冗談半分のことではあったが、しかし、隆家が仕返しの意味で、わざわざ喧嘩《けんか》を買って出ることは大いにあり得る……。検非違使庁も、本腰になって、伊周や隆家の従者たちの身辺を探索しはじめた。

ところで、事件について、意外なほどきびしい姿勢をみせたのは、若き一条帝であった。さきごろ、

「官吏の綱紀粛正。有力者の従者の暴力行為の禁止」

を打ちだした矢先だけに、それを踏みにじられた思いが強かったのだろう。

「法皇に矢を射奉るとは何事か。その上従者を二人まで殺したとあっては、放置しておくわけにはゆかない」

ただちに検非違使別当、藤原実資にきびしい探索を命じた。あるいはこのとき、一条は世間の噂《うわさ》を知らず、この事件に中宮定子《ていし》の兄弟の伊周、隆家が関係していることに気づいていなかったのではないか。そして、事態が明らかになったときは、いまさら命令を取り消したくとも取り消すことのできない立場に立たされてしまっていたのかもしれない。

検非違使庁の調べで浮かびあがってきた容疑者は、伊周、隆家の従者の源致光《まさみつ》とその一党で、事件後、彼らは菅原董宣《すがわらのしげのぶ》という伊周の家司《けいし》の家に逃げこんでいた。

家司というのは有力者の家の内政をとりしきる役だが、単なる私的な使用人ではなく、公的にはかなりの官位を持つ官人が兼務していることが多い。当時は五位以上の者の家の捜索については、その旨上奏し許可を得る必要があり、董宣の場合もまさにそうだったが、一条は実資に対し、

「一々上奏に及ばず」

という判断をしめした。

勢を得て、検非違使庁では佐《すけ》（次官）以下がただちに出動したが、董宣は留守、同時に捜索した源致光の家も、もぬけの殻。それでも双方の家で、一件に加わったと思われ

る連中を逮捕し、弓矢を押収するなど、一応の成果をあげた。

やがて逮捕された連中の口から、伊周、隆家の名が洩《も》れる。一条の意向が、蔵人頭斉信を通じて、道長以下の会議の席にもたらされたのはその数日後のことであった。

「内大臣伊周、中納言隆家の罪名について、法律の専門家である明法家《みょうぼう》たちに調べさせよ」

事態の急展開には、倫子は眼を見はらざるを得ない。夫からそれを聞かされて、

「あの内大臣と隆家どのが、罪人に？」

それなり絶句した。一条の苦渋にみちた決定がわかるような気がしたからだ。

「何もあの方々だって、本気で法皇さまを狙ったわけじゃないでしょうのに、もののはずみで……」

しかし、道長はうなずかなかった。

「もののはずみであろうとなかろうと、法皇に矢を射かけてしまった事実は動かすわけにはゆかないさ」

はっとして、倫子は夫の顔を見た。それまで見なれたのとは違った男の顔がそこにはあった。

——いつからこのひとはこういう顔になったのか、私はこの人の妻なのか。

胸をよぎったのは、そのことであった。

もし向うみずに血気にはやる弟がいなかったら伊周《これちか》は、決してこんな事件に巻きこまれることはなかったはずだ。多分彼は長く廟堂《びょうどう》にあって、博識をひけらかしてねちねちとからみ、生涯道長を悩ませたことだろう。

そしてまた法皇花山が、事件をひたかくしにせず、最初から伊周や隆家《たかいえ》を名指しで官に訴えていたら、事態は別の展開を見せていたかもしれない。一条も愛する中宮定子《ていし》の嘆きを思って、さほどはっきりした決定をしなかったろうから……。

が、事ここに及んでは、方針変更はむずかしかった。一条は伊周、隆家を有罪と認めないわけにはいかなかったのである。その決定が蔵人頭斉信《くろうどのとうただのぶ》を通じて披露されたとき、

「お……」

声ならぬ声が公卿《くぎょう》たちの間に流れたことを道長は感じている。

——そうか、やはりそう仰《おお》せられるよりほかなかったのだな。

人々は心の中で呟《つぶや》いたのだ。そして道長もまた、別の意味で、内心、

――う……。

と嘆声をあげていた。この平凡児は顎《あご》を撫でたくなるところを危うくこらえ、むしろ弁解がましく心の中でくりかえしたのだ。

――俺は何も企んだわけじゃないぞ。俺がやろうとして起ったことじゃないからな。

そのとおり、又しても彼は何もしなかった。何もしなかったが故に、幸運はしぜんと彼の許に転がりこんだのである。倫子《りんし》が彼の表情の変化に気づいたとすれば、多分そのことを見定めようとしている瞬間の彼をかいま見たということではなかったか。

しかも彼の幸運はまだ続く。

折も折、頼みとする姉の東三条院詮子《せんし》が病気になったのだ。姉の病気を幸運というのも妙な話だが、しかし結果的にみれば、やはりそれは彼に幸運をもたらしたとしかいいようがない。詮子の病気はたちまち、

――さては、何者かの呪詛《じゆそ》か？……。

という騒ぎをまきおこしたのである。そして、呪詛といえば、当然のように浮かび上がってくる一人の人物があった。

例の成忠《しげただ》入道――。中宮の外祖父、つまり中宮の母、高階貴子《たかしなのきし》の父だ。今度の道長の勝利、伊周の敗北を誰よりも無念に思っている彼は、無類の祈禱《きとう》好きときている。人々の眼はしぜん成忠に向けられた。しかも噂を裏づけるように、

「成忠入道は、何やら怪しげな祈禱をしております」

という情報が巷《ちまた》に流れはじめた。

「そひゃ、ふひゃ、祈れや祈れ」

みずからも珠数をふりたて、修験者を集めて、連日連夜祈禱に余念がないという。その噂が薄々詮子の許にも伝えられたころ、彼女の病状はいよいよ重くなっていた。さすがの女丈夫も、

——呪《のろ》われている。

と知って、おじけづいてしまったらしい。急に気が弱くなって、

「院号も拝辞したい。年官《ねんかん》、年爵《ねんしゃく》もいらない」

と言いだした。年官、年爵というのは、官吏の官職の任命や位階の昇進にあたっての一種の推薦権である。つまり詮子がある人物にある官位を推薦できる権利で、これにあずかった人物は、謝礼を詮子におさめる。いわば合法的な売官制度とでもいうべきか。経済的な利益もさることながら、年官、年爵を持つということは皇族などに許された一種の栄誉的特権なのであった。

詮子はこういう栄誉もいらない、と言いだしたのだ。結局は保留されるのだが、彼女としては思いきった隠退声明である。一条帝も母の身を気づかって、大赦令を出したりした。そしてそのさなか、詮子のいる土御門邸の寝殿の下から、怪しげな呪《まじな》いものが発

見されたのだ。

「まさしく呪詛にまちがいなし！」

事態は決定的になった。

もちろん容疑者とされた成忠は、はげしく否定した。

「とんでもない。呪詛なんかするものですか」

しかし、何のための祈禱か言いひらきができなかったことと、土御門邸から出た呪いものを動かぬ証拠として、その責任を問われることになった。

後世の我々からみれば、まことに奇妙な事件である。そんなに呪詛は効果があるのか？

しかし後世からの問いかけを耳にしたとしても、当時の人々は答えるだろう。

「まちがいない。それを証拠に、成忠入道の呪詛が解けたら、女院《にょういん》はお元気になった」

後世の我々はこう判断するよりほかはない。詮子は道長を強引に後押ししたことで、いささか気がとがめていたのだろう。そこで病気になったとき、これは呪われている、と思いこんで恐怖におそわれ、自分で病気を悪くさせてしまったのだと……。まさに「病は気から」である。

では呪いものは？　その謎《なぞ》を解くのは簡単だ。

「こんなものを見つけました」

恩賞目あてにでっちあげをする人間はざらにいるのである。

ともあれ成忠の呪詛をつきとめることによって詮子の病気は回復した。が、それ以上に、事件の恩恵に浴したのは、道長であろう。

小うるさい高階成忠を押えつけることによって、伊周、隆家に追い打ちをかけたことになるからだ。花山法皇にまつわる殺傷事件についての裁定はまだ出ていない時期だったが、伊周たちには、さらに不利な条件が重なったわけである。

中宮定子はこれより少し前、兄弟の不祥事件を憚《はばか》って内裏を退出してしまった。こうして、中関白家の一族は、道長がしかけたわけでもないのに、一条の周辺から遠ざかることを余儀なくされたのである。時流を見るのに敏感な公卿たちは、中宮の退出に際して、ほとんど供にも加わらなかった。定子の里邸は東三条邸の東側、二条北宮と呼ばれるところだが、ここには伊周や隆家がいる。なまじ顔をあわせてかかわりあいになるのを避けたかったのだろう。

——時の流れというのはおそろしいものだな。

道長は内心そう思う。中宮の内裏への出入に際しては先を争って扈従《こしょう》した公卿たちのこの変節ぶりはどうだ。潮が退《ひ》くように、彼らは、道隆一族から離れつつある。

——そしてその分、俺の方へ運が向いてきているというわけか。

多少自分の運を恃《たの》みはじめたからだろうか、このとき道長は、成忠入道の抗弁をさほど心にとめはしなかった。彼が、詮子呪詛はしていない、と言いはり、その先を問いつ

められて、答を渋ったことも、

——言いのがれができなかったのだろう。

ぐらいにしか考えなかった。

ところが、成忠の呪詛事件の後を追うようにして、またしても思いがけない密告がもたらされたのだ。

「今度は伊周が、秘法を修している」

それも、おどろな大元帥法《たいげんのほう》（帥《すい》の字は読まず、たいげんと言うのがふつうである）と聞いたとき、

「やや っ……」

何たること、と言いかけて道長は言葉を呑《の》みながら、天地がひっくりかえるような衝撃に襲われた。

なぜなら大元帥法は、秘法中の秘法、天皇以外が修することを許されない恐るべき禁忌の秘法だったからだ。いわゆる明王部に属する大元帥明王《たいげんみようおう》は四面八臂《ぴ》、歯をむきだし、憤怒《ふんぬ》の形相で、炎の中に突立っている。この像の前で行う密教の修法《ずほう》は、鎮護国家、敵国降伏を目的とするもので、従って、天皇の命によってのみ行われる秘法とされていたのだ。

——それを伊周がやるとは、どういうことだ。

最初は言いしれぬ恐怖に捉《とら》えられた。

——あいつは何をしでかすかわからぬ奴だからな。

これまで持ち続けてきた伊周に対する劣等感が、道長を動揺させる。何で彼がそういうことを始めたのか、理解ができない。それは多分彼が頭がよく、自分が平凡児だからに違いないのだ……。

が、その混乱、茫然自失がややおさまったとき、

——待てよ。

少し日ごろの常識が戻ってきた。

——天皇のみに許される秘法を内緒でやるとはどういうことか。

明らかに帝権の侵害ではないか。

——うむ、うむ、そういうことになるな。大事《おおごと》だぞ、これは。才子みずから墓穴を掘るようなものじゃないか。

いまひとつ自分に理解できない点があることに首をひねりながらも、道長は、自分にとっての利害が考えられるだけ冷静になっていた。

——悪いことじゃないな、うむ。

これが公けになれば、伊周の失脚は必至である。やっとそう思いいたったとき、

「何たること」

小さく呟いて顎を撫《な》でた。じわじわ、安堵《あんど》の思いが湧《わ》いてきたが、心の底には、

──俺が仕掛けたことじゃないぞ。

弁解めいた思いがかすかにある。向うが勝手に企んで、ひっくりかえろうとしているのだ。長い長い対立も、これでやっときまりがつくということか。

たしかに、今度も道長は自分の方から罠《わな》をかけたわけではない。才子が才に溺《おぼ》れた事のなりゆきに、公卿たちも、

──運、不運とはあるものだなあ。

という思いを強くしている。そして伊周の没落を予想しつつ、それに比べては平凡すぎるほど平凡な道長という男を改めて見直す感じなのだ。

──切れる男ではないが、伊周よりも安心してつきあえるところはあるな。

運を握りかけた人間の温かみであろうか。

伊周兄弟に有罪の決定が下されたのは四月二十四日。

内大臣伊周を左遷して大宰権帥《だざいのごんのそち》に。中納言隆家の官を削って出雲権守《いずものごんのかみ》に。左遷というより実質的には配流である。同時に伊周の伯父の高階信順《まさのぶ》と道順《みちのぶ》が伊豆と淡路の権守として流されることに決ったほか、数人が清涼殿《せいりょうでん》への出仕をとめられたり、譴責《けんせき》処分を受けたりした。

父道隆が死んで一年、あっけなくその遺児たちは政界から追放されてしまったのである。

こうした事件は、この時代に何度か起っている。菅原道真の場合がそうだし、近くは道長の妻になっている明子《めいし》の父、源高明《たかあきら》がそうだった。奈良時代の政変のように、たちまち兵乱になったり命のやりとりにならないだけ、温和になっているともいえるし、それだけ政治が技巧化しているともいえる。そのかわり花山にまつわる殺傷事件にしろ、呪詛事件にしろ、持って行き方によっては大事に到らないようなことが、偶然相乗効果をもたらすことにもなる。伊周と隆家は、つまらない火種をもてあそんでいるうち、どうにも揉《も》み消しのできないほどの結果を招いてしまったのだ。

命に別条がなかったにしろ、しかし政治的生命を奪われることが本人にとって大事件であることは今も昔も変りがない。その上この時代には再審がきかない。「有罪」と決した伊周と隆家は罪に服するよりほかはないのである。大宰府配流を実質的に決定したのは道長だが、天皇が承認すると、ただちに係の官人が伊周邸に赴いてこれを告げ、即刻出発を慫慂《しょうよう》する。

さて、こんなとき、大愁嘆場が展開するのもお定まりである。主人にとりすがって泣く妻や子供たち、表にはすでに配流の旅を警固する下僚が詰めかけている、というあたりは絵巻物にもよく描かれている。伊周たちの場合にも、御多分に洩れずだったが、それがいささか度が過ぎた。おかげで涙ながらの大悲劇は、何やら喜劇の様相をさえ呈しはじめてしまった。

その一つの原因は、彼らの母、貴子の過剰な出演である。一年前まで関白の妻として、栄華をきわめていた彼女は、突然の悲劇に気が動顛《どうてん》して、

「わが子を離すものか」

と泣きわめく。得意の時には鼻柱が強いくせに、いったん落ち目になると度胸のなさをさらけだす。

「私はこの子なしでは生きてゆけない。この子だって私なしでは生きてゆけない」

どうやら彼女は過保護ママでありすぎたようだ。その取り乱しぶりは、少し後で触れるとして、もう一人の、登場人物に注目したい。

ほかならぬ中宮定子である。

彼女はここでは母の貴子ほど醜態をさらしたわけではなく、ただ黙って静かに泣くばかりだった。その哀れさは人々の涙を誘うのに十分ではあったが、しかし、この無言の出演者の登場が事件を紛糾させたこともまたたしかなのである。

伊周に配流が言い渡されたとき、定子は同じ二条北宮の寝殿にいた。もともとこの二条邸が彼ら兄妹の本邸だったからごく当然のことではあるが、定子がいる以上、ここはすなわち、きさきの宮殿でもある。

それを憚って、伊周に罪の宣告にきた官人は正門以外の門から入り、寝殿の北を通って伊周の居処である西の対《たい》に行って勅命を伝えた。これに対して、伊周は、

「今、自分は病気だ。しかもかなり重病だから配所に行くことはできない」

と答えた。病気が口実に使われるのはいつの世にも同じことだし、もちろん官人もその答は予期していたのだろう。

「病気でも、お許しはありません。ただちに車に乗って京を出発されるようにとの勅命であります」

と重ねて申し入れを行った。

が、伊周も隆家もこれに応じる気配はなかった。何といってもここには一条の愛する中宮定子がいる。そこへ踏みこんで手荒なことはするまい、という計算があった。

伊周や隆家が配流に応じないということは、翌日の道長たちの会議にも、ただちに報告された。

「これは困ったことだな」

口ではそう言ったものの、道長は楽観している。公式に発令されてしまったものは、取り消されることはまずないからだ。案の定、一条へ伺いをたてても、

「早く出発するように」

という意向が伝えられるばかりである。

「二条大路あたりは大変な人出だそうです」

と言ったのは中納言兼検非違使《けびいし》別当である例の実資《さねすけ》であった。

「ほう、それはまた、どうして？」

一座の一人が尋ねると、

「権帥《ごんのそち》どのの大宰府下向を見ようというのでしょう」

実資はしたり顔でうなずいた。

「ほう、なかなか耳の早い連中が多いとみえますなあ」

「車に乗って並んでいる者もいるそうです。雑人《ぞうにん》どもにいたっては垣を作って、半日でも一日でも待つつもりらしい」

中には顔をしかめる者もいる。

「そんな騒ぎになる前に、帥どのも、そっとお発ちになるべきでしたな」

しかもいつのまにか、伊周と隆家は、定子のいる寝殿に移ってしまっていた。ここなら検非違使も絶対に踏みこむことはできない。彼らは絶対安全の避難所に逃げこんだわけだ。

——さあ、どうなるか？

次の幕がおたのしみ——とばかり、雑人たちは二条北宮になだれこんできた。

「どうだ、ちっとは見えるか」

「だめだ、でも何だか声が聞えるぜ、女の泣き声が……」

こういう連中が勝手に入ってくるのを許したのだから、当時の貴族の邸宅は案外無防備でのんきなものだった。二条邸の庭に押し入った雑人たちは、木の枝に登ったりして、じっとなりゆきを見守ろうという魂胆である。

「検非違使は、いつ踏んごむかな」

「いや、中宮さまがおいででは邸の中までは入れまい」

「ふうん、案外弱腰なもんだな。俺たちの前では威張りくさってるくせによ」

騒ぎが大きくなると、検非違使側もあせりはじめた。すでに配流の命令が出てから五日は過ぎている。それでも手も足も出ないとなれば、こけんにかかわる。いや、上からは連日矢の催促で、もう延引は許されないところまできている。

五月一日、彼らは遂に実力行使に踏みきった。まず、一条帝から邸宅内の捜査に対しての許可をとりつけた。それも万一の場合は建物を毀《こわ》しても差支《さしつか》えない、という思いきった処置を含んだものであった。

その一方で、彼らは中宮権大夫《ちゆうぐうのごんのだいぶ》源扶義《すけよし》の同行を求めた。中宮大夫だった道長が権力の座について、自動的にこの職を辞して以来、彼が中宮職の責任者である。

扶義は道長の妻の倫子の異母兄。育ちがよいだけにおっとりとしていて、こういう異常事態の収拾にはおよそ向いてない人物だ。しかし中宮権大夫という役目上、仕方なしに二条邸にやってきて中宮説得にあたった。

「帝からの捜査のお許しが出た以上、もうお断りはできませぬ。不測の事態にそなえて、まず寝殿からお出ましを。私が車を用意しております。一刻も早くお移りを」

不器用な、それだけに誠意のこもった要請を、中宮は拒みつづけることができなかった。たしかに、一条からの宣旨《せんじ》は、中宮の権威より重い。踏みこんでくる検非違使たちの前にわが身をさらす屈辱を避けるためには、一時扶義の車に移るよりほかはない。この数日、ほとんど寝食を忘れて兄弟をかばい続けてきた定子も、遂に力竭《つ》きた感じで二人の手を離さざるを得なかった。

人眼を避けて邸の奥に曳《ひ》きいれられた車に、すっぽりと衣《きぬ》を被《かぶ》った定子が乗り移ると同時に、

「行けっ」

号令一下、検非違使が、わっとわめいて寝殿に躍り込む。遣戸《やりど》を引き上げ、几帳《きちよう》を押しやり、褥《しとね》をはねとばす。さんざん待たされただけに、情容赦なく荒しまわって、

「おお、やるなあ、さすがに」

「いざとなったら、すごいもんだな、やっぱり」

木の上の雑人たちに嘆声をあげさせた。

それでも捜す伊周と隆家の姿はない。

「かまうな、床《ゆか》をめくれ！」

「壁もぶちこわせ」

塗籠《ぬりごめ》と呼ばれているところは厚い壁にかこまれ、絶好のかくれ場である。狙いをつけた検非違使どもが遠慮会釈なく大槌《おおづち》でその壁をたたきこわす。その土煙の中で、やがて叫び声があがった。

「やっ、おわしたぞ、ここに……」

土埃《つちぼこり》の中から、

「もうよい騒ぐな。逃げもかくれもせぬ」

姿を現わしたのは隆家であった。さすがにきかん気の暴れん坊だけあって、いざとなると度胸をすえたとみえて、十八歳の少年とも思えない、落ちついた足どりで簀子《すのこ》まで出てきた。思わず平伏する検非違使たちをじろりと見渡すと、

「車を」

前中納言の貫禄を見せて言った。

「はっ、しかし、それは……」

検非違使の一人が困ったように言う。

「すでに出雲権守となられた今は、馬にて御出発なさいますよう」

「馬か。では断る。行かぬぞ俺は」

捕われ人らしい卑屈さはどこにもない。むしろ慌てたのは検非違使の方だった。

「そ、それは困ります。ぜひとも馬にて御出発を」

「俺は病人だ。馬では行けぬ」

結局、粗末ではあったが網代車《あじろ》が用意され、隆家はともかく配所に向けて出発した。

その間にも寝殿の捜索は続いている。かんじんの伊周が見つからないからだ。もう一度丹念に床をめくり、庭の片隅の小屋まで捜索しなおしたが、遂にその姿は発見されなかった。こうなれば、すでに遁走《とんそう》したと見るよりほかはない。検非違使たちは、二条邸に来あわせていた伊周の伯父、高階信順、明順《あきのぶ》たちを邸《やしき》の一画に押しこめ、きびしく問いつめた。

「帥どのはどこに行かれた」

信順たちは知らぬ存ぜぬをくりかえす。一方、都および山城国《やましろのくに》一帯に大捜査網が張られた。当時の言い方でいえば大索《おおあなぐり》、つまり非常捜査である。

事件はいよいよ拡大した。きびしい監視のもと、軟禁状態におかれた信順らは、遂にたまらなくなって、こう証言する。

「私たちは知らない。伊周公に仕える藤原頼行《よりゆき》なら知っているかもしれないが」

それっ、とばかり頼行をつかまえて問いつめると、言を左右にしていた彼も、最後に、

「実は、殿は前夜からここにはおられません」

と白状した。

「行先は？」

「……」

「言わぬか」

「じつは……」

信順たちの兄弟の道順とともに愛宕《あたご》山に向ったという。

「そちも行ったのだろう」

「は、でも私は山の麓《ふもと》でお別れしました」

「なぜに？」

「帰れと仰せられますので。お二人はそこで馬を捨てられ、山奥に……」

証言を得た検非違使は、それっとばかりに愛宕山に出動する。もちろん頼行を連行しての捜索であるが、なるほど、彼の証言どおり、道の途中で伊周の馬の鞍《くら》が発見された。

が、このときになって、検非違使特有の勘で、あることに気づく。

——あまり話がうまくできすぎてはいないか。

愛宕のあたりを捜査する一方、上層部に伺いをたてた。

「頼行を拷問にかけて吐かせましょうか」

それもやむを得まい、という意向が戻ってきたのはいうまでもない。

こうして数日は過ぎた。検非違使たちが焦りはじめたとき、二条邸に残って信順らの監視にあたっていた一人、為信という男が、ひそかに邸内に引きいれられた網代車を発見する。

「誰だ？」

問いつめようとしたとき、車の中の人物は飛ぶように寝殿に走りこんだ。

「あっ、帥どの！」

愛宕への逃走というのは、やはり偽の証言だったのだ。検非違使の主力を都から遠く離れた愛宕山にひきつけ、その間どこかにひそんでいた伊周は、またもや定子の許《もと》にころがりこんでしまったのである。

——これは一大事！

しかし二条宮に残る警固陣は手薄である。定子と伊周をひきはなす為には、また中宮権大夫に出向いてもらわねばなるまい。ともかく為信は下僚を検非違使庁に走らせた。が、伊周側もこの動きを察したらしい。検非違使庁からの援軍が到着する前に、網代車は猛烈な早さで邸を走り出た。

「あっ、お待ちを、お待ちを」

必死になって為信はその後を追う。残念ながらこのとき為信は馬を用意していなかった。

「お待ちを、待て、待てっ」

為信を尻目に車は西に走り続ける。もう駄目か、と思ったころ、二条宮に駆けつけた検非違使庁からの援軍が、事の次第を聞いて追いついてきた。かくて四月二十四日の伊周左遷以来の大捜査劇は、やっと終りをつげるのである。

——やれやれ……。

道長は苦笑せざるを得ない。内心、

——何と往生際の悪い男たちか。

という思いがある。いや彼に限らず、公卿たちは誰でもが、伊周の未練がましい振舞に呆《あき》れはてている。

「これまでも何度か配流の憂き目を見た高官はいたが、最後まで、こんなにじたばたしたのはこれがはじめてだな」

「卑怯《ひきよう》というか、だらしないというか……」

優雅で才学にすぐれること宮中第一という評判も、いまや地に堕《お》ちてしまった。しかも検非違使たちに追いつかれたとき、さらに彼は醜態をさらけだした。車の中を改めた検非違使たちは、もう一人思いがけない人物をそこに発見したのである。

車の中にいたのは女法師——。

「や、や、や」

息を呑む検非違使に、扇で顔をかくすようにして、伊周は言った。

「母じゃ」

なるほど、髪を尼削《あまそ》ぎにしたそのひとは、まぎれもなく母の貴子であった。

「離さないで。私もいっしょに連れていって」

貴子は伊周の膝《ひざ》にとりすがったまま、泣き叫ぶ。

「とにかく、お待ちを、お待ちを」

検非違使たちは、そういうのがやっとだった。伊周は扇をかざしたまま弱々しく言う。

「御簾《みす》をおろしてくれ、ともかくも」

冷静さを取りもどした検非違使たちは、御簾ごしに伊周にたずねる。

「それにしても、どこへ行かれるおつもりだったのです」

「……」

「私どもは、上司に事の由をはっきり報告せねばなりませんので」

御簾の中から、かすかな答があった。

「逃げるつもりはなかった」

「と、仰せられますと」

「配所へ参るつもりだった」

「母君と御同道で？」

「頼む、これだけは見逃してくれ」

「しかし、これは御報告してお指図を待つ必要があります」

「頼みます……。一生のお願いです」

貴子も切れ切れにくりかえす。

「困りましたな」

検非違使たちは顔をしかめる。それにしても、報告する以上、これまでの伊周の行動を、問いたださねばならない。はじめのうち、伊周ははっきりした答を渋っていたが、それでも愛宕山に行かなかったことだけは認めた。

「では、それまでは、どちらに？」

食いさがられても、

「木幡《こわた》の藤原家歴代の墓所にいとまごいに」

とか、

「北野天神の社に」

と言を左右にしていたが、日時を問いつめられると、たちまちあやふやになり、とうとう最後に、

「西山のさる寺に」

ぽつりと言った。

「西山の寺に？　何の故に？」

「出家の志を遂げんとして」

「えっ」

扇にかくれて、よくは見定め得なかったが、伊周自身は、母ともども出家した、と言い張った。赦免を乞う最後の手段として、出家の道を選んだのであろうか。ともかくその夜は大原野《おおはらの》の石作寺《いしつくりでら》に伊周たちを入れ、身辺を監視しつつ、検非違使たちは急使を内裏に走らせた。

翌日戻ってきた使のもたらした命令はきびしいものだった。

「即刻配所へ下向せよ。母の同道を許さず」

万一の赦免に望みをかけていた伊周は、ここで母ともひき離されることになったのである。

この決定を下すにあたって、道長はもうためらわなかった。ついこの間まで颯爽《さっそう》と会議をリードしていた伊周の、うって変った未練がましい振舞に、誰もが眉をひそめているのを知っているからだ。

「苦労知らずだからな、何しろ」

「ああまで逃げまわらなくてもよさそうなものなのに」

順境に育った才子の、いったん不幸に見舞われたときの腑甲斐《ふがい》なさに同情の声はなかった。

「それに母君も母君だ。非常識すぎる」

と貴子の評判もはなはだ悪い。物語に書けば哀れを催しもしようが、現実に演じられた貴子の振舞は興ざめというよりほかはなかった。

彼らのこうした甘えは、中宮定子への頼りすぎからきている。

――中宮が帝《みかど》にとりなしてくれるのではないか……。

彼らはそれを期待して、時を稼ごうとしたのである。たしかに当時のきさきの発言力はかなりのものがあったが、それは外戚《がいせき》たる実父が生きていて、しかも夫である天皇を加えて、三者が密接な連携を保っているときに、より力を発揮するのだ。すでに父を失っている定子に頼るのが無理なのである。

逆にいえば、もし定子がいなかったら、伊周左遷劇は、これまでの騒ぎにはならなかったろうし、伊周もそれほど評判を落さなくてもすんだのである。皮肉なことだが、定子は何も悪いことはしていないのに、そこにいるというだけで、周囲をより不幸にしてしまったともいえる。

このさなか、定子はみずからの手で髪を切っている。僧侶《そうりよ》を招いての正式の出家ではないが、繊細な神経の持主である彼女にとっては、一連の事件は堪えきれないものだったに違いない。

――不幸の星を背負っているひとなのだな。

道長はそう思わざるを得ない。

――それに比べて俺の幸運はどうだ。

この事件に関するかぎり、彼自身は何も企んではいない。にもかかわらず、最大のライバルは、自分でつまずき、滅亡の坂をころがり落ちてしまったのだ。

またしても、彼は何もしなかった。

何もしなかったが故に幸運が舞いこんできたのである。そしてそのことを誰よりもよく知っていたのは、平凡児である彼自身であった。平凡児の取柄は、凡百の政治家のようにこれを自分の力だと思いあがらないところにある。中宮定子の不幸に人々の同情が集まりつつあることにも、たちまち、

――そりゃそうだろう。

平凡児らしい常識が働く。

――これ以上追いうちをかけるのはまずいな。

道長は多少軟化しはじめている。いったんは「母の同道を許さず」ときびしい姿勢をしめしたが、なおも彼女が伊周と別れかねてぐずぐずしているという情報が入っても、見ぬふりをしていた。もっとも貴子もしまいには諦《あきら》めて都に戻るのであるが、そのころは、すっかりやつれはてて、ろくにものも食べられない状態になっていた。

伊周や隆家は、なおも未練がましく、病気を理由に下向の中止を求めてきている。道長はこれに対しても、伊周は播磨《はりま》に、隆家は但馬《たじま》にとどまることを許して、寛大な姿勢をしめした。

公卿たちは、

「さすが、度量のお広いことで」

お世辞半分にこう言う。

「苦労人でいらっしゃる。故関白（道隆）とは違いますな。大人物の風格がおありで」

賛辞もちらほら耳に入ってくる。道長としても悪い気はしないが、いささかこそばゆい感じもないではない。

——寛大なのではない。兄貴より気が小さいのだ。何しろ俺は末っ子だから。

道隆兄は苦労しらずで、思ったことをずばずばやった。峻烈《しゅんれつ》な道兼兄は、策謀で人を陥れることに心の痛みを感じない性格だった。が、道長は違う。末っ子だけに、頭を押えられたり、人の意向を気にしたりしながら、ここまでやってきた。不遇の苦しみも知らないわけではない。それだけに人の気持をおしはかることだけはできるのである。

平凡児の常識、政治における平衡感覚とでもいうべきか。

しかし案外歴史の中で強みを発揮するのはこれなのだ。人々はえてして「英雄」という虚像を描いてここに夢を託しがちだが、自分の力を過信し、「俺が」「俺が」とやる気を見せる連中にはろくなのはいないし、また彼らの「意欲的事業」の多くは失敗に帰しているのである。そして平凡児がおのれの摑《つか》んだ幸運におののきつつ、ときにはその幸運に押しつぶされそうになりながら、何とか平衡感覚を失うまいと苦闘するときに、辛うじて困難を切りぬけることができるのだ。

その意味で、この事件は道長にとって、大きな政治的体験だった。やるときは、きびしい姿勢をしめすが、その代り、相手の心情への配慮を忘れない――ごくあたりまえのことをやっただけだが、それはたしかに彼に対する一つの評価をもたらした。

――なるほど、そういうものか。

改めて道長は、自分自身をみつめなおす思いでもある。

一方、悪いことは重なるもので、中宮定子のいた二条北宮が全焼した。六月八日のその夜、火事と聞いて道長以下が駆けつけたとき、すでに豪華な邸はほとんど焼け落ち、黒焦げの柱が、くすぶりながら煙をあげていた。

「中宮はどこに?」

さすがに不安になって道長はたずねた。火の廻りが早すぎる様子に、その身が気づかわれたが、幸いに定子は無事だった。近くにある伯父の高階明順の宅に難を避けているという。明順は中宮亮《ちゆうぐうのすけ》(次官)に任じられてもいたから、まずは適切な避難先であった。

二条宮の近くには冷泉院《れいぜいいん》がある。例の狂疾の冷泉上皇の御所だ。ここに近火見舞の挨

拶をしてから道長は公卿たちと明順宅へ行った。もちろん定子と対面はしなかったが、そこで聞いたのは、

「急なことで、御車にも召されず」

という話だった。

「ほ、それはそれは。ではお徒歩《かち》で？」

「いや、とりあえず、近侍の男たちがお抱え申しあげまして。それでも中途からは御車が間にあいました」

「御災難でございましたなあ。ともかく御無事で何よりでした。早速御当座の入用のお品など手配させましょう」

弱りめに祟《たた》りめともいうべき定子の不遇には、心を動かさざるを得ない。が、これも全くの偶然とはいえない、とひそかに道長は思う。世の庶民というものは、おそろしいほど時の動きには敏感である。権力の座にある間は恐れて近づかないが、ちょっとでも落ちめになったと知ると、図々しく弱みにつけこんでくる。おそらく伊周一族の凋落《ちょうらく》を見てとった野盗のたぐいがしのびこみ、財宝をかすめとったあげくに火を放《つ》けていったのに違いない。

——おそろしいものだな、時の勢というものは。

これに比べて自分の幸運を改めて感じざるを得ない。彼の妻、倫子はつい二日前、男

の子を出産した。二人めの男の子ではあるが、「一《いち》の上《かみ》」の子息誕生というので、後から後から祝の客がつめかけてくる。すでに七夜の祝の準備も進んでいるが、多分来客は長男誕生の折をしのぐだろう。

はたせるかな邸に戻ってくると、侍女たちはその支度に走り廻っている。

「お肴《さかな》は？　お器《うつわ》は？」

と、その中で、

「殿さま」

近寄ってきて、小声でそう言った侍女がいた。妻の倫子の姪《めい》で、彰子《しょうし》が生れたときから、そのそばに従っている大納《だいな》言《ごん》の君《きみ》と呼ばれる若い女性である。倫子の身内というので道長もほかの侍女よりも目をかけているし、彼女も物おじしないたちで、時には馴《な》れなれしすぎるほどの態度をしめす。

その彼女が、いつもと違った緊張した面持で道長を呼びとめたのだ。

「何だ」

さらに近づいて彼女は声を低めた。

「お聞きになりましたでしょ、中宮さまのこと」

「ああ、御無事で中宮亮の邸に移られた。いまお見舞にいってきた」

「何でも近侍の者に抱えられてお移りになったとか」

「よく知っているな、そなた」

「変にお思いになりませんでしたの、殿さまは？」

はじめ道長は大納言の君の言うことがわからなかった。が、そのあと、二言、三言、彼女が言いかけたとき……。

突然、目の前の大地が割けて、そのまま奈落の底にころがりおちようとしている自分を感じた。

「な、なんだって……」

言いかけて喉《のど》がつまり絶句した。倒れないで立っているのがやっとだった。

彼女は言ったのだ。

「中宮さまは御懐妊らしうございます」

火事騒ぎといっても、定子のいた寝殿が火元ではない。車に乗る余裕は十分あったのに、わざわざ男たちに抱えられて避難したのは、みごもったからだを気づかってのことなのだという。中途から車に乗ったというのも嘘《うそ》で、被衣《かつぎ》をかぶった定子はこわれもののように、男たちに抱かれて、そうっと明順邸に移り、車はその後から運びこまれた……。

「う、う、う……」

こらえても歯の間からうめき声が洩《も》れてしまうのを道長は制することができなかった。

——そうか、そうだったのか。

これですべての謎は解けた。

呪詛も大元帥法も……。いや成忠入道が呪詛ではないと言いはった理由も納得できた。成忠は、呪詛ではなく、中宮の安産祈願をしていたのである。が、それは秘中の秘。彼らとしては口が裂けても言えないことだった。

今は誰にも知られずに、定子が一条の子を産むことだ——と彼らは思った。既成事実を作りあげておいて反撃に出ればいい。なまじ外に知れると事は面倒だ。大元帥の秘法と言われたものも、多分定子の懐妊にかかわりのあるものだったに違いない。

そして、この重大な秘密を誰にもさとらせまいとやっきになっていた彼らが、たった一人、そのことを知らせたいと思ったのは、ほかならぬ一条帝……三月はじめ宮中を退出したときはまだ定子自身、体の異常に気づいてなかったはずだからだ。

いよいよその兆候が明確になったとき、一条と定子はすでに会える立場にはなかった。そう思うと、伊周や隆家が逃げまわって醜態をさらした謎も解けてくる。彼らは必死で一条と連絡をとろうとしたのだ。定子懐妊とわかれば、必ず一条が赦免のために動いてくれるに違いない、と思って……。

彼らは多分その試みに失敗したのだろう。が、おそかれ早かれ定子懐妊が一条の耳に達することは確実である。

――そうなったとき、そして生れるのが皇子《みこ》であったとき……。

道長は思わず息を呑《の》む。いずれは攻守所をかえて伊周一家が復活することはまちがいない。

いま彼の眼裏には、からみあった若い男女の裸体がある。

――そうだろうな、うむ。そうだろうとも。

誰にともなく、彼はうなずく。

解きはなたれた黒髪の乱れるにまかせて、放恣《ほうし》にのけぞる白い裸体、快美の世界への彷徨《ほうこう》と、淫《みだ》りがましくまつわりついてくる底なし沼に似た眠りと……その交錯の中で、女はもう死んでもいいと思ったことだろう。そして男も、自分を虜《とりこ》にしようとしている愛欲の谷間の深さに身を震わせ、おそれに似た歓喜にわれを失ったことだろう。

天皇とか中宮とかいう肩書をかなぐり棄《す》てて、はじめて辿《たど》りついたこの世界を、若い二人がむさぼり続け、飽くことを知らなかったとしても、誰が咎《とが》めることができるだろう。

この後、二人を待ちうけているのは別離しかなかったのだから……。定子は兄弟の犯した罪によって、宮廷を出ることを余儀なくさせられている。そして一条には、遂に伊周たちをかばいきれなかったという深い悔恨がある。その悔恨が、一条をさらに定子にのめりこませる。すべての栄光と虚飾が剝《は》ぎとられたとき、自分もまた一人の男として、この白いなよやかなからだのそばに、どうしてもいなくてはならないのだと気づいたのだ。

しかし、別離のときは迫っている……。

薄明の中でからみあった若い二人の姿を、いま道長は、ひどく醒《さ》めた思いで眼裏に描く。

——そうだろうとも……。

それが新しいいのちの芽を育《はぐ》むきっかけになっても、何のふしぎはないのである。それにしても運命は皮肉すぎはしないか。あれほど定子の懐妊を渇望していた道隆の在世中には、遂にその兆しもなかったのに、すべての栄光が失われ、懐妊の意味さえなくなったとき、新しいいのちが存在を主張しはじめるとは……。

正直のところ、道長にとっては厄介きわまる事態だといっていい。彼の運命は、まさに定子の胎内に育ちはじめている見えざるいのちによって左右されようとしているのだ。

「何たること、何たること」

思わず口癖が出てしまってから、道長は眼の前に立ちつづけている大納言の君に気がついた。

「その噂《うわさ》、まちがいないだろうな」

念を押すと、中宮付きの女房から出た話ですから、と確信ありげにうなずいた彼女は、もう一度道長をぎくりとさせるようなことを言ってのけた。

「困ったことですわ。姫さまのおんためにも」

慌てて女の口許をおさえたかった。

――言ってはならぬ。そのようなことを言ってはならぬ。

なぜなら……。

それこそ道長が、いままで誰にも言わずに胸に秘めてきたことなのだから……。娘はまだ九歳、結婚の何のという年頃ではない。だから道長は、妻にさえこのことは打ち明けてはいない。もし口にだしでもしたら、それこそ狂気の沙汰だと笑われるだろうから……。

しかし、白状すれば、ひそかな思いはある。

――帝の許に姫を入内《じゅだい》させる日がくればいいのだが……。

が、眼の前の女は、こともなげにそのことを口にするではないか。しかも、道長の狼《ろう》狽《ばい》を見すえるような眼付で、

「いまはまだ九つでいらっしゃいますけれど、あと二、三年で女におなりになります。私、その日をお待ちしておりましたの」

さらりと言ってのけた。

「う、む、む……」

「でも、中宮さまに皇子がお生れになったら……。困ったことですわ、ほんとに」

おそろしいほど自分の心を見すかしている女だ、と道長は思った。定子の懐妊が、自分だけでなく姫の運命をも左右することは明らかだ。

「これだけは、人間の力ではどうにもならないことですものね」

――またしても、この女は、いま自分の思っていることを言う。

「でも、北の方さまのお耳には入らないようにいたします。御出産のお後《あと》ですから……」

これも、たったいま、道長の頭に浮かんだことだった。倫子の姪らしい心づかいとはいえ、頭の回転のすばやさよ。今まで気づかなかったが、これはなまじな男よりも頼みになる人間かもしれない。

「今後とも、姫のことをよろしく頼む」

その手を握りしめたいくらいだった。

その数日後の六月十三日、次男の七夜の祝が華やかに行われた。幼名せや君と名づけられたこの男児が後の教通《のりみち》である。

道長はつとめて朗らかに客の応対をしたつもりだったが、倫子は夫の顔をよぎる微妙な翳《かげ》に気づいたらしい。

「御気分でもお悪いのですか」

声をひそめて問われて、慌てて首をふった。

「いや、何でもない」

「心からお喜びになってはいらっしゃらないような……。この子が姫だったらよろしかったのでしょうか」

「いやいや、そんなことはない」

男がいい、女がいいなどということは言えない――と思ったとたん、頭に浮かぶのは定子のことだった。

――女ならまだしも、男だったら……。しかし、これだけはどうにもならぬ。

頰がこわばり、しぜん表情は作り笑いめいてしまった。

その年の七月、道長は左大臣に昇った。人々は争って祝におしかけたが、道長の心はたのしまない。このころには、定子の懐妊は周知のこととして人の噂の種になっていたからだ。

「御出産の予定はいつ？」

「何でも十二月とか」

「もし、皇子だったら？」

人の関心はしぜんそこに注がれる。男児だったら次期東宮の有力候補である。とすれば定子は？　すでに略式ながら出家の姿になっていることが問題だが、ともあれ伊周や隆家たちが外戚として返り咲く可能性は十分だ。

「帝がどのような裁断を下されるか」

「恩赦はまちがいあるまいよ」

そのとき、左大臣道長はどうなる？

道長には、誰もが、好奇の眼で自分を見ているような気がしてならない。左大臣昇進への祝の言葉も、ひどくそらぞらしく聞えるのはそのためである。

「──何たること、何たること」

しぜんに口癖の呟《つぶや》きを洩らしてしまう。その間にも胎内の新しいいのちは一日一日成長している。生れるのは男か女か。それは神のみの知ることである。

自分の運命がどうにもならないものによって握られているこのもどかしさ。しかし考えてみれば、常に彼は自分以外のものの力によってここまでやってきたのではなかったか。

──そうだ、それに違いない。ここでその代償をいっぺんに払わされるわけか。いや、しかし、人間なんて常に何かの力で動かされているのかもしれん。そう思えば諦めもつく。

悟ったような気持になったかと思うと、たちまちそれが吹っとんでまた気を揉《も》みはじめる。人知れず脂汗を流すような日々が続いた。

一条帝はわざとその話題を避けているかにみえる。すでに定子懐妊について知っているはずなのに、そのことには一言も触れない。口数も少なく、めったに笑顔も見せない若い帝の心中を測りかねていると、ある日、清涼殿を退出したところで、

「あの……」

折入って、というように眼くばせした女官があった。一条帝の乳母、藤三位《とうのさんみ》——藤原繁子《はんし》である。道長にとっては、ややつきあいにくい人物だ。なぜなら彼女は父兼家の異母妹、つまり形の上では叔母にあたる。しかも三位という位がしめすとおり、一条側近の女官の中では最も有力な一人でもある。その上彼女は次兄道兼とひそかな関係があり、尊子《そんし》という娘をもうけている（当時叔母、甥《おい》の結婚はざらにあった）。

その繁子がいやに親しげに近づいてくるのは何のためか？　多少警戒しながら、立ちどまると、物蔭《ものかげ》に彼を招きよせた繁子は、

「お気づきでございましょ、帝の御様子」

声をひそめてそう言った。

——来たな。

思わず身構える思いだった。繁子は一条の意をうけて、話しかけて来たのに違いない。

さては定子のことか、伊周たちの赦免か。

ところが——。

彼女が口にしたのは、およそ違うことだった。

「お一人にしておいてはいけません」

だから、別の女性をこの際一条にすすめるべきだ、というのである。

――や、や、や。

虚をつかれた道長の耳に、繁子はこともなげにささやいた。

「お淋しいのですからね。こういうときは、新しいおきさきがお慰めするのが一番ですわ。どの帝にも、おきさき御懐妊の折には、別の方がお入りになるじゃありませんか」

――はあん、なるほど。

一条の身の上について、全く別の考え方をしている人間がここにいる。道長は繁子の顔をまじまじとみつめた。話をしていたのはごく短い間だったが、やがて道長は繁子の肚《はら》の中が読めてきた。彼女は謎《なぞ》をかけてきたのである。

――この際、娘の尊子を一条のそばに入れたい。これは道兼が日ごろ考えていたことでもあるのだから……。

話を聞いているうちに、道長は眼の前が開けてくるような気がした。自分の胸の中の思いにとらわれてばかりいたが、考えてみると、まだ彼の身辺にはさまざまの可能性がころがっているようだ。

繁子の言葉から思いだしたのは、右大臣藤原顕光《あきみつ》のことである。五十三歳になるこの従兄《いとこ》は、道長が左大臣に昇進した後をうけて、ついこの間右大臣になったばかりである。道隆の飲み友達で一代の風流才子だった朝光の兄ながら、似ても似つかぬ魯鈍《ろどん》な男で、公卿《くぎょう》になって三十年も経っているというのに、会議を司会させればへまばかり、言うことはとんちんかん、人々の物笑いの種になっている。

本来ならとうてい右大臣という柄ではないのだが、上層部が疫病《えやみ》で一掃されたおかげで幸運がころがりこんできた。道長も足手まといではあるが毒にはならぬ男と見てこの座を与えたのである。

が、本人は大得意だ。唇の両端をだらしなく歪《ゆが》め、鼻汁をすすりあげ、

「うえ、うえ、うえ……」

これまただらしない声で、泣くように笑い、誰彼かまわず家族の自慢話をする。その自慢の一つは、彼の妻が村上帝の第五皇女盛子《せいし》内親王であることだ。

「それゆえ姫も品よく、きりょうよしで」

道長にもこのところ、しつこくこの話をくりかえしていたのだが、その意味が、いまやっと解けた。

――あのような御仁《ごじん》でも野望は人並とみえる。

それに、考えてみれば、娘を入内させたがっている人物はまだいる。大納言藤原公季《きんすえ》、父兼家の異母弟で、好人物だが、彼も最近娘のことをしきりに口にしている。

さて、ここが思案のしどころである。

道長はいま、いろいろの場合を想定してみる。

定子が男の子を産んで、ほかにきさきがいない場合。文句なしに皇子は次期東宮だ。

が、定子が皇子を産んでも、公季や顕光の娘が入内していたら、彼らは立太子に難色をしめすだろう。

もし、後でそれぞれのきさきが皇子を産んだら、その可能性はそれぞれ三分の一になる。

とすれば、女御《にょうご》は多い方がいいわけだが、しかし……。

数年後、わが娘が成人して入内するとしたら？　娘は哀れにも最初から多数のライバルを覚悟して後宮に乗りこまねばならない。しかも皇子を産んだとしても、立太子の可能性は四分の一……。

考えているうちに、かあっと体が熱くなって、いやに汗ばんできた。

——問題は、俺と姫にとって、どちらが幸福かということだ。定子の皇子が即位し、伊周一族がときめくとなれば、姫の入内の希望は全くなくなる。

「運だなあ」

思わず呟きが口から洩れる。いくら考えても結論が出ないのは、まだ定子の胎内にある見えざるいのちを相手に相撲をとろうとしているからだ。娘の入内、懐妊にいたって

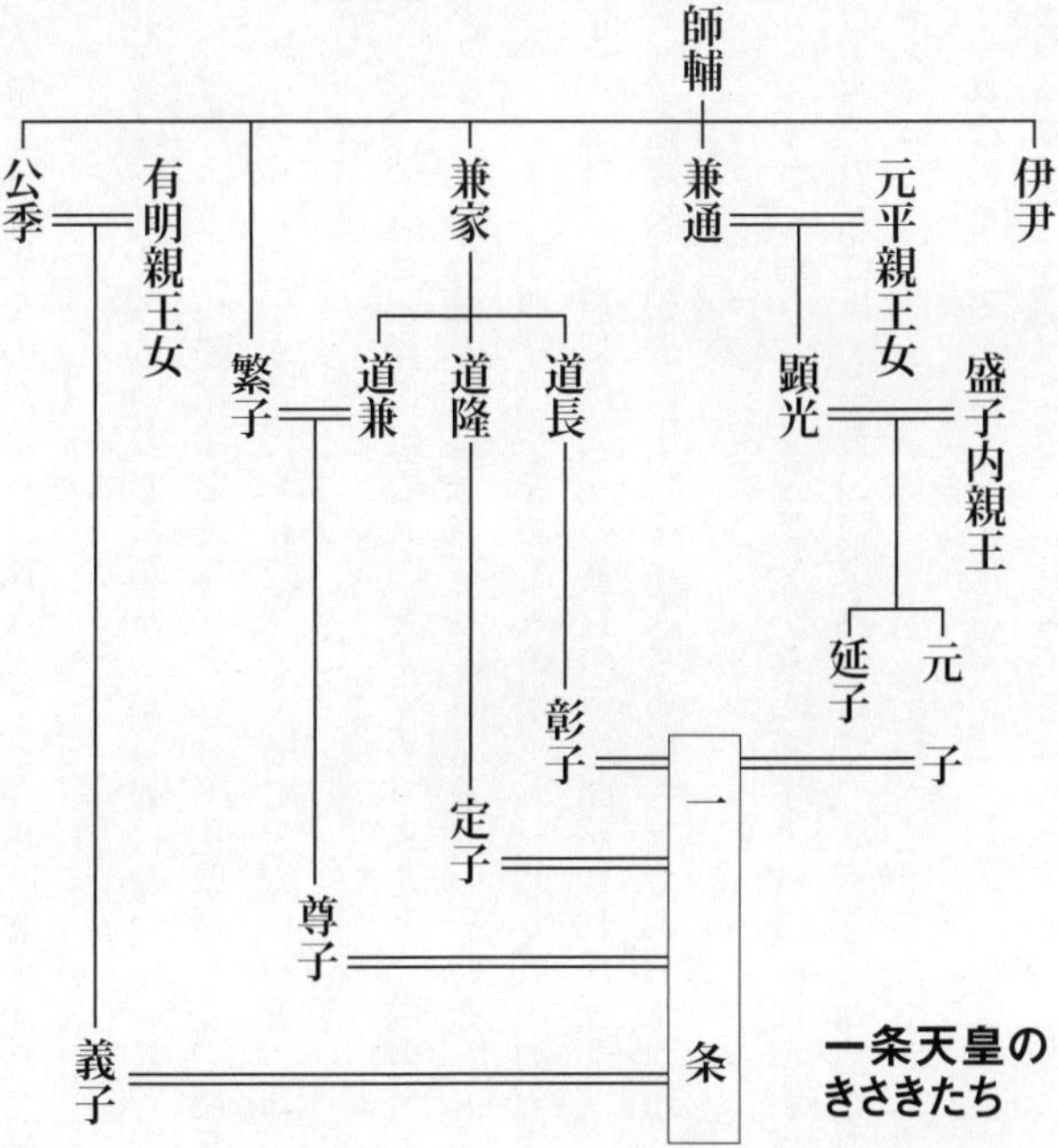

一条天皇のきさきたち

は夢の夢、ご当人はまだ九歳なのだから、他人のことなら肚をかかえて笑いたくなるところだ。

が、いま当の道長は、見えざるいのちにがんじがらめになっている。脂汗を流し、苦しんだあげく、彼はやっと一つの結論を選ぶ。それも平凡児らしく、最悪の道を避けること——つまり定子の産んだ子がただちに立太子することだけを避けることに的をしぼり、後は運にまかせることにした。

その方針に従って、公季と顕光に娘の入内をすすめてみると、両者とも飛びあがらんばかりの喜びようだった。公季の娘義子《ぎし》、顕光の娘元子《げんし》はいそいそと入内し、やがて女御の宣旨《せんじ》をうける。繁子の娘尊子はややおくれるが、おなじく入内の望みを果している。

そうなったとき、意外にも道長は人々の賞賛の声を聞かされる。

「何と心のお寛《ひろ》い。道隆公は娘御に後宮を一人じめにさせておられたが、左府はじつにものわかりがよくていらっしゃる」

これには、こそばゆさを通りこして苦笑をかみころすよりほかはなかった。もっとも娘にかしずく大納言の君だけは、道長の瞳《ひとみ》をみつめて、そっと言ったものだ。

「賭《かけ》をなさいましたね」

すぐには答えられないでいる彼に、

「ま、今のところこれ以外に道はございませんでしょう」

軽くうなずいて見せた。どうやら彼女は道長の胸の中まで見すかしているらしかった。

そして妻の倫子は？

倫子は何も言わない。何も気づかないのかどうか、全くそのことを話題にしないことに道長は少しこだわっている。

定子の出産に先立って、じつは道長のもう一人の妻、明子《めいし》も臨月を迎えていた。どういうものか、彼の二人の妻はいつも前後して子供を産むのである。

「あなたは律義な方だから」

姉の詮子にこうひやかされたことがあるくらいで、倫子が長男を産んだ後、明子が男児を、ついで倫子が女児を産むのと前後して明子が男児を、というような現象がくりかえされている。

――では、今度生れる子は？

できれば女児を、という思いが、ひそかに道長にはある。倫子も明子も男の子を産んだら、定子にも男の子が生れるような気がするからだ。つまらない縁起をかついでいることに、われながら馬鹿馬鹿しくなって、その思いを振りすてようとするのだが、気がつくと、またもそのことを考えている自分を見いだす。

いい加減うんざりしているところへ、明子が産気づいた、という知らせがあり、追いかけて彼の許《もと》にもたらされたのは、

「御安産でございました、男のお子さまで」

という知らせであった。

「そうか、それはそれは」

多分自分は妻の出産を喜んでいる夫という表情をしてはいないだろう。使のものがそれに気づいたかどうか……。

明子の許を訪れると、さほどやつれの見えない面持でにっこりほほえむと、例のあどけない声で、歌うように言った。

「女の子の方がようございましたのに」

——えっ、浮世離れした風の精までが、俺の心を見ぬいているのか。

ぎょっとしたが、これは思いすごしだった。明子はただ無邪気に、二人の男の子の次には女の子をと願っていたのだった。

「ああそうか、よしよし。そのうち女の子だって授かるだろうよ、きっと」

ほっとすると同時に、子供をあやすような口調になって道長は白い手をそっと握った。息づまるような毎日を過している自分にとって、いまは心の安まるのは、ここしかないのだ、という気がした。妖精《ようせい》めいた明子は何人の子の母になっても、この世のことには余り関心がないようだ。

——もって生れた高貴さなのか。そののどかさに、いまの俺は救われている。

が、安らぎはそう長くは続かなかった。それから間もなく、彼の許へ、

「またもや伊周が都に潜入した」

という情報がもたらされたのだ。報告してきたのは、さきに伊周逮捕に活躍した検非違使《けびいし》たち。その後も彼らには、定子のいる高階明順邸や、伊周の母、貴子の邸《やしき》などを、それとなく見張らせておいたのだ。とすれば、この情報には、かなりの信憑性《しんぴようせい》がある。法を犯しての伊周の帰京は、重病に陥った母にひと目会うためらしい。もう一度会いたい、会ってから死にたい、と貴子がうわごとのようにくりかえしているという噂は道長の耳にも入ってきている。

逮捕劇のわずらわしさをくりかえさないために、道長はまず検非違使を播磨に急派して伊周の在否を確かめる一方、定子に近侍する官人を問いつめた。

中宮大進《ちゆうぐうのだいしん》――実質的な雑事をすべて管掌する中宮職の三等官をつとめているのは平生昌《たいらのなりまさ》。この年参議から権中納言に昇進した惟仲《これなか》の弟である。きれ者として通っている兄に比べて、弟は気転のきかない実直型だ。おまけに容貌《ようぼう》がなんとなく泥くさいのは、彼らの父が地方官をしていたとき、郡司の娘に産ませた息子だからである。本来なら地方に埋もれるところを都に出てきて、兄弟ともに大学に入り、兄貴にいたっては異例の出世をとげた。生昌は兄貴ほどのやり手ではないが、その分正直なところがある。

道長に問いつめられて生昌は困ったような顔をした。

「え、そのう、私はよく存じませんので」

嘘をついていることが、はっきりその顔に書いてある。

「大進であるそなたが、中宮さまの御身辺を知らないでどうする」

語気を強めると、平伏して、

「申しわけございません。じつは、中宮さまのおそばにおいでで……」

あっさり白状してしまった。それより見逃せなかったのは、出家したと称した伊周が、まだ俗体でいる、という報告だった。

「まことか、それは」

「はい、まちがいなく」

出家していない、ということは、伊周がまだ政界復帰をあきらめていないことを意味する。

――む、む、皇子誕生に望みをかけているのだな。

それを許すほど、自分は甘くないぞ、と道長はきびしい眼付をした。生昌は自分が叱《しっ》責《せき》でもされたように、

「も、申しわけもございませぬ」

ひたすら恐縮している。

そのうち播磨へやった使も戻ってきた。はたせるかな伊周の姿は見えない、という。

もう証拠は揃《そろ》った。

道長は今度は容赦しなかった。

「即刻大宰府へ下向を」

きびしい裁断をうけて伊周は重病の母と別れて泣く泣く九州へ出発する。かつての日々と比べて気の毒に思う者もないわけではなかったが、公私を混同した行動には批難の声の方が多かった。このとき弟の隆家も、母を見舞うために入京を許されたい、という願いを出していたが、彼は軽挙をつつしんで実際には配流の地を動かなかった。

「隆家どのの方が賢明だったな」

人々はそう噂したようである。

伊周が大宰府に到着したのは十二月のはじめだが、じつはそれより前に都では高階貴子が世を去っている。関白の妻、きさきの生母として華やかな存在だっただけに、その最期のみじめさが人の目をひいた。

一方、伊周は大宰府において、一つの運命的な出会いを経験する。当時の大宰大弐《だざいのだいに》――名称は次官だが、実質的には最高責任者となっていたのは藤原有国《ありくに》。かつて父の道隆に冷遇され、長い間官界から遠ざかっていた男である。

が、有国は旧怨《きゆうえん》を忘れて伊周の身のまわりに、こまやかな心づかいをみせた。

「この地で、そなたに、こんなふうに世話になろうとは」

涙を流して伊周は彼に感謝したという。こうして伊周の大宰府での生活がはじまったころ、都では定子が産気づきはじめていた。

「いよいよ、今日の昼下り」

道長が報告をうけたのは十二月十六日。ちょうど一条の邸で九つになった姫の相手をして、絵巻物を見ていたときだった。

——そうか。うむ、む……。

つとめてさりげなくしていると、続いてせわしげな衣《きぬ》ずれの音がして、侍女が平伏した。

「御安産でございました。皇女《ひめみこ》でいらっしゃいます」

——女だったか。

一瞬、道長は、体の力がすうっとぬけてゆくような感じに襲われた。何と長い間、自分はこの小さないのちにふりまわされてきたことか。が、蓋《ふた》をあけてみれば、何のことはなかったのに……。

——やっぱり運が強いのだな、俺は。

が、胸を張ったのはしばらくの間だけだった。少し冷静になったとき、

——ああっ、ううっ。

思わず声を出してうめきたくなった。自分はとんだことをしてしまったのではないか。

義子や元子を入内させたおかげで、これからも何回となくこの苦しみをくりかえさねばならぬ。いや、それよりも、このことで、自分はこの姫の前途をも暗くしてしまったのではないか。

――考えに考えた末にやったことだが、これでよかったのかなあ……。

とも知らず、姫は俄《にわ》かに黙りこくってしまった父親を見あげて無邪気に言った。

「どうなさったの、お父さま……」

道長は無言でその髪を撫《な》でている。

乳房

奇妙な噂が入ってきた。

それを告げられたとき、道長が、

――またか。

いささかうんざりしたのは、定子《ていし》の懐妊、出産にいいかげんにふりまわされた後だったからだ。

麗景殿《れいけいでん》尚侍《のないしのかみ》と呼ばれている東宮のきさき、綏子《すいし》がみごもったらしいのだ。

いや、噂じたいはさほど驚くにはあたらない。東宮居貞《おきさだ》はじつは一条帝より四歳年上、父になってもふしぎはない。複雑な皇位継承の事情がからんで、東宮の方が天皇より年上という奇妙な現象が出現していることをのぞけば、ごくありふれたことにすぎないし、すでに居貞は別の女御、娍子《せいし》との間に皇子《みこ》をもうけている。今度みごもった綏子は故摂政兼家の娘、つまり道長の異母妹にあたる。

ただ、定子の産んだのが女児だったから、東宮居貞の子供たちは、まだ有力な次期東宮候補である。もし綏子の産む子が男児だったら、将来、皇位継承にひと悶着《もんちゃく》起きるかもしれない。

道長は夜の床の中で妻の話を聞きながら、ぼんやりそのことを考えていた。その分だけ妻への相槌《あいづち》の打ち方が、おろそかになっていたことはたしかである。

「何でも尚侍さまはね、東宮さまにはまだそのことをお話にならないんですって」

「うん、うん」

「おかしいとお思いになりません？」

「うん、うん」

「聞いていらっしゃるのですか、あなた」

「え、なんだって」

はじめて、まじまじと妻の顔を見、しばらくして、がばとはね起きた。

「何だって？　そなた、まことか、それは」

「女たちが、みなそう申しております」

一瞬、彼は気むずかしい表情になった。

「女は口が軽い。あることないこと言いふらす。もしまちがっていたらどうする」

「でも、たしかにそうだと……」

急に道長は声を低めた。

「まちがいないだろうな」

倫子《りんし》をじっとみつめて腕を組んだ。ぼんやり聞き流していたとき、たしかに倫子は言ったのだ。

「何でも、東宮さまのお子さまではないんですって」

そんなことがあるだろうか。が、倫子は確信ありげに言う。

「あの方はしばらくお里にお下りでしたからね。東宮さまとはお会いになっていらっしゃいませんわ」

「ということになると……」

これは妙なことになってきた。

飾りたてて天皇のそばに送りこまれてくる有力者の娘たち。見かけは華やかだが、いったん後楯《うしろだて》を失うと、たちまち浮きあがった存在になってしまう。新たに権力を握った者が娘を送りこんできたりすると、何となく居心地が悪くなって宮中を退出し、里で日を過すことが多くなる。

そしていったん里へ戻ってしまうと、なかなか後宮入りしにくくなる。綏子の場合はまさにそうだった。父の兼家を失ってからは、とみに影が薄くなった。そこへ東宮のたっての希望で娍子が入り、さらに道隆の娘の原子《げんし》が割りこんできた。その原子も父を失い、母の貴子《きし》の喪に服して里に下っている現在、東宮の後宮で、ひとり幸せそうなのは娍子である。なにしろ彼女は東宮にとって押しつけられたきさきではないからだ。父の済時はすでに世にいないが、そのこととかかわりなく、居貞の愛はいまも衰えていないようだ。

こうした事情を考えれば、綏子が里下りしている間に、別の男性と交渉を持ったことにも、同情の余地がないではない。

――淋しかったんだろうな、きっと。

おとなしいだけが取柄で、誰かに寄りかからなくては生きてゆけないような女だ。

――それを東宮が放っておかれるのがいけないんだ。

ふっと指先によみがえってくる感触があった。異母妹といっても、道長は綏子とはかなり親しい。綏子の母親がなかなかさばけた人で、道長が訪れるのを歓迎してくれたからだ。ふつうは兄妹でも年頃がくると引き離されてしまうのだが、綏子の母がやかましくなかったのは、彼女自身が、男の噂の絶えない女だったからかもしれない。

今考えると、少年の道長は、この母親からかなりきわどい話を聞かされたものだった。そんな雰囲気の中で育った綏子には、少女のころから、男を吸いよせるような何かがあったような気がする。

裾長《すそなが》の衣《きぬ》を何枚も重ねて着ているのに、なぜか眼の前に彼女の裸形が浮いてくるような感じで、どぎまぎしたことも何度かある。わざと無邪気を装って手をつないだり、胸にさわったりしても、抗《あらが》うことはしなかった。

次から次へとよみがえってくる記憶を、慌てて道長は打ち消した。

――かりにも異母妹《いもうと》ではないか。妄想はつつしまなければならない。

それより、この事態をどうするか。母が違うとはいえ妹である以上、放っておくわけにもゆくまい。

「それにしても相手は誰なんだ？」

たずねると、倫子は首を振った。

「困ったお方なのです、それが……」

当代きっての美男子で遊び人、源頼定《よりさだ》――。その名を倫子の口から聞かされたとたん、

――そうだ、忘れていた……。

たちまち思いうかぶ風景があった。ふと思いついて綏子の邸を訪れようとした夜、いかにも物馴れた様子で、するりと門の中へ体をすべりこませていった若公達《きんだち》……。おどおどした様子がなかったことも、頼定なら、とうなずける。なぜなら源姓を名乗っているが、彼は村上天皇の孫、血筋を辿れば、東宮居貞とは従兄弟《いとこ》なのだ。

――あれは二年くらい前のことになろうか。してみると、二人の仲はかなり前から続いていたということになるな。しかし、頼定とは……。いかにも相手が悪い。それに単なる女あしらいはうまいが、情が薄い。つまりたわむれでしかないのである。

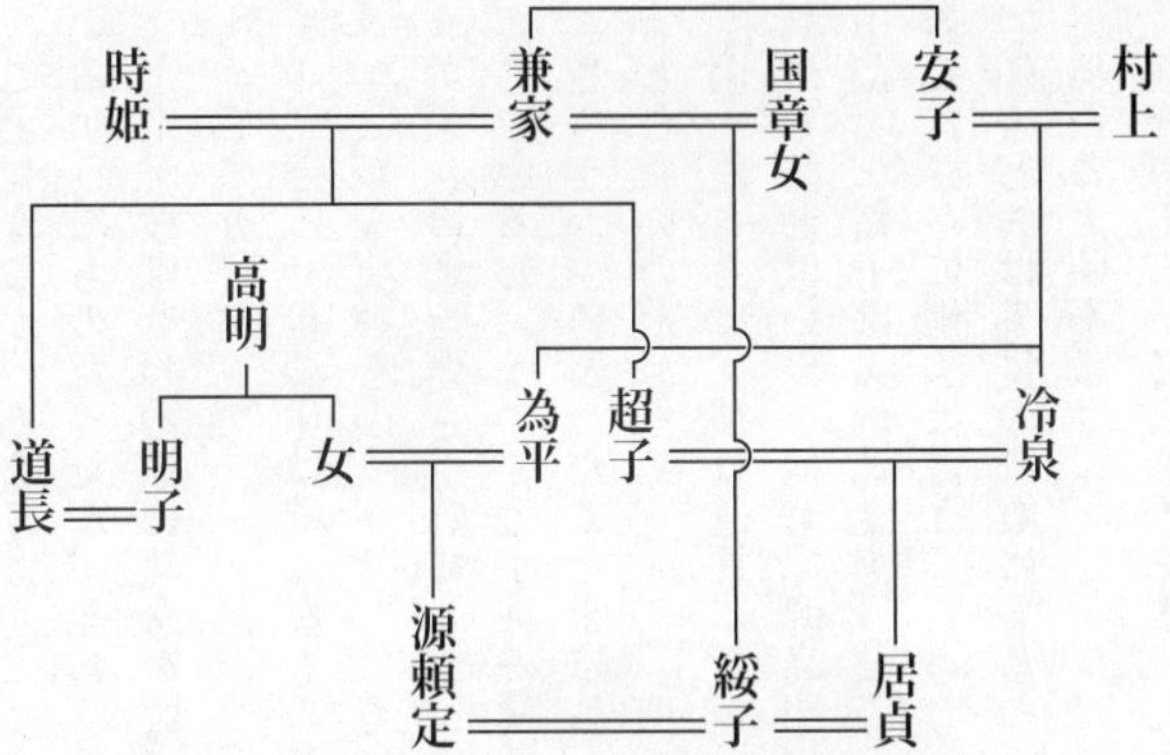

る女たらしという以上の屈折が彼の心の中にはあるらしい。

頼定の父は為平親王《ためひらしんのう》。村上帝の皇子で、血筋といい、人物の器量といい、冷泉《れいぜい》帝の後をうけて即位してしかるべき皇子だったにもかかわらず、藤原一族の巧みな謀略によって、皇位から遠ざけられてしまった。

為平が忌避されたのは、その妻が、当時の政界の有力者、源高明の娘だったからで、高明が謀略にひっかかって失脚した「安和《あんな》の変」のことはすでに触れた。頼定の母はこの高明の娘なのだ。

もしも父為平が皇位についていたら？　母は立后し、そしてもしかすると頼定も東宮の座におさまっていたかもしれないのだ。が、運命のいたずらとでもいおうか、為平は以来失意の日々を送っているし、頼定自身も従四位下、弾正大弼《だんじょうのだいひつ》——。

役目からいえば、非違を糾弾する役所の次官ということになるが、あまりぱっとしない中級官僚だ。彼の場合はとりわけ肩書だけ貰《もら》っているようなものだったが、それにしても自慢になる役目ではなかった。

ただ、彼はその不遇に怨念《おんねん》や闘志を燃やしているわけではない。皇族の気弱さ、とでもいおうか。

――どうせ世の中はそんなものさ。

ニヒルな笑いをのぞかせているにすぎない。そして彼がのめりこんでゆくのは性の享楽。栄光の道を閉ざされてしまった彼に対して、あたりも見て見ぬふりでその所行を黙認しているし、そのことが彼の倫理観念をより麻痺《まひ》させてもいる。おそらく彼は東宮のきさきをかすめとったことを恐れるどころか、その手の早さを内心誇りに思っているかもしれないのだ。

困ったことに、彼は道長にとっても無縁の人ではない。頼定の母と道長の妻の明子《めいし》は、異母姉妹とはいえ、同じく源高明の娘である。もっとも東宮居貞も道長にとっては姉の子だし、綏子は異母妹――。どこを向いても微妙な関係がある。ためいきをついている道長にさらに倫子は言う。

「頼定どのは東宮の御殿にもしのんでゆかれたとか……」

何たる大胆不敵。

里下りしているときならまだしも、東宮の身辺で密会を続けていたとは……。頼定も頼定だが、綏子も綏子だ。

と、思うそばから、手を握っても胸にさわっても拒みもしなかった幼い日の綏子のことが浮かびあがってきた。奔放な母に育てられていた彼女には、男を拒むという発想がもともとなかったのかもしれない。

——それにしても困ったことだ。

単なる火遊びならまだ始末もつけやすいが、懐妊となれば事は面倒になる。早晩東宮の耳に入ることはまちがいない。そのときはどうするか？　名案も浮かばないまま、東宮への参候を避けていると、遂に、

「折入って話があるので」

と、いう伝言があった。

——やれやれ……。

気の重いことだが、行かなくてはなるまい。よい思案も浮かばぬままに、とにかく道長は東宮の御所である昭陽舎《しょうようしゃ》に出かけた。

昭陽舎——梨壺《なしつぼ》ともいわれている殿舎で内裏の東北隅をしめている。これをかこむようにあるのが、麗景殿《れいけいでん》、宣耀殿《せんようでん》、淑景舎《しげいしゃ》、——これが東宮の後宮である。綏子はだから麗景殿の尚侍《ないしのかみ》と呼ばれ、表向きは宮中の女官である尚侍という形で入内しているのだが、女御であることに変りはない。淑景舎にいる原子《げんし》——中宮定子の妹は目下退出中で、東

宮居貞の皇子を産んでいる娍子、宣耀殿の女御のところだけが賑《にぎ》やかだ。

あらかじめ人払いをしていたらしく、そのとき、居貞の周辺は人少なだった。道長が伺候すると、わずかに残っていた東宮の蔵人《くろうど》たちもそっと席をはずした。

「よく来てくれた」

居貞は眼をあげて、ちょっとまぶしそうに道長を見た。もともと眼の性のよくないこの皇子には、そんな癖があるのだが、その日の眼差《まなざし》はそれだけではなかったようだ。

「じつは、尚侍のことだが……」

はたせるかな、声を低めてこう言った。

「体の具合がよくないので、と里下りしてから、もう八、九か月になる。早く戻るようにとうながしても、まだはかばかしくないとか、方角がよくないとか申して、なかなか戻らない」

「左様で」

道長も居貞につられて、まぶしげな眼付をした。

「ところが、このごろになって……」

居貞の声はいよいよ低くなった。

「みごもっている、という噂《うわさ》が入ってきた」

「ほう」

わざと驚いたように道長は言ってみせた。

「知らぬか、そなた」

「は、いっこうに」

「そうか、しかし、それがまこととすれば……」

居貞は、ひどくまぶしげな眼付をした。

「奇妙なことだとは思わぬか？」

もしみごもったのが真実なら、そのよろこびをいちはやく自分の許に知らせるはずだ、と居貞は言った。が、彼がそれを聞いたのは、宣耀殿の女御、娍子に仕える女房の口からだという。

「女はそのようなことには耳ざといからな」

しかもライバルともいうべき宣耀殿筋の女房からの噂では信をおきがたい。

「いや、それよりも何よりも」

言い出して口をつぐみ、道長をみつめてから居貞が意を決したように言ったのは、里下りの前、三月ほども、彼自身麗景殿へ渡っていない、ということであった。

「もし、それより前のことなら、すでに産み月は過ぎている」

それがいまごろ懐妊の噂が流れてくるとはどうしたことか。

――東宮は感づいておられるな。

道長はそう思っていたが、居貞はこのとき、

「もし、そうでもないのに、噂を立てられたということなら、尚侍がいたわしい」

むしろ綏子の身を気づかうようなふうを見せた。

「ついては、このことがあまり人の口にのぼらないうちに、まことかどうか、そなたの方から手を廻して調べて貰えぬものか」

——もう世の中ではかなりの噂になっているのを、東宮は御存じないのか。

世の常なら、不倫だ密通だ、とわめき立てるのに、思いのほかにおっとりしているのは育ちのいい皇子らしいところだが、それにしても、奇妙な違和感めいたものが胸に残った。

「むずかしいお役目でございますな」

あまり気のすすまない返事をすると、

「そこを何とか頼む。そなたにとっても異母妹《いもうと》だ。尚侍もそなたには真実を打ち明けやすいだろう」

「左様かもしれませぬ」

何とはなしにそう答えてしまった。

後になって道長は、

——あのとき何であのような返事をしたのか？

ーー俺自身が、綏子の密事《みそかごと》にそわそわしていたのか。そうかもしれぬ。東宮のきささきでありながら別の男の子をみごもった綏子がどんなふうにしているか、そしてどんなことを言うか、それに興味をそそられたのかもしれぬ……。東宮の頼みは、いい口実を与えてくれた。

ーーいや、それだけではない。

道長はしいて首を振る。

ーー東宮の様子が何となく気がかりだったのだ。考えてみれば、東宮は冷静すぎはしなかったか……。

たしかに東宮は妻を自分の鼻先で寝取られた男といううろたえもきまり悪さも全く感じられなかった。

ーーそれが本心なのか、どうなのか。

わざと冷静を装っているのなら、その体裁ぶった仮面をひきはがしてやりたい気持もどこかにはあったかもしれない。事実をつきつけたら、いったいどんな顔をするか。そのときも同じように平静でいるのかどうか……。

しかしーー。

後になって道長は思う。

——あのとき俺は無理にも理由を探していたのではないか。

そうかもしれない。何事によらず、理由などというものはどうにでもなるものだ。ちょっと探す気になれば、事の起った後から、それはのこのこと集まってくる。

まさに道長の場合がそうだった。

彼は事の終った後で、しきりに理由を求めたがった。そうでもしなければ、自分のやったことが自分自身に対しても、何とも説明しようがないからだ。


ともあれ、彼は里下りしている綏子の邸を訪れた。築地《ついじ》も庭のたたずまいも、少年のころ訪ねたときとほとんど変っていない。そのことが彼を気安くさせた。何かそのころに還《かえ》ったような気さえしていた。

「尚侍はおいでか」

ややうろたえを見せる女房を尻目に、彼は勝手知った奥の方へずんずん歩いていった。

春の終りの、というより確実に夏を思わせるむし暑い夜であった。

廊を渡りながら道長は扇を使った。それでもじっとりと肌は汗ばんできた。

「もう夏だな」

ふりむいてそう言うと、返事をするゆとりもないのか、女房は慌てて首を上げ、小走りに走って道長の先に立とうとした。

「いや、案内には及ばぬぞ、この邸のことはよく知っている」

「は、それでも……。御案内申しあげねば私の手落ちになります」

――こいつめ、俺が来たのを姫に知らせようとしているな。

道長は内心にやりとした。

――さては誰かが来ているのか。

わざと足を早める。衣裳《いしよう》を裾長に曳《ひ》いた女房が、転がりこむようにして、

「ひ、姫《ひい》さま、左大臣さまがお渡りでございます」

息せききってそういうのと、道長が局《つぼね》の中に足を踏みいれるのと同時だった。

案に相違して、局の中には綏子と、二、三人の女房しかいなかった。やや気ぬけして

道長はあたりを見廻した。

男の影はどこにも見当らなかった。ただ、着るものには乱れがあった。人の足音に急いで袿《うちき》を重ねたものとみえる。ただそれだけのことで、綏子と女房は、ひっそりと坐っていた。

「おからだの具合はどうかな」

つとめてさりげなく、道長は綏子にたずねた。

「おかげさまで。ひところは体の調子がととのいませんでしたが、どうやら元気になってまいりました」

綏子の言葉は、昔どおりにもの静かだった。

「それは何より」

眼の縁《ふち》にいささか濃い隈《くま》があるようにも見えたが、顔立にやつれはない。着るものをふんわり羽織っているので体の線もかくれている。

――ほう、さるものよ。俺の眼をごまかしぬこうというつもりか。それでは、こちらも……。

少し綏子を困らせてみようという気になった。

「では、東宮にお戻りになるのはいつ？」

「……」

「東宮はお待ちかねの御様子だったが」

ゆっくりと顔をそむけるしぐさが、どことなくけだるげだ。男をひきこむようなねっとりした物腰は、倫子にも明子にもないものだと道長は気づく。

――ふむ、なるほど。このあたりのことは、子供のころにはわからなかったな。

遊びたわむれていたころのことが思いだされるとともに、

――もう少し大人だったらよかったのだが。

ひどく損をしたような気がした。同時に、東宮がねたましくもなった。

――このいい女を放っておくなんて。女を見る目がないんじゃないか。

腹立たしくもあり、それでいて眼の前の綏子をもっといじめてやりたくもなったのだからふしぎである。

「麗景殿へのお帰りはいつにしたらよろしいか。そろそろ支度をしてはどうか」

綏子は顔をそむけて黙っている。むしろそわそわしているのは、そばの女房たちだ。

わかった、というふうに眼顔でうなずいて彼女たちを退《さが》らせると、道長は語調を改めた。

「尚侍、今宵参ったのはほかでもない。東宮の仰せを伝えるためだ」

しかし、綏子は身動きもしない。

「その仰せがどのようなものか、思いあたることが、おありではないか」

「……」

「いま、尚侍にあらぬ噂が立っている」

「……」

「すでに東宮のお耳にも入ってしまった」

「……」

「まことか、噂か、それを確かめてまいれ、というのが今宵の仰せであった」

うつむいて顔をそむけている白い横顔に、長い睫《まつげ》が翳《かげ》を作っている。ひどく頼りなげで、これ以上問いつめるのは哀れでもあったが、その底には男の手の届かないふてぶてしさがあるような気もする。

――てこずるな、これは……。

女には、その場しのぎという武器がある。長い見通しなど持ちもしないで、そのときさえ過ぎればいい、というような……。男がてこずるのは、このふてぶてしさなのだ。これだけ世間の噂になっているのだから、綏子の懐妊はまずまちがいあるまい。とすれば、道長の来訪を渡りに舟と全部を打ち明け、

「どうしたらいいでしょう。おすがりします」

その計らいにまかせてしまうのが得策というものだ。が、綏子にはいっこうにその気配がない。貝のように口を閉じ、黙りこくっていれば、嵐《あらし》は過ぎさってしまう、としか思っていないようだ。が、胎内の生命の芽はその間も成長を続けている。いざとなったら、どうするのだ。

道長はいらいらしてきた。

「尚侍」

語気がおのずと強くなっている。

「今までは尚侍の前でその噂がどんなものか、口にしないできた。あからさまに言っては尚侍が困るだろうと思ったからだ」

「……」

「が、尚侍は返事をしてくれない。となれば、やはりこれは口に出して訊《たず》ねるよりほかはないな」

　それから坐り直して、声を低くした。

「みごもっているというのはまことか」

「……」

「それも東宮のお胤《たね》ではないという」

　綏子の反応は全く変らなかった。道長は少し語調をやわらげた。助け舟を出すつもりである。

「言いにくいことでもあろうが、俺にだけは真実を打ち明けてくれ、いやしくも異母兄《あに》だ。悪いようにはせぬ」

「……」

「父上が世におられぬ今は心細くもあろう。何なりと言ってくれ。力になるぞ」

　が、拍子ぬけするほど、綏子は反応をしめさなかった。依然としてうつむき、ひと言も洩《も》らそうとしない態度は、自分の好意をうけつけたくないということか。道長はしだいに苛立《いらだ》ってきた。

「さ、返事だけはしてくれ。俺は東宮の御使としてきている。何とも申しませんでしたでは返事にならぬ。さ、みごもっているのかどうか、返事を聞こう」

「……」

「聞くまで俺は動かぬぞ。さ、どうだ」

が、綏子はかたくなに黙りこくっている。

どのくらい時が経ったろう。肌がじっとり汗ばんできた。思わず額の汗をぬぐったとき、綏子が、かすかに身じろぎした。そのひそやかな動きにつれて、肩を蔽《おお》っていた紫《し》苑《おん》いろの袿が音もなくすべり落ちそうになった。

あ！

短い声を洩らして、綏子の指が、それをおさえようとしたそのとき……。

どうしたことだろう。道長の腕は無意識に、のびていたのである！

肩からずり落ちそうになった袿をかけなおしてやるつもりだったのか？

――そうかもしれぬ。いやそうでなかったかもしれぬ。

道長はただ呆然《ぼうぜん》としている。

次の瞬間に起ったことが、夢なのか幻なのか……。

――俺はこの女の袿をひきはがしてしまったのだ……。

袿が肩から剝《は》ぎとられたとき、残ったのは薄縹《うすはなだ》いろの羅《うすもの》の単《ひとえ》ひとつ……。紅の袴《はかま》ははいているものの、上半身は裸形にひとしい。わずかにまとった羅の単が、白い裸形に妖《あや》しい陰翳《いんえい》を作って、むしろ裸形そのものよりもなまめかしかった。

道長は妖しげなそのヴェールをも剝ぎとろうとした。綏子が抗《あらが》わなかったのも幼い日のころと同じだった……。

手が乳房に触れた。盛り上がって青筋立ち、乳首はくろずんでいる。

その乳房を——。彼は愛撫《あいぶ》しようとしたのだろうか。

——そうかもしれぬ。そうでなかったかもしれぬ。

自分でもわからない。責めさいなみたいような思いだったのだろうか。思わず力がこもったとき、指の間から、さっ、と白い液体が飛んだ。

慌てて手を離した。

——乳だ。

呆然として、彼は後退《あとしざ》りする。

——こういうことがあるのか。

袴の下に覆われた体の線は、まごうかたなく妊娠の事実をしめしている。しかし、出産前に乳房から乳がほとばしり出るということがあるだろうか。それとも、自分は何もせず、すべて幻だったのか……。

綏子が静かに倒れ伏し、すすり泣きをはじめたのはそのときだった。薄縹の羅は、半ば裸の肩を蔽い、かすかに翳をゆらめかせている。

が、それさえも絵のように美しい。不倫の恋の実体を知られてしまったというせっぱつまったものはどこにもない。

そして道長の胸の底にも、奇妙に満ちたりた思いがある。

——もしかすると俺は、前からこういう日がくることを待っていたのではないか。

幼い日、たわむれに手を握ったり、衵《あこめ》の上から、そっと胸に手をあてたりしていたとき以来、育《はぐく》みつづけてきた願望を、やっと果したような……。

が、陶然たる時間が過ぎたとき、平凡児道長はにわかにそわそわしはじめる。

「口実」が息せききって彼のまわりに集まりはじめたのはこのときだ。

——いや、ただ袿をかけてやるつもりだったのだが。

——何しろ、東宮さまのお使だからな。姫が答えない以上、みごもっているかどうか、たしかめる必要があったわけだ。

そしてとうとう最後に、彼は絶好の言い訳に辿《たど》りつくのである。

——何しろ暑かった。春とはいっても、夏のような夜だったからな。

その通り。まさに正しく、これ以上あっけらかんとした口実はなかったであろう。

夏のように暑かったから、綏子は羅の単ひとつでいたのである。道長の来訪にあわてて袿を羽織ったのであって、それがすべり落ちてもふしぎはない……。

つけ加えておくと、このころの夏の女装束は、袴をつけ、上から単や袿を重ねて羽織るだけだった。だからこそ、真夏でも何枚も重ね着が可能だったわけで、家にいるときは透ける単を一枚羽織っただけというのがふつうである。小袖を着てその上から袴をつけるようになるのは十二世紀の中ごろかららしい。してみれば綏子もとりわけしどけない恰好《かっこう》をしていたわけでもない。

綏子の家を出たとき、かなり夜はふけていた。

——倫子の許《もと》へ行くか、明子の邸《やしき》に泊まるか。

馬上でとつおいつ考えたが結局明子の邸に泊まってしまった。気の廻る倫子に今夜のことを嗅《か》ぎつけられるのはわずらわしい。口に出して話せることではないからである。そこへゆくと明子はおっとりしているし、外の事には興味を持たないので助かる。

——それにつけこむわけではないが……。

このところ政治向きのことで神経が疲れたときなど、きまって明子の顔が見たくなるのである。無邪気な童女のようで自分が面倒を見てやらなければ何もできないと思っていたこの女を、いつか道長は頼りにしはじめている。このことは彼自身もまだ気づいていないことだったが……。

その夜、道長は、明子にたずねかけてやめてしまった。

みごもった女は、出産の前でも乳が出るものかどうか。

が、玲瓏《れいろう》たる明子の前では、どうも口に出してはたずねにくい。しかも明子はそんな道長のためらいにもいっこうに気がつかない様子である。

——ああ、何たること、何たること……。

ひそかに例の呟《つぶや》きを口の中でくりかえすうちに、いつか空は白みはじめていた。さて、翌日、ともあれ東宮にはこのことを報告しなければならない。昭陽舎に伺候すると、心得顔に蔵人たちは東宮のそばを退いた。

「どうだったか」

東宮居貞の声音は平静である。まるで事務的な報告を聞くような顔をしている。そのことが道長の心を妙につき動かした。

「みごもっていることにまちがいないようでございます」

しぜん事務的な返事になった。

「そうか、尚侍がそう申したか」

「いえ申したわけではございませんが」

「では、なぜ、わかった？」

その後のことを道長は口にすべきだったろうか？

事のなりゆき。

男どうしの微妙な意地。

理由は何とでもつく。が、とにかく、道長は事の次第をそこでぶちまけてしまったのだ。綏子の乳房をたしかめてしまったこと、その乳房から乳がほとばしり出たこと……。

思いのほかに東宮居貞の表情は変らなかったが、しかし、

──何もそこまでしなくても。

という気配はありありと窺《うかが》えた。

──そうだな。何もそこまで言わなくてもよかったわけだが。

と、道長が思ったとき、居貞はうなずいた。

「そうか、気の毒なことをした」

「は？」

「尚侍には気の毒なことをした」

道長が口をはさむ暇を与えず、さらりと言った。

「いや、もとはといえば自分が悪いのかもしれぬ。かえりみてやらなかったのだから」

しかし、あまり悔いている口調ではなかった。それから、こんなことを居貞は語った。

ある夏の日、暑さしのぎにと運びこまれた氷の塊を、ふと綏子に握らせて、彼は言ったのだという。

「さあ、これを持って。私のことを思ってくれているのなら、いいと言うまで手離してはいけませんよ」

そのうち訪ねる公卿《くぎょう》などがあって、居貞はつい綏子のことを忘れていた。はっと気が

ついてみると、その指は紫色に変っているにもかかわらず、まだ黙って氷を握りつづけていた……。

「いやと言えないひとだからなあ」

綏子の性格に同情する口ぶりだったにもかかわらず、道長はその口調にこだわった。

――いやといえないのをいいことに、そなたは勝手なことをした。

と言うつもりか。いやそれ以上に、気になったのは居貞の明るい話ぶりである。もしかすると彼は綏子を厄介払いしたとでも思っているのではないか。これで綏子は二度と後宮には帰れないだろう。道隆の娘の原子も影が薄くなった今は、残るのは愛する娍子とその息子たち……。居貞が遂に綏子の密通の相手を尋ねなかったことにも道長はこだわった。

こういう事件はたちまち宮廷中にひろがる。そして居貞にむしろ同情が集まり、道長の所行を思いあがりと評する人の方が多かったが、道長はあえて弁明はしなかった。

内憂外患

——このごろの左府の態度はどうも気にくわぬ。

そう思っているのは、一言居士の中納言藤原実資《さねすけ》である。何しろ彼は道長より九つも年上、宮廷経験では一日の長がある。それに、

——俺は小野宮《おののみや》流のれっきとした後継ぎだが、道長ときたら九条流の末っ子じゃないか。

という意識がある。もっとも参議になったのは年下の道長の方が早いのだが、そんなものは時の運だと思っている。それは傾きかけた名家の子弟が新興階級を見やる瞳《ひとみ》、そして入社歴が古くても追いぬかれてしまった先輩社員が、出世街道をゆく後輩に投げる眼差にどこか似ていたかもしれない。

——彼の出世は偶然の恩恵にすぎない。

実資は固く信じている。道隆が死に、道兼が死ぬという事態が起らなかったら、決して転がりこむはずのない左大臣であり、文書内覧《もんじよないらん》であった。

たしかにそうかもしれない。が、この偶然の幸運を背負いこんだ平凡児が、腋《わき》の下に冷汗をかきながら、何とか無難にその任を務めようと心を砕いていることを、実資は認めようとしない。彼の眼には、日一日と道長が左大臣面《づら》をしはじめたように見えてしかたがない。しぜん意地悪い眼付であら探しもしたくなるし、へまをやらかすのを待ちうけるということになる。

しかもおあつらえ向きの事件が起りかけていた。伊周《これちか》配流が落着した翌年のことである。道長が最も頼りにしている東三条院詮子《せんし》が病気になったのだ。まだ三十六歳の女盛りだというのに、夜も眠れず、食も細りがちで、不調を訴える日が続いているという。

「見たところはお顔の色もよろしいのだそうですがね。胸が苦しい、百貫目の鉛の重しを載せられたようだ、と仰《おお》せられてお苦しみになるのだそうです」

噂を伝えた公卿の一人がそう言った。

「何しろ日ごろはわりとお丈夫な方ですからな。ちょっと御不調だとお騒ぎになるのですよ。もっとも、左府がそうお慰め申しあげたら女院さまはひどく御不興で」

「ほうほう」

「そなたは情が薄い、私のこの苦しみをちっともわかっていない、と仰せられて」

「なるほど」

他人の不幸というものは、いつの世にも口あたりのよいつまみ菓子に似ている。

――左府も女院には頭があがらぬはず。当分御機嫌とりに忙しいことだろうて。

実資は心中ににんまりとした。

と、そのうち、詮子の病状はいよいよ悪化してきたようだ。ものが食べられなくて、毎日泣いてばかりいるという噂が入ってきた。読経も祈禱《きとう》も、たゆみなく行わせているが、いっこうに本復の兆しがないという。

――と、なれば……。

実資は舌なめずりしたくなってしまうのである。

――残る手は一つしかない。

病気平癒の切札――。それは恩赦しかない。近代医学からみれば無意味に近いが、古代では最も効果のあることとして度々行われた。しかも今度はとりわけ東三条院の病気を重く見て、このときは「非常赦」を行うことになり「常赦」では赦《ゆる》されない重大犯罪を犯したものも赦されることになった。

ここで問題になるのは、配流されている伊周、隆家《たかいえ》の扱いである。前の年の十月、都に潜入したのがばれて伊周は大宰府に追いはらわれたばかりである。非常の赦である以上、彼らも赦免にあずかるべきなのか。しかし追っぱらったばかりなのに、すぐ呼びもどすとは、体裁が悪すぎはしないか。

――これはおもしろくなってきたぞ。

実資は手を搏《う》ちたい思いである。

――すぐ流罪を取り消すなんて、道長の面目丸つぶれじゃないか。

が、多分道長はこの決定に従うよりほかはないだろう。なぜなら、詮子の病の原因が、伊周の事件にあることが、今や明白になっているからだ。最初は単なる体の不調と思われていたそれが、伊周一家の祟《たた》りかもしれない、とささやかれはじめたのはいつごろからだったろう。

――だから読経も祈禱も何の役にも立たぬのよ。

そう噂されていることを実資は知っている。詮子自身もそのことに気づいているらしく、

「このままでは私の命は長いことはないでしょう」

すっかり弱気になっているという。

この時代によくありがちな現象だが、一概に笑いとばすことはできないだろう。現代ふうに言えば詮子は一種の心身症の状態に陥っていたのである。

道兼の死後、伊周を押しのけ、強引に道長を割りこませたのはまさしく詮子。恨まれる理由は十分ある。その伊周一族が自分を呪詛《じゅそ》したのだから流罪になるのも当然だが、その凋落《ちょうらく》ぶりを見れば、やはり気が咎《とが》める。

――今でもきっと恨んでいるに違いない。

心のおののきが強まれば、体調も狂いだす。この恐怖から解放されるためには、彼らを赦すほかはないのである。

実資はにやりとせざるを得ない。面目丸つぶれになった道長が、どんな顔をしてその決定を行うか、公卿の会議が楽しみだった。

いよいよその当日——。

会議の行われる陣の座にいってみると、やっと道長は一条帝の召しをうけて清涼殿に上っているという。大分長く待たされた後、やっと道長は姿を現わした。

口をへの字に結び、一座を見渡したまま、道長はなかなか議題を持ちださない。しばらくしてやっと唇から言葉を押し出すようにして言った。

「いま、帝《みかど》から仰せがあった。それによれば」

伊周、隆家もこの非常赦に浴すべきか否か、浴すとしても罪のみ許してなおその地に止《とど》むべきか否かを審議せよ——。

結論はわかりすぎるほどわかっている。今度の非常赦の目的は伊周、隆家の赦免にあるのだから……。法に照らしても、答は明白ではないか。

実資はひそかに期待していたのだ。

「赦免、そして京都へ帰還、それにきまっています」

と、口々に公卿が言う光景を……。法にことよせて、道長に赤恥をかかせ、

——やはり配流はちょっと強引すぎましたな。

言外にそんなあてこすりを匂わせるものがあってもいい、とさえ思っていた。そこで左大臣の権威を保つべく、赤くなったり青くなったりする道長の顔こそ見ものだと。ところがどうだろう。

一座にはかすかなざわめきが起っただけで、誰一人口を開くものもないではないか……。道長も黙って一座を眺めまわしている。鋭い視線ではないのだが、眼のあったものは、何となくうつむいたりしてしまうのだった。

そして実資自身も、ふしぎなことに舌が自由に廻らないような奇妙な圧迫感を感じて黙りこくっていたのであった。不自然な咳《せき》ばらいなどをしてから、公卿たちが意見を述べはじめたのは、ややしばらくしてからである。

「せっかくの恩赦でありますからして、両名にもその御仁慈を垂れるべきでありましょう。ただし、上洛《じようらく》を許すべきかどうかは、明法《みようぼう》家（法律の専門家）に調べさせてはいかが？」

「恩詔が出た以上、罪を許すがよろしいと思います。上洛のことは、さて、先例はどのようになっておりますかな」

何やら奥歯にものがはさまったような言い方である。言いながらも、ちらちらと道長の顔を盗み見ているものもいる。

が、道長はほとんど無表情だ。うなずくでもなく、否定するでもない。ただ発言する者の顔をじっとみつめている。

――なるほど、誰が何を言うか、よく覚えておこうというのだな。

結論はきまっている。ここまでくれば二人の上洛を許すほかはない。そうしなければ詮子は全快しそうもないからだ。ただ皆がはっきりと言いきってしまわないのは、眼の前の道長に遠慮しているからだろう。というより、彼が黙っているので、肚《はら》の底をはかりかねているということか……。

実資は少しいらいらしてきた。

しかし、何ということか。発言の番が廻ってきたとき、彼もまた、ついつい言ってしまったのである。

「帰洛の件については、帝の御裁決を仰いだ方がいいのでは……。私どもには定めかねます」

この意見に賛成するものもかなりいた。道長の視線は他よりも長く自分に注がれていたように実資には思われた。意見が出つくしたと見ると、道長はうなずいて座を起《た》ち、一条帝の許に伺候した。

しばらくして道長は人々の前にふたたび姿を現わした。そして重々しく言った。

「帝の仰せによれば……」

わざわざ道長の言葉を聞くまでもなかったかもしれない。

「伊周、隆家の帰京を許す」

一条がそう命じることはわかっていたのだから。つまり公卿たちは道長の体面をとりつくろうことに力を貸してやったようなものである。勅定《ちよくじよう》という形ですべてが終ったとき、実資は、いまいましい思いで考える。

——もしも、あの席に道長がいなかったら？

会議の流れは別のものとなっていたかもしれない。いや、少なくとも、もう少し自分の思うことを自由に発言する雰囲気があったのではないか。が、道長にみつめられていたおかげで妙なことになってしまった。

これまで実資は、道長が左大臣の座に満足して関白を望まないのを、兄の道兼のように急死するのを恐れてのことだと思っていた。しかし今日のような事件があってみると、関白にならないということにも、一つの効用がありそうである。

すなわち左大臣は会議の統轄者であり、その座に臨席することによって、今日のように公卿たちの意向を直接把握することもできるし、間接に圧力をかけることもできる。が、関白となると別格の存在だから、大臣を兼ねていても、直接公卿の会議には出席しない。

——ふうむ、なるほど。道長はそれに気づいて左大臣にとどまっているのか。

本心はわからない。が、これ以後も遂に彼は関白にはなっていない。「御堂関白《みどう》」というのはじつは俗称であって、彼は左大臣のままで約二十年を過す。後には摂政になるが、それも二年足らずで辞してしまうのである。

恩赦がきまると、まもなく隆家は帰京した。伊周の帰京は一年以上後になるが、とにかく宮廷をゆるがした「長徳の変」は、まことにあっけない形で終止符をうつのである。が、実資がおもしろくないのは、この体裁の悪い措置が思ったほどに道長の評判を落さなかったことである。いや、それどころか、

「伊周公たちをとことん追いつめないところは見あげたものだ」

という声さえ聞かれるのだ。

「あっさりしておいでだ。人物が大きくていらっしゃる」

という噂を聞くに及んで、実資の顔は苦虫をかみつぶしたようになった。

——何が大人物なものか。

しかし、あれ以来、宮廷で顔をあわせるたび、道長が、自分にはとりわけ愛想のいい笑顔を見せるような気もする。

——うむ、なかなか気を使うところはあるようだな。このあたりが、道隆や道兼とはちょっと違うところだ。

たしかに人あたりはいいし、このような重大事件でもないかぎり、陽気でものにこだわらないところもある。肩肘《かたひじ》はらない自然さは認めないわけにはゆくまい。

そう思いかけた実資だったが、その後まもなく彼は道長によって、煮え湯を呑《の》まされるような思いを味わわされるのである。

その年、長徳三（九九七）年の秋、人事異動が行われて、大納言公季《きんすえ》が内大臣に昇格した。彼は大納言の筆頭だから、まず無難な順送り人事であるが、実資が腹にすえかねたのはその後任である。道長はぬけぬけと自分の異母兄道綱にその座を与えてしまったのだ。

――不当だ。俺をさしおいて……。

無念やるかたない実資は、その日記『小右記《しょうゆうき》』に怒りをぶちまけるのだが、ここでこのときの高官の顔ぶれを一瞥《いちべつ》しておこう。

大納言藤原公季　内大臣へ
中納言藤原懐忠　権大納言へ
大納言源　時中《かねただ》（倫子《りんし》の異母兄）
中納言藤原道綱　大納言へ
中納言藤原実資　すえおき

実資は自分だけとりのこされたような気がした。我慢がならないのは、中納言としては自分の方が道綱より先輩だったにもかかわらず、すいと先を越されてしまったことだ。もっとも道綱は正三位、実資は従三位、位の順からいえば道綱の昇進も不当ではないのだが、自分に都合の悪いことは棚にあげて実資はわめく。

「不当だ！　偏頗《へんぱ》人事だ！　納得できない」

彼は日記に忿懣《ふんまん》の言葉を書きつらねる。

「道綱が大納言になったのは、右大将を兼任しているからか、それとも外舅《がいきゆう》だからか」

道綱は一条帝の母后である詮子の異母兄だ。今の言い方なら母方の伯父であるが、当時はこれを外舅と言った。

「だからと言って……」

博識の彼はたちまち先例を調べはじめる。

「外舅、大将のゆえに先任者を越えていいことにはならないぞ。少なくとも聖帝の聞え高い醍醐《だいご》の帝はそんなことはなさらなかった」

絶好の先例を探しだして勇みたつ。見つけた以上は黙っていない。早速彼は側近を通じてそのことを一条の耳に入れてもらう。

このあたりが、現在と違うところである。今は辞令が出てしまえば泣き寝入りで、せいぜいやけ酒をあおる程度だが、むしろ王朝の官僚はしたたかな反撃に出るのである。こういうとき「先例」は千鈞《せんきん》の重みを持つ。この時代の「先例尊重」をとかく後世は嘲笑《ちようしよう》の種にしがちだが、彼らにとって、それは生きたお値打ちがあり、ときには政治生命を託するこの上なき武器でもあったのだ。

一条からは、ひそかに返事が伝えられた。

「そういうことは自分もよく知っている。じつは老齢の懐忠一人を権大納言に昇格させようと思っていたのだが、道長が道綱もいっしょに、と言いだしてな」

もちろん道長もちゃんと「先例」で武装していた。

「康保《こうほう》四年、村上帝のとき、藤原伊尹《これただ》（道長たちの伯父）が先任の叔父の師氏《もろうじ》を越えて任じられた例があるというのだ」

——な、な、なんと。

実資は赤くなったり青くなったりしながら日記に書き続ける。

「もの知らずめ。道長は先例の何たるかを知らぬ」

実資によれば「先例」はそれ自体価値あるものでなければならない。たとえば、延喜、天暦年間、つまり、賢帝といわれた醍醐、村上の時代のものでなくては意味がない。

道長もぬかりなく、康保四年、村上時代の先例を持ちだしてはいるが、それが詭弁《きべん》であることを、たちまち実資は見破っている。

「村上の御世《みよ》だと？　嘘《うそ》をつけ。康保四年に帝は崩じておられる。伊尹の任大納言はたしかにその年だが、村上帝の崩御の後、冷泉《れいぜい》帝になってからじゃないか」

冷泉帝は人も知る狂疾の帝。そんなものはよき先例にはならないのだ。

怒りを実資は日記にぶちまける。

「ふん、先例なら何でもいいってのなら、法師でも大臣にするがいいや」

これは孝謙女帝時代の道鏡のことを嘲笑まじりに言っているのである。憤慨のあまり、彼は公季が内大臣に任じられた日、とうとうその儀式に出席しなかった。彼の日記はなおも続く。

「そりゃ昔は賢人を抜擢《ばってき》したこともあった。彼らはそんな例も持ちだしているようだが、それじゃ道綱が賢人だとでもいうのかね。あいつはやっと名前が書ける程度で、何も知らん奴じゃないか」

名前が書ける程度というのもちょっと酷評すぎるが、道綱はたしかに一人前に通用する人間ではなかったらしい。父は道長たちと同じ摂政兼家。母はかの有名な『蜻蛉《かげろう》日記』の著者、美人で才女のほまれ高い藤原倫寧《ともやす》の娘である。ところがその血をひきながら、道綱は全く無能で、父や異母兄弟の助けがなかったら、とうてい公卿の列に加わることはできなかった。

母はそんな道綱に気を揉《も》んで、年頃がきて女性と交渉を持つようになると、しきりに恋歌の代筆をしてやったりしたが、どの女とも長続きしなかった。届けられる歌はすばらしくとも、つきあってみるとたちまち化けの皮が剝がれ、女の方がうんざりしてしまうらしいのだ。

そのくせ、物欲や出世欲は一人前以上である。良識に欠けているから、常人ならさすがにやんわりと婉曲《えんきょく》にほのめかすところを、臆面もなく口に出す。頼りにしていた才女の母に死なれた後、彼がしつこいほどつきまとっているのは異母弟道長だ。誰でも権力者には身をすりよせたがるものだが、彼のはあまり露骨すぎた。どうやら、

——道長の出世は倫子と結婚したことにある。

単純にそう考えているらしく、年の開きがあるのもかまわず、せっせと倫子の妹の所へ通っているという。

——ああいう奴がのさばるとはけしからん。

実資にはすべてが気にいらない。その背後にはやはり例の詮子が動いているのではないか……。そう思うだけでもいまいましい。その詮子はすっかり元気になって、石山詣《もう》でをしたいなどと言いだしているのである。

その年の十月一日——。

陰暦では冬の季節に入る日である。宮廷ではこの日孟冬《もうとう》の旬《しゅん》という儀式が行われるしきたりになっていた。孟冬はつまり初冬のことである。

一条帝が紫宸殿《ししいでん》に臨み、道長はじめ公卿たちが列座して儀式がはじまったのは、たそがれどき——。もちろん中納言実資もその座にあった。

終ると酒も出るが、儀礼的なものだから作法がやかましい。勝手放題に飲み食いする

わけにはゆかないし、立ったり坐ったり盃《さかずき》を傾けたりにも、ちゃんときまりがある。もの知りをもって任じる実資は、終日、意地悪い眼を光らせている。公卿の一人が失敗すれば、

——あ、あいつ、またまちがえたぞ。

言葉には出さないが、肚の中で嘲笑し、このことも日記に書きとめねばならぬ、とひそかに思ったりする。

まずひととおり酒が注がれたそのとき、紫宸殿を取り巻く廻廊の東側、建春門《けんしゅんもん》のあたりで、時ならぬざわめきが起り、

「申しあげますっ」

声高に叫ぶ声がした。門の外には左近衛《さこんえ》の陣がある。叫んだのはそこの官人である。

——宴の最中に騒がしい。

眉をひそめた実資だったが、これに続く官人の声を聞くに及んで、思わず盃を取りおとしそうになった。

「大宰府より、只今、飛駅《ひえき》が到着いたしましたっ」

「な、なんと、飛駅だって？」

一座は総立ちになった。

飛駅とは尋常ならぬ超特急の使、国家の一大事に関するものでなければ派遣されない。

色めきたった公卿たちの耳に官人の声はさらに高く響く。

「高麗《こま》が攻めてまいりましたっ。対馬《つしま》、壱岐《いき》を襲い、さらに肥前《ひぜん》に押しよせようとしております」

「や、や、や……」

実資はこのとき、道長が顔色を変えて座を起つのを見た。階《きざはし》に歩みよりながら、彼は叫んでいる。

「使はどこにおるっ。早く解文《げぶみ》（報告書）を！」

「はっ、ここに持参しております。大弐有国《たいにありくに》の書状も添えてございます」

「早く、早く、これへ」

道長はすでに階を駆け降りていた。その後から右大臣、顕光《あきみつ》がよたよたと続く。新任の内大臣公季もこれを見てその後を追った。

官人の捧げてきた有国の書状はただちに開かれた。三人はその上に首を突っこむようにしている。一座の公卿たちも続いて階を降りようとしたが、実資は動かなかった。

——何たる醜態……。

左大臣ともあろうものが、座を飛びだして階下に駆け降りるとは……。

実資の冷笑にも気づかず、三大臣は書状に首を突っこんだままである。

——おっちょこちょい。あの度胸のなさはどうだ。

外敵侵入と聞いたときは衝撃もうけたが、その驚きがおさまってくると、実資の胸の中では、またもや意地悪が首をもたげはじめる。飛駅到来はたしかに大事件だが、かりにも大宰府からの書状を、慌てふためいて階下に降りて読むなどということがあってよいものか。道長の態度は論外だ。右大臣顕光も年長なのだから、さりげなく道長を止めてしかるべきなのに、よたよたついてゆくとは無定見も甚しい。

そのうち額を寄せあって有国の書状を見ていた三人はうなずきあいながら顔をあげた。

「いや、大丈夫だ。高麗ではなかった」

階を上りかけて言う道長の顔色は平常に戻っていた。

――そうれみろ、慌てものが。

大失態だ。これを日記に書きつけずにはおかないぞ、と思いながら、実資はちょっぴり残念な気もしないではない。もっと大事件になってうろたえる有様を見たかったのに。直接の政権担当者でないと、内憂外患も一種の御馳走である。事ごとにライバルの失態を喜ぶ傾向があるのは今も昔も同じことだ。

座に戻ると道長は改めてこう言った。

「襲ってきたのは高麗人ではなくて奄美《あまみ》の海賊らしい」

奄美の人々が来襲して、九州各地の海辺で漁民の小屋を焼いたり、殺戮《さつりく》を行ったりした上に、舟もろとも多くの男女を奪って連れ去った。その後も彼らは海上で様子を窺っている、というのがその書状のあらましであった。

「まず高麗の侵入でないなら、宴はやめることはないな」

「ただし音楽は中止すべきだ」

一座は落着きを取りもどし、中断した宴を再開した。形のごとく行事が終った後、いつも会議を行う陣《じん》の座で対策が協議されることになった。

すでに時は過ぎ、真夜中になっている。右大臣顕光がもぞもぞと口を開いた。

「事は重大だ。帝に奏上せねばならぬが、この孟冬の旬のよき日に、かような凶事を申しあげるのはどうかな」

実資はただちに反論する。

「飛駅は国の大事件を報じるもの。到着すれば時をおかずに奏上すべきです。吉日か凶日かなどということは問題外ですな」

ぴしゃりと一本取ったというところであろう。上席にある年長者ではあるが、魯鈍《ろどん》に近い顕光には遠慮はしないのだ。

さて、ここで道長が改めて一条の許に報告にゆく。丑《うし》の二刻というから午前三時だ。一条の傍らには例の勤勉な能書家、行成《ゆきなり》が蔵人頭《くろうどのとう》として控えている。大宰府からの解文を読みあげるのは彼の役である。王朝時代の帝や公卿は決してらくではないのだ。

「事はなかなか重大だ、よろしく審議せよ」

一条の意をうけて道長が陣の座に戻ったときは四時に近かった。それからいよいよ公卿の会議が開かれるのである。

このとき大宰府から報告してきた来襲者奄美人の実態はよくわからない。が、来襲範囲は壱岐、対馬だけでなく、筑前《ちくぜん》、筑後《ちくご》から薩摩《さつま》にまで及び、三百人もの男女を連れ去ったというから、かなりの大事件である。もっとも彼らの来襲はこれがはじめてではなく、前にも大隅国《おおすみのくに》にやってきて四百人もの人を捕虜にして連れていったことがある。

「このときは御報告しませんでしたが、以後警備を厳にし、追討を加えることにいたしたいと存じます。その時は恩賞を与えてくださいますか」

と大宰府は言ってきたのである。何やら間がぬけて聞えるが、つまり有事の際の軍事行動の許可を得ようとしたのだ。現地の判断だけで戦闘を行ったのでは恩賞にはあずかれない。王朝時代の法解釈は現代と同じでなかなか厳密なのである。これは大宰府の言うとおりでよろしい、という決定が行われた。

さらに大宰府は、もう一つ「浮説ではありますが」という断り書つきで、重大な報告をしてきた。高麗国が兵船五百艘《そう》を用意して日本に向ってくるらしい、というのである。が、これはどうも信じられない、ということになった。段々落着いてくると、

「事件じたい、何も飛駅を飛ばせてくるほどのことでもないではないか」

と言いだす者も出てくる始末。

「大宰府のやり方はいささか軽率だ」

という評もあった。ともあれ会議が終って公卿たちが家に帰ったのは暁方《あけがた》近くだった。実資のこの日の日記の書きぶりは、

「大したことはなかった」

という感じだが、同じ事件を書いている蔵人頭行成の日記『権記《ごんき》』によれば、道長の受け取りかたは、やや深刻である。高麗来襲の噂も、浮説かもしれないが心配だ、としている。もっとも一条はくたびれて寝てしまったので、この報告は翌日廻しとなった。行成自身も宿直《とのい》の用意をしてこなかったので退出したが、この勤勉な男は翌朝早くには出仕して、報告をすませている。

高麗の来襲と聞いて道長が飛びあがったのはわけがある。じつはその前にも、高麗からの使というのが大宰府にやってきて、高圧的な文句を並べた書状をつきつけていたのだ。

道長はこれにはとりあわないことにしていた。第一、書状の様式がおかしい。高麗の政府からの正式書状とは思えなかった。それに書状を携えてきたのが、高麗人ではなくて日本人だというのも腑《ふ》におちなかった。

道長がこの問題で困惑しているのを実資は知っている。公卿たちの推測は、九州の住人が高麗に渡り、何か悪いことでもしでかして文句をつけられ、

「この始末をどうするつもりか」

と凄味《すごみ》をきかせた書状を持たされて送り返されたのだろうということに落着いているが、はたして取りあわないでいてよいものかどうか。

さらに薄気味の悪いのは、中国大陸の大宋国の動向である。高麗を使って探りを入れているのではないか、という気もする。放っておいて、もしも攻めてこられたら？

いや、これも妄想ではない。じつはこれより数年前から若狭《わかさ》に宋の商人が来てそのまま腰を据え、貿易を行いたいと粘っているのだ。

道長はじめ当時の政界人には外国恐怖症のようなものがある。その源に溯《さかのぼ》れば、多分、七世紀、朝鮮半島の白村江《はくすきのえ》における対唐・新羅《しらぎ》戦での手痛い敗北に辿りつくだろう。そのころも、日本は唐や新羅の進攻を恐れて城塞《じようさい》を作る一方、大宰府を対外窓口とし、原則としてそれより内部へ外国人が踏みこんでくることを避けようとした。

もちろん例外はある。沿海州に起った渤海《ぼっかい》とはしばしば往来もあるが、唐のような桁《けた》違《ちが》いに大きな国の人には来ていただきたくないのである。周知のように平安朝に入って菅原道真時代に遣唐使を中止して以来、唐が亡《ほろ》び宋に代っても正式の国交は開いていない。ただ、大宰府を通しての貿易や、個人的な交流、僧侶《そうりよ》の渡宋などは黙認している程度なのだ。

ところが数年前、宋の商人が七十人ばかり若狭国に上陸してきた。統率者は朱仁聡《しゆじんそう》と言い、正式の文書を呈出して貿易を願い出た。以来、道長は彼らを追いだしかねて困りはてているのだ。道長は、まず、若狭は正式の窓口ではないからと彼らを越前《えちぜん》に移すことにした。書状も古来受けつけないことになっているからと返却したが、しかし、そんなことで素直に帰る相手ではなかった。

大体彼らは言葉が通じない。そこで急遽《きゅうきょ》、漢籍について知識の深い人物が越前守《えちぜんのかみ》に任じられる。このとき白羽の矢が立てられたのが、紫式部の父親、藤原為時《ためとき》であった。

じつは彼の越前守就任には、ちょっとしたエピソードが伝えられている。若いころから学問に励んできた彼は長い間式部丞《しきぶのじょう》をつとめていたが、その労によって受領《ずりょう》（国の守）に任じられたいと願ったにもかかわらず、その望みが達せられなかった。落胆した彼は、漢詩を作って一条帝の側近に奉仕する内侍に手渡した。もちろん一条帝に見せてもらうためである。その詩の一節にはこうあった。

　苦学ノ寒夜《カンヤ》紅涙《コウルイ》襟《エリ》ヲ霑《ウルホ》ス
　除目《ヂモク》ノ後朝《コウテウ》蒼天《サウテン》眼《マナコ》ニ在《ア》リ

寒い夜も血の涙を流して勉強したにもかかわらず、除目《じもく》（任命）にはずれた朝は、空《むな》しく青空を仰ぐのみ……。

為時の詩を見せられて一条は感動した。そこへやってきた道長が、一条の意向をうけて除目に洩《も》れていた為時の起用をきめた。すでに越前守に任じられていた道長の乳母《めのと》の子、源国盛《くにもり》をやめさせ、急遽変更してこの座を与えた、と『今昔物語集《こんじやくものがたりしゆう》』にはある。国の守といえば一国の知事。たった一篇の詩で、まんまとこの座をせしめるとは……。平安朝の役人の任命はいいかげんなものだ――エピソードを信じるかぎり、そう思ってしまうところだが、現実には厳しい国際問題がからんでいたのだ。

確実な史料によれば、為時はこのときの除目にあぶれたわけではなく、淡路守《あわじのかみ》に任じられていた。それを語学の才能を買われて、にわかに配置替えとなったのだ。ともあれ小さな淡路島の長官から越前の守になったのは大出世であろう。彼が越前に赴任するとき、娘の紫式部も行をともにしている。ただし才女は『源氏物語』をまだ書きはじめていない。推定年齢二十歳を越え、かなり年上の藤原宣孝《のぶたか》との恋愛に夢中だった。

為時は赴任するとまもなく、宋人と詩のやりとりなどをして、学のあるところを披露している。それなり「国威」を宣揚したかもしれないが、役人としてはどうか。多分彼は朱仁聡をていよく追い返せという内命をうけていたと思われるが、それに成功した様子はない。その後もこの厄介な客人は、いっかな腰をあげようとしないからだ。それどころか、朱仁聡は羊や鵝鳥《がちよう》を都に送りつけてきた。

「何が何でも貿易の許可を」

というのだろう。為時が有能ならこんなまねはさせなかったろうに……。むしろ、朱仁聡は、為時は語学はできるが、あまり頼りにならないと見てとったらしく、またもや若狭国へのこのこと出かけている。若狭守は困却する。

「ここはおいでになるところではありません。越前へお帰りください」

「イエ、ダメネ。越前ノ守《カミ》、話ワカラナイ」

帰れ帰らぬで悶着《もんちゃく》が起ったのだろうか、ことは朱仁聡が若狭守を撲《なぐ》りつける、というところまで拡大してしまった。報告をうけた道長たちは、朱仁聡の犯した罪をどうするか、明法博士に検討を命じたりしているが、もとより刑罰を実施する力はなかった。

大宰府から飛駅がやってきたのは、ちょうどそんな時期である。

――さては高麗と大宋国が押しよせてくるか。

道長が慌てふためいたのも無理はない。

――何とか早く帰国してくれないか。

願うのはただそればかりである。

ではなぜ、道長たちは、宋との貿易にかくも臆病だったのか。白村江以来の外人恐怖症のほかに、もう一つ、より現実的な理由があった。

――今や日本は亡弊の国だ。その有様を他国人に見られたくない。

この認識は、現代ふうにいえば一種の危機感である。現実が決してよい状態にあるとは思っていないのだ。

とすれば、山積する諸矛盾から眼をそむけてうそぶく現代の政治家よりは、まだしもましということになろうか。

しかし、彼らは実際に外国を見ているわけではない。いや、国内だって、地方の現実を眼でたしかめてはいない。後にふれる折もあろうが、道長の旅行は、一番遠い所で吉野どまり、つまり畿内を出てはいないのだ。この徹底的な情報不足、比較の基礎もない中で、ではどうして彼らは日本を亡弊の国と見たのか。

一つの証拠は殿舎の荒廃だ。最も重要な儀式を行う大極殿は今や荒れはてている。どうにか修理を加えて使ってはいるが、周辺の手入れも不十分である。本来なら元日には朝賀《ちょうが》という大きな儀式をここで行うのだが、これも長い間廃され、いつも略式の小朝拝《こちょうはい》を清涼殿の庭で行うだけになっていた。

数年前、道隆の時代にこの朝賀を復興させ、大極殿で行ったことがあったが、服装が揃《そろ》わなかったり、都合の悪いことが多くて、結局一回きりで中止された。儀式というものに生命を賭《か》けていたそのころとしては、これはやはり亡弊の徴といわざるを得ない。

たかが儀式――というかもしれない。が、現代人もじつはかなり儀式好きだということを忘れてはいけない。たとえばオリンピックは現代の祭典だが、この招致を国威の宣揚と認識する向きも多いではないか。できるだけ豪華に、かつ整然と行われることに血道をあげ、もしうまくゆかなかったり、いろいろの事情で中止ということにでもなれば、かなりがっくりするだろう。

当時の高官をがっくりさせているもう一つの理由は官吏の職務怠慢である。いうことをきかない、働かない。だらけきっている。

つまり律令制度が弛《ゆる》んでしまったのだ。もっともここには一種の錯覚がある。昔は律令制度がちゃんとしていた、という思いこみだ。が、もともと中国で作られたこの制度が、日本にぴったりあうわけはなく、これまでも常にぎくしゃくしてきた。が、人間はとかく過去を理想化する癖《へき》がある。それに、当時の高官たちは、まだ見ぬ大国、宋を過大視している。

――それにくらべると、このていたらく。おお、はずかしい。

じつは、これら大国も大なり小なり矛盾は抱えているのだが。それにもうひとつ、彼らの絶望感を深くしているものがあった。

末法の世がやってくる。それもまもなく……。

漠然たる不安、絶望ではない。彼らの考えでは、末世はもうすぐやってくる。多分五十五年ほど後に……。

いやに年数をはっきり区切っているが、ここには仏教思想の反映がある。釈迦《しやか》の入滅後、最初は正しい教えが行われる正法《しようぼう》の時代、次は教えがあっても信仰が薄れ形式化する像法《ぞうほう》の時代、そして最後が教えの廃《すた》れる末法の時代――。正法、像法をそれぞれ五百年とする考え方、千年とする考え方など、数え方はいろいろあるが、当時は一〇五二年に末法に入ると信じられていた。

とすると、辛うじてこのときは像法の時代だが、なるほど末法の様相はしだいに現われつつあった。

――外敵来襲もその一つ。

実資はそう思ったのである。

――大体道長のような男が権力の座に坐ることじたい、末法の兆しよ。

肚の中で、そうののしったりしている。とはいうものの、彼も政治家だ。末法思想におののく半面、現実を直視する眼も持たないわけではない。この大極殿の荒廃、儀式の停廃、役人の怠慢、つまり律令体制の弛《し》緩《かん》の直接原因が何かはちゃんと知っている。国家財政が破《は》綻《たん》してしまっているのだ。金がないから大極殿の修理も思うにまかせないし、役人の給与もよくないから働かないのである。

古来の制度で税金がとりにくくなったのは大分前のことで、それぞれの時代に変更を加えてきたのだが、それももう手づまり状態にある。その上、例年の凶作、悪疫の流行……。よいところ一つもなしだ。

もちろん実資にとやかく言われるまでもなく、道長だって、そのことに気づいていないわけではない。とりわけこの外交問題には衝撃をうけ、以来、すっかり体の調子をこわしてしまった。

そんな噂《うわさ》が入ってくると実資は、内心にやりとせざるを得ない。

——そうだろうとも。もし高麗の侵攻がまことなら、どんなことになるか……。まさに白村江以来の国難だ。今度の問題は東三条院詮子の病気どころの騒ぎではない。

——一難去ってまた一難だな。

そして遂に実資が手をうって喜ぶような知らせが入ってきた。

「道長が寝こんでしまった」

というのである。翌年三月のはじめのことだ。

「何でも腰が痛くて起きあがれないそうで」

噂を伝えた公卿の一人がそう言った。

「腰が？　まだそんな年ではないのにな」

首を傾《かし》げた実資の耳にその公卿はささやいた。

「そうですとも、そんなお年じゃありません。あれは憑《つ》きもののせいです」

「憑きもの？」

「左様、それが左府の口を借りていろいろ言うのだそうです」

日頃は明るい性格の人間が、病気で寝こんでひどく弱音を吐く。それが人が変ったような印象を与えるとき、この頃の人々は、何か邪気《じゃき》がとりついて言わせるのだ、と解釈した。

道長の場合も、まさにそのようなものだったのだろう。左大臣に任じられて二年近く。そろそろ疲れも出てくるころである。

――これまで一日として心の安まる日はなかった。何もかもわずらわしくなってくる。体の調子が狂いだすと、何もかもわずらわしくなってくる。

――何も悪いことをしたわけじゃないのに、よりにもよって心の重い外交問題まで起ってくるなんて……。この先もこんな徒労がはてしなく続くのか。

何もかも嫌になってくると、気力はますます衰え、床から起きあがる気力もなくなってしまったらしい。

実資には、道長のそんな有様が想像できるのだ。それに、彼は道長を苦しめている「邪気」について、ひそかに思いあたるところがある。

年若い女性だ。髪の長い美貌《びぼう》の姫君――邪気と呼ぶのは気の毒なほどたおやかなその女性こそ、いま道長の心を苦しめている本尊なのだ……。

一条天皇のきさきの一人、右大臣顕光の自慢の娘、元子《げんし》。承香殿《じょうきょうでん》の女御《にょうご》とよばれているその人に、そもそも入内《じゅだい》をすすめたのは道長だ。が、そのゆえに、道長はいま、いても立ってもいられないくらいの思いをかかえる羽目に陥っている……。

元子がみごもったらしいのだ。

しばらく里下りしていた彼女が内裏へ戻ってきたのは、その前の月、しかも牛車《ぎっしゃ》ならぬ輦《てぐるま》に乗っての入内だった。牛車の揺れにも気をつかって、まるでこわれやすい宝物のように運びこまれたとすれば、まごうかたなき懐妊――。これを一条に告げ、あわせて天下に誇示するための参入なのである。

道長の恐れていたことが実現してしまったのだ。定子の産む子が皇子だったときの対策として、彼は顕光や公季の娘たちを入内させた。こうしておけば、彼らも一致して定子の子が次期東宮になることを拒むだろうから。

そのあたりのことは実資も見ぬいている。それだけに、今度の元子懐妊で足をすくわれた感じの道長の狼狽《ろうばい》ぶりも手にとるようにわかるのだ。

――これは痛手だな。

もし元子が皇子を産むとすれば、次期東宮はまちがいなし。道長はいずれ顕光に頭が上がらなくなる。

――一時のがれの手を打つからだ。その報いよ。

入内させるべき娘のいない実資の眼付はいよいよ皮肉になる。しかも彼の予想どおり、道長はいよいよ弱気になってゆく様子である。

遂にある夜、一人の公卿《くぎょう》が重大な噂をもたらした。

「左府は出家なさるおつもりらしい」

「や、それはまことか」

噂にはかなりの信憑性《しんぴょうせい》があった。道長は、蔵人頭行成を枕頭に呼んで出家の意向を洩らしたのだという。

「ほう、それはそれは」

実資は舌なめずりしたいくらいである。ことは極秘事項だが、こういうことにかぎって公卿社会ではすぐ筒抜けになるので、これら公卿たちの「見てきたような話」を綜合《そうごう》するとこういうことになる。

行成は道長の言葉をひとりの胸に畳んで内裏へ戻った。その夜は宿直に当っていたからだ。と、夜が更けてから、突然、権中将源経房《ごんのちゅうじょうみなもとのつねふさ》という若手の官人がやってきた。彼はやり手の参議源俊賢《としかた》の弟で、道長の妻、明子にとっても異母弟だ。道長の許《もと》にはしばしば出入りしている。

「左府からの仰せで……」

経房は声をひそめて言う。

「出家のこと、帝《みかど》に奏上せるや否や」

「いや、それはまだ」

行成は慎重に言う。たしかにそうした意向は聞いたが、公表すべきかどうか、という気持があったからだ。が、経房はそれを聞くと、

「では一刻も早く奏上せよ、とのことです」

「本当にそう仰《おお》せられたのか」

行成はまじまじと経房をみつめる。

「左様で。すでに頭《とう》の弁《べん》どのに、左府はそのことを洩らされておいでとか」

「いかにも。しかし、奏上するとなると事は公けになってしまうが」

「それこそ望むところ、と仰せられておられます」

考えこんでいた行成は静かにうなずく。

「そうまで仰せとあれば……」

ときに丑の一刻──午前二時だ。一条帝は夜の御殿《おとど》に入っている。急なことだが、衣裳《しょう》をととのえて行成は伺候する。典侍を通じて一条の意向をたずねると、

「入れ」

という返事があった。御殿の中には御帳台《みちょうだい》──帳《とばり》をおろした寝台がある。その帳の裾《すそ》に行成は平伏して道長の意向を伝えた。一条はしばらく黙っていたが、やがて言った。

「出家の功徳はかぎりないという。それを妨げるのも罪深いことだが、しかし今の左府の言葉は、おそらく体内の邪気が言わせているのではないか。ま、とにかく体が健康になってからもう一度心静かに考えてからでも遅くはあるまい」

まず妥当な返事である。さらに病気平癒のために何人かを出家させて僧侶とするという前例があるので、それに従って事を運ぶようにという指示もあった。

行成は早速経房とともに夜中道長の邸《やしき》に馬を飛ばせる。が、病床の道長は頑固である。

「帝の御心は有難い。これを御辞退申しあげるのは許されないところだが、出家のことは何も今病気だから俄《にわ》かに思いたったのではない。昔から心にかけていたことなのだ」

慰留はむしろ心外だ、とも言いたげな口ぶりである。

話しているうちに道長はしだいに昂奮《こうふん》してきた。

「自分は不肖の身で思いがけない厚恩にあずかった。もういいんだ。官位も昇りつめたし、現世に思いのこすところなんかない。こんなに患っているのだから、いま出家しなかったら、いつ出家する機があるか」

全く人の気も知らないで、と言いたげなその話を行成は黙って聞くばかりだった。冷静な彼は、道長のその言葉が、病のための弱気でもあるが、半ば道長の本心をさらけだしていることに気づいたはずだ。

彼は、道長が父兼家のように天衣無縫な性格でないことは知っている。さりとて兄の道隆のように苦労しらずの傲岸《ごうがん》さもなし、道兼ほどの策士でもない。ある意味ではひどくまともで、まともすぎるだけに気を使わなくてはいられない道長が、今の事態にいい加減嫌気がさしていることも、またよくわかるのだ。

「俺はとにかく辞《や》めたい。明日を知らぬこの状態なんだからな。いまは後の世のことしか考えられない。ああ、もちろん朝恩はありがたい、ありがたいと思ってるとも。だからお許しを頂きたいのだ。これが最後のお願いなんだから」

こう言い張られては仕方がない。行成は急いで内裏にとってかえす。かくかくと奏上すると一条は今度は別の手に出た。

「言うことはもっともだ。よくわかった。が、考えてみるがいい、左府は自分の外戚《がいせき》であり、かつ朝家の重臣ではないか。自分は左府を頼りにしている。左府がいなかったら、誰に助けを求めたらいいのか……」

情に訴えての慰留である。このときすでに丑の四刻——午前三時半！

またもや使が内裏と道長邸を往復するうちに、いつか夜は明けてしまっていた。精勤の蔵人頭行成は、とうとう一睡もしなかった。

一条は道長の除疾延命のための祈禱《きとう》を僧侶に命じた。その間に道長は辞表を呈出する。前にも触れたが、学者に作らせる荘重な名文である。もちろん一条はその請を容《い》れない。そして、さらにもう一度……。一条はやや譲歩する。

「大臣を辞することは許さないが、申し出によって、文書内覧と左右近衛府からの随身《ずいじん》の停止だけは許そう」

そんなやりとりをしているうちに、いつか十日ほどは過ぎてしまった。

——さて、この先はどうなるか。

実資は固唾《かたず》を呑んで成りゆきを見守っている。

道長の病臥《びょうが》中は顕光が万事をとりしきっているが、これがいかにもたどたどしい。彼は愛する娘の元子が懐妊したというので、このところ浮き浮きしているのだ。

——ああいうのが威張りだすのもたまらんな。

そして、渋い顔をしている実資の許にもたらされたのは、

「左府はどうやら快方に向われましたそうな」

かなりがっかりさせる知らせであった。

「御祈禱がきいたとかで、大変御機嫌だそうで……」

——そんなはずはない。

実資はしきりに首をかしげている。なぜなら、道長の悩みの種はまだなくなってはいないからだ。問題の元子は、その後も元気で、新しい生命はその胎内で日一日と成長を続けている。とすれば道長の不安はむしろつのる一方に相違ないのだ。

やがて出産にそなえて元子が退出するときがやってきた。このとき人一倍心穏かでなかったのは同じころ入内した公季の娘、義子である。弘徽殿《こきでん》に住む彼女とその女房たちは、いまいましい思いでその騒ぎを横目で見ている。さて、元子の住む承香殿からは弘徽殿の細殿《ほそどの》のところを通って出てゆくのだが、弘徽殿の女房たちが、簾《すだれ》の蔭《かげ》からのぞいていると、元子に従う童女が聞えよがしに言った。

「まあ、ここでは、簾だけがはらんでるわ」

女房たちの衣裳に押されて、簾の裾がふくらんでいるのを皮肉ったのである。

「まあ、何てことを」

女房たちは身をよじってくやしがったが、この世界では懐妊の有無が露骨すぎるほどものをいう。義子付きの女房たちはくやし涙を呑《の》むばかりであった。

元子の邸は堀川にある。父の顕光はそわそわと出産の準備にとりかかる。当時最も頼りにされたのは僧侶や修験者である。それこそ名医のように手厚く迎えて読経、祈禱を続けてもらう。もちろん顕光はその用意も怠らなかったのだが、何としたことだろう。元子は予定日を過ぎても一向に産気づかないのだ。

――どうした、どうした。

顕光はじめ周囲はしきりに気を揉むが、元子にはその気配さえ現われない。遂に思いあまって、太秦《うずまさ》の広隆寺《こうりゅうじ》に参籠《さんろう》することになった。現在美しい飛鳥《あすか》期の弥勒《みろく》像のあることで有名な寺だが、そのころはむしろ霊験あらたかな薬師如来があるというので人気があった。

薬師は諸病平癒の力を持つ仏とされている。この前で「薬師経」を読むのだが、顕光はこれを十二人の僧に依頼した。一人が一刻ずつ受持って読み続ければ、二十四時間、切れめなしに読経が続く。これを「不断経《ふだんぎよう》」という。最もききめのある読経ということになっているにもかかわらず、まだ元子はけろりとしている。

最初は七日間の参籠のつもりだったが、さらに七日間延長した。と、少し効果が出てきたのか、元子が異常を訴えはじめた。が、ここは寺の中である。

「いかになんでも、ここで御出産なさるのは……」

寺側はいい顔をしない。

「と申しても、ここから堀川まではほど遠い。万一体に障ると、せっかくの読経の験もなくなってしまう。後で何とでも薬師さまにおわびするから……」

顕光はよたよた走り廻って周囲をなだめた。そのうち、元子は身もだえしはじめる。

「苦しいっ、苦しいっ」

声のかぎりうめき叫んだと思うと、周囲が腰を抜かすほどのおびただしい水が胎内から流れ出た。すると、ふくれあがっていた腹部はみるみるしぼんで、情ないほど小さくなってしまった。

では嬰児《えいじ》は？

嬰児はなかった。いくら待っていても、影も形も出てこなかった……。呆然《ぼうぜん》と膝《ひざ》をかかえたまま、顕光は言葉もない。

いったいこれはどういうことなのか。早期破水で胎児を死産したのを、誰かがおもしろおかしい作り話にしてしまったのか。それとも何か別の病気だったのか。

御利益あらたかを誇る広隆寺側もすぐには挨拶のしようもなかったが、それでも、

「いや、まずまずお命に別条がなかったのはやはり薬師如来さまのおかげでございまして」

莫大な布施を貰《もら》っている手前、まじめくさってそんなことを言ったとは、お坊さまもしたたかなものである。

顕光父娘はこの事件のおかげで、さんざん物笑いの種になった。彼はこのさなか御自慢の北の方、盛子《せいし》内親王（元子の母）をも失っている。お人好しの彼を、悪魔までついからかいたくなるのか、この後も次々不幸に見舞われるのだが、それでもなお、一向にこの不幸を感じていないような、とんちんかんなところのある右大臣なのである。

——あれでは気の毒を通りこして滑稽《こっけい》だ。

日ごろは首をすくめている実資だが、しかし今度の顕光の不運はむしろ無念でもある。

——承香殿の女御が、もし皇子をもうけられたら、道長はどうするか。

ひそかにそれを待ちうけていたのだ。

しかし期待はみごとにはずれた。そのせいか、道長はますます元気になってきたらしい。随身は辞退したままだが、「文書内覧」の方はいつのまにか元通りになっている（ちなみに随身の復活は翌年三月である）。おまけに高麗の来襲は風説で終ってしまったし、大宰府は、奄美の海賊を追討したという報告を送ってきた。東三条院も、

「病気だ、病気だ」

と時折り騒ぎたててはいるが、けろりとして石山詣でに出かけているから、大したことはないのだろう。第一、伊周、隆家も配所から帰っているし、その方は一件落着なのである。

伊周の帰京と前後して、定子の産んだ皇女脩子《しゅうし》には内親王宣下《せんげ》があった。当時は天皇の子だからといって無条件に親王や内親王にはなれない。家柄やその他の事情を考えてふるいにかけられるのである。親王、内親王となればそれなりの待遇が与えられるわけだが、このころから、詮子はやたらにこの幼児を気にかけはじめた。

「何といっても、私には初孫ですからね」

とってつけたように言っていると聞くと、実資は何やらいまいましい気持になってくる。結局九条流内の対立はおさまり、表面は親密さを取りもどしてしまったからだ。

定子も職御曹司《しきのみぞうし》——つまり中宮職の建物の中まで帰ってきた。さすがに後宮入りはしていないが一応宮廷社会に復帰したのである。

この年の夏、また新たに疫病が流行し、倫子の異母兄の参議源扶義や、例の成忠入道、ぐずで要領の悪い能書家、藤原佐理《すけまさ》などが次々に死んだ。このときは道長も寝こんで、一時はまた大臣を辞めたいなどと言いだしたが、まもなくよくなって、あっさりと申し出をひっこめてしまった。

——どうもあの一族の周辺は不幸までも素通りしてしまうようだな。

実資はあまりおもしろくない。しかも一連の事件が終ってみると、何やら道長がひとまわり大きくなったようにさえ見える。

――あくぬけということか。

人間に幅ができたのか、一種の自在さを体得した気配でもある。しぶしぶではあるが、実資もそれを認めざるを得ない。

それに――。

もし道長が本当に辞めてしまったらどうなる？　右大臣顕光のあの魯鈍は救いようがない。内大臣公季も座にいるだけで全くの無能。いざとなると他には一座の長となれるような人間はいないではないか。

それに道長は人あたりもいいし、自分にも一目おいているようなところもある。いや誰に対しても高圧的でない。

――とすれば、まだしもというところか。

もっとも当の平凡児道長は、そのことを自覚してはいない。次から次へと襲いかかってくる内憂外患にふりまわされ、ぶざまにもがいてきた末に、やっと一息というところだと思っている。

ただ、何となく、度胸はついた。やれば何とか切りぬけられる、という気はしてきた。むしろこの時期、はじめてわかったのは、この職は、辞めたいといっても、なかなか辞

められないものだということだ。道兼兄貴のように権力に執着する型の人間ではないから、

——何もこんな苦労してまで……。

と思って本気で辞めることを考えたのだが、いざとなるとそう簡単にゆくものではないとわかった。しかし心の底に、醒《さ》めた思いがたゆたっていることもまた事実である。そして、これから先も、それは多分時々彼の心をゆさぶることであろう。

何が何でも権力の座へ、と眼の色を変えてひしめく政治の社会ではこれは珍しい資質のようにも見える。そんな弱腰では頼りないと思う向きもあるかもしれない。が、一種の度胸と、その反対の極にある醒めた思いは、ある意味での平衡感覚なのだ。政治の社会で思いのほかにその人間の政治生命を長続きさせるのはこの資質である。それがいま道長の中に根を据えはじめたようだ。

実資はいま、おぼろげに道長の中にあるこの平衡感覚に気づいたのかもしれない。次から次へと政策を打ちだすきらびやかさはない。平凡児はあえぎ、よろめき、ときには辞めたくなったり、どうにでもなれ、と思ったりしながら、とにかく歩いてゆく。やることなすことその場しのぎ、無定見の感をまぬかれないが、しかし政治とか歴史とかいうものじたい、息の長い、捉《とら》えどころのないものであってみれば、それと行をともにするには、これも有効な手段なのかもしれない。

が、人の眼を奪うほどのはったりもないので、大政治家とはどうしても見えないから歴史学者からの評価も芳しくない。

「彼は亡弊状態にある当時の日本に対して、何ら対策をたてていない」

と、後世の学者は彼を批判する。たしかにその通りだ。国家財政の大赤字、律令制の弛緩、官人の怠惰——つづくりのつかないところにきているにしては彼は政策マンではなさすぎる。

それはなぜか。彼自身、経済的には呆《あき》れるほど安定していたこともその一つであろう。彼らの富の実態はつかみにくいが、学者の計算によれば左大臣としての年収は米に換算して約五、六千石。現在の政府の米の売渡価格から割りだすと二億ないし二億五千万。それにボーナス的なものや臨時の給与、これに数倍する個人財産や家に伝わる財産からの収入を併せれば、尨大《ぼうだい》な額になる。国家財政は赤字でも、まず高官の収入は確保できるしくみになっていたのだ。もちろん下級官人にはかなりのしわよせはきているのだが……。

国家は赤字、ただし自分は御安泰——これが亡弊の構図である。危機感にいまひとつ真剣味のない理由もそこにあるだろう。もっともこれは道長にかぎったことではない。日本の歴史の中で末端の民生にまで心を配った政治家は何人いるだろう。あの信長や秀吉だって、民衆の幸福などは考えてもいなかったではないか。

それに、道長の時代には「民衆」への認識が成立していない。自分が相手にしているのはせいぜい中級官僚どまりだから、「亡弊観」もおざなりになってしまうのだ。しかしこのままでいいとは決して思っていないところが道長の道長たるところである。線の太い父の兼家には、そんなためらいはほとんどなかった。この微妙な親子のずれは、そのまま時代の動きを反映しているといってもいい。そして危なっかしい平衡感覚も、まさに時代の所産といえるかもしれない。

道長がひそかに案じるごとく「亡弊」はこの先も続くだろう。が、じつは「亡弊」の中から新しい芽は生れるのだ。たとえば東国は道長たちから見れば税の上がりのよくない「亡弊の国」そのものだが、これは裏返せばすなおに税をしぼりとられない在地勢力が芽生えているということなのだ。もっともそれが太い樹にまで育つのは二世紀ほど後のことであるが……。

まだ時の流れはゆるやかだ。その流れの中を、ともかく道長は彼の平衡感覚を頼りに歩みつづけてゆく。

和歌屏風《びょうぶ》

姫の髪はずいぶん長くなった。永延二年の生れだから数えで十一歳、幼いころから、「母君のお血すじをうけたお美しいお髪《ぐし》」

侍女たちにそう言われつづけてきた、ゆたかな黒髪である。母の倫子《りんし》も髪の美しさでは定評があったが、姫のはさらにうるみを帯びて黒いのだ。

それでも、ついこの間までは、姫が跳ねまわるたびに、まるで生きもののようにぴんぴん肩先で踊っていたのだが、急にしんなりとある表情をもって背にまつわりつくようになった。姫自身が目立っておとなしくなったからなのか。いや、そうではあるまい、このところ、たしかに姫の髪のつやは変ってきている。

そのことに一番早く気づいたのは、誰でもない、父の道長だった。

「姫の髪が冷《つめ》とうなった」

その手ざわりをいつくしみながら見せた複雑な表情に、気づかない倫子ではない。

「早う長くなれよ」

夫は姫の髪を撫《な》でるたびにそう言ってきたが、長さもさることながら、明らかにいま、姫の髪に変化が起きている。

道長は何やらまぶしげな表情をしながら、その先は何も言わない。それでも倫子は、夫の胸を往《ゆ》き来《き》するものは、ちゃんとわかっている。

——女のしるしを見るのも、そう先ではないな。

そうなれば一人前の女の仲間入りをするため、盛大な裳着《もぎ》をしてやりたい。そしてその先は……。道長も倫子も、そのことは決して口にはしないのであったが。

この年、秋口に嵐《あらし》が続いた。おかげで鴨河《かもがわ》が氾濫《はんらん》して、左京はかなりの被害をこうむった。左京の北部、比較的川に近いあたりに並ぶ貴族の邸宅もその例外ではなかった。このときは、東三条院詮子《せんし》の住む土御門邸も濁流が流れこみ、かなりの被害をうけたので、手入れをしなければならなくなった。

「その間、わが家にお移りを」

道長にすすめられて一条邸に移ってきた詮子も、姫の成長に驚かされた一人である。

「まあ、少し見ないうちに大きくなりましたねえ。みごとな黒髪だこと。こんな美しい髪を持っている姫を見たことがありません」

倫子につきそわれて挨拶に出た姫は、

「ありがとうございます」

大人びた物腰で静かに一礼した。

「いくつになりましたか」

「十一でございます」

そばから倫子が言葉をそえた。

「もう少し背丈がのびてもよろしいのでございますが、私に似て小柄でございまして」

詮子はうなずきながら、姫から眼を離さず、何かを考えるふうであった。

ところで、土御門邸の手入れをどうするか、

「何事も女院のお好みに任せたいと存じますので」

道長はしきりに詮子に尋ねている。

もともと土御門邸は、倫子の両親である源雅信《まさのぶ》、穆子《ぼくし》のものであり、道長はここに迎えられて倫子と結婚した。その後、詮子が女院となって宮中を退出したとき、その里邸として道長夫妻が提供したものである。以来、道長たちは、穆子の持つもう一つの邸である一条邸にひき移った。といっても当時の貴族の邸宅は方一町（約四千坪）もあるから、今の感覚の二所帯同居とは大分違うのであるが。

すでに道長は左大臣である。詮子に土御門邸を提供したころとは比較にならぬほどの富も権力も手にしている。しかもその地位に辿《たど》りつけたのは、ひとえに詮子のおかげなのだから、

——この際。

邸の修理にも、しぜんと力が入ろうというものである。

ところが、どうしたわけか、詮子は道長の提案にいっこうに気乗りを見せないのだ。

「ま、よく考えて」

とか、

「いずれ、そのうち」

とか生返事をくりかえしている。道長は詮子の心の中を計りかねて、

「何かお気に召さぬことでも」

たずねると、むしろにこやかに笑う。

「いいえ、別に」

「姉君」

道長も二人きりのときは堅苦しい女院という呼び名をやめて、膝をすすめる。

「私が今日ありますのは、みな姉君のお力添えによるものです。この際できるかぎりのことはさせてください。新築同様に直せと仰せられるならそのように」

詮子はいよいよにこやかにうなずいた。

「ええ、その方がよろしいでしょうね。洪水に遭っても心配ないようにするのはもちろんですが……」

「わかりました」

道長もはればれと言った。

「そういう御意向だったのですね。では早速」

「早いほうがいいでしょう」

「では至急にとりかからせまして」

「それでも今年一杯はかかりますね」

「そうですな。それまではこちらでお過し願わなくてはなりませんな」

と、意外にも詮子はかぶりをふった。

「いいえ、そうではありません」

「そりゃまた、何ゆえに」

「土御門の邸はきれいにしてください。でも私はそこへ戻るつもりはないのですよ」

「えっ、何と仰せられる」

道長はぎくりとする。

「何かお気に障られましたか」

「……」

「それとも、あそこの邸は方角がよくないとか」

いま、道長にとって頭の上がらない存在は詮子ひとりだといってもいい。彼女に機嫌をそこねられては困るのである。

「せっかく邸を手入れいたしましても、姉君にお住いいただかなくては……」

が、道長の心配そうな顔付を見た詮子は、はじけるように笑いだした。

「何を言っているの、道長」

「は？」

「私はそんなことを言っているのではありませんよ」

「と仰せられると」

「姫です、そなたの姫君です。美しく大人びられた姿を見ましてね。時機がきたと思ったのです」

「……」

「裳着はまもなくでしょう」

「は」

「美しい邸で、華やかに行わねばなりません」

そして遂に、詮子はこう言ったのである。

「入内するとなれば、姫君のための、しかるべき里邸がなくてはなりませんものね」

「姉君……」

そう言ったきり、しばらく道長は言葉もなかった。

——そうか、時機か。

心の隅に常にあったそのことを、直視しなければならない時機がきていたのだ。しかも、これについて、姉は頭の中で、さらに綿密なプランを練りあげていたのである。

——顕光《あきみつ》や公季《きんすえ》の娘もすでに入内している。とすれば、それを上廻る豪華さでその準備を進めねばならない。

詮子はこう言いたかったのだ。単に見栄《みえ》をはろうというのではない。遅れてスタートラインに立つ姪《めい》に対する思いやりであり、長い間、後宮で声なき戦いに揉《も》まれ続けてきた彼女の身についた政治的布石でもある。

「ありがとうございます。何とお礼を申しあげていいか……。しかし」

道長は顔をあげた。

「姉君のお住いのことをまず考えねばなりませぬな」

「ありがとう、それも」

落着きはらって彼女は言う。

「ちゃんと用意があるじゃありませんか」

「は？」

「一条の、そら、もと為光公のお邸——」

「あっ、なるほど……」

「土御門といっしょに手入れを急がせてください」

どこまで気の廻る姉か、これだから頭が上がらない、と道長は思った。言いだされて気がついたのだが、詮子はごく最近に、故太政大臣為光（道長や詮子の父兼家の異母弟）の持っていた一条邸を手に入れた。名前が同じようで紛らわしいが、一条大路に面していればこのころはみな一条邸と呼ばれたのだ。

為光の死後、豪華な一条邸を相続したのは彼に溺愛《できあい》された三女であった。妖《あや》しいまでの美貌のゆえに、人の不幸の原因を作った問題の女性でもある。道長のライバルだった内大臣伊周《これちか》は彼女にうつつをぬかしたのが破滅の第一歩となった。好色家の花山法皇も同じく彼女の許に通っていると思いこんで、脅し矢を射たことが失脚の緒となったのだ。

このとき彼女は一条邸にはいなかった。妹の四の君のところに移って姉妹がいっしょに住み、妹のところに花山が通ってきたことから混乱が起ったのである。

ではなぜ、彼女は一条邸に住んでいなかったのか。あまりに大きくて手入れが行き届かず、いささかもてあまし気味だったのだ。このころの家は木造で、気をつけていないと荒廃しやすい。有力者の家なら人手も多いから磨きたてることもできるが、その家の主人がなくなるとたんに管理が不十分になる。為光ほどの家でもその例外ではなかったのである。ちょうどそのころ、

「その邸買おう」

と言いだした人間があった。佐伯公行《さえきのきんゆき》という男で、その価米八千石。当時の一升は現在の四割程度というから換算して前の方式で割出すと約一億三千万円程度だ。しかも、彼は、

「これをそっくり東三条院さまに」

と申し出たのだ！

一億三千万円もの超豪邸を？

では佐伯公行とは何ものか？　彼はそんな豪勢な贈物ができるほどの大富豪なのか。

そのとおり。彼は当時の富裕層である受領《ずりょう》の一人、つまり国の守《かみ》や介《すけ》として現地に赴任し実際に徴税事務にあたる実力派の中級官人だったのである。現地に行った彼らは、その土地の有力者である国府の下僚をたくみに操って、ぬけめなく税をとりたてる。時にはおどし、時には下僚にもうまい汁を吸わせて……。

当時は一種の請負制度だから、きまった量を官に納入すれば、それ以外は自分のものとしてしまっても罪にはならない。地方官としての給与も悪くはないが、この役得が尨《ぼう》大《だい》であった。この数量も摑《つか》みにくいが、少し後の記録によると、小国淡路の守でも年収米六千石、塩五百石余だという。公行は信濃《しなの》の受領でかなり腕きだったらしいから、八千石くらいの買物はさほど苦にはならなかったのだろう。

それにしても八千石の買物をそっくり献上とは……気前がよすぎるようだが、これは、

じつは単なる献納ではない。いわば政治的投資である。こうしておけば、たちまち他の国の受領に任じられるのだ。はたせるかな、彼はそのとき詮子の口添えで、まもなく播《はり》磨介《まのすけ》に任じられた。こうなれば、献上分くらいは、すぐさま取り返しがつくのである。まさに汚職そのものだが、当時の官吏には罪悪感は全くなかった。これを「成功《じょうごう》」といい、むしろ国家財政のピンチを救う妙手とさえ思われていた。公行ばかりでなく、宮中の殿舎を作って、それとひきかえに受領になった例は多い。道長たち権力者にとって、受領は彼らの年収の基礎となる貢納物を確実に取り立て、さらに国家のできない殿舎の修理をやってくれる、頼みがいのある部下だったのである。

官吏の任免は道長の行うことだから、詮子が公行を推薦してきた事情はよく知っている。もっとも、詮子が邸宅を求めていたのは別の事情からで、

「帝のためにいい邸を用意しておきたいので」

ということだった。いずれ退位したときの御所なのだ。まだ年若な一条ではあるが、それでも、在位中に用意しておくのが当時の常識だった。

つまり公行の思惑と詮子の希望が合致しての「成功」の成立である。二人を結びつけたのは公行の妻、光子《こうし》。彼女はさきごろ世を去った関白道隆の妻の貴子《きし》の妹だ。姉の縁にすがって道隆の家によく出入りしていたが、伊周たちが失脚して以来、浮かない顔をしていた。

が、詮子が定子の産んだ一条の皇女、脩子《しゅうし》内親王を気にかけるようになると、いちはやくその匂いを嗅《か》ぎつけて、その身辺に出入りをはじめた。道隆一族も高階《たかしな》家も勢を失ったいま、頼りにするのは詮子しかない、と思ったのだろう、たくみに夫の売りこみを計って為光の一条邸を献じたのである。

「あのときは帝のお住居としても恥ずかしくないと思ったのですけれど……」

詮子は道長にそう語った。いましばらくは自分が住んでもよくはないか。そうして土御門邸を手入れして姫の裳着を迎えればいい……。

「ありがたいことです、姉君」

道長は深く頭を下げた。

「思召《おぼしめ》しを早速妻に伝えまして……」

とってかえして倫子を呼びたてた。

「早く女院に御礼を言上するように」

手短かに事を告げられただけで、倫子は慌しく詮子の前にひっぱってゆかれた。何かあれよあれよというまに事が運んでしまった感じである。

「いろいろ御心配を頂きました由、お礼の申しあげようもございません」

それだけ言うのがやっとだった。

「いえいえ、お礼を言いたいのはこちらです」

詮子はゆったりした笑みをうかべて言う。

「ほんとうに長い間気ままにさせてもらいました。が、姫も大人びてきたことですし、お返しするよい時期です。そして」

倫子は、詮子の口から洩《も》れる言葉を夢のように聞く。

「いずれ私が引き移るときは、そなたを従三位にと、帝にお願いしましょう」

「まあ、私が従三位に？」

倫子はじつはその年の正月従五位上に叙せられている。高官の妻が叙位にあずかることは当時のしきたりだから、さほど珍しいことではない。

そして今度は従三位である。律令の規定では三位以上が「貴《き》」五位以上が「通貴《つうき》」ということになっているから、従三位を貰えば、文字通り、貴婦人の一人になったわけだ。

前にも触れたが、天皇や院、国母などが臣下の邸に滞在すると、その帰りぎわに、

「お世話さま」

といった意味で、主人またはその家族に位をさずけるのも当時のしきたりだから、長年土御門邸を提供していた倫子が、従三位に叙せられるのも、何のふしぎはない。

ただ、倫子がわれながらふしぎに思うのは、このところ、何の不自然さもなく、こんなようにものごとが動きはじめていることだ。

――なにごとのふしぎなけれど……。

である。道長はもちろん大喜びだ。

「頭《とう》の弁《べん》、行成《ゆきなり》を呼んでください」

詮子にそう言われて、

「はっ、それでは直ちに」

手配をして、自分たちの局《つぼね》に戻りかけると、

「殿さま、北の方さま」

中途の廊下で、彰子《しようし》付きの侍女、大納言の君が待ちうけていた。

「おめでとうございます」

「ありがとう、もうわかったの、そなた」

倫子がいうと、大納言の君は奇妙な顔をした。彼女は倫子の姪だから、小柄な体つき、丸い瞳《ひとみ》などは、そっくりといっていいくらい似ている。

「北の方さまこそ御存じで？」

「ええ、いま、女院さまからお話を頂きました」

「は？」

「従三位にということで」

言いかけると、慌てて大納言の君は手をふった。

「いいえ、そうではないのでございます、あの、私が申し上げたいのは」

口を倫子の耳許《みみもと》に近づけた。

「えっ、まあ」

今度は倫子が驚く番だった。

遂に姫は女のしるしを見たのである。

「あなた……」

袴《はかま》をつまむと、倫子は廊を走り出していた。局では姫はきちんと静座していたが、少し不安げな眼をしている。

「気分の悪いことはありませんか」

「ちっとも」

そう言う姫の肩を、倫子はそっと抱いた。続いて道長も入ってきた。

「めでたいぞ、姫」

こんなとき、父親というのは、何となくこそばゆげな顔になるものである。

——どうしてこうまく、ものごとが巡ってゆくのか。

倫子はまたもそう思わずにはいられなかった。いずれはやってくる姫の初潮であった。が、こうして、詮子の移転、土御門邸の手入れと、事がきまったときに、それが訪れようとは……。

それからの一条邸は多忙な日が続いた。例の勤勉な蔵人頭《くろうどのとう》行成が、詮子の召しをうけてあたふたとやってくる。倫子叙位の趣きを承って、早速内裏へ――。もちろん一条に異存はない。

ところで、この日の行成の日記『権記《ごんき》』にはおもしろい事が書いてある。

「かくかくの内意を女院から承った。ところで、北の方の名前を知らなかったので、一条の左大臣家へ行ってそのことを申しあげると、左大臣殿が、名は倫子だ、これまで従五位上だったと仰《おお》せられた」

毎日のように道長に会い、その一条邸にも足繁く通っている行成が、倫子の名前を知らない、という事実がここにはある。今でも似たようなことがないわけではないが、それ以上に、女の名前を口にすることは極力避けるようなしきたりが当時あったことの証言にはなるだろう。

ついでに姫についても一言しておく。

姫はもちろん後の彰子である。が、これはやがて行われる裳着のときに公表されるもので、それまで道長邸では大姫さまとか姫さまとだけ呼びならわしていたものと思われる。

さて、東三条院が、新しく手に入れた一条の邸《やしき》に移ったのはその年の十月二十九日、以下ここを一条院と呼んでおく（史料には大宮院という名前でも出てくる）。公卿《くぎよう》たちから数々の贈物を受けて詮子が新邸に移った日、倫子は予定のように従三位に叙せられた。

「さて、姫の裳着のことだが……」

一条院に詮子を送りこんで、そこでの酒宴を終えて帰ってきた道長は、早速日選びを始めた。

「まあ、気のお早い」

「早いことはないさ、待ちに待った裳着じゃないか」

「それにしても、何だかふしぎですこと」

「何が」

「女院さまの御移転と同時に、こうもとんとん拍子に事が運ぶなんて？　何だか私の体に、車が嵌《は》めこまれたみたい」

「車どころか、翅《つばさ》かもしれぬぞ。それで一気に飛び立つんだ」

「こわいようですわ」

「こわくはないさ。ものにはしおがある。そのしおが来たら一気に乗るんだ」

政界の経験が道長に一種の勘を備えさせたのかもしれない。

「ちょうどいい折に従三位を頂いた。三位どのの姫君の裳着、ということにもなるな」

道長は、じっと倫子をみつめている。

姫の慶事はすでに女院詮子にも伝えてある。それからの詮子の活躍ぶりは、これが昨年死ぬの何のと大騒ぎをした人間かと思うようなめまぐるしさであった。思い立つと内裏へゆく。一条に何事かを相談し、帰ってきたと思うと、道長や行成を呼びつける。そしてまた内裏へ……。

もっとも今度の内裏行は別の用事だ。彼女としては、道長の姫の裳着の前に片づけておかねばならないことがあったのだ。

それは彼女の初孫——中宮定子の産んだ一条の長女、脩子内親王の袴着《はかまぎ》であった。

「おめでたいとき、よそで指をくわえている人間がいてはいけませんからね」

影の薄い存在になりかけている定子母娘《おやこ》に淋しい気持を持たせてはいけない、というのである。

——ほんとに女院さまのお目配りの広いこと。

倫子も家を取りしきることには自信があるのだが、やはり詮子はひとまわりスケールが大きい。

脩子内親王の袴着は、だから、ひときわ華やかに宮中の登華殿《とうかでん》で行われた。伊周や隆家は罪は許されたといっても、まだ社会復帰はしていないからその席には連ならない。父の一条が物忌《ものいみ》中なので道長が代って袴の腰を結ぶ役をつとめたが、これも詮子らしい神経のゆきとどいた演出であろう。

母の定子は遠慮がちに脩子を伴って宮中入りし、久々に一条との対面を果した。悲境にあった道隆の一家にも、やっと春の兆しが近づいたようだ。ちょうど中宮権大夫《ごんのだいぶ》だった源扶義《すけよし》（倫子の異母兄）が他界したので、後任には、中納言平惟仲《これなか》が選ばれた。腕ききの彼は道隆や道長の父の兼家以来の腹心である。

「中宮の御身のまわりに御不自由がないように――」

道長はこう彼に言い渡した。もっとも要領のいい惟仲は、落ちめの道隆一族にかかわりを持つことを、いささか迷惑げにしていたが。

さてこうしておいていよいよ姫の裳着である。行われたのは二月九日、その年正月に長保《ちょうほう》と改元されている。これに先立って、公卿や受領たちから豪華な贈物が続々と運びこまれて、倫子の眼を驚かせた。

改めて一《いち》の上《かみ》である夫の実力のほどを思い知らされた感じである。女院詮子からはまぶしいほどの女装束二重ね。太皇太后宮昌子内親王《たいこうたいごうぐうしょうし》はじめ宮家からの贈物に混って、中宮定子からは、優雅な香壺の筥《はこ》一対が……。さきに行われた脩子の袴着への礼もこめてのことなのだろう。

その日、朝の空気をしめらせていた雨が昼すぎになるとすっかりやんだ。手入れの行き届いた土御門の邸の庭では梅がしきりに匂った。姫の裳の腰を結んだのは、いうまでもなく、父の道長。そして一条帝からはその日勅使として行成がさしむけられ、姫を従三位に叙する旨が申し渡された。

まさに破格の待遇である。これも一つには、倫子がすでに従三位になっていたからで、このあたりにも詮子の周到な配慮を感ぜざるを得ない。

従三位藤原彰子――。

これが姫の人生への出発の肩書と名前である。

――これでよし！

倫子の眼に写る夫はいよいよ自信を深めたかのようにみえる。いま、夫の、そして自分の思い描くのは、この土御門の邸を後にする娘の姿である。ゆたかな髪を裾長《すそなが》にひいて、行く先はもちろん内裏の後宮――。もうその日はついそこまできているのだ。

娘の幸福を願って、道長夫妻が氏神である春日社《かすがしゃ》へ詣《もう》でるために都を発ったのはその月の二十七日、神楽を奏し、競馬《くらべうま》を奉納して、神官、巫女《みこ》たちに莫大な贈物をばらまいて帰ってくると、公卿たちがぞろりと出迎えて、またもや倫子を驚かせた。出迎えの連中は、われもわれもと馬を献上した。馬は当時の最高の贈物、現在の自動車一台というところであろうか。春日でばらまいたくらいのものは、この日運びこまれた献上物で、たちまち取りかえしてしまいそうな勢である。もっとも、へそまがりの評論家、中納言実資《さねすけ》だけは、いっこうに姿を見せなかったけれども……。

倫子はこのところ、事ごとに道長の威光を見せつけられている感じだった。

――まあ、この人って、こんなに偉い人だったの？

改めて夫の顔を見守りたいような気もする。いつからそうなったのか。変りめがどうもたしかめられない。が、夫は、これがあたりまえだ、とでもいうように、悠然とあごをしゃくって会釈などを返しているではないか。

──とすれば、私も少しは陶然としてもいいのかしら？

その夜、夫に身をゆだねたのは、倫子の中にそんな思いがあったからかもしれない。すでに知りつくしているお互の体だった。いまさら、むさぼるの与えるの、という仲でもない。ただ、しいて言うなら、門出の近いわが娘への予兆を、みずからの体の中で祈りたかった、ということではなかったか。

──夫は何を思っているのか。

瞬間、ふっと思った。夫の中でも、娘と自分が一体になっているのではないか、という気がした。

入内《じゅだい》はその年の冬──と一応内定している。もちろん女院詮子を仲介に、一条からは内諾を得ている。

──あれも、これも持たせてやりたい。

──そして供の女房たちは？

数か月、母親として最も忙しく、そして最も張りのある時期を倫子は過した。これは今も昔も同じことであろう。それでいて、これまでのように娘としきりに話しこむことは少なくなっている。激しい渦の中で、彰子ひとりがしんとしずまりかえっているように見える。そしてそのことに、倫子はみちたりた思いを感じるのである。

が、それから数か月後、倫子のこの幸福感を根底からゆさぶるような事件がおきた。

彰子が入内するべき、かんじんの内裏が、一夜にして焼失してしまったのだ。

六月十四日の深夜のことだった。

修理職《すりしき》あたりから上がった火の手が、たちまち清涼殿に迫ろうとしているという急使の報告に、

「なにっ、火の手がっ」

はね起きた道長は、

「袴ッ」

「帯ッ」

傍らの倫子の手から衣裳《いしよう》をもぎとるようにして慌しく身ごしらえすると、たちまち馬上の人となった。さすがに三十四歳、若き左大臣の行動はすばやい。

一瞬のうちに、その蹄《ひづめ》の音も聞えなくなった。衿《えり》をかきあわせて倫子が簀子《すのこ》に出ると、西の空が不気味に紅《あか》い。

——この分では……。

とうてい内裏が無事とは思えなかった。

――まあ、何ということでしょう。

彰子の入内を楽しみにしていたのに、とんだことになってしまった。火のまわりの早さを見れば、いまは一条帝の安否さえも気づかわれた。

――万事調子よくいっていたのに。いえ、あまり調子がよすぎたのだわ。

吉事も重なりすぎれば凶に転じる。そういえば彰子の裳着の少し後で、駿河国《するがのくに》から、富士山が火を噴いたという知らせがあったのを思い出した。そのときは遠い国のことと思って気にもとめなかったが、あれは今度の火事の前兆だったのではないだろうか……。いてもたってもいられない、というのはこのことであろう。娘の幸いもこれで消えてしまったような気がした。

「北の方さま、もうお入り遊ばしませ」

侍女たちに何度か促されて倫子は寝所に戻った。が、寝つくどころではない。

「あ、火の色が少し弱くなりました」

「白煙の方が多くなりました」

侍女たちが次々に知らせてくるが、

「そう……」

いったん中に入ると、もう立って出てゆく気力も失せてしまっていた。

――かわいそうな姫。

新しい門出に早くも翳《かげ》りが見えはじめたとは……。がっくりして脇息《きょうそく》によりかかっているうちに、いつか夜は明けはなれていた。

道長が邸に戻ったのは、大分日が高くなってからだった。

「焼けた、焼けた。丸焼けになってしまった」

が、口ほど応《こた》えていない様子で、どかと円座《わろうだ》に腰をおろすと、

「帝《みかど》もまずまず御無事だったから」

一条帝はひとまず太政官《だいじょうかん》の庁舎の一つに落着いたという。が、倫子の心ははずまない。

「ま、御無事は何よりですけれど、でも、これで何もかもめちゃめちゃですわね」

夢に描きつづけてきた娘の入内――。倫子にしてみれば、亡き父雅信が自分に賭《か》けた夢でもある。

――私をきさきがねに、とおっしゃっていらしたお父さま。その夢はみのらなかったけれど、私が道長どのの妻となって、やっとここまできたというのに……。

が、道長は、気落ちした倫子の顔を、むしろふしぎそうにみつめている。

「どうした。疲れたのか、とうとうあれから眠らなかったそうではないか」

「ええ、姫のことがかわいそうで」

「かわいそう?」

「ええ、内裏が焼けてしまったら、入内はいつのことやら」

「なあんだ、そんなことか、心配するな」

道長は倫子を元気づけるように陽気に言う。

「内裏はなくとも、入内はできるさ」

「どうして？」

「代りの立派な邸がちゃんとある。そこへ帝に移っていただくように、もう手はずもきめてきた」

「まあ、それはどこですの」

「気がつかないのか、そなた」

「え？」

「一条院」

あっ、なるほど……。

「あそこなら、帝にお住いいただくのに十分だ。いやもともと、女院が、帝の後々《のちのち》のお住居として考えておられたのだから。今から入っていただいてさしつかえない。女院はまたしばらく土御門へお戻りいただけばいい」

道長はそれから呟《つぶや》いた。

「不幸中の幸いとはこのことだろうよ」

一年前の今ごろだったら大変だったろうが、まるで火事の方が、一条院の完成まで待っていてくれたような感じではないか。そう思えば、何も案じることはない。

早くも道長は一条院の見取図を頭の中に描いて割りあてをはじめた。帝の居間はここ、公卿の参候する所はここ、近衛《このえ》の詰所はここというふうに……。そうしてやがて大きくうなずいた。

「大丈夫だ。女御《にょうご》方の御殿も広々ととれる」

ゆくゆくは一条の退位後の住居にと思っていたくらいだから不便はなかった。つけ加えると、これらの殿舎はこの後すべて内裏ふうの名で呼ばれる。たとえば公卿の会議の座は仗座《じょうざ》、きさきのいる後宮は、藤壺《ふじつぼ》、弘徽殿《こきでん》、というふうに。多少、方角や間取りに違いはあっても、それほど不自由はないのである。

もう少し先のことまで言っておこう。

これ以後、本来の内裏は再建されるものの、一条帝はなぜかこの一条院を愛し、ここを本拠のように用いている。いわゆる「里内裏《さとだいり》」である。ただし、従来考えられているように家の持主と同居するのではない。一条院でも見られるように、持主は一切を明け渡すのである。さきに書いた国家財政の破綻《はたん》と貴族の富裕が生みだした王朝的風景というべきであろう。

やがて一条帝は一条院に移り、東三条院詮子は土御門に戻ってきた。

「またいろいろ手数をかけます」

詮子から私的に倫子へ、こういう言伝《ことづ》てがあった。

「火事はありましたが、姫の入内のことは、すでに帝も御内諾ずみです。たゆまず支度をすめるよう」

倫子もその言葉に力づけられて、また彰子の入内の準備にとりかかる。すでに空の色は秋。入内は十一月はじめというところまできまって、身辺はいよいよ忙しくなった。

と、初秋のある夜――。

「折入って」

人目をしのぶようにして、中宮大夫である中納言平惟仲が道長邸を訪れた。

「内裏では人目もうるそうございますので」

声をしのばせて言った彼は、道長のそばから侍女たちの退くのを見届けると、

「面目しだいもございません」

がば、と平伏し、

「惟仲一生の不覚でございます」

蟹《かに》のように平べったくなったまま、もぞもぞと口の中でくりかえした。

「なにとぞ、なにとぞ、なにとぞ」

道長はあっけにとられた面持である。

「なにとぞ、どうしたというのか」

「いや、その、なにとぞ、なにとぞ……」

「なにとぞの先を言わねばわからんではないか、中宮大夫よ」

熱いものにでも触れたかのように、惟仲のからだが、ぴくりと震えた。

「先を申せ、中宮大夫」

「えっ、その、それでございます」

「何だ、それとは」

「中宮大夫でございます」

「中宮大夫がどうしたか」

「その、中宮大夫を――」

恐る恐る首だけ上げて、惟仲は、

「なにとぞ、お返し申し上げることをお許しいただきたいので……」

もぞもぞとそれだけ言うと、前より一段と身を縮めて、平べったくなってしまった。

「中宮大夫を辞めたい？」

「は……」

「と申して、ついこの正月《はる》に、なって貰《もら》ったばかりではないか」

「は、それはそうでございまするが」

「では、なぜ辞めたいのか」

「……」

「訳を話してほしい」

蟹は死んだように動かない。

「な、俺とそなたの仲だ。遠慮はいらぬ。なにしろ童姿のころの俺を知っているそなたではないか」

上目づかいに道長を見あげ、惟仲はもぞもぞと言う。

「大失態を仕《つかまつ》りました」

「どうした」

「……」

「失態をするとは思えないがなあ、平《へい》中納言ともあろう者が」

惟仲が郡司の娘の子であることはすでに触れた。父が国司在任中にその地で産ませた子はそれなりの地方で朽ちはてるのがふつうなのに、都に出てきて、優秀な成績で大学を出て、官人として出世した彼は異色の人物だ。頭も切れるし、気も廻る。中宮大夫として定子の身のまわりを世話させるのはうってつけだと思ったのに、大失態をやらかした、と彼は言う。

「その失態とやらを聞こうじゃないか」

「……」

弁の立つ彼には珍しく何度かためらった後、やっと口をきった。

「御懐妊でございます」

「えっ、何と」

「中宮さま、御懐妊になられました」

「む、む、む」

一瞬道長も言葉を失った。

思うに脩子の袴着を機会に、一条と中宮定子の仲らいが復活したのだろう、と惟仲は言った。定子は形ばかりではあるが髪を削《そ》いでいる。さすがに人の目を憚《はばか》ったが、

「いいではないか。誰に気がねしようというのだ」

と、むしろ積極的だったのは一条の方だったという。心ならずも間を隔てられていた間の彼女を襲った数々の悲運が、より激しく一条の心を燃えたたせたものらしい。

「しかし、夢にも気づきませんでしたな」

惟仲はまじめくさって言う。

「まもなく職御曹司《しきのみぞうし》にお退《さが》りになったはずでございますし、髪までお削ぎになられた方が、よもや……」

道長は奇妙な表情になった。はじめはあまりのことに言葉がなかったが、まじめくさって首をかしげている惟仲の顔を見ていると、腹立たしさより先にこみあげてくるおかし

さをこらえきれなくなってしまったのである。

「わかった、わかった」

大きくうなずき、

「そうなったものは仕方がない」

さばさばと言いすてた。

「中宮大夫にも、夜の関守までは任せられまい」

「は、いや、しかし……。ふしぎなことがあるものでございますなあ」

まだ惟仲は考えこんでいる。中宮は職御曹司に退ってからも時々清涼殿の一条の許にしのんでゆかれたのか、それとも……。それからこんなことを言った。

「そういえば、あの火事の折、妙なことを聞きました。異形のものが御所に出入りするから火を招くのだ、と。異形というのは、そういたしますと、中宮さまのことかも……」

惟仲の話では、中宮の出産予定は今年の冬だという。

「冬か、とすると」

さすがに道長は顔をひきしめる。

「そこでございます」

惟仲はますます神妙な顔になった。彰子入内の計画を知らない彼ではないのである。

定子懐妊となれば、入内は少なくとも出産前に行われねばならない。もしも皇子誕生ということにでもなれば、その後おめおめと入内させるわけにはいかないからだ。

「早い方がいいということだな」

阿吽《あうん》の呼吸でうなずき、惟仲は平伏した。

「やはり中宮大夫たるものの責めは大きうございます。なにとぞ、なにとぞ……」

「また、なにとぞか」

道長は表情をやわらげた。

「辞めるには及ばん。そなたの責任ではない」

「いや、いや」

惟仲は平伏したまま、首を振る。

「この事をいつ申し上げようかと、毎晩眠れませんでした。体の調子も崩れ、この分では何のお役にも立ちそうにもありません」

赭《あか》ら顔は、さほどやつれてもいないのに、惟仲は固辞する。責任をとりたいと言うのである。彼の困惑が道長には透けて見える。このまま中宮大夫を続けていれば、出産の雑事は一切彼がひっかぶる事になりかねない。定子の実家の高階家が没落し、兄弟の伊周、隆家も力を失っている以上、どうしてもそうなってしまう。

——そこまで定子一家に忠義を尽したくない。

というのが惟仲の本音《ほんね》なのである。

――もし、一切をひっかぶるとしても、それは心からやろうということではありませんぞ。

少なくともそういう政治的ゼスチュアをしめしにやってきたのだ。人一倍政治感覚の敏感なこの男は、いまがどういう時期か知りつくしている。彰子入内の矢先、定子寄りの路線を歩むことは願いさげなのだ。

道長はしばらく眼を宙に遊ばせている。ここで無理に中宮大夫の留任を強制することは、この男にとっては左遷にもひとしい。とすれば一応言うことは聞いてやるよりほかはないだろう。

「わかった。そなたの申し出は聞き届けよう」

「かたじけなき次第でございます」

やっと肩の荷をおろした感じで笑みをたたえる惟仲に、すかさず道長は言った。

「そのかわり、そなたの弟、中宮大進生昌《なりまさ》に、中宮の御産のすべてを取り行わせるように」

「かしこまりました。それはもうよく申しきかせまして」

生昌も大学をかなりな成績で出た男だが、兄ほどのやり手ではなく、その分生《き》まじめだ。気は廻らないが、ともかく誠意をもってやるだろう。

惟仲が辞去した後、道長は倫子の局に足をむけた。

「惟仲がまいりましたそうですが、何でございましたか」

このところ倫子は、ひどく勘がよくなってきている。

「うん、大したことではないが……」

言いかけて、道長は中途で首を振った。

「いや、ちょっとした知らせを」

また中途で言いなおした。

「驚くべき話を持ってきた」

「まあ、いやな方。変なおっしゃりようをなさいますのね。いったい何を申しましたのですか」

「中宮大夫を辞めたいと」

いやな予感が倫子の頭をかすめる。

「ま、どうして？」

「驚くなよ」

つまり道長は惟仲が彼の前でしてみせたような手順で倫子に事を打ちあけたのである。

「まあ……」

倫子もしばらくは言葉がなかった。

　やがて、丸い眼がひたと道長をみつめた。

「ちょっとした話どころではございません」

「そうだ、だから俺は、驚くべき話だと……」

「いいえ、はじめは、大したことではない、とおっしゃいました。これが大した話でなければ、世の中に大した話などないじゃありませんか。いったい、あなたは何を考えておいでなのです」

「そ、そ、それは、そなたをあまり驚かしたくなかったからで……」

「驚くとか驚かないとかいう話ではございません。ああ、何ということ……」

　倫子は褥《しとね》に倒れ伏した。話の様子に気がついて、侍女たちは、そっと姿をかくしてしまっている。

　夜はかなりふけた。遠くでかすかな虫の声がする。

　が、倫子はそれも耳に入らないのか、うつろな眼でじっと道長をみつめていたが、やがて、ぽつりと言った。

「あなた」

「何だ」

「姫の入内をとりやめましょう」

「えっ？」

「今なら間にあうでしょう」

「そ、そんな」

が、その先、道長がいくらなだめてもすかしても、倫子は頑として首を振るばかりであった。

「そんなことはいまさらできない」

「それに第一、中宮が御懐妊と言っても、皇子《みこ》が生れるときまったわけじゃなし」

「……」

幼い児のように倫子は首を振る。

「いや、いや、どうしてもいや」

「かと申して……」

「あなたは女の気持がちっともおわかりにならない」

倫子の茶色い丸い眼からは涙があふれはじめた。

「姫はまだ十二です。小柄で、ほんの子供です。それを」

成熟した女の群と勝負させようというのか。一度みごもり、二度目もすでにみごもっている女がそばにいるというのに……。

手塩にかけて育てたこの娘を、はじめから勝目のない戦いに加わらせるような残酷なことは、とうていできない。もし彰子には子供が恵まれず、定子に男の子が生れたらどうするのか。いや、その可能性は十分考えられる。未成熟な、乳房もろくに盛りあがっていない稚《おさな》い娘に、子を産ませようという方が無理なのだ……。

とめどなく流れる涙をぬぐおうともせず、倫子は言いつづけた。

道長は黙然としている。

「ね、そうでしょう。そうじゃありませんか。母として、私は娘をそんな目にあわせたくないのです」

定子に男の子が生れる。そしてやがて東宮に立ち、即位するとしたら？……。

——あんなねんねえを慌てて入内させて。

と人は物笑いの種にするだろう。彰子は宙ぶらりんの形で、「素腹のきさき」と蔭口《かげぐち》をいわれて過さねばならない。いや、定子が中宮としている以上、正式の「きさき」になる日も訪れず、せいぜい女御の一人として一生を送るよりほかはないだろう。

道長は肩を落し、深い吐息を洩らした。そのまま倫子を見ずに、ぽつりと言った。

「そうだ、そのとおりだ」

暗い声だった。

「倫子、そなたのいうとおりだ。姫の前途は決して明るくない。悪くすれば、そういうことになりかねない」

「そこまでわかっていらっしゃるのですね。それなら、どうして——」

「いや、待て」

道長はしばらく沈黙した。虫の音が急に身近に迫ってきた。それに耳を傾けるように見えた道長であったが、果してその虫の音は耳に入っていたのかどうか。

ややあって、彼は口を開いた。

「しかし、考えてほしい。もしもここで何か口実を作って姫の入内を無期延期にしたとする。そうしたら、世間は何というか。左大臣の姫君は病気でもしたのか。それでふた目と見られぬ姿になったのではないか、と」

「まあ、そんなことを」

「いや、そう言うにきまっている。そもそもはじめから入内などさせられぬおろかな娘で、さすがの道長も思いとどまった、というかもしれない」

倫子は息を呑《の》んだ。

——そうなのか。世の中とはそういうものか。

「逃げ場はない、ということですね」

倫子の声はかすれていた。

「そうだ」

逃げ場はない。

そうだ、どこにもない。きめられた一本だけの道を眼をつぶって歩み続けるよりほかはないのだ。彰子も、そして道長も倫子も。

「私、生れてこなかったらよかった」

思わず、倫子は口走っていた。

「そうすれば、姫も生れなかったでしょうし、こんな恐ろしいめにもあわせずにすんだでしょうのに……」

道長はその言葉に反駁《はんばく》を加えなかった。それどころか、

「そうだ、そのとおりだ」

倫子の方を見ずにぽつりと言った。

「俺もそう思う。死んでしまいたいとか出家したいと思うことは度々だ。だからそなたの気持はよくわかる」

虫の音はしだいに高まっている。

「世間では、幸運に恵まれた男だと言っているだろうがね……」

暗い笑みが頬に浮かんだ。

「幸運というものもおそろしいものだよ」

それから呟くように言った。

「逃げ場はない。逃げ場はないんだ」

倫子は眼をつむった。にわかに迫ってきた虫の音に、まるでからだを押しつつまれたような気がした。

——あわれ人の世、あわれ人の世。

虫たちはそう言って鳴いているようでもあった。

しばらくして眼をあけると、倫子は局を出て、廊下を静かに歩みはじめた。

「お、どこへゆく」

急いでたずねる道長の方を彼女はふり向かなかった。

「どこへゆくのだ」

衣《きぬ》ずれの音を残して、倫子は歩む。不安げな夫の足音がついてくるのを感じながら……。

が、廊を渡り終えようとしてその足はぴたりととまった。

「どうした。どこへゆこうとしたのだ」

のぞきこむ道長の前で倫子は首を振った。

「やめました」

「何を」

「姫のところへゆこうと思ったのです」

「……」

「いって抱いてやりたかったのです。でもやめました」

「なぜ……」

「あの子は、きっとよく寝ているでしょうから」

「……」

「起すのはかわいそうです。それに……あの子が安らかに寝られるのは、いましばらくのことなのですから……」

静かにそれだけ言った。道長をみつめるその瞳からふしぎに動揺の色は消えていた。その眼は自分もまた課せられたひとすじの道を歩むよりほかはないのだ、と言っているようだった。

闇《やみ》は深い。邸の中で廊に立ちつくす二人の姿に気づいたものは誰もいなかった。

その後なぜか倫子は体の不調が続いた。定子の懐妊からうけたショックが大きすぎたのだ、ときめこんでいたが、やがてその真の理由に気づくときがくる。

彼女もまたみごもっていたのである……。

春日詣でから帰った後のことを思いだす。この健康な体と神経の持主は、ちっとやそっとの事件でまいるようなことはなかったのだ。

そうとわかると、いささか気恥ずかしくもあったが、元気も出た。また左大臣道長邸にはそれまでのペースが戻ってきた。道長はあいかわらず内裏（一条院）や詮子邸を往復し、政務に追われている。そして倫子は姫の入内の支度に忙しい。

その間も定子の胎内に育《はぐく》まれている新しい生命は日一日と成長を続けていたが、道長も倫子もそのことに触れようとはしなかった。

やがて八月――。

出産準備のために定子はいよいよ平生昌の三条の宅に移ることになった。彼は前但馬《さきのたじまの》守《かみ》、いわゆる受領層の一人だから富裕ではあるが、何といっても中級官僚の住居だから門ひとつにしても立派なものではない。そこで定子の輿《こし》の入る東門だけは大急ぎで格式のある四足門《しそくもん》に建てかえ、その移転を待った。

道長はそれらの事に気づかぬふうを装っていたが、いよいよ定子の移居が九日夜ときまった前々日、突然倫子にこう言った。

「明後日、宇治の別業《べつごう》（別荘）にゆく」

「まあ」

思わず倫子は口走ってしまった。

「なぜに」

「よろしいのですか」

「あの、中宮さまは明後日生昌の宅へお移りとか」

「俺は何も知らぬことになっている」

倫子をはっとさせるような言い方で、道長は続けた。

「そなただって、知らないことになっているはずだ」

「そ、それはそうですが」

たしかに中宮のことはこの邸では言わず語らずのうちに禁句になっている。

「でも……。中宮さまがお移りのその日、宇治にいらっしゃるというのは、角《かど》が立ちすぎはしませんか」

「いや」

さりげなく道長は答えた。

「中宮だって、俺にしかつめらしく送られたら、かえって気づまりだろうよ」

じつは中宮の懐妊については公卿の間にも、

──有髪の尼ともあろう方が……。

眉をひそめる者も多いのだ。そのことが道長を強気にしているといえなくもない。

「それに……」

道長は続ける。

「姫の入内がきまっているというのに、中宮に御慶事をおよろこび申しあげる、というようなそらぞらしいことを俺が言えると思うか」

公家社会のむずかしいところである。

もしもこのとき道長が中宮に扈従《こしょう》し、追従《ついしょう》めかしたことでも言えば、たちまち、

「心にもないことを」

「いや度胸も見識もないのさ」

蔭で嘲笑《ちょうしょう》の声が起るだろう。少し後だが、右大臣顕光が似たようなことをやって、完全に公卿たちから軽蔑《けいべつ》された。さりとて、ここで道長が宇治へ行けば、こんどは、

「左府は身をかわされた。中宮を見棄てられた」

というにきまっている。どちらにしても逃げ場はない。その中での選択の幅はきわめて狭いのだ。同じく批難をうけるとすれば、では、どちらを選ぶか。宇治遊覧は思いつきではない、一種の政治選択なのだ。

道長はここで、定子に、ひいては一条に、一種の不快の念を表明したのである。

ここまで説明されたわけではないが、倫子はたちまち夫の胸の中を理解した。娘に関する問題がからんで以来、彼女の政治的な勘も鋭くなっている。もっともこのときは夫のこの選択が公家社会に及ぼす効果まで予測し得たわけではないのだが……。

九日の朝、道長は宇治の別業に出かけた。ところがどうだろう、いざとなると、公卿たちがわれもわれもと随行を申し出たのだ。一種のなだれ現象である。公卿たちは道長の態度表明に敏感に反応したのだ。ついて行くか行かぬか、その政治的効果をすばやく

計算するあたりが、公家社会の心いやしさであるが、倫子は、はからずも、夫の実力のほどを見せつけられたわけであった。

おかげでみじめな思いをしたのは定子である。時刻が近づいても、ことを処理すべき公卿が現われない。蔵人頭行成の奔走によってやっと公卿が現われ、何とか形をととのえて移転だけはすませることができた。

例のへそまがりの中納言実資は、もちろん道長の宇治行きには加わっていない。

「よりにもよって、今日宇治へ出かけるとは、中宮の行啓を妨害するためとしか考えられない」

憤慨してこう日記に書きつけている。その彼の所へも内裏から急遽《きゆうきよ》呼び出しがあった。急いで出かけたが、すでに一人の公卿が事を沙汰していたので、定子には供奉《ぐぶ》せずに帰邸した。もっとも彼自身も定子の懐妊には眉をひそめていたし、道長の思惑を考えれば及び腰なのだ。わざとゆっくり出かけ、事の次第を見て、ほっと胸をなでおろし、かかわりになるのを避けてさっさと帰ったというのが正直のところらしい。

八月九日の夕方、定子の輿と、脩子内親王を乗せた糸毛《いとげ》の車は職御曹司を出て、無事に生昌宅の東門をくぐった。ところが、このときひどいめにあったのは、清少納言たちである。彼女たちの入るべき北門は狭くて車が入らず、そこで降りて歩かなければならなかった。

急遽筵道《えんどう》（むしろ）が敷かれ、その上を歩いてゆくことになったが、ふつう女房たちの車は殿舎に横づけにされることになっていたので、身じまいにも気をつかわず、髪もつくろってなかったので大騒ぎになった。

「あら、ここから歩くんですって」

少ないとはいえ、行列に従ってきた殿上人やその他の従者たちがずらりと並んで、もの珍しそうに見ている。

「まあ、ひどい目にあってしまったわ」

「中宮さまをお迎えする家に、こんなちっぽけな門しかないなんて……。生昌が来たら文句を言ってやらなくちゃ」

殿舎に上った女房たちは口々にぶつぶついう。中でも才女清少納言は、のこのこと現われた生昌をつかまえて、早速きめつけた。

「まあ、なんで小さな門をお作りになっておくんです。おかげで大迷惑でしたわ」

赭ら顔の生昌は、鼻の上に皺《しわ》をよせて笑いながら言う。

「いやあ、その、やはり身のほどがございましてな。家のほどにあわせて、あのような門にいたしましたわけで」

すかさず彼女は切りかえす。

「あら、門だけは大きく高く作った方もありましてよ」

「や、や、や。これはこれは」

　生昌は眼をぱちくりさせながら、感にたえた口調になった。

「恐れ入りましたなあ、これは。于定国《うていこく》の故事をおっしゃっておられるのでしょう」

　昔、漢代に于公《うこう》という男がいた。門を作りかえるとき、丈の高い馬車でも入れるように高いのを作った。于公自身は大した人間ではなかったが、子孫が立身したときにも困らないようにという配慮からであった。果せるかな子の定国は丞相《じようしよう》の位に昇った。

　生昌は昔大学に学んでいるから『漢書《かんじよ》』にあるこの故事を知っていたのである。彼はいよいよ赭い顔をにこにこさせて言う。

「これでも昔、大学で学んでおりましたので、仰せのほどもわかるというわけで……。いや、そうでなかったら、あなたさまの仰せなど、ちんぷんかんぷんというところでございますな」

　大げさに感心してみせた。ただし、生昌はちょっとした思いちがいをしている。門を作ったのは于公であって于定国ではない。そこで清少納言にまたもやちくりと刺されてしまった。

「その道もどの程度でいらっしゃるのかしら。ともかく、筵道はでこぼこ、ひどいめにあいました」

　学問の道と筵道をひっかけた皮肉は、生昌に通じたかどうか……。

とにかく最初が悪かった。以後生昌はことごとに清少納言たちの物笑いの種にされてしまう。夜になって大声で、女房たちの局《つぼね》の障子《しょうじ》をあけて、

「入ってもよろしいか」

とくどくたずねては、柄にもなく色男ぶっている、と憎まれ、

「門のことは申しましたが、障子まであけてくれとは申しませんでしたわよ」

とぴしゃりとやられる。定子とともに移ってきた脩子内親王の食器や、脩子に仕える童女の装束を新調するにあたって相談にくると、その言葉のなまりがおかしいといってまた笑いものにされる。

が、生昌はいっこうに感じていないのか、またのこのことやってきて、

「この間の門の話を兄の中納言惟仲に話しましたところ、大変感心して、そのうちぜひお目にかかってお話を承りたいものだ、と申しておりました」

などとまじめくさって言う。その兄中納言惟仲こそ、定子の懐妊に気づくと、さっさと仮病をつかって中宮大夫を辞めてしまった男である。

——いまさら何を言うのさ。

清少納言は腹立たしげな思いをこめて中宮に報告する。

「こんなこと、わざわざ言うにも及びませんのにねえ」

彼女のあげ足取りには、惟仲辞職に対する八つ当りも含んでいるのだ。中宮はむしろ

苦笑してなだめ顔に言う。

「まあ、そうまで言わなくとも……。生昌はまじめな男なのだから、あまりからかってはかわいそうですよ。惟仲のことだって、自分が一日も二日もおいている兄さんが褒めたのだから、そなたもきっと喜ぶと思って言ったのでしょうよ」

この話は『枕草子』に書いてある。その中で生昌はいいかげん笑いものにされているが、決して彼は愚直魯鈍《ろどん》な男ではない。すでに但馬守《たじまのかみ》をつとめているほどの腕きき受領だし、惟仲の言葉を清少納言に伝えたあたりは、さすがである。

中宮大夫はさっさと辞めたものの、惟仲は決して定子一族を見棄ててはいない、という婉曲《えんきょく》な政治的挨拶なのだ。定子が男児を産む可能性のあることを惟仲は決して忘れてはいない。道長に顔を向けながらも、ひそかに定子へもながし目を送っている。間接的な形で清少納言を褒めておけば、それがただちに定子に伝わることは計算ずみなのだ。

そして、とぼけてそれを告げる生昌も兄に便乗して政治的ゼスチュアをしめしていることはもちろんだ。

そして定子も……。ただやさしいばかりと見える彼女だが、決して不用意な発言はしていない。女房の中には道長に通じているスパイがいるかもしれず、誰に聞かれてもいいように言葉を選んで答えている。この慎重さ。詮子ほどのスケールはないにしても、彼女の周辺にも政治は渦巻いている。王朝の男も女も、しょせんこの渦を忘れるわけにはいかないのだ。

定子はあくまでも凛としている。政治的には孤立無援、まさに逆境にありながら、生昌宅でこの上なく優雅にふるまっていられるのは、その胎内に育んでいる生命のためである。

――もし生れる子が男ならば……。

彼女は現帝一条の第一皇子の母となることができるのだ。その余裕が彼女をやさしくする。

一方、左大臣道長邸では、みごもった定子を横目にみながら、倫子もまた新しい生命を胎内にかかえつつ、彰子の入内の準備に余念がない。几帳《きちょう》、褥、数々の衣裳、机、手筥《てばこ》、調度のたぐい……。

中でも道長がその仕上がりを楽しみにしているのは、四尺の和歌屏風《びょうぶ》である。当時の参議以上の高官たちにそれぞれ題を選んで一首ずつ歌を詠《よ》んでもらう。非参議《ひさんぎ》（参議にはなっていないが三位以上の貴族）でも、和歌に堪能《たんのう》という聞えがあれば加わってもよろしい。それを当代の名筆、蔵人頭行成に書かせようというのがその趣向であった。

金にあかせて作り磨かせた道具類とは一味違った豪華な屏風だ。彰子の入内がきまって、公卿《くぎょう》たちに祝を言われるたびに道長はこう言った。

「いや、かたじけない。その上、祝の品など頂戴《ちょうだい》するのは心苦しい。お志があるなら、姫のために一首、歌を頂きたい。これを頭の弁に書いてもらって屏風として入内の折に持たせたいので。これこそ一生の記念になりますからな」

まさに、この世にただ一つ、他人の真似のできない婚礼の道具である。美しい倭絵《やまとえ》の描かれた屏風の所々に色紙の形に輪郭を描いておき、そこに和歌を書く。すると現在の色紙を貼《は》りまぜにした屏風とほぼ同じような趣きのものができる。これを、ありきたりの名歌でなく、彰子入内のための和歌で飾ろうというのである。

道長らしい思いつきといっていい。芸術鑑賞にかけてはかなりの眼ききなのだ。和歌や漢詩を作る方の才能は、まずまず平均点程度で、とびぬけたものはないが、美しいものを愛するパトロン的才能は当代随一、詩宴を催すのも好きで、彼の時代になって、ずいぶん盛んに行われるようになった。こういう文化的な面では父の兼家の時代よりも、数段洗練され優雅になったといえるだろう。

今度の屏風はその芸術愛好の精神の結晶といえる。このことを思いついて以来道長は有頂天になっている。毎日毎日、

「屏風、屏風、屏風の色紙形《しきしがた》は……」

と言いくらしている。侍女たちが、

「殿さまはまるで姫君の御入内よりも屏風の出来の方が大事だと思っていらっしゃるみたいですこと」

ひそかにそう蔭口をきくほどであった。たしかにそう言われてもしかたがないくらい、彼は屏風に熱中している。

それには、わけがある。ここにじつは、道長はもう一つの意向を秘めていたのだった。和歌屏風は一見優雅きわまる趣向である。が、それが入内した彰子の部屋を飾る風景を思いうかべてみるがいい。訪れた一条帝は、ずらりと並んだ高位高官の名をそこに発見するだろう。

おくれて入内してきた少女を、いわば高官たちは無言で応援しているのだ。これほど心強い婚礼の道具はまたとあるだろうか？

辞を低くして頼んでいるものの、道長は暗に、

――娘を支援してくれるかな、それとも……。

と問いかけているのだ。そしてこの問いかけは予期した以上の効果を発揮した。この前の宇治行きでなだれ現象を起した公卿連は、われもわれもと先を争って道長に歌を献じたのである。

「まあ、この方も、あの方も……」

倫子はむしろ眼を丸くしている。

中でも彼女を驚かせたのは、花山法皇までが、歌を送ってきたことだ。

ひな鶴を養ひたてて松が枝の影にすませむことをしぞ思ふ

「法皇さまが、まあ、もったいない……」

思わず眼がしらを熱くした。改めて夫の威勢のほどを感じざるを得なかった。

もっとも、公卿の中には、頑として道長の求めに応じないものもいる。例のへそまがりの中納言実資がそれだ。

「いや、私は和歌はいっこうに駄目でして」

表面そう言って固辞しているが、肚《はら》の中では、

――誰が歌なんか詠むものか。

と思っている。その実資から見れば、花山法皇の行動など軽率きわまりない。

――日頃、和歌の才を鼻にかけておられるからいけないのだ。今度の屏風に歌が載らなければ恥辱だとでも思っておられるのだろう。だから法皇ともあろう方が、臣下の娘の入内に歌などを贈られるのだ。

一族の参議公任《きんとう》が早速歌を献じたのにも、苦虫をかみつぶしている。だいたい参議クラスといえば閣僚である。

――そういう人々は政治にだけ関係していればいいのであって、何も左大臣の娘の結婚の手伝いまでする必要はない。それじゃあまるで公卿たるものが、荷運びや水汲《みずく》みを

やっているようなものじゃないか。

というのがその言い分である。

とはいうものの、実資も全くそっぽを向いているわけではない。時には道長の邸《やしき》に出かけるし、彰子の入内に話題が及べば、

「まことにめでたいことで」

つい、お世辞のひとつも言ってしまうのである。と、道長は大喜びで、

「これはよい所にきてくださった。いまちょうど、馬を献じたものがあって……」

その中の一匹を気前よく実資に進呈したりする。ここまで好意をしめされると、彼も悪い気はしない。

「これはこれは、かたじけないことで」

家のあるじから馬をもらうときは、それなりの礼儀があり、庭に下りて馬の手綱をとって一礼する。あるじの方はその場で礼をうけるのがふつうだが、このとき、道長はわざわざ庭に下り立って挨拶を受けた。地位は低くても年長であるこのうるさ型を、一応立てる形をとったのである。

——左府もなかなか気を使っておるようだな。

実資は心中にやりとするが、頑固な彼はとうとう歌だけは断り続けた。

「気に入らない奴だと思うだろうが、これだけは誰が何といっても作らんぞ」

肩肘《かたひじ》張ってそう日記に書きつけている。それでも、道長はつとめて実資に対してにこやかに応対していたようだ。

「今日、主人、余ノ為ニ和顔《ワガン》アリ」

その後の日記に、実資はこう書いている。なごやかな表情をしていたというのである。もっともそのころまでにたいていの公卿は歌を献じていたから、道長の方も余裕たっぷりだったのだろうが……。

さて、入内に先立って、十月二十五日、彰子は西の京へ移った。方角を占わせた結果、そこから入内するといいということになったからだ。家を提供したのは、下僚ながら富裕の聞えのある大蔵録《おおくらのさかん》秦連理《はたのつらまさ》という男である。

いよいよ忙しくなったのは蔵人頭行成だ。道長の供をして連理の宅まで行ったり、内裏へとって返したり……。本来の政務のほかに、このころ太皇太后宮昌子が重病に陥っていたし、中宮定子の出産も近づいている。体がいくつあっても足りないくらいに駆けずり廻りながら、一方で屏風に歌も書かねばならない。二十九、三十日と政務の合間を見ては和歌を書きに出かけたが、遂に全部の和歌を書きあげることはできなかった。

このとき、和歌の作者名ももちろん書き入れられたが、花山法皇のだけは畏《おそ》れ多いというのでわざと「読み人しらず」ということにした。残念ながらこの屏風、今は残っていない。読み手は道長以下当代の代表的人物、書き手は行成だ。しかも書いた日まではっきりわかるのだから現存していれば超一級の国宝であるが……。

道長はもちろん彰子につきっきりだ。彰子に従う女房四十人もすでに西の京に移っている。その中でひときわてきぱきとあざやかな働きぶりを見せているのは、倫子の姪《めい》、大納言の君であった。

――似ているな。

道長には、近頃目立って彼女が倫子そっくりになってきたように思われた。このときはまだ倫子は一条邸に残っていたのだが、まるでもう一人の倫子がいて、彰子につきそっているようにさえ見える。

その思いが、ふと幻覚を味わわせたのか、

「大納言の君よ」

西の京の家に移った翌晩、気がつくと道長は彼女の手をぎゅっと握りしめていた。

「姫をよろしくたのむ」

あとは、どうしてそういうことになったのか覚えがない……。

錯覚？　幻覚？

いや、それが言い訳でしかないことは、道長自身が一番よく知っている。

いくら似ているからといって、大納言の君と十数年くらしをともにした妻を見まちがえるはずはないではないか。ただ、あまりによく似た彼女が、かいがいしく彰子の世話

をするのを見て、

——ああ、倫子の身代りに、この女が彰子について宮中入りするなら安心だ。

と思ったことはたしかである。それとこの眼から鼻にぬけるほどに才気を溢《あふ》れさせている彼女を、絶対に自分のそばにつなぎとめておかなくては、と思ったことも否《いな》めない。後宮には貴族たちの出入りが多い。一見女たちをちやほやするためにきているようだが、じつは女房たちから政治の機密を手に入れ、有利に立ち廻ろうという下心があっての恋のたわむれなのだ。そして情にほだされて天皇やきさきの周囲で起っていることをべらべらしゃべってしまう女たちもかなり多い。その意味では、彼女たちは最も危険なスパイになりかねない存在でもある。

——このおそろしいほど気の廻る女を、自分のそばから絶対手放してはならない。

とすれば、残された道はわかりきっている。

さらに最後に、もう一つ——。

何の手順も抜きにして、一気に結論まで突っ走ってしまったのは、大納言の君のみせた、驚くばかりのものわかりのよさだった。

無造作に衣裳《いしよう》をふるいおとすようにすると、おしげもなく挑戦的な肢態をさらした。しこしこした若いからだは貪欲《どんよく》すぎるほどだった。男との交渉も二度や三度ではないことを知って、道長はひそかに唸《うな》った。

が、それでいて、いったん体を離してしまうと、執拗《しつよう》だった時間をけろりと忘れたような顔をしている。

言葉を探してやっと口を開きかけた道長を制するようにして、

「北の方さまのお身代りでしょ」

さらりと言った。道長の心の中などはとっくに見透かしている。

「しかし、このようなところで、このような時期に……」

こだわりを見せる道長に先廻りして首を振った。

「北の方さまのこと気にかけておいでですのね。御心配には及びませんわ、何もおっしゃらなくても、北の方さまはちゃんとお気づきになりますわよ、お頭《つむ》のいい方だから」

「な、なんだって」

ぎょっとする道長に、にっとほほえんで見せた。

——似ている、わが妻に。

錯覚と幻覚にふるえあがったのは、むしろこの瞬間だったかもしれない。大納言の君はその間に身じまいをすませ、いつものきりっとした表情に戻っている。

倫子が西の京に移ってきたのはその翌日、とうとう道長は大納言の君の事は何も打ち明けずじまいだった。

十一月一日夕刻、いよいよ彰子の入内である。十二歳の少女はまだ背丈ものびきってはいない。

「姫、落ちついて、な」

道長は少しおろおろしている。

「大丈夫よ、お父さま」

大人たちの気づかいを尻目に、彰子はすましている。裳《も》唐衣《からきぬ》をつけて、背筋をぴんと伸ばして立つと、小さいながら淑女の貫禄があって、道長は目をこすりたくなった。

――おや、この子はこんなに大人だったか。

不安の中にも、ほっとしたものさえ感じて彼は倫子をふりかえった。倫子は無言である。落着いた瞳《ひとみ》で彰子を見守っている。もう母としてなすべき事はすべてなした、とでもいうふうに。

――女というものは、いざとなると度胸のあるものだな。

ふと大納言の君の方を見やると、にこりともせず、いかにも自分の役目は胸にたたみこんでいる、といった面持で出発を待っている。

彰子の入内に供奉する高官たちも続々つめかけてきた。彰子の入内は既定の事実だが、それでも当時は、一応恋のかたちをとって、まず天皇から恋文が届けられるのである。宮中から勅使が天皇の文を持ってくるに及んで興奮はその極に達した。

興奮の渦巻の中で、倫子はじっと彰子をみつめ続けている。人々にかこまれても、天皇からの使を受けても、ものおじしないわが娘の落着いた物腰が、彼女にとっては救いである。

——私の期待以上にこの子は成長してくれた。

その娘を入内させる淋しさはいまはない。手放してしまうなごり惜しさよりも、彼女の胸を領しているのは、

——間にあった。無事に……。

という思いなのだ。

そうなのだ。まさしく彰子は間にあったのだ。定子の出産以前に危うく後宮にすべりこむことができたのだ。自分の経験からみても出産の時期が予定どおりではないことを、倫子は知りぬいている。

——もし、出産が早まって、しかも男の皇子でも生れたら……。

彰子の入内は何ともばつの悪いことになってしまうではないか。

臨月に入ったはずの定子側からは出産の報はない。彰子は辛うじて第一の関門をくぐりぬけたのだ。しかし、いずれ定子は出産のときがやってくる。倫子は、わが娘のゆくてに立ち塞《ふさ》がる成熟した定子の肉体を意識せざるを得ない。

その豊麗な肉体をひたとみつめながら、彰子は、女の戦いの真っ只中に出陣するのだ。

——もう逃げ場はない。

倫子も彰子とともに歩んでゆかねばならない。集まってきた人々の顔ぶれを見渡す。それらの人々から贈られた歌がきれぎれに頭に浮かぶ。酉《とり》の刻（午後六時）、いよいよ出発である。

彰子たちの一行が内裏（一条院）に着いたのは亥《い》の刻（午後十時）であった。いわゆる里内裏だから、正式の内裏とは位置が違うものの、一応幾つかの殿舎が後宮にあてられており、彰子が入ったのは東北の対、内裏に准じて藤壺と名づけられたところであった。入内と同時に、一条からは、蔵人を通じて、輦《てぐるま》を許すという宣旨《せんじ》が伝えられた。彼女の今後の処遇を暗示する一種の格付けである。

翌日は早速公卿たちが挨拶にくる。一条帝からも使者がつかわされたが、一条自身がここにくるのは居処のしつらいが整ってからである。

できればそれまで止《とど》まって彰子につきそってやりたいところだが、三日に倫子は内裏を退出することになる。春日祭、平野祭などの神事が予定されているので、懐妊中の女性は内裏に止まることを遠慮しなければならないのだ。

そのかわり、道長の配慮によって、彼女にも特に輦での退出が許された。すでに従三位を授けられているとはいえ、破格の待遇である。

わが家に戻ると、倫子は一度にどっと疲れが出るのを感じた。

——ああ、やっとすんだ。

からだがぼろぼろになったようで、口もきけなかったが、寝こむわけにはゆかない。

――帝《みかど》のお渡りはいつか。

そのとき彰子がどうするか。そばにいてやれないだけに、気がかりは増すばかりだった。

七日の夕方、内裏から使がきた。

「姫君が女御《にょうご》の宣旨をいただきました」

入内七日めというのも異例の早さである。

「つづいて、帝がお渡りになられました」

という知らせがもたらされる。

「ま、それで、姫は……」

「それが、とても落着いておられて、お美しくて……。ひと目ごらんになるなり、帝は何とかわいい方か、と仰《おお》せられて」

「あまりに子供だとお思いになったのでは……」

「いえ、若々しいお姿に、むしろお心をひかれたようで」

小淑女は新鮮な魅力で一条の心を捉《とら》えたらしい。

が、安堵《あんど》は一瞬のことだった。

続けて倫子は、眼の前が真暗になるような知らせを耳にしなければならなくなる。

「中宮さま御安産。男皇子でいらっしゃいました」

——ああ、とうとう……。

来るべきものが来たのだ。しかも彰子が女御になり、一条とはじめて対面したその日に出産とは……。

飛んでいって抱いてやるには、いまの彰子はあまりに遠い。体がぶるぶる震え、顔を蔽《おお》った指の内から、とめどなく涙がこぼれ落ちた。

彰子の藤壺を飾っているであろう和歌屏風がなぜかしきりに眼に浮かんだ。絵所《えどころ》の飛鳥部常則《あすかべのつねのり》が丹青をつくした美しい倭絵、公卿たちの和歌……。それらのいたずらな華やかさも、いまは倫子の心を暗くするばかりであった。

二人のきさき

彰子《しょうし》の住む藤壺《ふじつぼ》には、毎日のように一条が訪れてくる。

「女御さまをごらんになるお眼がとてもおやさしそうで」

「ひとときも手離しておけないような気持でいらっしゃるようでございます」

女房たちからの報告が次々と寄せられても、

「そうか」

道長は、あまりうれしそうな顔を見せない。

「お屏風もしげしげと眺めておいでです」

例の行成《ゆきなり》の書いた和歌屏風は十一日すべて完成した。このほか道長は、彰子に名だたる絵師の描いた絵巻なども持たせてやっている。一条はとりわけこうした美術品に興味をしめしたようだった。

道長が待っているのは大納言の君からの報告である。藤壺を訪れた道長に、まもなく彼女はこうささやいた。

「まるで小さな妹さまみたいに、帝は女御さまをおいつくしみになっておられます」

「兄と妹か」

渋い顔をする道長に、

「仕方がありませんでしょ。いまのお年頃では」

ずばりと大納言の君は言う。

「それに、ほかのおきさき方はたいていお年上ですからね。鬱陶《うっとう》しいところもおありになるでしょうし。それに比べると、女御さまは若々しくていらっしゃるので、これから御自分のお思いどおりに育てあげようというお気持もおありなのです。男の方はそういうこともお楽しみなのじゃありません？」

「む、む。そうかもしれぬ。ところで、女御は、どうしておいでだ」

わが娘ながら、女御ともなれば、敬意を払った言い方をしなければならない。

「女御さまですか」

大納言の君はにこりとした。

「御自分のお邸にいたときと同じで、ちっとも悪びれていらっしゃいませんの。むしろ御機嫌をおとりになるのは帝のほうで」

「それでいいのかな」

道長は少し不安気な顔つきになる。幼なすぎて、あまりにも愛想がないのでは、と思っ

たのだ。が、大納言の君は、

「それでよろしいのでございますよ」

けろりとして言う。

「そうかな」

「ええ、帝は御機嫌をとられるのには馴《な》れていらっしゃいますからね」

少女はぎこちない媚態《びだい》などしめさないのがむしろいい、という見方なのである。世話を焼かせる、面倒を見させるところに一条は新鮮さを感じるはずだ、ということらしい。

「この間帝が笛を吹いてお見せになりました。そのとき、女御さま、どうなさったとお思いになります？」

一条は笛が得意である。臣下たちの賞賛は聞き飽きるほど聞いているから、藤壺を訪れると、

「今日は笛を聞かせてあげよう」

いそいそとして、一曲奏ではじめた。たしかに胸に沁《し》みいるような調べであった。

——まあ、何とすばらしい。

——これぞ天上の響き。

口にこそ出さないが、女房たちはそろって大げさに酔いしれたようなそぶりをしめした。

ところが、である。

かんじんの彰子は、いっこうに笛を吹く一条の方を見ようともしないのだ。聞いてはいるのだろうが、顔をそむけてすましている。拍子ぬけした一条は吹くのをやめて言った。

「こっちをお向きなさいな。どうして笛を吹くところを見てくださらないの」

と、彰子はさらりと答えた。

「あら、だって笛は聞くもので、見るものじゃありませんわ」

聞くなり道長は眼をむいた。

「そ、そんなことを申しあげたのか」

まったく親をひやりとさせる娘だ、と言いかけたとき、大納言の君は手を振った。

「それでよろしいのでございますわよ」

「どうして」

「帝は御機嫌で、や、これはやられた。かわいい姫にやりこめられてしまいましたねえ。おお、恥ずかしいとおっしゃって、大げさに顔をかくしたりなさって……」

「お怒りの御様子もなく？」

「いうまでもないことですわ。ほかの女御方にはできない芸当ですもの」

帝を帝とも思わない彰子のあしらいに、一条は新鮮さを感じたらしい。そこまで話してから、大納言の君は、ふっと声を低めた。

「とにかく、ひどく気をつかっておいでです、帝は」

なぜそうせざるを得ないのか、それはもうおわかりでしょう、と言いたげな眼付であった。

「ふむ、なるほど……」

その後の言葉を吞《の》みこんで、道長もゆっくりうなずく。

定子《ていし》の産んだ嬰児《えいじ》の七夜の祝が行われたのはその直後である。これに先立って、道長の指示によって、官の諸機関から眼を見張るほどの品々が定子のいる生昌《なりまさ》の宅に運びこまれた。食器、酒器、当日の祝膳の食事数十人分、客に配る絹、綿、女房装束、さらには当座の費用として銀二百五十両……。

当夜は一条の乳母《めのと》である藤三位繁子《はんし》をはじめ、女官たちがぞろぞろと嬰児のお顔拝見にやってきて、用意されたさまざまのかずけものを貰《もら》って帰った。定子の喜びはひとかたならぬものであったようだ。

華麗な屛風にかこまれた彰子の入内《じゆだい》。

豪勢な皇子の七夜の祝。

長保と改元されたその年、まさに王朝絵巻はくりひろげられたわけだが、その絢爛《けんらん》たる色どりの後にかくされた謎《なぞ》を解くためには、もう一度、道長と大納言の君の間に交わされた眼くばせをふりかえってみた方がいいようである。

なぜ一条が彰子にひどく気をつかっているのか、大納言の君は何ひとつ説明しなかった。

が、あえていうならば——。

一条は道長に対し、というよりも公卿たちに対し、ひとつの負い目を持っていたのだ。定子の懐妊という、かくしようもない事実がそれだ。すでに定子は有髪の尼になっている。その上、彰子の入内が確定しているその時期、定子をみごもらせてしまったことについては、道長だけでなく、公卿たちのほとんどが批判的な眼で見ている。例の実資《さねすけ》などは、

「有髪の尼がみごもるとは、僧俗のけじめもつかないではないか」

というような意味のことまで日記に書きつけている。

一条は困難な立場に立たされている。逆境にある中宮定子を哀れだとは思うし、皇子の誕生は何よりも喜びたいところだが、治世のパートナーである道長の思惑も考えねばならない。娘の入内早々、別のきさきが男の子を産んだとあっては、道長は公卿たちの物笑いにもなりかねないからだ。

しかも、彰子はまだ稚《おさな》い。いくら愛撫《あいぶ》を重ねても、子供の産めるからだではない。そのそばで、この皇子がすくすく育ってゆくのを見たら、道長は心おだやかではないだろ

う。

——だから、わが皇子を守るためにも……。

一条は彰子に気をつかい、帝王の身でありながらも下手に出て、みずから機嫌をとるようなこともしなくてはならないのである。

もっとも、一条が定子ひとりを愛し、彰子にはゼスチュアをしめしただけと考えるのは現代的解釈にすぎよう。彰子に入内の道しか残されていなかったように、当時の帝王には、何人ものきさきを同じように愛する道しか残されていないのだ。いや、そういう愛し方が自然に身についているといっていい。しかも今までのきさきたちとは違った年弱な少女に一種新鮮な魅力を感じたとしてもふしぎはないのである。

ともあれ、ここで一条は一応の努力をしてみせた。とすれば、道長がそれに応えねばならない。かつて、定子懐妊に対して、あからさまに、

「不快の念」

をしめした彼であったが、今度は皇子の七夜の祝を、人が眼を見張るほどの豪華さでやってのけたのは、そのためなのである。無念さ、腹立たしさなどは、素振りにさえ見せずに……。

政治というものは一種の取引だ。そのことをしたたかに思いしらせてくれるのがこの事件なのだが、一条も道長も、その本音の部分はおくびにも出さない。いわば舞台裏で

パントマイムが行われ、表面では優雅きわまる王朝絵巻がくりひろげられてゆく、というのがこの時代の仕掛けなのである。

皇子の七夜の祝が終った後、道長と一条の間には、なごやかな時間が流れた。政治的にも意見の一致を見ることが多かった。

たとえば、そのころ、花山《かざん》法皇が熊野詣《もう》でをしたいと言いだしたとき、

「おやめになっていただくように」

と進言した道長の意をうけて、一条は、花山の執拗な申し出を退けている。内裏の炎上の後、じつは道長は綱紀粛正のための新制十一か条を発令し、とりわけ奢侈《しゃし》を禁じ、倹約を命じている。その折も折、言い出された花山の遊山半分の熊野詣では何としても阻止しなければならなかった。年来の宿願だから、と粘りに粘るのを説得するのは大仕事だったが、例の勤勉な蔵人頭《くろうどのとう》行成が一条との間を往復し、やっと思い止まらせることに成功した。これなどは一条と道長の暗黙の握手のもたらした成果であろう。

にもかかわらず——。

その後も道長の顔色は冴《さ》えない。

自分の払った代償が大きすぎるという気がしてならないのだ。たしかに一条の意を汲んで、皇子の七夜の祝はできるかぎりのことをした。経済的な支出の大きさを言うのではない。それだけの格式で七夜の祝をしたということは、後々まで政治的な意味を持つ。

敦康《あつやす》と名づけられたその皇子は、姉の脩子《しゅうし》内親王に准じて、遠からず親王宣下が下されるであろう。そして、いずれの日にか一条が譲位して現東宮居貞《おきさだ》が即位したとき、次期東宮の最有力候補になるに違いない……。

そのとき、敦康の祖父でも何でもない自分はどうなる。中宮定子は現在の東三条院詮《せん》子《し》と同じ発言力を持つだろうし、いまは政界に復帰していない伊周《これちか》、隆家《たかいえ》たちも俄《にわ》かに力を得てくるだろう。

──俺は自分の手で自分の首を締めるようなことをしている。そして彰子は？　わが娘はどうなるのだ。元子《げんし》や義子《ぎし》と同じく、女御の一人として朽ちはててしまうというのか。

考えれば考えるほど、大きな犠牲を払いすぎた。もちろんそれらのことを考えない道長ではなかったが、あえてこの道を選んだのは、彼なりの計算があったからだ。

政治の取引というのは一回で終るものでは決してない。一回ごとに微妙に点数を数えあいながら、それを次の布石にする。

──俺は十分帝の面目の立つだけのことはしてさしあげた。今度は帝が応えてくださる番だ。

にもかかわらず、一条の反応はきわめて鈍いのだ。

──おわかりにならない帝でもあるまいに……。

道長はじっと待っている。

あえて一条を刺戟《しげき》せず、表面はあくまでもなごやかに……。

そして敦康の七夜の祝から十日経ち、二十日経った。が一条からのはっきりした反応はまだ得られない。

やがて彰子が入内して一月経った十二月一日、かねて病臥《びょうが》していた冷泉《れいぜい》上皇のきさき、太皇太后宮昌子《しょうし》内親王がこの世を去った。

狂疾ある冷泉を夫とし、ほとんど生活をともにすることもなく、子供も産まなかった昌子は、あまり幸せなきさきとはいえなかったかもしれないが、仏道に帰依しての心静かな最期であった。葬送はごく簡略にという遺言に従ったものの、それなりに先例を調べるやら何やら、道長や行成の身辺は、また慌しさに包まれた。

「姫君の御入内の時にぶつからなくて何よりでしたわね」

彰子付きの女房たちは、ひそかにそうささやきあったし、

「若宮さまのお七夜が終った後でほっといたしました」

中宮定子側の女房たちは、そっと胸を撫《な》でおろしたものだが、しかし彼女たちは、その慌しさの蔭《かげ》にかくれて、ひそかな使が、都大路を忙しく往復していたことまでは気づかなかったろう。

道長の一条邸から土御門《つちみかど》邸へ。

そして土御門邸から一条邸へ。

人目を避けるようにして、使は数度往復した。土御門邸にいるのは、言わずと知れた東三条院詮子である。

もし、注意深い女房がいたならば、その繁忙のさなかに、道長の眼にある輝きが加わったことを感じたかもしれない。

十二月七日、昌子の初七日が終るのを待ちかねたように、詮子は蔵人頭行成を土御門邸に招いて、重大な申し入れを行った。詮子から授けられた書状を持って、行成はただちに内裏へとって返す。

生母詮子の書状を読んだ一条はしばらく無言だった。ややあって、行成をふりかえると、

「そちはどう思うか」

一抹の迷いを湛《たた》えた眼を向けた。

「このような重大なことに、私などが口を挟むべきではございませんが……」

それからしばらく、他人の聞きとれないほどのひそやかな会話が一条との間に続く。

やがて一条は筆をとる。生母詮子への返事である。親書を奉じて行成は土御門邸へ。

その場で詮子は道長あての書状を書いて行成に託する。

行成が一条邸を訪れたときはすでに夜になっていた。この日、体の調子をこわして臥《ふ》

せっていた道長は、行成を特に御簾《みす》の中に招き入れる。そして彼は、遂に待ちに待った言葉を彼の口から聞いたのである。

「女御（彰子）さま御立后《りつごう》のこと、ただいま帝より御内諾をいただきました」

道長の瞳からは、いつのまにか涙があふれていた。

――やっと……。やっと立后に漕《こ》ぎつけたか。

中宮定子がすでに男児を産んでいるいま、父として、年若な娘にしてやれることはこれしかなかったのだ。皇子敦康の七夜に必要以上に気をつかい、豪勢な祝をしてやったのも、みなこのためだった。そして道長の思いは、遂に一条に通じたのである。

「みなこれもそなたの奔走のおかげだ」

道長は行成の手をとらんばかりにした。

「いや、帝と左府の御心の内はよく存じておりましたから」

行成はあくまでも控えめにいう。

いつも冷静なこの能吏は、毛筋ほども手柄を誇る表情を見せない。が、じつは、一条邸と土御門邸、そして土御門邸と内裏との慌しい動きの要を握っていたのは行成そのひとなのだ。

それは単に彼がその間の使者をつとめたということではない。もっと深いところで、彼は道長と一条の心情を、じっとみつめ続けてきたのである。

蔵人頭として一条の身辺に近侍する彼は、二十歳の青年帝王の心の揺れが、手にとるようにわかったのだ。一条もまた、少年時代から、微妙な政治の流れの中に身をひたして生きてきた一人である。道長の敦康に対する心づかいが、何を意味するか、知らないわけではない。道長の払った代償の大きさを思えば、それに報いる道は、彰子の立后しかないことはわかりきっている。

が、これには大きな障害があった。昌子内親王の在世中は、すでに三后は塞がっていた。すなわち、

太皇太后宮昌子内親王（冷泉のきさき）

皇后遵子《じゅんし》（故円融《えんゆう》のきさき）

中宮定子

じつは定子の立后にあたって、父の道隆は先例を踏みにじって四后併置という荒業をやってのけている。前にも触れたように、そのころは詮子が皇太后の地位にあり、定子の立后はとうてい不可能だったのにもかかわらず、道隆はあえて娘を押しこんだのだ。このことは公家社会では極めて不評だったし、一条自身もある種のこだわりを持ちつづけていた。

――自分が若すぎたために、道隆の勝手にさせてしまった。

という悔いがある。その後の道隆一族のあっけない凋落《ちょうらく》ぶりも、こうした強引策の報

いのような気もしないではない。

——だからこうしたことだけはしたくない。

そういう思いが、一条に彰子立后をためらわせる大きな原因となっていた。

ところが、太皇太后宮昌子が世を去った。少なくとも四后併置を免れる条件はととのったのだ。詮子の書状は、まさにその機を狙って投じられたものではあったが、一条にはまだ迷いがあった。

東三条院の一条あての書状は、敦康の七夜の祝が滞りなくすんだことを喜び、これに格別に配慮を加えた道長に然《しか》るべく報いてやることをすすめていた。

「左府の望みは女御彰子の立后にあることは帝も御承知の通りです。折しも太皇太后宮は崩御、残るは二后のみ。女御の立后に何のさしつかえがありましょう」

これに加えて、詮子は、円融の正后から洩《も》れたころの自分の悲しさを行成に語った。

「帝はそうした女の気持もお察しにならねばなりませぬ」

さらに髪を削《そ》いだ後、皇太后を辞して女院となった例をほのめかして、

「中宮が有髪の尼であられるのも妙なもの。それに不都合なこともいろいろありましょう」

とも言った。たしかに当時は神事と仏事の間にある種のきびしい区別があった。神事の際には僧形のものや懐妊中の女性は宮中を退出しなければならなかったし、天皇の身

辺に出産のことがあると、それだけで神事は延期された。
げんにこのときも、朝廷から宇佐八幡に派遣する使は、定子出産のために出発を延期している。ちなみに、このときの使は藤原宣孝《のぶたか》、のちに『源氏物語』を書く紫式部の夫である。もっともこの時点では、才女の式部もまだ宮仕えには出ていないのであるが
……。

詮子の言い分には、それなりの筋が通っているし、母親としての重みもあった。
が、一条にはなおもためらいがある。
母の気持もわかるし、道長に対して報いてやるのは当然だと思っている。そこへ訪れ
た昌子の死は、まさに四后併置を避ける絶好の機会を与えてくれたようなものだが、し
かし……。

――ここで彰子を立后させれば自分には二人の正后がいることになる。こんなことは
かつてないことだ。

それが一条を困惑させる。彼は折り目正しい性格だ。歴代の中では、まず名君といっ
ていいだろう。現代の眼からみれば、庶民への配慮にも欠け、財政運営の力倆《りきりょう》もないが、
当時のものさしをもってすれば、まず賢帝に属する。文化への関心、神仏の崇敬、さら
には道長とともに倹約令まで発している。一条の理想とするのは、律令の尊重、つまり
憲法重視なのだ。その精神に随《したが》えば、一帝二后は明らかにルール違反である。

ただし、その例はないわけではない。父の円融の折、皇后遵子のいる所に、わが母詮子は皇太后として立后した。しかしこれは円融譲位の後でもあり、詮子はむしろ一条の母后として格づけされたようなもので、それとこれはわけが違う……。

行成は、その経違を道長に手短かに語った。

「帝はひどくお悩みの御様子でした。で、私は、さし出たことながら、こう申しあげました」

「ほ、何と」

道長は思わず膝《ひざ》を乗りだしていた。

盲点をついた妙案というべきか。行成は一条に、たくみな助け舟を出したのだ。

「たしかに女院の仰せられるごとく、中宮さまが有髪の尼でいらっしゃることには、さまざまの障害がございます。しかも皇后（遵子）さまも御出家なされておられますし、このままでは藤原氏の氏の祭祀《さいし》にもさしさわりがございます」

――何とうまいことを。

道長は思わず手をうちたくなった。

「そ、それで、帝は何と」

「いや、私の申しあげたのは、それだけではございません」

勤勉かつ誠実な行成は、何にでも念をいれたい方なのだ。このとき、さらに彼は一条に言ったのだという。

「とりわけ私の心にかかっておりますのは、大原野社の祭のことでございます。この社は代々藤原氏出身の皇后が神事を勤めることになっておりますのに、おきさきお二人とも出家の身であられては、それをお勤めになることができません。これはまことに重大でございまして、藤原氏の一人として、私も深く心を痛めております」

大原野社は、奈良の春日社を移したもので、いわば平安京近郊の藤原氏の氏神の社である。仁明帝のきさき順子《じゅんし》がここに参拝して以来、歴代の藤原氏出身の皇后が神事に奉仕するしきたりになっていた。皇后がはるばる奈良の春日社まで出かけるのは大変なので、そのかわりにここに参詣《さんけい》するのだというふうに当時は考えられていたようだ。

そこまで言っておいて、行成は、

「いや、これは私個人の考えでございまして、もちろん、御決断は帝の御心にかかっておりますが」

控えめにそうつけ加えるのを忘れなかった。

が、もう結論は出ているのも同然だ。もしここで、

「いや、それには及ばぬ」

といえば、一条は大原野の神をないがしろにしたことになる。神仏崇敬の心の篤《あつ》い彼

ないのである。

には耐えられないことだ。藤原氏出身の詮子を母とする以上、この問題はひとごとでは

冷静な行成はここまで語って口を噤《つぐ》んだ。絶妙な助け舟を得て、一条がどんなにほっとした表情を見せたか、などということは語るに及ばないことだからだ。

道長もまた無言である。

——この瞬間を長く記憶にとどめておきたい。

眼を閉じたとき、自然に浮かんだのは彰子の面影だった。

——姫よ。

道長はその面影に語りかけていた。

——やっと、漕ぎつけたぞ、立后に。

年不相応の重荷を負わせてしまった娘に、はじめて報いてやることができたと思った。

——これでそなたも、晴れて中宮と肩を並べることができるぞ。

しばらくして眼をあけたとき、遠慮がちに行成は口を開いた。

「女御の御立后の期日については、帝は何も仰せにはなりませんでしたが……」

自分の任務については徹底的にやりぬかなければ気のすまない行成の勤勉さに舌を巻きながら、道長は手を振った。

「そんなことはいい」

「左様でございますか」

「ああ、いいとも。ともかく立后のお許しを得ただけで十分だ」

行成の手をとっておしいただきたいような気持だった。

「有難い、かたじけない。何と礼を申してよいかわからないくらいだ」

いったん言葉が口をついて出ると、もう止めようもなくなっている。

「いやあ、すべてそなたのおかげだ。蔵人頭になって以来、事ごとに大変気を使ってくれているのはよくわかっていたが、なかなか礼を言う折もなくてな。今度という今度は、そなたの親切、まことに心にしみる思いだ」

相手が神妙に眼を伏せていればいるほど、なお言いたりないような気がしてくる。

「そなたの将来については、俺にまかせてくれ。長く恩に着る。いや、そなただけじゃない。そなたの子供たちもだ。わが息子どももまだ幼いが、よく言いきかしておこう。必ずこの恩に報いよとな。そなたの子供のことは、兄弟同然に思えとな」

有頂天になって、しゃべり続けながら、道長には、この手放しのうれしがりようを自省する気は全くなかった。うれしいとなれば手放しでよろこび、駄目となるとがっくり自信を失い、世の中すべてが嫌になってしまう。平凡児道長の性格は、左大臣をこれだけ続けていても、本質的には変っていない。

行成はひたすら謙虚に道長の言葉を聞いている。そしてやっと道長がひと息入れたとき、またもの言いたげなそぶりをしめした。

——おや、まだこの男は言いたりないのか。

雨のように浴びせかけられる感謝の言葉をつつましく受けながら、しかし、行成はあくまで冷静かつ慎重だった。

「その折、御物語のついでに、帝は」

さりげなく言った。

「何度か若宮のことを口にされました。生れて一月、どのくらい大きくなったか、など と」

「そうか、わかった」

皆まで言わせず、道長は大きくうなずいた。大げさな喜びの言葉を胸の中にしまいこむと、たちまち政治家の顔付に戻っていた。

「若宮には、なるべく早い機会に参内していただこう。そうさな、百日の御祝の折にでも御対面の運びとするか」

言いながら、行成の蔵人頭としての呼吸のよさに改めて感嘆していた。

——なるほど、この男は、ここまで手を打つことを考えて、やってきたのだな。

一種の完璧《かんぺき》主義である。彼は道長を喜ばせた代りに、一条への然るべき見返りを引出すことに成功したのだ。

「百日の御祝はいつごろになろうか」

行成は指を繰って答える。

「おおよそ二月半ばでございましょう」

「すると、女御の立后はその後ということになるな」

「左様でございますな」

「若宮の親王宣下《せんげ》は、さらにその後——」

「それでよろしいかと存じます」

一条は、はじめから彰子立后の期日など口にする必要はなかったのである。

行成が辞したのは、夜が更けてからであった。勤勉な彼は多分その足で一条に報告にゆくだろう、と考えながら、道長は倫子《りんし》の局《つぼね》に渡った。一刻も早く妻にこの喜びを伝えてやりたかったからだ。

局では倫子が正座していた。

「まだ寝《やす》まなかったのか」

「はい、頭《とう》の弁《べん》が来られたようでしたから」

母の勘で彼女も何かを感じていたのだろう。その手をとって、道長は短く言った。

「きまったぞ」

倫子は無言で頭を下げた。二人の間にはいかなる言葉も必要ではなかったのである。すでに臨月を迎えていた倫子が女児を出産したのは二十三日。三十六歳という、そのころとしては高齢の出産の故か、それまでさまざまな気づかいが重なったせいか、これまでにない難産だった。

が、体の衰えを理由に気長に静養を続ける余裕はなかった。彰子の立后を控えて、また倫子の身辺は忙しくなるはずだからだ。立后に先だって、彰子は一条院を退出する。そこへ勅使が来て立后の宣旨を伝えるのがきまりである。

が、そうきまると、おのずと元気が出てくるところが倫子のふしぎなところである。深窓に育ちながら、彼女には、庶民の女さながらの強靱《きょうじん》さがそなわっているのだ。

明ければ長保二年——。彼ら王朝人には関係のないことだが、この年は西洋紀元一〇〇〇年にあたることをつけ加えておこう。

彰子立后は、年が明けるとともに、公卿の間ではささやかれはじめていたようだ。

「なんと、一人の帝に正后がお二人？」

呆《あき》れ顔をする公卿もいたかもしれない。例のへそまがりの中納言実資などは大いに憤慨したことだろうが、残念ながらこのあたりの日記が残っていない。

とはいうものの、道長の立后強行ときめつける後世の見方と、彼らの見方は多分一味違っていたはずである。きらびやかな二人の蔭に動いていたのは、道長と一条という二人の父。そして立后問題は二人の父の愛を賭《か》けての取引であり、さらにいえば、愛という名の政治工作であったことを、何よりもよく知っていたのは彼らだからだ。

押せば退《ひ》き、退くと見せて又押す。それぞれ彰子と敦康をかかえて、表面あくまでも和やかに渡りあった末の政治的妥協がこれなのだ。そしてこうした駆引こそ、彼らにとっての「政治」であって、社会的施策、財政計画などは、ほとんど片隅に追いやられている。

そして、この「政治」は、ときとして彼らの軌範たる律令制まで踏みやぶってしまう。一帝二后などはまさにそれだ。能吏行成が、

「四后はよろしくないが、三后なら規定内だ」

といくら弁明しても、これがルール違反であることは明らかだ。

が、行成は周知のごとく、謹直、精励の能吏である。このときの彼の心中には、道長におもねろうというつもりはなかった。むしろ律令との板ばさみになっている一条のために知恵をしぼったのである。

蔵人頭である彼が一番恐れるのは天皇と、一の上《いちのかみ》との不和だ。両者の間に対立があれば、たちまち政治は渋滞するであろう。

——そういう事態を避けるために……。

彼は誠心誠意名案をひねりだす。つまり彼はごく大まじめに、誠意をこめて律令制度

を裏切ったのである。能吏の誠意が、憲法ともいうべき律令の規定を破るというのも皮肉だし、それ以上に、蔵人頭という存在の歴史的位置を象徴しているのも興味がある。そして天皇、大臣、きさき、皇子たちが、それぞれに押しあい、退きあいしながら新しい事態を生みだしてゆくのである。

摂関体制という言葉にひかれて、この時代を摂政や関白などの独裁の時代と考えがちだが、決してそうではない。天皇、大臣に加えて、きさきと母后が、複雑にからみあい、それぞれ影響力を持ちあうのがこの時代の特色であり、この二后併立問題は、その意味でも、この時代の象徴的事件だったのだ。

が、現実に渦の中にいる人々は、その事の意味などは、案外考えないものだ。それより彼らが心を奪われているのは、まさにくりひろげられようとしている王朝絵巻のなりゆきについてであった。

二月十一日夜。

華麗な輦《てぐるま》が一条院から出ていった。

中にいるのは年若な女御彰子。これこそ立后の宣旨をうけるための退出である。道長の息女の退出とあって、公卿以下の高官たちがぞろぞろと従う。行きつく先は二条の源奉職《ともつね》の宅。じつは方違《かたたがえ》の意味もあって、道長はこのところしばらくここに滞在しているのだ。

翌日、早速彰子の許《もと》に一条からの使が文を持ってくる。一種のしきたりのようなものだが、使には酒食の饗応《きょうおう》がある。そのほか、貴族たちの来訪もしきりで、一条院の華やかさの半ば以上は、この二条の宅にひき移ってしまった感じだった。

そして、彰子の退出とひきかえに、この夜中宮定子は、新皇子敦康を抱いて一条院へ。居処は北の対と定められた。数え年五つになった脩子内親王を伴っての入内で、一条院の後宮には、たちまち童女の声が響くようになった。

定子の今度の入内は、皇子敦康の百日の祝のためである。祝の日は十八日と定められているが、その数日前に、東三条院詮子が定子のいる局にやってきた。

「まあ、かわいい皇子《みこ》だこと」

馴れた手つきで嬰児を抱きあげた詮子は、頬ずりして相好を崩した。

「帝《みかど》によく似ておいでです。そっくりのお顔をしていらっしゃいます。まあかわいい、おお、よちよち」

それから、眼尻に笑みを湛えて定子をみつめた。

「帝はもうそれはお楽しみにしておいでですよ。ようございましたねえ、早く御対面が叶《かな》って」

「ありがとうございます。これも女院さまのおはからいとか」

定子はつつましく挨拶する。たしかにそのころまでは皇子が生れてもなかなか対面できずに月日を送る例も多かった。百日の祝に一条との対面が実現するには、詮子と道長の力が大きく作用している。定子は間接に道長に対しても礼を言ったのである。

その後しばらく詮子と定子のしのびやかな物語が続いた。おそらく、敦康の祝の当日の打合わせのほかに、その後に来るべき彰子の立后についての説明があったのだろう。

そして十八日、いよいよ一条臨席のもとに敦康の百日の祝が行われた。今日でいう「食い初め」にあたる儀式である。一条はこわごわ嬰児を抱く。こわれものにさわるようにするからいよいよぎこちなくなるが、多分胸の中には、

——ああ、吾子《あこ》よ。やっとそなたを抱いたぞ。

溢《あふ》れるような思いがあったに違いない。一条としても、大きな犠牲を払わされたわけだが、無心の嬰児の顔をのぞきこんだとき、

——これでよかったのだ。

改めて心の中でうなずきかえしたことだろう。代って嬰児を抱いた道長は、もう少し手馴れている。

「よいお子でいらっしゃいますな。お眼のあたりが帝そっくりではございませんか」

この子が将来自分の運命をおびやかす存在になるかどうか、そんな想いはおくびにも出さず、道長は馴れた手つきで嬰児をあやしつづける。

ときは春——。一見なごやかな親子の絵巻がくりひろげられたひとときであった。

さて、絵巻がひと巻きされると、続いて現われるのは彰子立后の図だ。敦康の祝から数えて七日目の二十五日、まず寅《とら》の刻（午前四時）に、彼女は土御門の道長邸に移った。この日のために磨きたてられたこの邸は、一名上東門第《じょうとうもんだい》とも呼ばれ、以後長く彼女の里邸となるところである。

金《こがね》を打った糸毛《いとげ》の車に乗った彰子が到着するのに前後して、大納言源時中《ときなか》、参議藤原斉信《ただのぶ》、源俊賢《としかた》らが顔をそろえた。時中は彰子の母、倫子の異母兄で、いわば倫子側の代表であり、二人の参議はきれものの聞えの高い道長の腹心だ。病気と称して定子付きの中宮大夫《ちゅうぐうのだいぶ》を辞めた中納言惟仲《これなか》も、すましてその中に加わっている。

正午近く、道長が彼らを従えて参内すると、まもなく一条の内意がしめされる。

「皇后遵子を皇太后に。女御従三位藤原朝臣彰子を皇后に」

これに従って正式の宣命《せんみょう》が作られると、これを諸卿に向って読み聞かせる役を命じられたのは平惟仲。彼がこの場に加わっていたのはそのためだったのだ。

新皇后彰子のために早速中宮職がおかれ、中宮大夫には源時中、権大夫には藤原斉信が任じられた。彼らがこの日土御門邸に参集し、そろって参内した意味もこれではっきりする。これを機に定子づきの中宮職は皇后宮職と改称され、以後彰子が中宮、定子が皇后宮と呼ばれることになる。

道長は喜びをかみしめながら土御門邸に戻ってきた。晴れて中宮となった彰子が、年に似あわず堂々として一行を待ちうけているのを見て思わず涙ぐんだ。新任の中宮大夫以下が挨拶にくるのにも、いっこうにものおじしない態度で応えている。

——まるで生れたときからこの日のくることを知っていたかのように……。

少女が全く位負けしていないことを手放しで喜びたかった。一応の儀式が終った後の宴がとりわけ華やかだったのは、そうしたあるじの心を反映してのことだったろうか。管絃《かんげん》は夜通し奏され、気がついたとき、いつか東の空は白みはじめていた。集まった人々へ豪勢なかずけものが惜しみなく与えられたことはいうまでもない。

さて、次に行わるべきは新中宮彰子の入内《じゅだい》である。いかにも心得顔に皇后定子が一条院を退出したのは三月の末。いよいよ条件はととのった。かくて四月七日、彰子の中宮としての入内の日がやってきた。

中宮ともなれば格式が違う。彼女自身の身にまとう衣装も、女房たちの装束も新調された。中宮の象徴として下賜された大床子《だいしょうじ》(椅子)や獅子狛犬《ししこまいぬ》の飾りものが藤壺に飾られているのも、ものものしい。

彰子の入内を待ちかねたように、一条も藤壺に渡ってくる。

「やあ、ちょっと見ないうちに、ずいぶん大人びられたなあ」

しげしげと彰子を眺めていう。

「前はとてもかわいらしくて、心を許した遊び相手にうってつけ、という感じだったけれど、中宮になられると、こうも変られるのか。何だか急に気高くなられて、うかつに冗談なんか言っては畏《おそ》れ多いくらいだ」

まあ、帝こそ御冗談を、と女房たちは袖で口を抑えてしのび笑いをする。めでたく敦康との対面をすまし、親王宣下も目前とあっては、一条もこのくらいのお世辞を言わなくてはならない。

さて、立后後最初の入内の折には、関係者への加階が行われるしきたりである。それに従って、倫子は従二位に叙せられた。夫の道長は正二位だから、その差は一階ということになる。同時に彰子の乳母の源信子と源芳子が従五位下に叙せられた。

さらに道長が加階を申請していたのは権中将源成信《なりのぶ》であった。倫子の甥《おい》の一人で早くから道長の猶子（養子分）になり、常に道長の側近にあって、忠実な働きぶりを見せていた。

ところが、このとき、

「成信が加階されるのなら俺も……」

執拗《しつよう》に割りこんできた人物があった。道長の異母兄、右大将道綱だ。自分は道長兄弟の中の最年長者だし、倫子の妹を妻としているから、加階されて当然だ、というのだ。能力もないくせに出世欲だけは人並以上のこの男にはまたもや閉口させられたが、このときも行成の奔走によって、やっと道綱従二位、成信従四位上が実現した。そしてその十日後、敦康の親王宣下によって、このおめでたづくしの長保絵巻も一応終りを告げた。が、すべては終ったのか。いいや、政治とは終りなき取引だ。このおめでた絵巻の中に早くも次の事件の種子は芽生えていたのであった。道長も倫子も、まだそのことには気づいていなかったのであるが……。

黄泉《よみ》への道

後になって思えば――。

定子《ていし》の退出は、あまりにもひそやかだった。一条と敦康《あつやす》の対面を終えると、あっさり三条の平生昌《なりまさ》宅へ引きあげた彼女に対し、その当時は、しかし、

――待望の帝との対面を果して御満足だったのだろう。

というくらいにしか考えなかった。その後行われた彰子《しょうし》の入内にも、とりわけ感情を波立たせることもなかったのか、三条の生昌宅は静まりかえっていた。

その静かさが少し異常だ、と気づいたのは数か月後――。

定子はまたもみごもっていたのである！

敦康を抱いて一条院に入ってから退出するまでたった四十余日、しかも敦康を出産してから百日経つか経たないかの時期だというのに……。

――こんなことがあっていいものか。

首をかしげたのは、定子自身ではなかったか。しかし、身に覚えのある不調のきざし

は、まぎれもなく始まっている……。

そのことを喜ぶよりも前に、定子は顔色を変える。有髪の尼の懐妊、出産に、公卿たちの誰もが、割りきれない思いをいだいていることは、痛いほどわかっているからだ。世間に顔向けのできないような気持を味わうのは、敦康のときだけでたくさんだ。

——しかも彰子立后の折も折……左府はどうお思いになるか。

定子が気づかうのは一条のことだ。このことがわかれば、何ともばつの悪い思いをしなくてはならないだろうし、道長との仲が気まずくなりはしないかと案じられた。いまできることは、せめて懐妊の事実が知れわたるのを遅らせることだ。定子が三条の生昌宅にひっそりと籠《こも》り、あるじの生昌にもめったに顔をあわせないようにしたのはそのためであった。

が、数か月後、事は自然に洩れた。

「な、なんと、皇后宮がまた御懐妊と？」

腰をぬかさんばかりに驚いたのは道長だ。

——そうだったのか。

立后後入内した彰子に対して、一条がしきりに機嫌をとり結んだ理由にも思いあたった。

それにしても、何と不思議なことか。

敦康と一条の対面をとり計らわなければ、定子の懐妊はなかったかもしれない。しかし、敦康の参内、百日の祝という条件がなければ、彰子の立后は、こんなに早く実現しなかったかもしれないのだ。

考えてゆくと、彰子の立后が定子の懐妊を招いたことにもなる。

——何たること、何たること。

道長は唸《うな》らざるを得ない。

皮肉なものである。慎重につみあげられた政治の取引を女の生理がくつがえす。定子にしても、父の道隆があれほど待ち望んでいた折には、いっこうに懐妊の兆しはなかったのだ。そしていま、道長の望む彰子懐妊は期待すべくもないのである。

万に一つの誤算もなかったはずだ。精巧に組みあげられたモザイク模様に似た政治の構図——。それが二度とは再築できないほどだっただけに、道長のうけた打撃は大きかった。

——ああ、俺は……。

何のための努力だったのか。娘の前途をさらに暗くするためにこの半年、力を費したというわけか。立后決定を手放しで喜んだ自分自身にも嫌気がさす。

——何という愚かさだ。

公卿たちのひそかな嘲笑《ちようしよう》が聞えるようだ。

――ああ、そうだとも、俺は駄目な人間なんだ。

平凡児らしい自省が、むざんな自信喪失、自己崩壊に辿《たど》りつくまで、さほど時間はかからなかった。

たちまち襲ってきた食欲不振。寝汗。めまい、発熱――。

「お疲れが出たのでございますよ」

周囲の慰めのかいもなく、気がついたときは、まるで瞬時に奈落へ突きおとされでもしたように、起きあがる気力さえ失せていた。

道長はひどく心細くなっている。これはただごとではない、と思いはじめると、それだけでも胸がしめつけられ、気を失いそうになった。

「いよいよ、今度は俺もだめかもしれんぞ」

あえぎあえぎ言うのだが、

「また、そんなことを」

倫子《りんし》は本気でとりあわない。

「いつものことですわ。ちょっとお加減が悪いと死ぬ、死ぬ、って大騒ぎなさるの」

――ああ、からだの達者な人間というものは困ったものだ。

道長は胸苦しさをこらえて、顔をしかめるのがやっとであった。

――妻は健康すぎるのだ。病にとりつかれた者がどんなに苦しいか、理解しようともしない。

無神経だ。いや冷酷にさえ見える。

「今度という今度は、ほんとうだ。もう長いことはない」

「何をおっしゃいます。姫がやっと立后をはたしたところではございませんか。これから先こそ、後楯《うしろだて》になっていただかなくてはなりませんのに」

健康な人間はこれから先のことばかり考える。それが今の道長にはまぶしすぎる。

——俺にはもう未来をみつめる気力はない。いや、今のことも考えられない。一条との間に粘り強く交渉をくりかえして、彰子立后にこぎつけたことさえ今は悪夢のように俺を苦しめる。

心が弱くなると、たちまち過去が重くのしかかってくる。左大臣になって五年間、自分がいったい何をしたというのか。内裏は炎上し、その復興はなかなかはかどらない。殺人やけんかが頻発し、国家財政の危機は解決されるどころか、いよいよ収拾のつかない状態に追いこまれている。

——これも俺の力が足りないからだ。今度の病気は、その報いだ。やはり俺には一国の切り盛りをする力はないのだ。それなのに、俺はそれに気づかず、いい気になりすぎていた。ああ、もし、ここでこの職から解放されたら、どんなにほっとするだろう。

そう思いたつと、もう我慢しきれなくなった。

「辞職だ」

家司《けいし》を呼びつけねば、と思ったとき、道長は、すうっと人の歩みよる気配を感じた。

「やっと気がついたか、道長よ」

影は陰にこもった声でささやいた。

——あっ、その声は……。

必死で影の方をふりかえろうとしたが、首が廻らない。しかし、ものおそろしいその影が、じっと自分を見すえていることだけは、はっきりわかる。

「おそすぎたぞ。道長」

声に毒気が含まれているのだろうか、一声一声が響いてくるたびに、毛むくじゃらな手で皮膚を逆撫《さかな》でされるような感じがする。

——そ、そ、その声……。

聞きおぼえのある、低いしわがれたその声の主を思い出そうとするのだが、思い出せない。その間にも、おそろしげな影は、音もなくすり寄ってくるのだ。

「もともと頭の鈍い奴だったが、それにしても、なんという思いあがりだ」

——も、申しわけもございません。

謝ろうとするが、声が喉《のど》にはりついて出てこない。

「あたりに敵がないと思っているのだな。好き放題のことをしている」

——い、いいえ。決してそのようなことは……。

「言い訳したいのか」

影はせせら笑った。

「言い訳できると思っているのか、おろかものめが。その昔の呉王と越王の話、知っておろうな」

——は、はい。

「いかにおろかなそなたでも、そのことぐらいは習いおぼえているだろう。いいか、呉王夫差《ふさ》は越を破り、勝におごって、好き勝手なことをした。越王勾践《こうせん》は臥薪嘗胆《がしんしょうたん》、遂におごれる呉をほろぼしてしまった。ふ、ふ、ふ。そなたが夫差になるのも眼の前よ。あのとき、夫差は讒言《ざんげん》を容《い》れて忠臣の伍子胥《ごししょ》を自殺させたな。そのとき伍子胥は言ったはずだ。わが眼を抉《えぐ》りて東門に懸けよ。越が侵入して呉をほろぼすのを見てやろうと

——」

——は、そのとおりで。

影は声を立てずに笑った。

「俺もその眼よ」

——は？

「伍子胥のごとく眼だけは、そなたをみつめつづけておる」

──ぎゃっ！

叫んだつもりだが声は出なかった。その瞬間、彼は影の言うことをすべて理解した。

そして、その声の主が誰であるかも……。

影は執拗にささやきつづける。

「道長、こっちを向け、この俺の眼を見ろ」

──あっ、お許しを。

影がすうっと手を伸ばしてきた。

──あっ、さらわれる、俺は。

必死でその手を掻《か》きのける。伸びてきた手がいやに温かくやわらかい。

「げ、げ、げっ」

のけぞったとき、道長は女の声を聞く。

「あなた、あなた、どうなさいましたの」

不安げな瞳《ひとみ》が、じっとのぞきこんでいるのがおぼろげにわかったとき、道長は我にかえった。

「そなただったのか」

薄気味悪いほど温かい魔の手と思ったのは、倫子のそれだったのである。

「ひどくうなされておいででしたけれど。ま、こんなに汗をおかきになって」

手早く帷子《かたびら》をかえさせながら、倫子はたずねる。

「悪い夢でもごらんになったのですか」

「夢？」

呆然《ぼうぜん》として道長は答える。

「夢ではない。俺はたしかに見た」

「何を？」

一瞬口を閉じ、それからぽつりと言った。

「兄上を。道兼兄上を」

最後の瞬間に、道長は、それがまぎれもなく亡き道兼の声であることに気づいたのだ。

「まあ、何をおっしゃいます」

言いながら、倫子も表情をこわばらせた。

「いや、まちがいない、道兼兄上が現われたんだ」

「そして、道兼さまは何とおっしゃいましたの？」

それに答えず、道長は言いきった。

「俺は左大臣を辞めるぞ」

「まあ、突然に」

倫子はいぶかしそうにした。

「道兼さまが辞めろとおっしゃいましたの？」

道長は黙っている。道兼はあからさまにそう言ったわけではない。が、彼が何を言いたくて現われたのか、何を心おごりだと言っているのか、ほぼ見当はつく。自分に残されているのは辞任の道しかない、と思ったとき、道兼の霊が現われたというのも偶然とは思えなかった。

道兼は彰子の立后を強行したことを咎《とが》めているのだ。今まで強いて理屈をつけ、合法的に事を処理したと思っていた道長の自信は、すでに崩れてしまっている。

――やはり、とりかえしのつかないことをしてしまった。

後悔の思いが胸をしめつける。道兼の霊もおそろしいが、それよりこわいのは生霊だ。今度の処置を恨みぬいているのが誰か――それもぴんときている。

――いさぎよく責任をとろう。

邸内から道長を呪《のろ》うまじないものが発見されたこともあって、その決心はますます堅くなった。もっとも辞表呈出、直ちに辞職とはゆかないのがこのころのしきたりである。名文の辞表を、それも三度は呈出しなければならない。このとき、当代の碩学《せきがく》、大江匡衡《おおえのまさひら》の書いた二度めと三度めの上表文《じょうひょうもん》が『本朝文粋《ほんちょうもんずい》』に残っているが、しかし名文だからといって受理されるわけでは決してない。

一条帝からは、はかばかしい返事はなかった。こんなとき、頼りにされるのは、またしても蔵人頭《くろうどのとう》行成《ゆきなり》である。朝早く、あるいは夜おそく、毎日のように彼は道長のところに呼びつけられることになる。

道長は行成の顔を見るなり涙をこぼしながら言う。

「よく来てくれた。もう俺の命も長いことはない」

「何を仰《おお》せられます。御尊顔を拝するところ、御頬の色もよろしいようで」

行成は出まかせを言っているのではなかった。冷静な彼の眼をもってすれば、道長自身が言うほど、病状は重くない。が、そう言っても、道長は慰められるどころか、かえって不愉快そうな顔をするのである。

「いやいや。もう俺は駄目だ。息子もまだ幼いというのに……。後はよろしく頼む。この間は、そなたの将来はひきうけると言ったが、この分では、わが息子のことを、そなたに託さねばならぬ」

ますます気弱になっている。ひとつには、自分の不調に加えて、東三条院詮子《せんし》の健康が思わしくないことが心を暗くしているのだ。まもなく四十に手が届こうという年齢のせいか、詮子はこのところ病気勝ちだ。つい最近には倒れて一時気を失い、ひどく慌てさせられた。一条帝も、

「そんなにお悪かったのか」

とびっくりし、急いで大赦令の発布を命じたくらいである。

しかし、道長は、これもみな死霊、生霊のしわざとしか思えなくなっている。何となれば、今度の彰子立后の蔭《かげ》の立役者は詮子だからだ。一条への強力な一押しがなければ、こうも早く立后は実現しなかったろう。

――それだけに女院は霊に恨まれておいでだ。それから逃れるには俺の辞職しかない。

道長がそう思いつめているのは行成も知らないわけではないが、これについては彼は別の見方をしている。

――左府には邪気《じやき》がとりついている。その邪気が左府の口を借りて言っているのだ。

おどろおどろしい言い方だが、現代ふうにいえば、病気からくる弱気のなせるわざ、ということだ。一条の見方もほぼ同じである。だからいくら辞表を出されてもとりあう気はない。

それに――。行成一流の冷静な眼で見れば、いま道長が辞めたら代りがない。右大臣顕光《あきみつ》は魯鈍《ろどん》、内大臣公季《きんすえ》は無能、ひとりとして一条のよきパートナーたり得る人間はいないではないか。そこへゆくと道長は一応綱紀粛正を打ちだしているし、破綻《はたん》に瀕《ひん》した財政をとにかくつづくりあわせてゆくだけの才覚がある。

「ま、只今は、とにかく御静養を。帝もそれが一番だと仰せられておいでです」

道長はその冷静さに苛立《いらだ》つ。倫子も行成も、健康な人間は、病人の気持がわからないのだ。

——しかし、今日という今日は。

道長は五月末のその夜、最後の切札を用意して行成を招いたのだった。

「もう我慢も限界にきている」

道長は表情を改めて切りだした。

「三度上表しても、帝はいっこうに聞き入れてはくださらない。それはこの俺が死んでもいいということだ」

「いや、そんなことは」

行成はなだめる口調で言った。

「帝にとって、かけがえのないお方だからこそ、辞めていただきたくないのです」

「それなら……。残された道はこれしかない」

「と申されますと」

「これだけは、ぜひお聞き入れいただきたい、と、しかと帝に奏上してほしい」

「は、仰せのままに」

「では言おう」

道長は、はじめて、心ひそかにおそれている生霊の名を口にした。

「前帥《ぜんそち》を……。前帥伊周《これちか》公を本官、本位に戻していただきたい」

「は……」

あっけにとられて、行成は道長の顔を見守った。

伊周を、本官、本位に？

九州から呼び戻しただけでは足りなくて、もとの正三位、内大臣にしようというのか？ あれだけ火花を散らして闘った相手を、今度はその手をとり、うやうやしく元の座に導こうとは……。あの息づまるような政治対決は何だったのか。それを全部取り消して、あの事件以前の状態に戻そうというつもりなのか。

——せっかくここまで築きあげた地盤を、左府は、みずからの手で崩してしまおうとしておられる。

とうてい正気の沙汰とは思えなかった。それに、伊周が宮中に復帰したらいったいどうなる？ 一条との間は？ 公卿たちとの仲は？ 蔵人頭たる自分は、いったいどうすればいいのだ。

道長は行成の顔色を読みとったようだ。

「いいか、これは俺の最後の願いだ。女院さまをお助けし、俺が元気になるには、これしかないことをよく帝にお伝えしてほしい」

「は、では直ちに参内いたしまして」

行成はこう言うよりほかはなかった。

——左府は呪いにがんじがらめになっている。いや、そう思いこんでいる。

思い直させるすべもなく、そのまま一条院に戻って報告すると、一条帝は予期していたとおりあっさり言った。

「邪気だ。邪気が左府に言わせているのさ」

現政権をわが手で崩してしまうような提案に応じることはできない、それにいったん重罪を言い渡しておきながら、くるりと方針を変更するのは、筋が通らなすぎる。

青年帝一条は、筋が通らないことは嫌なのだ。精神の弛緩《しかん》したこの時期の帝王には珍しい、理想主義者であり、ある意味での合理主義者なのである。

一条は言う。

「私はつね日ごろ、筋の通らないことは誰の申し出も受け入れないことにしている。まして左府はいま病中だ。その申し出をまともに聞くわけにはゆかない」

かなりきびしい拒絶である。ただし相手が病人だから、あまり刺戟《しげき》せぬよう一応話は聞いておき、後で返事をすると言っておくように、と言いそえた。

——さればよ。予想どおりのお言葉だ。

心中うなずきながら行成は道長邸にとって返す。例の物静かな口調で報告をはじめると、その言葉を聞くか聞かないうちに、

「な、な、何だって」

道長の顔は、みるみる紅潮した。眼を怒らし、口をかっと開いた忿怒《ふんぬ》の形相に、行成

は、一瞬絶句する。

「これほど命がけの申し出を、帝はお聞き入れにならないというのか?」

手を震わせ、狂ったように絶叫する。

「わかったっ、この俺に、死ねということだな。助けてはくださらぬのだなっ」

「いや、そうではございませぬ、いずれ御返事を遊ばすそうですが、事はまことに重大でありますので、よく考えられてから……」

「言い逃れだっ。俺はいますぐの御返事が欲しかったのに……。それを、それを、もういい。聞く耳は持たぬ、退《さが》れ、退ってくれ」

「はい」

恐縮この上ない、といった様子でひきさがったものの、行成はそれほど道長の怒りを恐れているわけではなかった。彼もまた、一条と同じく、

――邪気だ、邪気が左府に言わせているのだ。

と思っている。左大臣に頭ごなしに叱責《しっせき》されたのなら縮みあがるところだが、邪気、邪霊がのりうつって喋《しゃべ》っていると思えば何のことはない。

が、行成は少しばかり感傷的になっている。

――位人臣を極めたあの方がなあ……。

天皇の叔父、中宮の父、いまや栄華の頂点にあるはずの道長も、邪霊に魅入られれば、

このていたらく。

——ああ、何たること、何たること。

思わず道長の口癖を呟《つぶや》いてしまっていた。

栄華とは何か。人間とは、そして人生とは……。うつろいやすい人のいのちよ。

勤勉な能吏もしばし無常の思いにとりつかれる。王朝人の心情の複雑さとでもいうべきか。それぞれ権力欲はかなり旺盛《おうせい》なのだが、彼らは、ふと立ちどまったとき空《むな》しさに襲われる。欲だけで突っ走る人間とは違うのだ。

怒り、のたうちまわる道長も、いわばその裏返しであろう。何もかも空しくなるのに、権力の座から離れられないことに苛立つのだ。

——黄泉《よみ》への道が見えているというのに……。

誰も理解してくれない孤独感に魂を食い破かれてわめくのである。

行成に向って怒鳴りつけたことは、しかし、道長にとっては絶好な治療法であったようである。ふしぎなことに、その日以来、彼はしだいに元気を回復したのだ。熱も下った。食欲も出た。

こうなってみると、大声をあげて荒れ狂ったことは、いささか気恥ずかしい。

——左大臣ともあろうものが……。

ふつうなら行成の顔も見られないところだが、しかし、そこにはうまい口実が用意されている。

「あれはすべて邪霊のしわざだ」

と言えばいい。祈禱《きとう》の結果、邪霊が追いだされたとすれば、僧侶《そうりょ》や修験者はたっぷり褒美にあずかることができるし、道長の面目も立つというものだ。

思えば、「邪気、邪霊」とはおもしろい仕掛けではないか。どうやら一条も行成も、そして道長も、そのあたりのことを心得て、適当に「邪霊」を使っているようでもある。今思うほど王朝人は迷信深くなかったのかもしれない。

ふたたび元気になれば、山のような政務が道長を待ちうけていた。官吏の任免、僧侶の任免、先ごろの綱紀粛正が徹底していない役所へは文句の一つも言わねばならない。が、何よりの急務は焼亡した内裏の再建であった。これまで造営の責任者になっていた大納言右大将道綱は辞めさせられ、中納言実資《さねすけ》がこれに代った。能力に欠ける道綱には、この大任はとうていやりとげられなかったのだ。

東三条院詮子もいつのまにか元気になっていた。このところしきりに入内し、一条に何かを申し入れていたようだったが、それからまもなく、皇后定子が一条院入りした。懐妊の身で後宮入りできたのは、多分詮子の配慮によるものらしい。詮子も道長も、病後は前よりも彼女の存在に気を使っている様子である。

新造の内裏が完成し、一条が彰子ともども移居したのは十月、木の香の匂う殿舎を行きかう女房や公卿たちの声もはずんで聞えたが、あいにくのことに、この秋からまたも疫病《えやみ》が流行しはじめた。

その折も折、突然、一条の許に悲報がもたらされる。

臨月を迎えた皇后定子が、三条の平生昌の宅で、出産とともに息絶えてしまったのだ。ときに十二月十六日、女児を残して、二十四年の波瀾《はらん》の生涯を閉じたのであった。

その日まで、誰が定子の死を予想したろう。

優雅な衣裳《いしょう》に包まれた繊細な感覚の持主であるとはいえ、彼女もまた倫子と同じく健康すぎるほど健康な体の持主だったのだから……。必ずしも好意的でなかった世評に耐えて、すでに二人の子供を産み育ててきたこのしたたかさ。現帝の子を持っているのは自分ひとり、というひそかな自信に裏づけられていたことはたしかだが、それは第二子誕生後百日前後で早くもみごもるほどの、からだのみのりと切りはなしては考えられない。

第三子の懐妊によって彼女はいよいよ独走態勢に入ったともいえる。もし今度も皇子誕生ということにでもなれば、一条もこれら皇子の将来を考えざるを得なくなるだろう。

定子はおそらく道長病臥《びょうが》の経緯を耳にしていたに違いない。そして道長を恐れさせているのが何であるかに気づかないはずはなかったのだ。それは自分や伊周などつまり道隆一家——そしてその中には、自分の胎内に育つ小さな生命の芽も含まれていることを感じていたことだろう。

その定子が、女児を産んで急死する……。

そんなことがあってよいものか。

そう思ったのは、一条や伊周だけではなかった。

——皇后がみまかられたと？

道長もまた、虚脱状態に陥《お》ちこんだ一人であった。

起りうべからざることが起ったのだ。初産《ういざん》ならともかく、二度も何の障りもなく出産をすませた彼女が、どうして？……。

「何でもお後産《あとざん》が、お下りにならず、そのままおかくれになったとか」

しのびやかに告げる近侍の言葉も耳には入らなかった。

慌てて胸の中でくりかえす呟きは唯一つ。

——俺は、そうなれかしなどと、一度も思ったわけじゃないぞ。ああ、そうだとも、そんなこと考えもしなかった……。

平凡児には、むしろ祟《たた》りがおそろしい。考えてみればこれ以上の幸運はないのだが、いま、わが娘彰子のおそるべきライバルが向うから倒れてくれたことを喜ぶよりも、死霊になりかねない定子に、いまは言い訳するのがやっとである。

――皇后宮、恨みなさるなよ……。

幸運を眼の前にしながら震えあがったのにはわけがある。ちょうど定子の死ぬその時刻、東三条院は、重病に陥り、胸をかきむしっていたからだ。

例の気まぐれ病とでもいおうか、数日前には新内裏へ行って一条と対面したばかりの詮子は、前の日から急に苦しみはじめたのだ。

「何やら悪霊のしわざとか……」

とささやく女房もいた。祈禱の高僧を呼びよせたり、大騒ぎをしているさなかに、定子は生涯を終えたのである。

伊周、隆家《たかいえ》たちの悲嘆はいうまでもない。なきがらが金を打った糸毛《いとげ》の車に載せられて、六波羅蜜《ろくはらみつ》寺に葬送されたのが二十三日、雪のふりしきる夜であった。

しばらくして、詮子もやっと健康を取りもどしたかに見えたが、めっきり気弱になって、口にすることといえば、定子の忘れ形見の子供たちのことばかりであった。

「あの子たちはどうしていますか。かわいそうに……。末の姫宮などは母御の顔も知らないで育つのですね」

媄子《びし》と名づけられた第二皇女のことは、とりわけ気がかりで、

「あの子は私が面倒をみなくては」

としきりに言いはった。

「そのお体では」

と周囲が案じても絶対に聞きいれない。定子の兄弟の伊周や隆家は失脚中の身だ。そこで人目を避けるようにして育てられるよりは、祖母である母后、東三条院の手許《てもと》にひきとられた方が幸せなのはたしかだが、何やら衰えの目立つ詮子には、嬰児《えいじ》の世話は無理だ、と誰もが思った。もちろんしっかりした乳母《めのと》はついているが、病みあがりの体では心の負担が重すぎよう。

「もう少しおからだの御様子を見られては」

道長もそうすすめた一人だが、詮子は涙さえ浮かべてこう言うのである。

「私のからだなんてどうなってもいいんです。あの子、いえ皇后の残していった宮たちのことは、全部私がひきうけるのです」

その強い語気に、道長はふと思いだす。

——明子姫《めいし》のときが、ちょうどそうだったな。

わが妻、高松殿明子を、風にもあてないように育てていた詮子の姿が、重なってくるのである。

——なるほど、女院は、明子姫のように、この三人の遺児を育てようというのだな。

明子の父、源高明《たかあきら》は、道長や詮子たちの父である兼家たち藤原氏によって失脚させられた。明子を手許にひきとったのは、薄幸の美少女を憐《あわれ》むという以上に、高明の怨念《おんねん》を鎮める意味があったようだ。そしてこういう役廻りをひきうけるのは、男ではなく、一族の蔭の大黒柱である自分のつとめ——と、詮子は思いこんでいるふうであった。

そしていま、詮子は藤原氏の大黒柱として、ふたたび、その役を担おうとしている。伊周を退けたのが詮子である以上、定子の不幸を招いたのも、彼女自身の責任と思っているのかもしれない。

——それにしても、病後の身ながら、あえて責めを果たそうとしている姉君の強さよ！

心ひそかにうなずきながら、しかし、このとき道長は別のことを持ちだした。

「わかりました。が、ともあれ、お健やかになっていただかねばなりませんな。皇后の喪が明けたら、にぎやかに四十の御賀《おんが》をいたしましょう」

「いいえ、そのようなことは不要です」

詮子は頑としてきかない。

「これだけは、私も後へはひきませんよ」

道長も冗談めかして言ったが、しかし、胸中には別の思いがあったのだ。

肉親の勘とでもいおうか。道長がひそかに憂えているのは、詮子の肉体の衰えであった。

「女院さまの気まぐれ病」

ひそかに近侍の女房たちはそう言っているが、単なる気まぐれ病ではないように思えてならない。だからこそ、四十の賀をにぎやかに行って、縁起なおしをしたいのである。今からみると、四十歳にお祝などするのは滑稽《こっけい》なようだが、当時はその年から初老と見なされるようになっていたから、特別のことではない。ただそこに厄落しの意味を道長は籠《こ》めたいのである。

場所は、いま一番美しく磨きあげられている土御門邸。

「そのときは、帝《みかど》の行幸を仰いで……」

固辞する詮子にかまわず、着々用意をすすめたが、春のうちに、という道長の願いは遂に実現しなかった。

——とすれば秋に。何を措《お》いても……。

が、悪疫の流行がやまなかったりして、やっと詮子のための法華八講《ほけはこう》だけはすませたものの、一条の臨席を仰いでの賀宴は冬に入って十月の九日ということになってしまった。

その間も詮子の健康状態は必ずしも芳しくなかった。一喜一憂、というよりも、道長の眼から見れば、憂色が深まっている。それでも勝気な詮子は、定子の忘れ形見の子供たちのこととなると、眼の色を輝かせて面倒をみる。媄子の百日の祝は彼女の指揮によって内裏で華やかに行われたし、三歳になった敦康の魚味始《まなはじめ》——つまり三つの祝は、中宮彰子の上御局《うえのみつぼね》で催された。

「皇子《みこ》には母君がないのですからね。これからはそなたが母代りになってあげるのですよ」

母と呼ばれるには年若すぎる彰子に、しみじみとした口調で詮子はそう言いきかせるのだった。

彰子の懐妊、出産はいつのことか、まして男児出産の機があるかどうかもわからない現在、一応敦康の母代りの位置を確保しておくことは次善の策である。魂鎮めと次の時代への布石として、彰子の主催による魚味始は絶妙な一手であった。これも道長があまり表面に出ずに、詮子の目配りという形で行うことによって、事はなめらかに進んでゆくのである。

——女院は力をふりしぼっておられる。

道長にはそう見えてしかたがない。誰の眼にも明らかなほど詮子の肉体が病に蝕《むしば》まれてきている現在、ともかく、四十の賀は未曽有の華やかさで行いたいのだ。

その日の宴の中心は何といっても舞楽である。演目は『万歳楽《まんざいらく》』『蘇合香《そごうこう》』、上手の聞えのある貴族たちが舞人に選ばれた。さらにとっておきは、道長の息子のたづ君（十歳）といわ君（九歳）の童舞《わらわまい》である。この日にそなえて、それぞれ舞の師をつけて、練習をくりかえさせた。

——帝には御一泊願って、翌日は競馬《くらべうま》だ。

もちろんそんな前例はないが、かまうことはない、と思った。計画を樹《た》てはじめると、夢中になってしまう道長なのである。

公式の催しとして舞楽が行われる場合、その前に「試楽《しがく》」というのがある。文字の上では試演であるが、例えば石清水《いわしみず》八幡宮に舞楽を奉納するにあたって、そこに臨席しない天皇のために、あらかじめ宮中で当日そのままに行う催しで、ただの予行演習ではない。

詮子の四十の賀には、一条も臨席するはずなのだが、それでも二日前に宮中で試楽が行われたのは、こうした催しが、すでに一種の行事として定着していたからである。

さて、この日の催しにあたって、道長が一番気を揉《も》んだのは、息子たちの舞のことであった。

——あの福足《ふくたり》の例もある。

父兼家の六十の賀のとき、兄の道兼の長男福足は舞うのを嫌がって大暴れした。

——あんな事にならねばいいが。

内心びくびくしていたが、この日『陵王《りようおう》』を舞った十歳のたづ君は、ややこしい舞の順序も忘れずに、しっかりした足さばきで、すずやかに舞った。

——おお、おお、よくやったな。帝の前でも臆せずに。

道長は胸をつまらせた。と、このとき、思いがけず一条から発言があった。

まとっていた錦《にしき》の御衣《おんぞ》を賜わるというのである。これは舞人にとって、最高の光栄とされていた。

「これを、童に……」

「や、や、帝の御衣を……」

道長は足が震えてきた。が、十歳の少年の方はものおじもせず、一条の御衣を拝領すると、舞人の作法どおり、もう一度形ばかり舞う様子を見せて、静かに退場するではないか……。

――おお、おお、たづよ……。

夢中で飛びだして道長も拝舞《はいぶ》した。

「嬉しさのあまり手の舞い足の踏むところを知らず」

ということをしめす一種の作法であるが、それだけでは気がすまなくなって、声のかぎり叫んでいた。

「天長地久！」

大声をはりあげてしまってから、ふと、

――やりすぎたかな。

首をすくめたくもなった。

――親馬鹿だと思われるかもしれんが、まあいいさ。こんなことはめったにないんだから。

　これまでの鬱《うつ》した思いが一度に消しとんだような気がした。続いていわ君が『納蘇利《なそり》』を舞う。高松殿明子腹の少年は一つ下だが、むしろたづ君より舞巧者で、並みいる公卿《くぎよう》たちは、彼の舞の方に天分をみとめたようである。

　これですべて準備は完了した。いよいよ九日、午《うま》の刻（正午）に一条の輿《こし》は土御門邸の門をくぐった。もちろん東三条院詮子も中宮彰子もすでに臨席している。

　寝殿で母后に対して一条が賀詞をのべる。この日のクライマックスの一場面である。ついで道長以下の献上物の披露があり、次はいよいよ舞楽である。万事はまさにめでたく進行しているようであった。

　舞楽の最初は『万歳楽』。いわゆるおめでたものだ。ついで酒食が供せられ、『蘇合香』が演じられると、初冬の陽は早くも傾きはじめた。

「あの『陵王』と『納蘇利』はまだか」

　一条から内意が伝えられた。試楽の日に見た二少年の舞を待ちかねている気配である。天皇の座から少し離れた所に坐った道長は、隣にいる倫子にそっとささやいた。

「たづはみごとに舞うぞ」

　試楽の当日の有様は、逐一妻に語ってある。

「いや、一昨日よりもっとうまく舞うかもしれぬ」

倫子もわが子の晴れ姿に思わず膝《ひざ》を乗りだす。たしかにその日、少年は、試楽の日よりもいっそう落着いていた。さす手、ひく手、一瞬動きをとめて首をかしげ、指先をみつめる頰のあどけなさ。倫子はただうっとりしている。

続いて、いわ君の『納蘇利』である。竜の精を象徴したこの舞にふさわしく、少年の身のこなしは軽やかで、みごとに異形のものの妖《あや》しさを表現していた。舞い終っても一座が静まりかえっていたのは、その天賦の才に気を吞《の》まれたためである。

「お上手だこと」

倫子も賛辞を惜しまなかったが、しかし……。彼女の上機嫌はそのときまでだった。直後に思いがけないことが起ったのだ。右大臣顕光が、突然起《た》ちあがると、おぼつかない足取りで一条の座に近づいたのである。いつも失策をやらかすこの男が、はてまた何を？　と道長が思ったとき、一条の前を退いた顕光がおもむろに言った。

「叡感《えいかん》のあまり、只今の童の舞の師、多吉茂《おおのよししげ》に叙爵《じよしやく》の仰せがあった」

叙爵とは従五位下を賜わること。破格すぎる褒賞である。

——な、何だって。

予定にない事態に思わず起ちあがろうとした道長は、危うく前へのめりそうになった。倫子が衣裳の下から、人に気づかれないように、ぐっと道長の袴《はかま》の裾《すそ》を押えていたからである。一方の手に持った檜扇《ひおうぎ》で口もとをかくしながら、道長の方は見ず、倫子は小声できびしく言う。

「こういうことはきまっていたのですか？」

「い、いや、別に」

「たづの師にはくださらないのですか」

「……」

「それじゃ片手落ちじゃありませんか」

「……」

「たづの方へもやってください」

「そ、それは、そういうわけには……。叙爵は帝の思召《おぼしめ》しなのだから」

「たづがかわいそうです。あんなに上手に舞ったのに。面目丸つぶれじゃありませんか」

倫子は攻撃の手をゆるめない。

道長は一言もない。倫子の言うことには一理がある。一方的にそれをきめた一条も一条なら、断りなしに披露する顕光も顕光だ。

無性に腹が立ってきた。

──倫子も倫子だ。晴れの場なのだから、ちっとはがまんしてくれてもよいのに、こんなに頑固とは……。

改めて妻を見直す思いである。もし、こんな場所でなかったら、彼女は多分こう言ったに違いない。

「そうですとも、母親ですもの、私は。たづのことには黙っていられません。これは中宮の面目にもかかわること。私の眼の前で高松殿の子息の肩を持つなんて！」

そうなのだ。日ごろは何ひとつ言わない倫子だが、それだけに明子への嫉妬《しっと》は鬱積していたのだ。しかし、こんな場所で爆発させてもらっては困るではないか。

——そなたの気持はわかる。しかしな、男の世界ではこんなことはざらにあるんだ。俺だって、何度苦い思いをこらえてきたか……。

人目がなければ、そう言ってやることもできるのだが、それも叶《かな》わぬもどかしさ。道長の怒りは遂に頂点に達した。

——帝も帝、顕光も顕光、倫子も倫子だ。何で自分一人がまんしなくちゃならないんだ。ええい、面倒くさい！

倫子に押えられた袴の裾をふりちぎるようにして起ちあがると言った。

「失礼する。気分が悪くなった」

あっけにとられる周囲を尻目に、道長は別棟の殿舎に引っこんでしまった。

——わからずやの女め！　帝もまだお若い、お若い。思いつきでこんなことをされては、はためいわくだ。もう明日の競馬はやめた。早々お帰り願おう。

つい二日前、「天長地久」などと大声をはりあげた自分に腹が立つ。一条にすればばたづ君に御衣を与えたのだから、いわ君にも花を持たせようとしたのかもしれない。しかも少年の母、明子は、今日の主賓、母后詮子の養女分でもあるのだから……。

——しかし御衣を賜わるのと叙爵とはわけが違う。そのへんのことがわかっておられぬとは。

が、席を起ってしまってから、またもや小さな悔いが道長の胸をかすめる。

——こっちも、ちとやりすぎたかな。

喜ぶときも怒るときも、どうも俺はやりすぎる、という気はするがもう後にはひけない。

そのうち、しきりに家司《けいし》が迎えにきた。

「早くお戻りを。皆様がお待ちかねでございます」

すこし気持が鎮まってくると、大人の配慮が戻ってきた。

——ていさいは悪いが戻るとするか。

その後の行事は予定通り行われたが、道長の気分を反映して、賀宴は何となく盛りあがりを欠くものとなってしまった。もちろん競馬はとりやめ、一条はその日のうちに内裏へ帰った。もっとも、権大納言になったばかりのへそまがりの実資などは手をうって喜んでいる。

——帝が御宿泊などは前例がないことだからな。

苦々しく思っていたところだからである。

何やら奇妙な違和感をそれぞれに感じながら、ともかく、詮子の賀宴は終った。それでも、後になってから、道長は、

——いいときにしてさしあげたものよ。

としみじみ思う。その後間もなく詮子の体調ががたがたと崩れてしまったからだ。それでも四十の賀の後、少しの間は元気で、石山詣《もう》でなどをしたのだが、その直後から床につき、閏《うるう》十二月になると、俄《にわ》かに重体に陥った。

例によって、病気平癒のための大赦も行われたが、いっこうに本復の兆しが見えない。ひどく気弱になった詮子は、しきりに一条に会いたがった。慌しく行幸の計画が立てられ、一条がその病床を見舞ったのは閏十二月十六日、車を降りるのももどかしげに、病床に急いだ青年帝は、

「母君」

とりすがった手のこの世ならぬ冷たさにぎょっとする。たった三月前の賀宴のときからみると、すっかり面変りしている。

哀れを誘ったのは一歳の誕生日を迎えて間もない皇女媄子であった。母を知らず、ひたすら詮子の懐ろに抱かれて育った童女は、

「さ、宮さま、こちらへおいで遊ばしませ」

乳母が引離そうとしても、はげしくかぶりを振って、また詮子の懐ろにもぐりこんでしまう。幼い女児には、祖母がただ寝《やす》んでいるのか、病床に臥《ふ》しているのか、区別がつかないのだ。まだ口のきけない女児は、体だけで激しく乳母に抵抗する。何となだめても、詮子の許に戻ってしまうのだ。

が、詮子はその髪を撫でてやる力さえない。一条に語りかけることもできず、じっとその手を握るばかりである。

「母君」

涙をあふれさせて顔を近づける一条に、うっとりと頬を寄せた。脳裏にあるのは、幼い日頬ずりしたわが子のおもかげか。混濁しはじめた意識の中で、少年一条と幼女媄子の姿はないまぜになっていたのかもしれない。

対面が終ると、詮子はいよいよ髪を剃《そ》ることになる。これまでは髪を肩のところで切りそろえた有髪の尼だったが、本式に出家の姿になるのだ。病気を癒《いや》す最後の手段はこれしかない、と当時は思われていた。すでにその準備がととのっていることを道長がしのびやかに告げると、一条は悲しげにうなずく。と、道長はさらに膝をすすめた。

「もう一つ、女院のお命を助けまいらせるために、最後のお願いがございます」

なにとぞ、伊周兄弟を本位に――。

病床にあった詮子が、しばしば何ものかの霊に悩まされていることを道長は知っている。いいかえれば、それは詮子の心の奥処《おくが》にある負い目、わが手で前途を塞《ふさ》いでしまった伊周の身の上についての自責の念なのである。もし口がきけたら詮子はそれを一条に訴えたに違いない。道長もかつてそれを申し出たことがあるが、政治に筋を通すことを信条としていた一条はこれを拒んだ。今度もやはり一条は許さないつもりだろうか。

道長は一条の顔を見守り続けている。その視線を避けるようにうなだれた青年帝の口から低い呟きが洩《も》れた。

「伊周兄弟を許す。本位に復せしめよう」

「有難い仰せでございます。では早速」

手をついてそう言ったものの、道長の心の中は複雑だ。伊周が本位に復帰すれば、この先政治がやりにくくなるのは否《いな》めない。どうやら一条もそのあたりのことは感じているらしい。決定を渋ったのも、

——それで、いいのだな、道長。

あるためらいがあったからなのだ。しかし、道長としても、長年恩誼《おんぎ》をこうむってきた姉の命にはかえられない。

——人間は不利になるのを承知で、自分の最も望まぬことを、頭を地にすりつけて、頼まねばならぬこともあるのだな。

唯一の救いは、一条がこの心境を理解していることを確かめ得たことだろう。

では、この特効薬ともいうべき処置は、東三条院の病状好転をもたらしたろうか？残念ながら効果は全くなかった。その六日後、彼女は遂にこの世を去ってしまう。それもこのさなか、周囲の人々が、方角が悪いといって瀕死の病人を他所に移すという、今考えれば無謀に近いことをして、彼女の死期を早めさせたからでもあった。移されたのは東三条院の別当だった藤原行成の邸。彼はさきごろやっと蔵人頭の激務から解放され、参議に昇進したところであったが。

定子の死、それに続く詮子の死は、何やら一つの時代の終りを象徴しているかのようだ。そういえば、この時期の前後に多くの人が死んでいる。

たとえば大納言中宮大夫《ちゅうぐうのだいぶ》源時中《ときなか》。倫子の異母兄である。

藤原宣孝《のぶたか》、紫式部の夫。ただし式部はまだ『源氏物語』を書いていないから、彼は妻が歴史に残る才女であることを知らずに死んだことになる。

為尊《ためたか》親王。冷泉《れいぜい》の皇子、和泉式部《いずみしきぶ》の恋人。和泉はこの後、弟の敦道《あつみち》と浮名を流すが、敦道もまた若死する。

参議藤原誠信《さねのぶ》。弟の斉信《ただのぶ》が自分を超えて権中納言に昇進した直後、恨みのあまり急死した。

女では倫子の妹にあたる藤原道綱の妻。男児を産んで急死し、母の穆子《ぼくし》や倫子を悲しませた。もっとも道綱はその子の養育を穆子たちに託し、自分は、のこのこと、富裕の聞えの高い源頼光《よりみつ》の娘の婿におさまってしまっている。

その他、源頼定《よりさだ》との間に不義の子をみごもった例の綏子《すいし》。もう一人の東宮女御原子《げんし》（道隆の娘）も血を吐いて急死した。その姉妹で定子の子の敦康の世話をしていた娘がひそかに一条の子をみごもったが、どういうわけかこれも急死している。

世をはかなんで出家した青年もいる。道長の養子になっていた源成信《なりのぶ》と、右大臣顕光の子重家《しげいえ》がそれだ。中宮定子や清少納言とも親しかった成信は、一つの時代の終りを痛感した一人だったのかもしれない。

道長には、黄泉への道を、音もなく列をなして歩んでゆく人々の後姿が見える。自分がその列に加わらず、この世に取りのこされていることが、むしろふしぎにさえ思えてくる。

炎の章

このころから道長はひどく神妙になって、仏道への傾斜を見せはじめる。天台教学の根本経典である『法華玄義《ほっけげんぎ》』『法華文句《もんぐ》』『摩訶止観《まかしかん》』を数年がかりでともかく読んでいるというのは大変な勉強ぶりと言わなくてはならない。藤原氏歴代の権力者はいずれも寺を建てるのは好きだが、こんなにまじめに経典に取りくんだ人間は珍しいのではないか。

こんなとき、経典の書写の役は行成《ゆきなり》だった。名筆の故でもあろうが、蔵人頭《くろうどのとう》をやめた後も、彼は道長にとってなくてはならない人間だった。後には有名な源信僧都の『往生要集《おうじょうようしゅう》』も道長のために書写している。

もちろん詮子《せんし》の追悼供養も、道長は怠りなくつとめている。宇治の木幡《こわた》に浄妙寺三昧《じょうみょうじさんまい》堂《どう》の建立を思いたったのも、ここが彼女の墳墓の地だったからだ。もともとここには藤原氏歴代の遺骨が埋葬されている。年少の折に道長も父兼家に従ってここを訪れたことがあるが、単に骨を埋めた塚が築かれていただけで、回向《えこう》のための寺はなかった。ここに道長は堂宇を造ろうとしたのである。

完成は大分先のことになるが、道長は、ひどく熱心に工事の催促に出かけている。鋳上げられた鐘の音が気にいらなくて鋳なおさせたこともある。

「あなたって、何でもなさりはじめると夢中におなりですのね」

倫子《りんし》にあきれられたこともあったが、道長には、これでももどかしいくらいなのである。

——姉君の御恩を思えば……。

死後ひしひしと感じるのはそのことだ。姉はその死に臨んで、何よりも大きい贈物をしていってくれた。

「伊周《これちか》の本位復帰」

がそれである。詮子自身の延命には何の役にも立たなかったが、道長にとっては、またとない伊周との和解の機会となった。伊周らの本位復帰は正直いって不安だったし、これも姉のためだと思ってがまんしたのが、むしろ、結果的に一番とくをしたのは道長自身かもしれない。

——人生とは奇妙なものだな。

という気がする。姉の死後も伊周が中途半端な地位のままおかれていたら、和解の機会はなかなかやってこなかったかもしれない。どうやら詮子が命を賭《か》けて二人の間をとりもってくれたようでもある。いつも蔭《かげ》の大黒柱として、一族の魂鎮《たましず》めの役を引きうけてくれていた姉に報いるには、どうしてもここに寺を建てたい、としきりに思った。そして一族が揃《そろ》って落慶法要に臨んだら、姉に対してのこの上ない供養になるだろう。

そして、その願いは実現した。数年後、この寺が完成したときの法要には伊周と隆家《たかいえ》も参列した。もっともそれまでの間、道長は彼らの位を昇進させたりして、かなりの気は使ったのであるが。ときには、

——何で俺ばかりが気を使わなくちゃならないんだ。

馬鹿馬鹿しくもなったが、姉のことを思って耐えた。落慶供養の日、彼は願文《がんもん》の中で、はっきり「別しては東三条院に酬《むく》い奉らんがために」と言っている。寺の額を書いたり、この願文の清書をしたのは例によって行成だった。

法要もたしかに一種の政治工作だ。寺院建立も単なる信心や贅沢《ぜいたく》趣味ではないのである。しかし、それが道長の政治のすべてではない。もっとなまの政治上の難問が、彼の周囲には山積していた。黄泉《よみ》への道を辿《たど》らないかぎり解放はあり得ないのだ。

第一の難問は財政危機。何も今にはじまったことではない一種の慢性的な現象だが、これにさらに圧迫を加えたのは度重なる内裏の焼失だった。せっかく長保二（一〇〇〇）年に完成した内裏は、その翌年の十一月、つまり詮子の死の少し前には焼失している。一条は結局もとの一条院に還《かえ》ることを余儀なくされた。

次の内裏が完成したのは二年後の長保五年、ところが、これも二年後にはまたまた焼失してしまう。木幡の浄妙寺三昧堂での供養が終って一月も経たないころ――寛弘と改元されて二年めのことである。

夜中に叩きおこされた道長は、とるものもとりあえず、内裏に駆けつけた。火の廻るのが早すぎて、最初は一条と彰子《しょうし》の身辺には誰ひとりいないという状態だった。そのうち、右大臣顕光《あきみつ》はじめ、実資《さねすけ》や行成たちも集まってきた。

「帝も中宮も御無事で何より」

胸を撫《な》でおろしたのはつかの間のことで、道長はその直後、肝がつぶれるほどの報告を聞かされる。

「火元は温明殿《うんめいでん》でございまして」

「な、なんと」

温明殿はすなわち賢所《かしこどころ》、神鏡を祀《まつ》る内裏の聖地である。その聖地が火元とは……。

「御神鏡はっ」

「は、は、それが……」

「無事にお移ししたのだろうなっ」

「は、そ、その……何分にも火の廻りが早く、気がつきましたときは、すでにあたりは火の海でございまして……」

道長は絶句する。神鏡まで災禍に遭ってしまうとは。

「ああ、何たること、何たること」

つい先ごろ、木幡の供養でやっと心の安らぎを得たのに、それをあざわらうかのように、凶事が自分を追いかけてくる。

——魔だ。魔のしわざとしか思えぬ。

道長は叫ぼうとしていた。

「な、何としてでも、御神鏡を助け奉れ！」

とそのとき、そっとすり寄ってきた男がいる。見れば実資である。道長の胸の中を見透かしたように、彼はささやく。

「無理です。この火では、御神鏡を運びだすことは不可能です。諦《あきら》めるよりほかはありませんな」

その落ちつきはらった顔がいまいましい。が、この火の勢では、たしかに無理だ。温明殿そのものが、あたかも不動明王の巨像でもあるかのように炎に包まれているのだから。

——今度の火事はこれまでとは違う。

容易ならざる事態が起ったのである。

火がおさまりかけたとき、すでに夜は明けかけていた。まだくすぶりつづける余煙の中で、少しずつもののかたちが分明になってくる。藍色《あいいろ》の朝靄《あさもや》と、きな臭い白煙のまじりあった中から、むざんに黒焦げになった柱が姿を現わすと、火災のすさまじさが、改めて人々の眼を驚かした。

温明殿から綾綺殿《りょうきでん》、清涼殿《せいりょうでん》はもとより、常寧殿《じょうねいでん》、宣耀殿《せんようでん》もあとかたもない。つまり内裏のほとんどが焼失してしまったのだ。昨日までの匂うばかりの木の香に代って、あたりにただよう焼跡独特の異臭の中で、ただちに神鏡探索がはじまった。

まだ煙を吐いている梁《はり》や柱をとりのぞいてゆき、むざんに焼けただれたその姿を発見したのは、しばらくしてからである。火を被《かぶ》っただけではない。円形がすでに欠け損じている。

「早く……唐櫃《からびつ》をっ」

道長は叫んだ。日頃唐櫃の底深く納められ、誰の眼にも触れてはならないはずの神鏡のこのみじめな姿は、一刻も早くかくしてしまわなければならない。

急場しのぎのありあわせの唐櫃が慌てて運びこまれ、すばやく焼けた鏡が納められた。同じく温明殿にあった太刀四振、魚の形をした金、銀、銅の契《けい》（割符《わりふ》）なども急いで拾い集められた。

焼跡に立ちつくす道長は、人が見ていなければ頭をかかえてへたりこみたいところだった。

——選《よ》りにも選って、俺の代にかかる不祥事が起るとは。

先月味わった木幡三昧堂の浄福の思いは何だったのか。神にも仏にも見放されてしまったような気がする。

さて、今後の対策である。

神鏡を鋳直すべきかどうか、公卿の会議でも結論は出ない。先例尊重の彼らは、こうした先例のないことにぶつかると、おろおろするだけで、どうしていいかわからなくなってしまうのだ。結局、陰陽道はじめ諸道の博士たちに研究させるとともに伊勢神宮のお告げを聞こうということになった。そもそもこの神鏡は、伊勢神宮の御神体の分身ということになっているからだ。

結論はずいぶん先に持ちこされた。博士たちの答申はまちまちだったし、公卿たちの意見は相変らず及び腰だった。が結局改鋳はとりやめになった。神代から伝わるもの（当時はそう考えられていた）を鋳つぶして、そこへ新しい銅をまぜることがこわかったからだ。それかといって焼けた鏡をそのままにして、新鏡を作ると、旧鏡の処置に困る。

それに、焼けた鏡を磨きなおしてみると、意外と元の輝きを取りもどしたらしい。火事の後、一条が道長の東三条の邸《やしき》に移ってまもなく、唐櫃を新調して、この鏡も運びこまれている。

「唐櫃を移しかえたとき、ふしぎにも鏡は前のように光り輝いていた」

奇蹟《きせき》のように人々は言い伝えているが、慌てて磨きなおしただけのことなのではないか。かくて神鏡の処置は終ったが、問題は内裏再建である。

一条の仮の住居となった東三条院は、道長がごく最近改築し、一《いち》の上《かみ》の公邸にふさわしいものとなっている。一条はここに暫《しばら》く滞在し、その間に例の一条院を手入れして、いずれはそこへ移るときまったが、かといって内裏を再建しないわけにはいかない。

財政破綻《はたん》の折柄《おりから》、中央にはもう財源がない。当時の慣例として、これは諸国の国衙《こくが》が負担するわけだが、こう度々では、と一条帝自身もためらいがちだ。公卿たちも国の選定には頭が痛い。余裕のある国には以前に殿舎を作らせてしまっている。

あの国にはどこ、この国にはどこ、と一応きめてみるが、まだ足りない。残る国々は大して力がない。

ところが、中には奇特な申し出をしてくる者もいる。播磨介《はりまのすけ》藤原陳政《のぶまさ》という男が、

「私費で常寧殿、宣耀殿をお作りしたい」

と言ってきたのだ。もっともこれには条件があった。もう一期（四年）播磨介をつとめさせてもらえれば、というのである。許すべきかどうか、公卿の間でも議論が分れたが、道長の裁断で受けいれることにした。

裏を返せば、それほど播磨介はみいりのいいポストだったのだ（陳政は播磨介といっても受領《ずりよう》、つまり守《かみ》と同じ実務の統轄者である）。このあたりは豊かだし中央にも近い。

腕のいい官吏は要領よく税をとりたてながら、ついでに私腹もこやしてしまうのだ。財政困難の折から、要路の人々は、とかくこうした受領層利用に傾きがちだ。また受領側も高官のために一肌脱いでおけば損はないから、事ごとに癒着は進むというわけである。

かくて国家財政の窮乏に反比例して、高官や受領層には富が集中することになるのだが、しかし高官から見て有能な官吏は、税をとられる側から見れば酷吏である。とかく悶着《もんちゃく》が起りやすい。とりわけ納税者側が力を持っていると騒動は大きくなる。

ちょうど神鏡のことが一段落したある夜、道長は、定澄《じょうちょう》という老僧の慌しい訪問をうけた。七十を越している彼は興福寺の別当で権大僧都。つまり藤原氏の氏寺の長老で、その上、宗教界の重鎮とでもいうべき人物だから、道長も疎略にはできない。

この定澄僧都、どういうわけか、ずばぬけて背がひょろ高い。高すぎて女子供の物笑いの種になり、その分だけ威厳が損われているのは何ともお気の毒なことであった。本人もそれを気にして背を丸めて歩く癖がついているのだが、今夜はその背筋をさらに折りまげ、顎《あご》をつき出してやってきたのは、よほど急ぎの用件らしい。

「困った事態が出来《しゅったい》いたしました」

定澄は歯のない口をもぐもぐさせて言う。

「寺の者どもが……」

もが、もが、もが……。後はそうとしか聞えないのは、歯のないせいだけではなく、よほど言い渋っているからだ。

「寺の者どもがどうしたといわれるのか」

「都へ、もが、もが、もが……」

「都へ、何と？」

「中文《もうしぶみ》を、もが、もが、もが」

来たな、と道長は思った。じつは事情を知らないわけではなかったのだ。が、道長はわざとそっけなく言う。

「中文？　もうあの件は済んでいるはずですぞ」

「いや、その、それが、もが、もが、もが」

内裏炎上の始末のさなか、この問題では、道長は不愉快な思いをさせられている。大和に住む馬允為頼《うまのじょうためより》という男が、興福寺領の池辺園《いけべのその》の預《あずかり》（管理者）と闘諍《とうじょう》に及んだ。このころ頻発している所領争いの一つだが、興福寺は捨ててはおけぬとばかり、早速これを訴えてきた。

道長は一の上であると同時に、藤原氏の氏の長者である。興福寺とのつながりは深い。が、それをいいことに、道長の裁決も待たずに、興福寺は僧徒や自領の俗人を動員して為頼の家に押しかけ、家を焼き払い、彼の管理する二百余町の田畑をさんざんに荒し廻った。所領争いが頻発する当時としても、これほど大がかりな暴力行使は珍しい。事情を聞いてみると、寺の有力な僧侶《そうりよ》の一人、蓮聖《れんしよう》という人物が指揮をとっての行動だとわかった。

一方の為頼も、早速大和守《やまとのかみ》源頼親《よりちか》にこれを訴え、頼親からの報告書もやがて提出された。

道長は苦りきっている。だいたい上申書を出しておきながら、裁決を待たずに暴力行為に及ぶとは何事か。それも蓮聖のような位置にある僧侶が指揮するとは……。ただちに蓮聖に暴動に参加した僧俗についての報告を命じるとともに、蓮聖自身の宮中出講を禁じた。蓮聖は、興福寺の最大の法会《ほうえ》である維摩会《ゆいまえ》の講師《こうじ》をつとめた学僧で、宮中でも経典の講説を行うことになっていたのである。

このきびしい処置に、興福寺は不満たらたらである。

――左府は頼親の悪意にみちた報告をそのまま信じておられる。頼親は為頼をひいきにしているのだ。我々の言い分も聞いてほしい。

この申し出は道長を激怒させた。数を頼んで為頼の田を荒しておきながら、宗教的権威を背景に文句を言おうという態度が腹にすえかねたのだ。

「俺の裁決に従わないというのか。帰れ、帰れ！」

申し出はきっぱり撥《は》ねつけてしまった。

それから半月、興福寺の不穏な動きは、すでに大和守頼親からも報告がきている。氏の長者の決定に氏寺の僧侶が不満を持つというのも不遜《ふそん》きわまるが、何やら数を恃《たの》んで都へ押しかけてくるらしい。そんなことはいまだかつてなかったことだ。

道長は困惑しきった老僧定澄の顔を睨《にら》みつけている。彼が言おうとしていることは、すでに情報が入っているのだ。

——譲らんぞ、俺は……。

定澄は、道長の眼光に射すくめられたように眼を伏せ、やっと言った。

「じつは寺の者どもが、無実を訴えたいと申して、都へ向っております」

「ふん」

道長は歯牙《しが》にもかけないふうを見せた。

「これは一大事と、私は一足先に寺を出て御報告に上がりましたわけで、明日にも連中は木幡のあたりまで押しだしてまいりましょう」

「……」

「まず、その数二千ほど……」

「ふん」

それからおもむろに道長は言った。

「都へ来てどうしようというのだ」

「は、朝廷に事の次第を訴え、殿のお邸へもお願いに上がりたいとか」

「僧都」

「は」

「為頼なら脅されもしようが、俺は脅されはしないぞ」

「あ、いや、左府を脅しまいらせるなどとは……」

「数を恃んで押しかけてくるのは脅しではないか」

「……」

「なぜこうならぬうちに僧都をはじめ寺の上臈《じようろう》たちがとり鎮めなかったのだ」

「そ、それが、もが、もが、もが……」

また定澄の話は聞きとりにくくなった。

「つまりその、上臈たちもみな上洛《じようらく》に同意して、ともに参上すると申しまして」

「何と」

そうか、それならこっちにも考えがある。と、道長はぐっと息を呑みこむ。

「そういうことをしたら、どのような報いをうけるか、者どもは存じているであろうな」

「……」

「ただではすまぬ」

これほどの大事になる前に上層部を押えきれなかった定澄にも腹が立つ。

──何て長い顔をしてるのだ。この法師。

ひょろ高い背丈にふさわしい顔の長さまでが、しゃくの種になってくる。

「もし都で事を起せば、役僧はすべて解任だ」

「……」

「僧都、貴僧も僧綱《そうごう》にお留《とど》まりになるわけにはいかぬ」

定澄の長い顔に驚きの色が走った。

「いや、まことに困ったことで、もが、もが」

ごもっともとうなずくばかりの定澄を、道長は腹立たしげに見守った。

年老いた定澄は睨みもきかなくなっているのだろうか。こうなると、相手がやたらに背の高いことさえ腹が立つ。

──ひょろ高いだけで、何の役にも立たぬ老法師め。

蒼惶《そうこう》として去ってゆく後姿を、いまいましい思いで見送った。夜は更けていたが急を知った公卿たちも駆けつけてくる。

「困りましたな」

権中納言右衛門督《えもんのかみ》（このころ右衛門はえもんと呼んでいた）の藤原斉信《ただのぶ》も不安をかくせない面持である。彼は検非違使《けびいし》の別当をも兼ねている。つまり治安維持の最高責任者なのだが、宮廷屈指の能吏も、こういうことになると肝のすわった対応策は考えられないのである。

と、興福寺の別の僧侶から、

「一大事でございまするっ」

定澄の報告したようなことを知らせてきた。

「そんなことなら、とっくに聞いておるわ」

道長はますます不機嫌になってくる。

地方から国司の誅求《ちゆうきゆう》を訴える人々が押しかけてくることは、これまでもしばしばあった。道長も権中納言時代、尾張国《おわりのくに》の百姓《ひやくせい》が、守《かみ》の藤原元命《もとなが》の罪状三十一か条を書きつらね、罷免《ひめん》を要求してきた事件を経験している。

最近では平惟仲《これなか》をめぐる騒動があった。五年ほど前のことだが、彼は中納言のまま大宰帥《だざいのそち》（長官）に任じられて九州へ下向した。前任者有国《ありくに》の代りであるが、そこで惟仲は現地に大きな勢力を持つ宇佐八幡宮と悶着を起したのだ。

八幡側は、惟仲の非を訴えるべく巫女《みこ》や神人《じにん》を大挙上洛させたが、陽明門の周囲に群がってわめきたてる彼らの姿は都の話題を呼んだ。が、じつは宇佐内部にも対立があり、一方が惟仲を訴えれば一方は支持するといった状態で、支持側は中心人物がみずから手勢を率いて上洛してきた。

このとき惟仲支持派は揃って赤烏帽子《えぼし》をかぶって集まってきたので、

「ほう、赤烏帽子とは珍しい」

それを見物にくる都人もいるという始末。双方の訴人は数百を越えたが、しかし、このとき、道長たち為政者側は、まだ余裕があった。大宰府と現地勢力の衝突は度々あったし、何しろ都からは遥《はる》かに離れたところで起きた問題である。数百人蝟集《いしゅう》した訴人も別世界の人間のように眺めていた。

結局このときは惟仲が非とされ、帥を解任されてしまうのだが、彼は現地で病みつき、遂に都の地を踏むことなく、そのまま世を去っている。

「宇佐の祟《たた》りだ」

という人間もいたが、それでも為政者たちはそう深刻なうけとめ方はしなかった。

ところが、今度は違う。ごく近くにある奈良からの訴えだし、その数も二千というおびただしさだ。氏寺の訴えとあってはお祟りのほどもおそろしい、と尻ごみする連中もいる。が、道長は度胸をきめている。

「来るなら来い。俺は許さんぞ」

道長はむきになりすぎていたかもしれないが、こうなっては後にはひけない。はたせるかな、翌日、興福寺の僧俗が都になだれこんできた。彼らは朱雀門《すざくもん》を入り、口々にわめきながら、その正面にある正式の政庁である八省院にまず押し寄せた。僧俗その数二千と聞いて浮き足立つ連中もいる。が、道長は、

「かまうな」

宣旨《せんじ》を下して、衛府の官人に蹴散《けち》らさせる一方、予定の政務をこなしていった。

「彼らの言うことだけは一応聞いてやりますか」

公卿《くぎょう》のひとりが顔色を窺《うかが》ったのも、にべもなくはねつけた。

「その必要はない」

力と力の対決である。ここで妥協でもしたら、相手をつけあがらせるばかりではないか。やるときめた以上、叩きつぶすよりほか道はない。

八省院前での騒ぎは長くは続かなかった。宣旨をふりかざされると、興福寺側は、いっぺんに崩れたち、慌てて逃げていった。一部は大和守頼親の京の家にも押しかけたが、結局なすところがなかったようである。

翌日道長は改めて興福寺側へ意を伝える。

「今回の振舞はまことに不届だ。が、前非を悔いて、寺の役僧だけが願いの筋を申し出るなら会ってもやろう。こんな状態を続けるなら一切容赦はしないぞ」

寺側では役僧のほかに幹部級の僧侶三十人ばかりが都に留まって申し入れをしたい、と言ってきたが、道長はこれも拒否した。

「多すぎる。役僧だけでいい。それも今日は忙しい。明日申文を呈出せよ」

飽くまで高姿勢を崩さなかった。が、結局これが幸いしたのであろう、興福寺側の示威運動は急速にしぼんで、動員された僧侶や俗人は散り散りに奈良へ退却した。

「よくおやりになりましたな」

強気を押し通した道長に、公卿たちの賛辞が集まりはじめた。

翌日、中文を持って役僧たちがやってきたときも、道長の姿勢は変らなかった。興福寺に対する処置の取り消しを求めたことについても、

「これは氏の長者である自分の決めたことだ。大体上申書を出しておきながら、裁決を待たずに暴力行為に出るとは、氏の長者を無視した行為ではないか」

と手きびしくきめつけた。頼親の大和守解任、為頼の馬允解任の要求も、筋違いだ、理由がない、とはねつけた。ただ蓮聖が宮中で講説することについては、許してやってもいいが、こうした筋違いの中文に一緒に書かれていては、一条帝に奏上するわけにはゆかないという、やや含みを残した裁断を下した。

いわば一方的却下である。が、興福寺側は、これ以上抗議する気力を失っていた。

峠は越えた感じである。

「よく筋を通されましたな」

公卿たちに賛嘆されてから、

——俺にもこんな力があったのか。

改めて道長は自分をみつめなおす思いである。形の上から見れば、彼は寺社を押えて

国衙権力を守ったことになる。下からの突きあげで方針変更はしないというきびしい姿勢を貫いたという意味では、律令体制の筋を通したことになろう。

いま彼が思い出すのは例の藤原元命《もとなが》事件だ。当時彼の父の兼家は、尾張の百姓たちの請《い》いを容れて、元命の解任に踏みきったが、道長はこれには反対だった。

「下の言い分で国司が解任されては律令制度が崩れる」

まじめにそう思いこんでいたのだが、後で兄の道兼に世間知らずを嘲笑《ちょうしょう》された。元命は当時すでに中央政界でのバックを失っていたのである。公卿たちはそんな元命をかばってやる必要をみとめなかったのだ。たてまえよりも利害で動く政治の実態を知らされた衝撃的な体験だったが、今度の決定はどうなのか。

形からみれば、いま、彼は若き日と同じく筋を通したように見える。

しかし——。

誰も彼も知っている。いや彼自身も、もちろん知りすぎるほど知っている。大和守頼親の立場をこの際守ってやる必要があったからだ。なぜなら頼親は多田《ただ》源氏の一族、兄の頼光同様、富と武力を併《あわ》せもち、道長への奉仕を怠らない頼りになる存在なのだ。

彼ら一族は、いわゆる受領層の典型である。最上流の貴族ではないが、中流官僚貴族として国司を歴任し、巨富を積んだ。とりわけ彼ら一族は武勇の家という特色を持っている。腕っぷしの強い家来を多く蓄えているから、彼らを親衛隊としておけば、無警察状態の当時、こんな心強いことはない。

中でも頼親は、

「殺人ノ上手ナリ」

と言われた人物だ。まことに物騒な評判だが、いわば殺し屋のボスである。こういう暗黒界の首魁《しゆかい》のような人間が、堂々と大和守として通用するのが、優雅な平安朝の素顔だったのだ。

頼親がなぜ為頼に有利な報告をしたか、真相は不明だが、現代の研究では両者が主従関係にあったのではないかとする説もある。おそらく有力土豪で、都に近いところに住んでいた関係で、中央に出て「馬允」の肩書も手に入れたのだろう。当時はこうした連中が土地開発にせいを出した時代で、その後楯《うしろだて》である頼親のような人間も、せっせとその勢力を拡張していた。

頼親の直接の子孫ではないが、兄弟の一人、頼信の系統からやがて頼義《よりよし》、義家が出てくるわけで、いわばその前史を飾るのが頼光、頼親たちなのである。

こうした富裕で武力を蓄えた連中は、何としてでも手許《てもと》にひきつけておく必要があった。これが道長が興福寺の申し出を聞きいれなかった第一の理由である。

しかし、興福寺もいったんはおとなしく引きさがったが、それから一年足らずのうちに、大和守頼親に、強烈な報復をする。春日詣《かすがもう》での帰途、頼親は興福寺の近くで暴徒に襲われ、したたかに傷をこうむってしまうのだ。さすがの「殺人ノ上手」さえ防ぎきれなかったとは、興福寺の腕っぷしも相当なものである。

つけ加えておくと、頼親と興福寺との確執はその後半世紀近くも続く。二度、三度と大和守に任じられた頼親の粘りもすさまじいが、最後は大挙して家に押しよせてきた興福寺の大衆《だいしゅ》の襲撃をうけた。このときは息子と防戦につとめたが、結局この事件が原因で土佐に流されてしまう。が、その間に大和に培《つちか》った勢力は彼を祖として、後々まで大和源氏の名を伝えている。

どちらが勝ったとも敗《ま》けたともいえないような大抗争だが、その第一回めともいうべきこのときも、じつは道長は三年後に、任期を残したまま頼親を解任している。結局喧《けん》嘩《か》両成敗のかたちをとったもので、このあたりにも、道長の人事の妙が窺える。表面は筋を通しながら、たくみに双方の顔を立てたところに、一種の政治的平衡感覚が感じられ、例によって例のごとき道長らしい配慮の匂いがするといえないだろうか。

もっとも、彼が八方に気を配って僅《わず》かに保っている平衡状態も、一枚めくれば息を呑《の》むほどの危うさだ。間断ない暴力沙汰、寺社の横暴、武門の擡頭《たいとう》――。この興福寺と頼親の事件ほど、当時の危機を象徴しているものはない。院政期にくりかえされる寺社の強訴《ごうそ》は、早くも姿を現わしている。頼親たち源氏の子孫たちは武門の棟梁《とうりょう》として、やがて公家の手に負えない存在になるであろう。表面、王朝の最盛期に見えて、中世はしたたかに育ちはじめている。優雅な絵巻の下で紅蓮《ぐれん》の炎をゆらめかせて、歴史の坩堝《るつぼ》は燃えさかっているのである。

道長はあからさまにそのことに気づいているわけではない。が、ひどくむきになったかと思うと、ふっと空《むな》しくなったりするのは、王者の気まぐれというよりも、心のどこかで坩堝の中でたぎる火の色を感じとっていたからではあるまいか。

いや、見えざる坩堝だけではない。地上でもまだ業火は衰えたわけではないのだ。内裏の再建が始まったころ、今度は冷泉《れいぜい》上皇の御所が焼失してしまったのだ。

「殿、火事でございます。上皇の御所が……」

十月五日の亥《い》の刻（午後十時）近侍の慌しい報告をうけても、

——またか。

あまり驚きもしなくなったのは、内裏炎上が度重なって度胸がついたからである。

ただ不安が胸をよぎったのは、

——上皇はなみのお方ではない。

という思いからであった。ともかくも現場に急がねばならない。

道長の馬の走らせ方には定評がある。この夜もかなり急いで馬を飛ばせたつもりだったが、冷泉上皇のいる南《みなみ》の院は、火の廻りが早かったのか、ほとんどが焼け落ちてしまっていた。

「上皇は？　上皇はどう遊ばされたか」

群がる人々に尋ねても、みな気が動顚《どうてん》していて要領を得ない。どうやら無事に牛車《ぎっしゃ》で難を逃れたことだけはわかったが、行く先をつきとめるのに大分手間がかかった。四方に従者を走らせて、三条大路と町尻通《まちじりどおり》の交わる辻に車を留めていると知ったのはしばらくしてである。

「それゆけっ」

ふたたび馬を走らせてゆくと、まさしくそれらしい牛車が見えてきた。そしてさらに近づいたとき、道長は思いがけない顔をそこに発見する。

「や、や、法皇さま……」

冷泉の子、花山《かざん》法皇が、騎馬姿で、その牛車の前に立ちはだかっていたのだ。

――さすが親と子よ。

道長は思わず胸をつまらせた。日ごろとかく軽率の振舞が多く、物笑いの種になりがちの花山だが、父の危急を知って、急いで駆けつけたものらしい。みずからを楯として火の粉をも何をもさえぎろうとしているかのように見えるその姿に、道長は急いで馬を飛びおりた。

「畏《おそ》れ多いことでございます、法皇さま」

うやうやしく一礼して顔をあげたとき、彼は花山の奇妙な表情に気がついた。褒めら

れれば簡単にうれしがるはずの花山が、

「あ、いや……」

むしろ困惑の表情で眼を伏せるではないか。

――はて？

やがて道長は奇妙な叫び声とも歌声ともつかぬ響きに気づく。いや、よく聞けば、調子は少しはずれているものの、それはまさしく歌声だった。この非常の折におよそふさわしくない歌声は、後の牛車から洩《も》れている。

「深山《みやま》にはァ……、あァられ降《ふ》ゥるらァし……」

歌は神楽《かぐら》歌、庭燎《にわび》。

「深山には霰降るらし外山《とやま》なる真折《まさき》の葛《かづら》色づきにけり」

神楽歌を演奏する前、庭に篝火《かがりび》を焚き、この歌を歌う。

「火が、火が……」

というわめき声に、狂疾の冷泉はたちまちこの歌を思い出し、自らの邸が焼けているというのに、のどかに声をはりあげ、「庭燎」を歌っているのである。

道長は花山が眼を伏せた意味を了解した。花山がふせいでいるのは火の粉ではなかった。狂態の父に人々を近づけまいとして立ちはだかっていたのである。じじつ供の中からはしのび笑いが洩れている。

「あれが庭燎か？　さてもすさまじい庭燎だわさ」

道長は大急ぎでほど近い東三条院に冷泉の車を引きいれさせた。まさに業火は冷泉や花山の周辺にも燃えさかっているのである。

白き帳《とばり》

倫子《りんし》はこのところ物憂い日を送っている。それが体の不調によることは、自分が何よりもよく知っている。その不調の原因もはっきりわかっている。

年がいもなく、またみごもってしまったのだ。

年がいもなく？　そうとしか言いようがない。道長より二つ年上の彼女はすでに四十三。例のないことではないが、やや面映ゆいのだ。夫の道長は、それでも、

「何人でも子が生れるのはめでたい」

と言ってくれる。それを嘘《うそ》とは言わないが、その言葉にどこか力がないのを倫子は感じている。そのはずである。すでに彼女の産んだ娘や息子は成人して、宮廷社会で活躍をはじめているのだから。

長女彰子《しょうし》　十九歳。一条天皇中宮。

長男頼通《よりみち》　十五歳。正三位、右近衛中将《うこんえのちゅうじょう》。五年前、東三条院の四十の賀に舞を舞ったたづ君は、元服後異例の出世をしている。

次女妍子《けんし》　十三歳。元服してすでに尚侍《ないしのかみ》に任じられている。ゆくゆくは東宮の妃にしたいと道長は思っている。

次男せや君　十一歳。元服が間近である。教通《のりみち》と名乗り、同時に正五位下に叙せられ侍従に任じられることが内定ずみだ。

三女　八歳（のちの威子《いし》）

たしかに子供は多いに越したことはないが、しかし、どうしてももう一人、という理由はない。

それに高松殿明子《めいし》にも四男二女がいる。長男のいわ君も元服して頼宗《よりむね》と名乗り、すでに正五位下右兵衛権佐《うひょうえごんのすけ》。次男もせや君と一緒に元服し、顕信《あきのぶ》と名乗ることにきまっている。

それなのに、みごもった、と告げたとき、うれしそうな顔をしてみせたのは、夫のいたわりかもしれない。

「この年で、またお産のさわぎなんて……」

といえば、ますますやさしくなって、

「いいじゃないか。高松だってこの間産んだばかりだ」

と道長は言う。たしかに明子が女児を産んだのはついこの間のことだ。一方がみごもれば一方も、というふしぎな一致はほとんどずっと続いていて、今度はわずかに明子の方が早かった、というわけであった。明子だってもう若くはないのだから、自分の年のことをそう気にすることもないのだが、倫子の心を重くしていることがもう一つある。

そのことについて道長は何も言わない。しかし、二十年近く連れそってきた倫子には、夫の心の中が手にとるようにわかるのだ。うかつに口に出せないほど、夫の心にかかっていること――それは彰子の身の上だ。

――中宮はなぜ懐妊なさらぬか。

すでに十九歳、人の子の母となってもふしぎはない年頃だ。いや、それより若くてみごもったきさきの例はこれまでもたくさんある。それなのになぜ、彰子にはそのきざしさえないのか。

――娘の懐妊を待ちかねているさなか、母の私がみごもってしまうなんて……。

人生は皮肉すぎる、と倫子は思う。口にこそ出さないが、夫が例の口癖で、

――何たること、何たること。

と心の中で呟《つぶや》いているのがよくわかる。

唯一の救いは、彰子自身が、懐妊の兆しのないことを案外気にかけてないことだ。倫子のことを聞くと、

「あら、おめでとうございます。弟か妹がまたふえますのね」

気さくにそう言った。

「お誕生のお祝は私にさせてくださいませ」

あくまでも翳《かげ》りのない口調であった。さっぱりしていてものに動じない性格は幼いときからだが、近ごろになって、道長は少しそのことを気にしている気配である。

「あまりあっさりしすぎていて、帝《みかど》の御心《みこころ》をひかないのではないかな」

ときにはためいきまじりにそう言ったりする。

「そこへゆくと、故女院は根性がおありだった」

東三条院詮子《せんし》は円融帝の後宮に入ったとき、何が何でも第一皇子を産んでみせる、と覚悟をきめていたという。彰子にはそんな執念はなさそうだ。

――もう少し、帝の心をとろけさせるような、なまめかしさが加わるといいのだが。

道長はやきもきしている。もちろん微妙な知恵づけをする女房もぬかりなく彰子のそばにはつけてある。また倫子にしても、姪《めい》にあたる大納言の君が、夫とどういう仲になっているか知らないわけでもないのだが、見て見ぬふりをしているのは、彰子の身辺にそういう女も必要だと思うからだ。

――大納言の君の奔放さの照りかえしに、ひそかな期待をかけているこの母の気持がわかってくれるかしら？

が、余りにもからりとしている娘に、この複雑な心のあやが通じるかどうかは、はなはだおぼつかない。もし彰子が子供に恵まれないとすれば、いずれは、定子《ていし》の忘れ形見を東宮の後の皇位継承者に据えねばなるまい。その配慮もあって、彰子に敦康《あつやす》の母代りをさせているのだが、幸い二人の仲はきわめて親密だ。

しかし、母と呼ばれるには余りに年の近すぎる彰子が、何くれとなく敦康の面倒をみているのを見ると、道長はかえって切ない思いがするらしいのである。

その間にも、倫子の出産はしだいに近づきつつあった。予定では年があけて一月の半ばすぎ、ということだったが、正月の三日の夜から、突然体の異常を感じはじめた。

「今度は少し早まりそうです」

急いで侍女に言いつけて用意をととのえさせたが、陣痛の前触れのようなものは、そのうちに消えてしまった。あくる四日、ひどく胸苦しくなった。

——やはりこの年では出産は無理なのか。

ふと心細い気持に襲われた。

胸苦しさの中で、ふたたび陣痛が起ってきたが、いつものような昂《たか》まりにつながらずに消えてしまった。

——これはただごとではない。

と思ったとき、倫子の脳裏に浮かんだのは産褥《さんじょく》で死んだ皇后定子のことであった。

——あの方の霊が私を招いている。

言いようのない恐怖に襲われた。

「お祈りを、お祈りを」

周囲の侍女たちが慌しく叫びあっているのは、彼女たちも定子の怨霊《おんりょう》に気づいたのだろうか。夫が枕許で心配そうに覗《のぞ》きこんでいるのはわかるのだが、いまはそれに答える気力もない。

——恨みを残して死んでいったあの方は、この日を待っていたのだ。その白い手がのびて私を地獄にひきずりこむ、ああッ！

叫んでいるはずなのに声が出ない。もう自分を待ちうけているのは死しかない、という気がした。胎内に育《はぐく》んだ新しい生命をこの世に送り出す力もなく、その子ともども私は死ぬ……と思った瞬間、なぜか、倫子はその子が男の子ではないか、という気がした。

——かわいそうな子。ここまでけなげに育ってきたのに。

霞《かす》みかけた意識の中で、しかし、ちらりと頭をよぎったのは、

——これで償いができる。

ということだった。倫子はそのひとすじの思いにすがりつく。

——そうだ、私と胎内の子が死ぬかわり、姫はきっとみごもる。それも男の子を……。

命をかけて、母が娘の運を開くのだ。

気持が定まったせいか、胸苦しさがしだいにおさまってきた。と、ふしぎなことに、覚えのある陣痛がよみがえりはじめた。四日の夜半にはその間隔が短くなってむしろ今

までよりも順調に出産の時を迎えた。

結局、信じられないくらいの安産であった。力強い産声を聞いたとき、思わず倫子はたずねていた。

「男の子でしょう？」

が、返ってきた答は、

「姫さまでございます、北の方さま」

であった。

精も魂もつきはてた中で、倫子は奇妙な愉悦と拍子ぬけを味わう。冥土《めいど》からのよみがえりにも似た生のよろこび……。と同時に、

――あの言いしれない恐怖は、私の思いこみにすぎなかったのか。

胸中をかえりみて、なにがしかの照れくささも感じないわけではない。命にかえて彰子の懐妊を、などということを願ったりするのは、しょせん自分の柄《がら》ではなかったのか。

正体なく眠りこけながら、倫子は、いつものもの、正常で、ちょっとばかり散文的な神経を取りもどしつつあった。

やがて、七夜を迎えた嬰児《えいじ》に、中宮彰子から豪華な祝が届けられた。

一つの筥《はこ》に白い絹の産着《うぶぎ》に綾《あや》のお襁褓《むつ》。一方の筥には綾の産着に絹のお襁褓――。このほか絹百疋《びき》を入れた赤漆の唐櫃《からびつ》。

彰子からの祝の品々が届けられるころ、高官たちが続々と挨拶にやってきた。それぞれに酒食が饗《きょう》せられ、道長はすこぶる上機嫌である。

「もうこれから先は、こんなことはありませんからな」

祝をのべる人々に道長は愛想よく笑いをふりまく。それはそうだろう。倫子にとってもおそらく今度の出産が最後にちがいない。

「その上、畏れ多くも、おきさきが母御のために七夜の祝をするなどということは、百年この方、ためしがない」

自慢そうにいえば、傍らの公卿たちが追従《ついしょう》まじりに相槌《あいづち》をうつ。

「それは左府も北の方もお若いからできることで」

「左様、左様。これまで、きさきの父御、母御ともなれば大変なお年の方ばかりでしたからな。産屋の騒ぎなどしたくてもできるわけがない」

哄笑《こうしょう》が湧《わ》き、宴は遅くまで続いた。

道長は晴れやかな顔で倫子の床の傍らに戻ると、どっかり坐り込んで言った。

「ああ、めでたい、めでたい。皆よく集まってくれたぞ。来ないのは例の右大将実資《さねすけ》のほか二、三人くらいなものだった」

祝の宴の最中でも、案外道長の眼は醒《さ》めていて、多勢の公卿の顔を一人一人記憶にとどめていたようだ。

いや、道長の眼はもっと深いところで醒めているように倫子には思われる。今宵集まった人々のうち、誰が彰子懐妊のことのないのを気の毒に思い、誰がそれをおもしろがっているかを、おそらく夫は見ぬいていたに違いない。が、そこまで道長はふれようとしない。自分に対するいたわりの心はなおも続いている、と倫子は思った。

この年、寛弘四（一〇〇七）年は比較的平穏無事が続き、道長は二月の末に奈良の春日社に詣でている。さきに舞の上手と評判をとった頼宗（いわ君）と、つい先ごろ元服したばかりの教通や顕信が舞を奉納した。

帰京して三月三日には曲水《ごくすい》の宴が土御門邸で行われている。流に盃《さかずき》をうかべ、それが自分の席の前に流れて来るまでに詩を作るという優雅な宴である。その日は午前中大雨が降り、せっかくの宴もどうなることかと思われたが、申《さる》の刻（午後四時）にはすっかり晴れあがって、賑《にぎ》やかな詩宴が開かれた。その後も宮中や道長邸で、しばしば作文《さくもん》（詩作）の会が催されている。

賀茂祭もすんだころ、正月に生れた女児はよく笑うようになり、倫子の体もほとんど回復した。そのときを待ちかねていたように、道長はやや、かたちを改めて、倫子に言った。

「じつは前から考えていたことだが」

倫子も思わず居ずまいを正す。

「御嶽《みたけ》詣でをしようと思うのだ」

たちまち倫子の胸に響くものがあった。

御嶽詣でとは、すなわち吉野の山奥の金峯《きんぶ》山寺《せんじ》に詣でることだ。本尊は蔵王権現《ざおうごんげん》、三《さん》鈷杵《こしょ》をふりかざし、眼を怒らし、魔障降伏《ましょうごうぶく》の相《すがた》をしめす。霊験あらたかなことで知られているが、そのかわり、詣でる方も覚悟がいる。少なくとも三七日《さんしち》（二十一日）多ければ千日の間精進潔斎してからでなければ参詣《さんけい》できない。

これはその昔この山を開いた役《えん》の行者《ぎょうじゃ》が千日籠山祈願したときに権現がその姿を示現したという伝説によるもので、いかなる貴族たりといえども例外を許されない。精進中は別の家に移り、粗衣、粗食、全くの禁欲生活を守るのである。道長はそれをやろうというのだ。

「政務がある以上、籠《こも》りきりというわけにはゆかぬが……」

詣でるのは八月、閏《うるう》五月の十七日から精進をはじめることにした。つまり、百日の精進である。ただ精進潔斎するだけでなく、その間、毎日、夜明けには庭に立って、金峯山の方へ向って五体を地に投げうって百度ずつ礼拝しなければならない。

「中宮亮《ちゆうぐうのすけ》の源高雅《たかまさ》の室町《むろまち》の家が方角がいいというので、そこを精進所としようと思う」

なみなみならぬ決意である。当時の貴族の旅行先は、せいぜい宇治や石山。物詣でも大和の長谷どまりである。はるかに山道を越えて吉野まで行くのは、外国旅行にひとしい。

「わかりました。お気をつけて……」

倫子にはそれしか言えなかった。その昔、宇多上皇が吉野を訪れたことは聞いているが、道長のような地位にある人間でみずから御嶽詣でを志した人はいないのではないか。

「前からそのことを考えないではなかったのだが……」

たしかに、そのつもりもあって金泥《こんでい》の法華経を書写したこともあったのだが、このときは実現を見なかった。それが今度、春日詣での折、興福寺の法橋扶公《ほっきょうふこう》にすすめられたことから決意が固まった。

倫子は夫の心の経過が手にとるようにわかる。今度の懐妊から出産の間、彼もまたいろいろ思い悩んでいたのだ。

わが娘の懐妊については、もう神仏に頼るほかはない。金峯山寺の蔵王権現は、もっとも霊験あらたかだし、その上、吉野には子守《こもり》の三社がある。正確には水分《みくまり》神社。つまり人間にとって最も大事な水の資源を司《つかさど》る神だが、そのころは訛《なま》って、ミコモリ——子産み、子育ての神とされていた。そこに祈願して彰子の懐妊を祈ろうと、道長は思い定めたのである。

参拝前の精進を、「御嶽精進《みたけそうじ》」とそのころは呼んでいたが、息子の頼通もこれに従った。このほか敏腕の中納言源俊賢《としかた》（明子の異母兄）や、春日詣でにも従った藤原知章《ともあき》ほか七八人が加わった。後は突発事故や道長の病気で精進中止に到らないよう祈るばかりである。いろいろの障害が起って折角の発願をとりやめなければならないことはよくあるのだ。

——夫はこの精進に、娘の運を賭《か》けている。

その必死の思いが、倫子にも伝わってきた。

一の上の御嶽詣でとなれば、施入《せにゆう》する供物《くもつ》も厖大《ぼうだい》なものになる。絹やら米やら、寺僧の僧服やら、多額の灯明《とうみよう》料やら……。

が、最大の捧げものは経典だ。さきに道長みずから金泥で書いた法華経があるが、精進潔斎中に、道長はさらに阿弥陀《あみだ》経、弥勒《みろく》経、般若《はんにや》心経を書いた。ほかに天皇、上皇、中宮彰子、東宮のために施入する二百数十巻、倫子も自分の発願として、十部の経典を加えてもらった。

幸い何の障礙《しようげ》もなく精進は終った。

八月二日、いよいよ出発である。丑《うし》の刻（午前二時）暗闇《くらやみ》の中を高雅の家を発つ。

「無事に鴨河《かもがわ》から船にお乗りになりました」

使はただちに倫子の許に報告にくる。この日道長は石清水八幡宮に寄ることになっている。

翌日はこの企てをすすめた扶公《ふこう》の管理する奈良の大安寺泊まり。一日おくれで倫子の許にもたらされた報告によると、道長は、精進の身に不似合な豪奢《ごうしゃ》な準備が気にいらず、わざと門の近くの小屋に泊まったという。扶公や興福寺の僧も加わった一行は南下して飛鳥《あすか》に向うはずである。

「軽の寺にお泊まりになり、壺坂山にお上りになります。なかなか嶮《けわ》しい山道でございまして」

が、都の外へ出たことのない倫子にはその山道を想像することができない。近くには観覚寺《かがく》という十一面観音を安置した古い寺もあるという。予定では道長は山の頂上にある壺坂寺に泊まることになっている。

あいにく都ではこのところ秋の長雨が続いている。

——道がぬかるんでお困りになるのではないかしら。

こんなときには留守をあずかる方が、気がもめるものだ。壺坂の峠を越えると一気に吉野に降りるというのだが、

「その道、滑りやすいようなことはないのでしょうね」

聞いても使は、

「さあ、私もそのへんのことは」

とおぼつかない。

数日後、今度は大和守源頼親からの使がやってきた。例の興福寺との悶着《もんちゃく》で都を騒が

せたこの男は、このときはまだ道長の計らいで罷免をまぬがれている。その大恩ある道長の吉野行きは、彼にとっては、またとない腕の見せどころだ。

「御案じくださいますな。無事に吉野へお降りになり、現光寺《げんこう》に参詣なさいました」

現光寺は、奈良時代比蘇《ひそ》寺といった寺で、古い歴史を誇っている。

「雨つづきで難渋されたことでしょう」

といえば、

「いや、これこそ仏が感応されての慈雨で」

と使はそつがない。

「主人頼親は、大和においでの間はおまかせください、と申しております」

どうやら報告よりも宣伝が先に立ちそうな口上であった。が、ともかく道長が無事吉野に着いたことはたしかなようだった。

頼親からの報告はつづけざまに倫子の許にもたらされた。それによると、道長は八月九日、雨の中を中腹の宝塔院まで上ったという。かなりの山の中だが、めざす山上伽藍《がらん》まではさらに六里の山道を登らねばならない。

「道が嶮しうございますから、まず四刻《とき》半はおかかりになるのでは」

という使の言葉に、倫子は眼を丸くした。

「まあ、それでは一日がかりですね」

「は、それゆえ、宝塔院でゆるりと御休息遊ばしますわけで」

「すると、十日登山、十一日が御法要」

使は馬を飛ばせてやってきたが、それでも二日はかかっている。とすると、この日、ちょうど山上伽藍で法要がいとなまれているわけだ。

──間にあったのだわ、やっと。

今日すなわち八月十一日こそ、道長の百日精進の終る日なのだ。その日を期して法要を行うべく、彼は名工伴延助《とものののぶすけ》の手になる経筒《きょうづつ》に願文《がんもん》を刻ませ、その終りに、この日付を入れて京を出たのである。雨の中を宝塔院まで上ったのも、この日に間にあわせるためだったのだ。

倫子は思わず合掌する。

「もう御法要も無事おすみの刻限でございます。御一泊後、翌日は宝塔院までお降りになられます」

と使は言った。その翌々日邸《やしき》に飛びこんできた次の使は、早くも道長の帰京予定を伝えた。

「明日お戻りになられるはずでございます」

「まあ、そんなに早く」

「主人の大和守が舟を用意つかまつりまして」

行きは途中であちこち寺を巡拝したから日数がかかったのだが、帰りは直行である。心忙しい中で倫子は尋ねるのを忘れなかった。

「山上の御供養はいかがでしたか」

「それは御立派なもので。覚運《かくうん》、定澄、扶公などの大徳がおつとめになられました」

なるほど例ののっぽの興福寺別当、定澄もこのときとばかり読経に力をこめたことであろう。思えば今度の吉野行きは、興福寺の定澄と大和守頼親といういわば仇《かたき》どうしが、道長を間にはさんで、それぞれ奉仕競争をくりひろげたわけであった。

「それから……。子守のお社へは？」

倫子の聞きたいのはそのことである。

「は、やはりお手厚い御奉幣《ほうべい》が行われまして」

金銀五色の絹の御幣が捧げられるとともに、三社の末社である三十八社をも含めて、米や多額の灯明料が寄進された、と使は報告した。

使に禄をさずけて帰すと、倫子の身辺はまた忙しくなった。まさに百数日ぶりの夫の帰邸である。

内裏や東宮御所への挨拶をすませた夫が、やっと邸に落ちついたのは夕刻。さすがに頬がこけ、やつれが目立っている。

「例の経筒を埋めてな、金銅の灯籠《とうろう》をたてた」

その灯籠には以後、常夜の灯が輝き続けるはずであった。

道長の一世一代の御嶽詣では、ともかく無事に終った。その四年後、もう一度彼は吉野行きを志して精進をはじめているが、さまざまの障りが出て、遂に実現できなかった。百日の精進を前提とするだけに、一回でも実行できたのはかなりの幸運といわなければならない。

ちなみに――このとき道長が奉納した経筒は、江戸時代に掘り出され、現在国宝となっている。そこに刻まれた「左大臣藤原道長が百日の潔斎をして写経施入した」という旨の願文は、当時の歴史を物語る第一級の史料といえるだろう。現在までに発見されている経塚遺物の中で、確実に年代がわかるものとしては、最も古いものといわれている。

ところで、御利益のほうはどうだったか。

一月、二月と経ったが、中宮彰子が懐妊したきざしはいっこうに現われない。

「どうだ、中宮の御様子は?」

例の腹心の大納言の君にたずねても、

「さあ、いまのところは別に」

判で押したような返事で道長をがっかりさせるばかりであった。倫子の眼にも夫の苛《いら》立《だ》ちが、はっきりわかる。夫自身も御嶽詣での疲れは回復しない様子なのだ。

「お顔色がすぐれませんのね」

と言うと、無愛想な答が戻って来た。

「心にかかることがあるからだ」

「中宮のお身の上でしょう。でも、いくら御案じになっても、こればかりは」

「いや、それだけじゃない」

眉を寄せて暗い眼付になった。

「じつは、中宮のお顔に少しやつれが見えるのだ」

「まあ」

これは倫子も初耳だった。気丈な娘も、さすがに心の重みに堪えかねているのだろうか。

「御嶽詣でも御利益がなかったとはなあ」

道長は頭をかかえこんでいる。

「ちょっと気が弱くなられると、滅入《めい》っておしまいになるのですねえ」

喜怒哀楽の激しいのは昔からだが、このところそれがひどくなってきたように倫子には思われてならない。

「左大臣ともあろう方が……」

言いかけると、ひどく不愉快そうな眼差《まなざし》が返ってきた。

「おろかものが……。左大臣だからこそ苦しいんだ」

「……」

「外では苦労があるような顔はできん。だからこそ、こうしてそなたの前でだけ本心を打ち明けておるのに、ちっともわからんのだな」

しまいには中年夫婦のいさかいになってしまう。こうして、その年、寛弘四年は暮れた。

その翌年、正月の行事がひととおり終ったある夜、内裏から帰ってきた道長は、

「戻ったぞ、戻ったぞ」

近ごろでは珍しい晴れやかな声で言った。明らかに表情が変っている。ぴんとくるものがあって、

「何かおありでございましたか」

聞くと、上機嫌にうなずく。

「おや、よくわかったな」

それからちょっと、とぼけた表情になった。

「帝もお人が悪い」

道長の話はこうであった。今日彰子の殿舎である藤壺にゆくと、すでに一条がその座にあって、これはいいところへ、と言いたげに話しかけて来た。

「大臣《おとど》、そなたはすでに御存じか」

「は？」

何のことかといぶかるより先に、彰子があわてて一条の言葉を遮ぎろうとした。それにかまわず一条は言う。

「ほう、御存じない？　この耳ざとい中宮が、近ごろひどく眠たそうなことを」

「およし遊ばして」

彰子はいたたまれぬふうである。

「ちっとやそっとの物音では眼を覚さないような有様……。大臣、これはもしかすると、と思って、父御や母御に知らせたか、と聞けば、それもまだだと言う。恥ずかしがりやで困ったものですねえ」

「あ、ありがとうございますっ」

道長はその場にひれ伏していた。彰子の口からそっと知らせられるより、こうして一条から告げられたほうがずっとうれしい。それを承知で一条がわざと冗談めかして言ってくれた心づかいが身にしみた。だからこそ、倫子の前で、彼もそれに倣《なら》ってとぼけて見せたのである。

倫子は夫の声をうっとりと聞いている。その声はなおも言う。

「やつれたとばかり思っていたら、懐妊だったのだなあ」

鼻の中を痛いものが走った。

「ええ、ええ。それをあなたがむやみに心配なさるから、私、生きた心地もなくて」

と、急に道長は開き直ってみせる。

「何だ。何度もみごもっているのに気づかないそなたもそなただ。おかげで俺はえらい心配をさせられたぞ」

有頂天になるとすぐこれだ、と思いながら倫子も泣き笑いに眼をうるませた。その瞳《ひとみ》の底に、金銅の灯籠が浮かぶ。吉野の奥で今夜も常夜灯はまたたき続けているだろうか。灯の向うにあるのは、白き帳の幻——。その帳こそは、彰子の出産を迎える斎《いわ》いの床だ。ふつう天皇やきさきは、四方に美しい絹の帳を垂れた寝台の上で眠る。が、出産の折には白木の帳台に白い羅《うすもの》の帳をかけ、さらに白い几帳《きちよう》や白綾の屏風《びようぶ》を用意する。白一色の清浄の世界の中で、新しい生命の誕生を待つのである。

その白い帳を据えるのはいつの日か。倫子はひそかに指を折る。日数を数えれば、多分予定は九月の半ば。ところはもちろん中宮の里邸である土御門邸だ。

倫子にはもう嬰児の啼《な》き声まで聞えてくるような気さえする。

生れるのは男か女か？

いまはそれはどうでもいいように思える。とにかく無事であってほしい。みずからの体の中から生れたものが、また新しい生命をみごもる。そういう形で自分の生命が再生してゆくことへの喜びは、女だけの知るものかもしれない。

　さて、現実に土御門邸に白き御帳台がしつらえられたのはその年の九月。十一日の昼、彰子は男児を安産する。この間の細かい経緯は『紫式部日記』にくわしい。この二年ほど前から彰子の許に出仕した彼女は、すでにかなり『源氏物語』を書き進んでいたらしい。

　その優雅な筆をもってすれば、畏れ多いような御出産風景になるのだが、現実には無数の僧侶《そうりょ》、陰陽師《おんみょうじ》、修験者がやたらに読経祈禱《きとう》の声をはりあげるといった、今考えれば産婦にとっては最悪の状態の中で彰子は初めての出産を経験するのである。しかもそれが産婦にとっては最上の安産法だと信じられていたのだから――そして彰子自身も案外その騒ぎに安らぎを見出していたのかもしれないのだから、人間とは妙なものだ。

　おまけに、産所の近くには、見舞にきた一条付きの女官たちが、ずらりと並んでいる。もちろん彰子付きの女房数十人も身動きもできないほど膝《ひざ》つきあわせて坐っているという有様。

「いや、これは人数が多すぎる」

　興奮した道長は、

「さ、みな出た、出た」

　大声でわめきちらす。今まで僧の読経にあわせて経文を口ずさんでいた彼は、それどころではなくなったのだ。

「さ、皆、もっと離れて！　あ、讃岐《さぬき》と内蔵《くら》はこれへ。え？　いない？　探せ、探せ」

二人の女房は産婦の介添役なのだ。彼女たちと倫子が彰子の褥《しとね》の近くに待機していればいいのであって、他はむしろ邪魔ものにすぎない。讃岐と内蔵はやっと女房たちをかきわけてやってきた。

「ああ、早く入れ、入れ。北の方がお待ちかねだぞ！」

僧侶や修験者の祈りに消されまいとするから、破鐘《われがね》のような声になる。あちこちうろうろと歩きまわったり、狂ったようにわめいたり、もう道長は自分自身何をやっているのかわからないらしい。

それに比べて倫子は冷静だ。いや、冷静でなければならない、と言いきかせて、彰子の傍らに坐り、手を握ってやっている。当時は専門の医師もいなければ産婆もいない。讃岐と内蔵を手伝わせて、すべてを取りしきるのは倫子なのだ。

「さ、気持をらくにして、息を吸って、吐いて」

自分の経験のすべてを、娘の体に流しこんでやらねばならない。耳許《みみもと》にがんがん響きわたる道長の声を別世界のもののように倫子は聞いていたのだった。

こうして男児が無事誕生すると、産湯、三日の祝、五日の祝、七日の祝（いわゆるお七夜）が大がかりに行われる。奉仕する女房たちの装束はいずれも白一色。その間に月は望（もち）にさしかかって、女房たちが池に舟を浮かべて遊ぶ一夜もあった。銀色の光のあふれる中に白装束の女たちを乗せた舟はゆるやかにすべる。王朝の白のファンタジーである。

疲れはて、体も一段と小さくなって帳の中に横たわる主役、彰子をよそに、祝賀絵巻はなおも続く。

七夜がすむと、白の世界はたちまち消える。斎《きよ》めの時期が終って、女房たちが平常の衣裳《いしょう》に戻るのだ。彰子も白の御帳台をやめていつものそれに移るが、その当時のしきたりとして、産後一月は、ほとんどそこで静養するのである。

平常の生活に戻ったせいか、娘の顔色も少しずつ回復してきたように倫子には思われた。それでも彰子の御帳台のそばで過すことが多かったが、道長の関心は娘よりもむしろ嬰児に移ったようであった。

「どうした、どうした」

乳母《めのと》に抱かれた嬰児の頬を突ついては言う。

「おわかりか、じいにござりますぞ」

「まだ無理ですわ。お眼は見えませんのよ」

倫子は笑ってしまったが、道長は真顔である。

「そうかな、でもうなずかれたようだぞ」

「俺の孫だからな。なみの赤児《やや》ではない」

「姫やたづが生れたときより、ずっと御熱心ですこと」

「そうさ、孫はよけいにかわいい」

政務に追われ、夜ふけに帰ってきても必ずやってくるので、嬰児をふところに添い寝している乳母などは、そのつどびっくりさせられる。あるときなどは、うとうとしているうちに、もう道長は嬰児を抱きあげていた。

「おお、よし、よし」

乱暴にゆさぶるのを後から倫子は慌ててとめた。

「あ？　いけません。皇子《みこ》はまだお首がすわっていらっしゃらないのですからね。お頭《つむ》を支えなければ……」

結局嬰児はわあわあ泣きだす始末。あるときは御機嫌で膝の上に乗せてあやしていたが、突然、

「やや っ」

飛びあがるように立ちあがった。直衣《のうし》の前がしたたかに濡れている。

「あら、大変、大変。皇子さまがとんだお粗相を」

が、道長はいよいよ御機嫌だ。

「大したことはない。皇子、気になさるなよ」

濡れた直衣を脱いで火桶《ひおけ》であぶらせながら、

「これがやってみたかったのさ。皇子のお尿《しと》に濡れるってことをね」

口もとが、だらしないくらいゆがんでいる。

産後一月の静養期間が終って、彰子の生活も平常に戻ったころ、待ちかねたように一条帝が土御門邸に来臨した。さきに定子が敦康を産んだときには、百日の祝をかねて定子が嬰児を抱いて参内し、対面を果している。それも、その直後の彰子立后を条件とした政治取引の上でやっと実現したものだった。

が、今度は一条の方が、みずから土御門邸に赴いて対面しようというのである。それに先立ち、当代の碩学大江匡衡《せきがくおおえのまさひら》が皇子のために敦成《あつひら》という名を選んだ。

一条の来臨は十月十六日、土御門邸は菊の盛りだった。この日のために、忠義顔して菊を献上した人々が多すぎて、いささか庭にあふれる感じである。辰《たつ》の刻（午前八時）池に浮かべられた竜頭鷁首《りようとうげきす》の船で楽人たちが楽を奏する中を、一条の輿《こし》は寝殿に着く。

いよいよ敦成との対面である。道長がまず嬰児を抱いて一条に渡す。

「おお、いい子だ」

満足そうに一条はほほえむ。さすがに粗相はしなかったが、抱き方がぎこちなかったのか嬰児はむずかって泣き声をあげた。

「まあ、かわいいお声ですこと」

少し離れたところに押しならんだ女房たちの間に微風のようなさざめきが起った。しばらくして嬰児は一条から道長へ、そして倫子へと渡された。

「おお、よし、よし」

倫子は口の中であやしながら、大任を果した嬰児をのぞきこんだ。

——皇子、いま父帝がお抱きくださったのですよ。

嬰児は何も気づいていないが、生後一月余りで、異例の父帝臨幸を見たことは、その人生に大きな意味を持つはずである。このことを嬰児に代ってしっかり憶《おぼ》えておかねば、と倫子は胸を熱くした。

一条に食膳が供された後、敦成の親王宣下《せんげ》があった。親王家の別当にはきれものの権中納言兼中宮大夫《ちゆうぐうのだいぶ》斉信《ただのぶ》が選ばれた。

やがて並みいる公卿《くぎよう》たちに酒食が供され、ふたたび船楽が奏され、宴は最高潮に達した。その間に嬰児は倫子の腕ですやすやと寝息をたてはじめた。乳母を呼んでこれにあずけた後、倫子は蔵人《くろうど》の道方《みちかた》が一条の座や右大臣顕光の座を音をたてないように行き来するのを見ていた。顕光が一条のそばに近づいて紙に何かを書いている。こういうときに恒例として行われる叙位の打ちあわせであることはたちまち察しがつく。道方は道長と一条の間も二三度往復した。

そのうち、道方が腰をかがめて近づいてきた。

「おそれながら」

小声でささやくその言葉に、思わずわが耳を疑った。

「中宮さまの御母儀《ぼぎ》として、従一位に叙するとの御沙汰であります」

——ええっ、何ですって。

声をあげそうになるのを危うくこらえた。喜びよりも、胸に溢《あふ》れたのは困惑の思いであった。

従一位といえば、当時の最高位だ。規定では正一位もあるが、奈良朝末以来、生存者に与えられたためしはない。荷が重すぎる、と倫子はためらったが、

「帝よりもたっての仰せです」

と道方は言ってさらに付け加えた。

「左府が御昇進を御辞退なさいましたので。代りに北の方を、と、左府も望んでおいでです」

「まあ、それではいよいよ困ります」

自分が従一位では正二位の夫を追いこしてしまうではないか。とほうに暮れて道長の方を見ると、ちょっとうなずいただけですましている。もう辞退の道はなさそうだった。

かくて倫子四十五歳。従一位――無心に眠る嬰児からの贈物である。この日昇進したのは斉信以下の中宮関係者、それに家の子として彰子の実弟、頼通が加わった。彼は従二位――。父が二十七歳にしてやっと到達した位を、十七歳の少年はやすやすと手に入れてしまったのであった。

「ほんとうにあのときはびっくりしました」

一条の帰った後に倫子が言うと、

「いや、俺が従一位になるのはまずいのさ」

と道長は真意をあかした。当時、彼を筆頭に右大臣以下ずらりと正二位が並んでいる。待ちに待った外孫の誕生を機に、ひと掻《か》き前へ出ることの政治的影響を考えて慎重になったのである。

以後九年、道長の正二位は続く。従ってその間倫子は文字通り女性上位を保ったわけであった。

が、道長の自制はそのあたりまでであった。酒に酔ったりするとつい本音を暴露してしまう。敦成の五十日の祝が行われた夜、公卿や殿上人の前で、あまりうまくもない歌を詠《よ》んだ後、彼は大きな声で言ったものだ。

「どうだい。うまいだろう。こう見えても中宮さまの父御はなかなか立派なもんだろうが。いや、中宮さまだって、わが娘に生れたおかげで、いよいよお幸せそうじゃないか」

傍らの倫子ははっとした。宴席には娘を一条の後宮入りさせている右大臣顕光もいる。また一条の第一皇子敦康《あつやす》（定子所生）の叔父隆家もいる。敦成と中宮の後に俺がついている、といわぬばかりのこの言葉を、彼らがどう聞くか……。

——あなた。

小声でたしなめようとすると、ひょいとふりむいた道長は倫子にもこう言った。

「いや、これは北の方、こなたもお幸せでしょうな。よい夫《おとこ》を持たれて」

「まあ、いやな方」

急いで座を立つと、

「こりゃお渡りか。一位どのをお見送りせずばなるまい」

ばたばたと後を追ってきた。

——夫はうまく冗談めかしてしまったつもりかもしれないけれど……。

倫子の胸には小さな不安が残った。

魘魅《えんみ》の法師

中宮彰子《しょうし》が敦成《あつひら》とともに内裏へ戻ったのは十一月半ば、例の神鏡が焼けた火災以来、一条院がそのまま内裏になっている。本来の内裏も再建されたのだが、どうも一条帝はここの方が気に入っているらしい。だから十二月に行われた敦成の百日の祝も、もちろん一条院で行われた。

この日のために道長は豪奢な食膳をととのえた。朝から大変な上機嫌で、一条から盃を賜わったときなどは、感極まって、今にも泣き出しそうだった。無理もない。娘が産んだ皇子の祝を見届けるのは父兼家《かねいえ》以来久しぶりのことだからだ。

——道隆《みちたか》兄貴も、道兼《みちかね》兄貴もできなかったことを、俺はとうとうやってのけたぞ。

しぜん声も高くなる。

「さ、今宵は心ゆくまで盃を乾《ほ》していただきたい」

言われるまでもなく、公卿の座はもう乱れはじめている。

「ああよい酒だ、よい酒だ」

中でひとり酒を控えているのは参議行成《ゆきなり》だ。彼にはいずれしなければならない仕事がある。慎重居士はそれで盃をあける速度をゆるめているのだが、おかげでやや醒めた眼で公卿たちの動きを捉《とら》えることができる。

「酔ったな。はや酔を過したようだ」

定まらない足どりで立ちあがったのは内大臣公季《きんすえ》だ。

「失礼ながら、これにてお先へ」

一礼して退席する背中に、行成は静かな眼を向ける。

——はは あ、いたたまれなくなられたな。

公季も娘の義子《ぎし》を入内《じゅだい》させているのだが、いっこうに懐妊の兆しがない。これ以上道長の得意顔を見るのが耐えられなくなったのだろう。気づくと、例のへそまがりの権大納言実資《さねすけ》が、何やら皮肉な眼付で同じように公季の後姿を見送っていた。

もっと醜態をさらしたのは右大臣顕光《あきみつ》だ。とんちんかんな振舞は毎度のことだが、今夜は宴のはじめからしたたかに酔って、わけのわからないことを口走ったりしていたが、一条に酒を献じたかと思うと、たちまち足をもつれさせて、ずどんとその場にひっくりかえった。

「あっ、危ないっ」

周囲が肝をつぶしたのは、近くに一条の盃を置く台があったからだ。危うくそれを倒

しそうになった彼は、

「いや、大事ない。大事ない。うえ、うえ、うえ」

よろよろと立ちあがった。彼の娘の元子《げんし》は奇怪な疑似懐妊騒ぎで恥をさらしている。屈辱感を酒でまぎらせようとしたと思えば、愚鈍の父親の姿はいささか哀れであった。が、それを眺める実資の眼は、いよいよ皮肉になっている。

さていよいよ行成の出番である。名筆の彼はこの夜寄せられた和歌を書くことになっていたのだ。硯《すずり》をひきよせ、筆を執ろうとしたとき、

「ちょっとお待ちを」

声をかける者があった。その方をふりかえって、行成はおや、と思った。

声の主は、藤原伊周《これちか》。故中宮定子《ていし》の兄だ。花山法皇の狙撃《そげき》事件で失脚し、大宰権帥《だざいのごんのそち》に左遷されたが、のちに許されて上京、やがて本位にも復したものの、もとはといえば道長の最大のライバルだ。

——はて、何を。

行成はやや緊張してその顔を見守った。一座にも瞬間、ぴりっとした空気が流れた。

たしかに伊周には昔日の威勢はない。いま従二位まで昇進し、内裏への出入りも許され、公卿の会議にも出席できるようになってはいるが、これらはすべて道長の配慮によるものだ。

――その彼が、どうしようというのか。

公季や顕光の心の屈折を眺めているだけに、行成はふと不安になったが、当の伊周の口から出た言葉は、

「筆と紙を貸していただこうか」

さりげない一言だった。

「は、どうぞ……」

「このめでたい宵の和歌の序を書かせていただく」

ほうっという吐息のようなものが人々の口から洩《も》れたのに気づいたかどうか、伊周は筆を執ると一気に書いた。

「第二皇子百日ノ嘉辰……」

字もうまいが、詩文の巧みさは群を抜く伊周である。文の大意は次のようなものだった。

「外祖父左大臣以下諸臣が集まり、天皇も臨席され酒宴も盛である。酔余に思うことは、かの中国の周の時代の最盛時の昭王、穆王《ぼくおう》時代の治世の長かったことだ。わが君一条帝の御世《みよ》も長く続くことだろう。またわが朝の延喜《えんぎ》・天暦《てんりゃく》の聖代（醍醐・村上帝時代）も御子が多かったが、わが君もまた御子が多く御栄は尽きない。このめでたさを祝して戯れて寿詞を奉る」

「いや、おみごと、おみごと、かたじけない」

道長は手を執らんばかりにして褒めそやす。

「不出来ですが、お祝までに」

伊周は静かにほほえんでいる。かつての内大臣という官は許されていないものの、道長の配慮によって、大臣の下、大納言の上という席次が許され、大臣に准じた封戸を与えられる彼としては、こんな形でその好意に報いたのだろうか。

——さすが、お人柄よ。

公季や顕光とは違う、と思いながら筆を執りかけた行成の視線の端に、ちらと実資の顔が映った。彼の眼はいよいよ皮肉の色を加えている。かすかに冷笑さえも浮かべて、隣の中納言俊賢《としかた》に何かささやいているのは、おおかた、

「いらざることを」

とでも言っているのだろう。行成はそれに気づかないふりをして筆を執りなおした。

伊周が正二位に進んだのはその直後の寛弘六年正月七日、道長がこの夜の好意に対して上申の労をとったことは、たちまち察しがついた。が、その後まもなく、行成は、道長の邸を訪れたとき、

「これを見てくれ」

紙に包んだものを、ひそかにしめされたのである。

紙包みは、まだ行成の手の中にあった。

「何でございますか、いったい」

「まあ、開けてみてくれ」

道長はほとんど無表情であった。その軽い包みを開くなり、瞬間、行成は絶句する。

「あっ、これは！」

小さいながら恐るべき呪《のろ》いをこめた魘魅《えんみ》の符——。

「こ、このようなものが、いったい、どこに」

その次に道長の口から出た言葉を、行成は信じられないもののように聞く。

「内裏だ」

まさしく道長はそう言ったのだ。

「えっ、内裏に」

「そうだ」

道長はゆっくりうなずく。

「帝《みかど》と中宮を呪いまいらせたのだ。それに幼い若宮をも」

「誰の所為でございましょう」

「まだわからぬ。内裏の中宮の御殿の縁の下に埋めてあったのを、女房が見つけて
……」

「ほう、そのような恐ろしいことが」

「うむ、油断はならぬ」

行成は唸《うな》った。

「が、早く見つかりまして何よりでございました。お障りのございませんのは幸いで――」

言いかけたとき、道長はきびしく首を振った。

「いや」

「と、仰《おお》せられますと？」

「障りは出はじめている」

「えっ」

「ここだけの話だが――」

さらに声を低めた。

「中宮のお体の具合が思わしくないのだ」

「そ、それは、まことで」

「うむ。あれだけ御静養になってのお帰りにもかかわらず、このところ、とみにおやつれになってしまわれた。ふと気になって、女房たちにお身のまわりを心を入れてお調べせよ、と申しつけたところが、この始末よ」

「大それたことでございますな」

行成は首をひねる。

「内裏の、それも中宮さまの御殿にしのび寄るとは」

「よほど内裏の事情に通じたものと見るよりほかあるまい」

「は、自由に内裏に出入りできるものが加わっているに違いありませぬ」

とっさの事には犯人の見当もつかない。道長はなおも言う。

「思うに呪詛《じゅそ》はこの符だけではあるまい。別にどこかで一心に呪っている人間がいるに違いない」

その証拠に、この符が発見された後も、彰子はいっこうに元気を取りもどさない、というのである。

道長の口からは内々のこととして聞かされたにもかかわらず、数日の間に、行成の耳には、しきりに事件の噂《うわさ》が入ってくるようになった。

「魘魅だ」

「魘魅だ」

都じゅうがわあんと鳴りひびいているようだった。

「中宮さまを呪詛したものがある」

「いや皇子をも、帝をも……」

「左府も呪われたそうな」

「中宮さまは、ために頭も上らぬ御重患」

噂は噂を生んでふくれあがってゆく様子であった。行成にはその背景がわかるような気がした。検非違使《けびいし》たちが、道長への忠義の見せどころとばかり騒ぎたて、都じゅうを嗅《か》ぎ廻っているのだ。

が、そんなことで犯人が捕まるだろうか。要領のいい奴なら、騒ぎに気づいて、早いところ姿をくらましてしまうのではないか。これは行成だけでなく、多くの人々の感じたことであった。

ところが、おおかたの予想を裏切って、数日後、簡単に犯人が割りだされた。それも円能《えんのう》というしがない僧形の陰陽師《おんみようじ》であると知れると、

「何だって？　円能？　そんな名前は聞いたこともない」

人々はいささか拍子抜けの気分を味わった。宮中出入りの名だたる陰陽師ならともかく、六条あたりの小路の裏で細々祈禱や占いで身をたてているその男が、では何で中宮の寝所にしのびこむようなことができたのか。

——摑《つか》まえた検非違使はさぞ鼻高々だろう。恩賞が目の前にぶらさがっているものな。

人々の思ったのはそのことだった。

——おおかた、拷問にでもかけてしめつけ、あることないこと吐かせたのだろうよ。

当時、拷問はむしろ正当の手段とされていたから、この手で自白を強要することはざらだった。あまりにもあっけない事件の結末に、人々がそう思ったのも無理はない。

が、事の次第がわかってくると、人々はまたもや予想を裏切られることになった。例の魘符の写しを持って、検非違使庁の配下が、都じゅうの陰陽師をしらみつぶしに調べてゆくうちに、円能にぶつかったことはたしかだが、証拠の写しを見せられると、拷問にかけられるまでもなく、

「私がいたしましたもので」

円能はあっさり白状し、のこのこと検非違使庁にやってきたのだという。

「何とおろかな」

呆《あき》れかえったのは検非違使庁の役人だけではなかった。中宮を呪詛したとなれば、最も重い大逆罪、「八虐《はちぎやく》」の一つにあたる。重刑はまぬかれない。いくら巷《ちまた》の陰陽師でも、そのくらいなことはわかっていそうなものなのに、自分から白状するとは、どういう所存か。

そのうち円能の取調べが始まった。

円能の申したては、最初から全く変っていなかった。

「この魘符は、私が作りましたものでございます、はい」

頼んだ人は？　という問いには、

「それだけはお許しを。そのお方さまのお人柄にもかかわることで。これは陰陽師として決して申しあげぬことになっております」

と口が固い。背の小さい、小肥りの男は、

「これでも、私はこの道ではちょっとは知られた者でございます。これも私の験力《げんりき》と、頼んだお方の身の上を絶対口外せぬことをみなさまが信用してくださるからでございまして、はい」

高くもない鼻をこすりあげた。

「しかし、それは許せぬ。そなたを調べるのは、頼んだ人間の名を知らんがためだ」

「おや、そうでございますか」

きょとんとして円能は言う。

「いや、私の方も申しあげたいことがございまして、まかりいでましたのでございますが」

「何だ、それは」

「されば」

円能は一膝《ひとひざ》乗りだす。

「これはまちがいなく、私の作りましたものでございますが、巷で申しますような、中宮さまを呪いたてまつるような大それたものではございません」

「何だと」

「私も巷の噂は存じております。陰陽師どもがおたずねをうけているのも知っております。が、私の家で証拠のものをおしめしくださいましたとき、それが私のものだとすぐわかりました。これは大変なことになったと思いました。と申しますのは、この魘符は、中宮さまを呪いたてまつったものではないからでございます。もし中宮さまを呪いたてまつった魘符がおありとすれば、これとは別もの。まちがったものを証拠におさがしになっては犯人は摑まるわけがない。そのことを申しあげたくて、大急ぎでやってまいりましたわけで、はい」

何度もこすられて、円能の鼻の頭はてかてかと光りはじめた。

「とぼけたことを言うな」

検非違使は一喝した。

「中宮さまの御殿から見つかったのは、これなんだ。そちの作ったものにちがいない」

「それはおかしうございます」

円能は必死に言いはる。

「私が中宮さまを呪いたてまつるなんて、そんな、滅相もない。私はちゃんと別のお方から特別の御依頼をうけまして」

「それは誰だ」

「それだけは申しあげられません」

「言わねば、そちが中宮さまを呪いたてまつったことになる」

「そ、そ、そんな」

「じゃあ言え。頼んだ奴の名を言え」

円能の息づかいがせわしくなり、小鼻がぴくぴく動いた。検非違使は無言でじっと睨《にら》みつけている。吐かせる前のこつというものがある。なまじ声をかけては追いあげてきた努力が水の泡になりかねない。真剣を構えてじりじりっと間《ま》をつめてくるような気迫に押されて、円能の表情がふっと崩れる瞬間がきた。

「どうしてもその名を申しあげねばなりませぬか」

泣き笑いに似た表情になった。

「それにきまっておる」

「そ、そ、それだけは」

「あれを見ろ、円能」

検非違使は顎《あご》をしゃくった。後を見ると、おそろしげな下僚が太い縄と板を持って立っている。こういう下僚たちは放免《ほうめん》といい、罪を犯した者が、のちに文字どおり放免されて、そのまま検非違使庁に使われているのである。罪を犯すくらいだから、「蛇《じゃ》の道は蛇《へび》が知る」で、犯人の捜査や逮捕に都合がいい。逮捕後の拷問も、こうした腕っぷしの強い悪人あがりが担当するのだ。

筋骨たくましいその放免どもを見るなり、円能の小さな体は、いよいよ小さくなった。額から脂汗をたらしながら、彼はあえぎあえぎ言う。

「そ、そ、それだけはごかんべんを。私は何も、中宮さまを呪いたてまつるなんて、そんな……」

「じゃ、誰に頼まれたんだ」

「さるお方に。大変お世話になっているお方のお娘御が懐妊されておられまして。それが大変お苦しみで。じつは邪霊がついておりますのです。その娘御の婿君と言いかわした女の方が別におありで、娘御を呪い殺そうとしていることが、私の験力で知れました。それでこちらも負けぬだけの魘符を作り、邪気を封じこめようとしたわけでございまして」

「頼んだ男は誰だ。娘というのはどこにおる」

「そ、それだけはお許しを」

「許せぬな」

検非違使はそっけなく言う。

「どこの誰とも言わぬなら、出まかせにほかならぬ」

「そ、そのようなことは」

「よし、よし。魘符はそちのもの、そしてこれが中宮さまの御殿から出た以上、犯人はそち。これだけはまちがいない」

「なんと申されます。もし私が犯人でございましたら、何でおめおめとこれへ参りましょうか」

「裏をかくつもりだったのだ。が、俺たちはそんなに甘くはないぞ。よし、言わぬならよし。ともかくそちは八虐の罪を犯した大悪人だ。それがどのような刑を受けるか、存じておろうな」

「……」

「絞り首だ。即刻上申して、明日にでも行うとしよう」

「ひえっ」

円能はその場に卒倒した。

奇妙な事件である。円能は自分の作った魘符であることをあっさり認めながら、中宮を呪詛するものではないと言いはる。そのことと、魘符が中宮の寝所から発見されたことはどうつながるのか？

参議行成はもちろん取調べの場にいたわけではないが、奇妙な事件だけに、いきさつはさまざまの人の口から伝えられてくる。

「中宮さまを呪いたてまつったか否かにかかわらず、そちの作った魘符が御所から出た以上、絞り首だ！」

脅されて、遂に円能は依頼主の名をあかした。濡れ衣《ぎぬ》で自分だけ殺されるのはたまらない、と思ったのだろう。

依頼主は源為文《ためふみ》――。しがない巷の陰陽師にふさわしく、依頼主も出世からはずれた、五位の老人だった。

「為文どのは、娘の安産のために、と仰せられました」

さあ、これで私の無実は確実でしょう、と言うように、円能は一気にそう言い、鼻の頭をこすりあげたという。

が、検非違使庁の動きが慌しくなるのはその後なのである。為文は否応《いやおう》なしに出頭を命じられた。円能の弟子の妙延《みょうえん》という陰陽師見習の若者、二人の身の廻りの世話をする使い走りの童子、物部糸丸《もののべのいとまる》――。それが一度に引っくくられて、清和院に押しこめられ、別々に厳しい取調べをうけた。

為文は、円能に魘符作成を依頼したことをあっさり認めた。

「悪いこととは存じておりましたが、娘の命には替えられませんので。いや、相手の女も娘を呪っていることが卦《け》に出ましたので、捨ててもおかれませず」

童子糸丸は、魘符を為文の娘の家に届けたことは認めた。

「主人の言いつけで参りましたが、中に入っているものが何かということは存じませんでした」

為文の娘というその女が、やつれた顔を見せて、糸丸の手から包みを受けとった、と証言した。ほかに誰かいたか、という問いに、糸丸は、会ったのはその女ひとりだった、と申したてた。

妙延は、師の円能が何をやっていたか、まるきり知らなかったし、糸丸がどこへいったかも知らなかった、と申したてた。

「ただ、その数日前、見知らぬ陰陽師仲間らしい男が参りまして、師の円能と密談していたことを覚えております」

さらに糸丸について、

「どこへやら使にまいりましたことだけは知っております。そういえば、ふしぎなことに」

記憶をたぐり寄せる顔になって、

「糸丸は手ぶらで帰ってまいりました。礼物らしきものが届けられましたのは数日後でございます。輝くばかりの白絹一匹、女物の紅《くれない》の染衣《そめごろも》一重《かさね》——。左様、魘符一枚の礼物にしては、みごとすぎる感じで。それに為文の娘御の料にしては、あの染衣は立派すぎました」

礼物を届けにきた男は、誰からの使とも名乗らず、師の御坊に渡せばわかる、と言って帰ったという。

円能はみずから墓穴を掘ったのか？　それとも、検非違使の勘の鋭さに舌を巻くべきか？　いや、それとも……。

円能がつい口をすべらせた一言から、検非違使は、ひとりの男を、射程距離の中に捉えるのだ。すなわち、邪霊に悩まされている女の夫、源方理《かたまさ》がそれである。

その名に行きあたったとき、検非違使は俄然《がぜん》色めきたつ。それまでは巷の陰陽師と無力な老人との秘事であるかのようにみえた事件は、全く違った色彩を帯びてきた。なぜなら方理は民部大輔《みんぶのたいふ》の肩書を持つ中流貴族だし、それに、人をして、

——ふうむ、さればよ。

思わずうなずかせるだけの過去を持つ男だからだ。

十数年前、例の伊周、隆家《たかいえ》失脚事件のとき、近衛少将《このえのしょうしょう》だった彼は、その一味として、兄の明理《あきまさ》ともども官吏の籍を剝奪《はくだつ》されている。というのも、彼らの妹が伊周の妻になっていたからで、当時、伊周の側近の有力者の一人とみなされたのだ。事件の後、まもなく本官に復してはいるが、やはり伊周に連なる人物であることはまちがいない。

ここに到って、魘符事件は、俄然政治的色彩を帯びてきた。

検非違使たちは、ただちに明理、方理の邸《やしき》をかこむ。息もつかせず二人を清和院に拘

引し、きびしい訊問《じんもん》がはじまった。すると、みごとに妙延や糸丸が眼にした豪奢《ごうしゃ》な衣料の贈主がうかびあがってきた。その名を聞いて、人々は、

「さもあらん」

異口同音に嘆声をはなつ。

それこそ、富裕の聞えの高い高階光子《たかしなのこうし》。伊周の叔母、つまり彼の生母貴子《きし》の妹で、亡き中宮定子に乳母《めのと》としてかしずきつづけていた女性だった。

光子の夫は、地方官を歴任した佐伯公行《さえきのきんゆき》という男で、指折りの富豪である。その妻なら、魘符の礼にあのくらいなものをはずむのも当然のことだ。

しかも何という勘のよさであろう。検非違使が逮捕に向ったとき、光子はすでに行方をくらませていた。夫の公行は当時伊予守《いよのかみ》に任じられて任地にいたから、これは当然事件には関係がないと見ていい。それにしても、

——その逃げ足の早さが何ともおかしい。

と人々は噂した。身におぼえがなければ、逃げかくれなどするはずがない。彼女が行方をくらませる前に、事件の噂を聞いて、

「私？　私がどうして魘魅など……」

わめきちらしたという話も伝わってきた。

「考えてもごらんなさいませ。いまの内裏の一条院は、公行が八千石で買いとり、東三

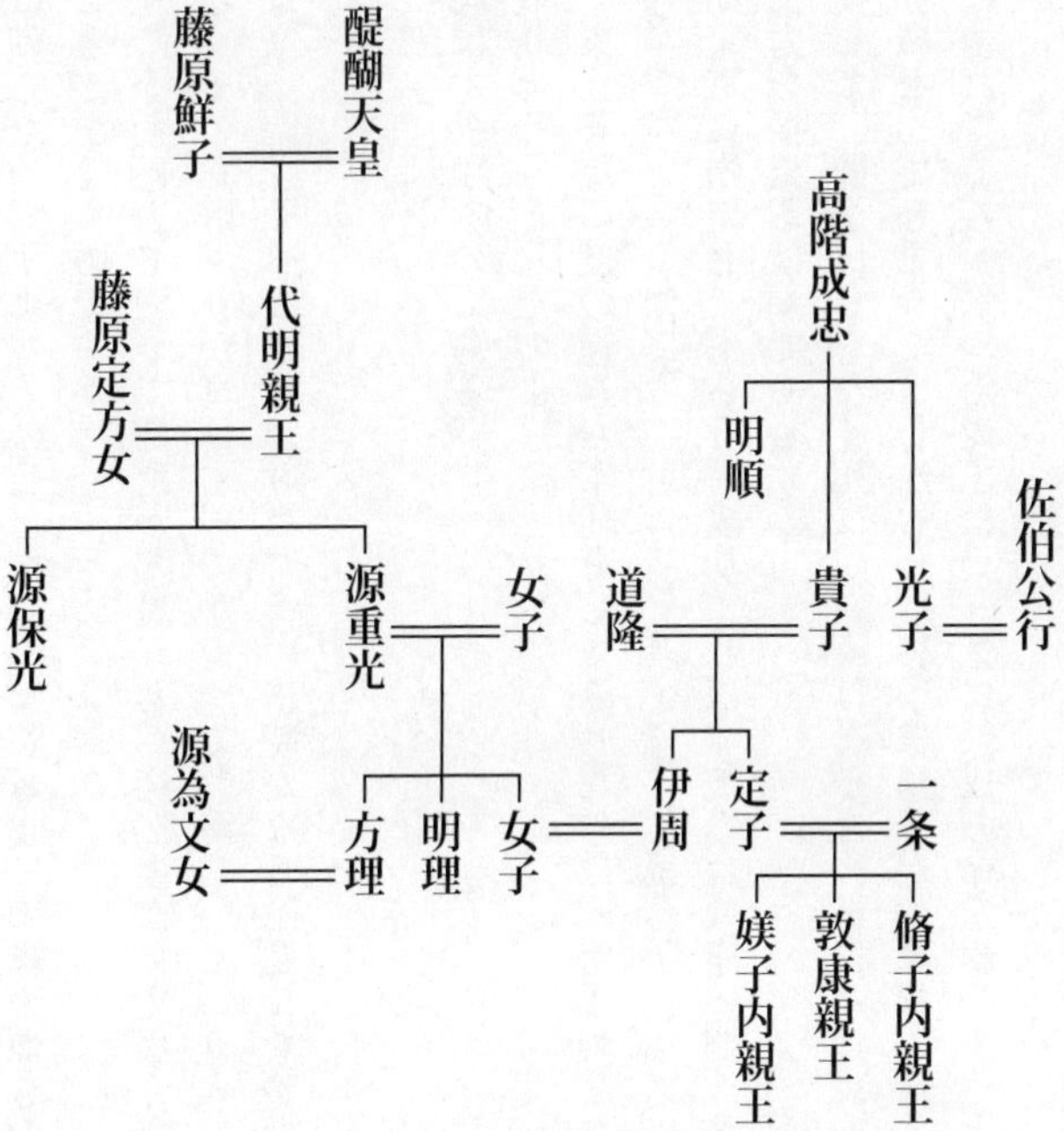
醍醐天皇
藤原鮮子
代明親王
藤原定方女
源保光
源重光
女子
源為文女
方理
明理
女子
高階成忠
明順
貴子
光子
佐伯公行
道隆
伊周
定子
一条
媄子内親王
敦康親王
脩子内親王

条の女院さまに献じたのですよ。その私どもが、女院さまに御縁つづきの方を呪いたてまつるなんてことがあるものですか」

まわりじゅうにそう言って廻っていたかと思うと、突然姿が見えなくなってしまったというのである。その弁解ぶりが真剣すぎてかえっておかしいという人もあった。

公行夫婦の東三条院詮子《せんし》への奉仕ぶりは、その当時かなり話題になったものだ。が、いま、

――だからこそ。

と検非違使側は主張するのである。

――もとを取り返そうとしたのよ。

公行夫婦が、東三条院に度の過ぎた奉仕をしてみせたのは、定子の忘れ形見の敦康《あつやす》をかつぎだす工作だった、と見たのだ。天皇に対しても絶大な発言力のある詮子に取りいって、敦康を次期東宮に指定してもらう。成功すれば、彼らは敦康の側近第一号として、望みのままに権力を振えるはずである。

が、予想に反して、詮子はまもなく死に、敦康は彰子を後楯《うしろだて》に、道長一家に取りかこまれて育つようになってしまった。しかも今度彰子に皇子が生れてみると、敦康が東宮になる可能性は薄れてくる。焦った光子は、一気に敦成の命を縮めようとした、というのである。

うがった見方だが、策謀家ぞろいの高階家の血すじをひいた彼女ならやりかねないことだ。もっとも彼女の行方がわからない以上、そう断定はできないのであるが。

こうした噂のほかに、参議行成が耳にしたのは、

「魘符は二枚あったそうな」

という奇怪なささやきだった。一枚はたしかに為文の娘の手許《てもと》にあったが、じつは方理はこのとき、光子としめしあわせて円能をだまし、もう一枚作らせたというのだ。それを女房か何かの手を通じて彰子の殿舎にすべりこませた、というのだが、これも無理につじつまをあわせようとしている感じもしないではない。

かと思うと、円能を訪れた陰陽師ふうの男というのが、光子の家に出入りしている人物で、自分が直接に魘符を作ると光子が直ちに疑われるので、円能を言いくるめて依頼人をあかさずに魘符を作らせた、という話もある。

要は糸丸が中味もわからずに為文の娘の許に包みを届けた、と言ったことから生れた臆測なのだ。加えて妙延のどこか頼りない証言が、円能の周辺の謎《なぞ》を深めたともいえる。

つまり、どれをとっても、あやふやなことばかりだ。それでいて、円能が魘符を作ったこと、中宮彰子の寝所でこれが発見されたという、事件の端緒と終末の部分だけはいやにはっきりしている。

ただ、漠然とした輪郭を手さぐりしていると、とほうもない展開を見せそうなところ

が薄気味悪い。

その中で、行成が少しずつ気にしはじめていることがある。

高階光子――という名前がちらつきはじめたとき、必然的に連想される一人の人物のことだ。そう思いながら、

――よもや、あのお方にかぎって……。

と彼は首をふる。思い出すのは、さきごろの敦成の百日の祝の宴。そこで筆を執ってさらさらと和歌の序を書いたのは藤原伊周――。行成の眼の前にその端正な横顔がちらつく。なぜなら伊周こそ光子が最も頼みとしている人物だからである。

祝宴の夜、伊周は静かな微笑を絶やさなかった。公季や顕光が、幸福そのものといった感じで笑みくずれる道長の前で微妙な感情の屈折を見せた折も、むしろ淡々として、皇子を祝う和歌の序を書いたではないか。

――そこまでおもねらなくとも。

という見方もあったが、行成はむしろ、そこに伊周の人柄のよさを感じたものだ。

それから、たった三月。

この奇妙な事件を、彼が後で操っているとはとうてい思えない。魘魅は、はたして事実なのか。もし事実としても、光子や方理、明理らの小細工で、伊周はあずかり知らぬことなのか。それにしても、

——左府はどのようにお考えか。

事件についてその後沈黙を守っている道長の心の中を測りかねて、いささか重い気持で参内したのが二月二十日。左大臣の直廬《ちょくろ》(執務室)に、すでに道長は来ていて、行成の顔を見るなり、

「いま、帝の仰せがあった」

にこりともせずに言った。

「吾子《あこ》の命を縮めようなどとは、憎んでも憎みきれぬ、とのことでな」

まだ逮捕されていない光子を含めて関係者に対しては法に照らしてきびしい処置を、という一条の意向をうけて発表されたのは、
従五位下を貰《もら》っている光子および明理、方理、為文は官位を剥奪。つまり官界追放である。

円能は本来なら絞首刑だが、特に減じて還俗《げんぞく》の上、禁獄。

妙延、糸丸は犯意なしと認められて宥免《ゆうめん》。

という裁決であった。もちろん改めて光子捜索の公式命令書が出たことはいうまでもない。そして、さらに道長は言った。

「それに関《かか》わることだが……」

妙な予感があって、行成は思わず体を堅くした。

「事件の原因を尋ねれば、やはり前帥《ぜんそち》（伊周）に行きあたらざるを得ない」

これが道長の前でなかったら、吐息をつきたいところである。さすがに貴族のたしなみを見せて軽くうつむく彼の前を、道長の声が通りぬける。

「この際、前帥には内裏への出入りを遠慮して貰うことになった」

道長は恩情を切り捨てたというのか。彼の好意によって、公卿の会議への出席まで許されるようになっていた伊周は、たちまちその権利を失う羽目に追いこまれてしまったのだ。官位剝奪ほどではないが、屈辱的な軽追放であることには変りはない。

「皇子の御百日の夜のことを思いますと、よもやとは存じますが」

つとめてさりげなく言った行成の言葉に大きくうなずきはしたものの、次に道長の口から洩れた言葉は、行成の予想とはおよそ違うものだった。

「そうよ。人間とはわからぬものよなあ」

思いがけない道長の言葉だった。それまでの彼なら、言葉の上だけでも、

「やむを得ない仕儀で」

とか何とか、伊周への同情の片鱗《へんりん》をのぞかせるところである。が、今の言葉からすれば、

——左府は伊周どのの犯意を疑っておられぬらしい。

行成は眼を伏せたまま、道長の気配を窺《うかが》う。これまでと違ったこの強さはいったい何

なのか。

——左府は変られた。

内心ぎょっとする思いである。それまでとは全く違った人間がそこにいる。自分は見も知らぬ人間と対しているのではないか、という気がした。道長は、それを感じているのかいないのか、さりげなく言った。

「帝のお怒りが激しいのでな」

「左様で」

「さもあろう。わが子の命を縮めるようなことをされて怒らぬ親はない」

「……」

「まして、孫ともなればな」

しみじみとした思いをにじませて道長は言う。

「孫を持ってみてはじめてわかった。世間で子より孫を大騒ぎする気持が。何とじじむさいおろかな振舞よ、と笑っていたが、小さな命が限りなくいとしいのだ。こんな小さなものが必死に生きていると思うだけで涙ぐみたくなる。尿《しと》をかけられてもうれしいわけよ」

道長は眼をしばたたくようにした。

「その孫のためなら何でもしたくなる。俺のこの命と取りかえてもいいくらいだ」

──なるほど。

左府を変えたのは、小さないのちだったのか。そう言われれば、納得もする。祖父のこの手ばなしの溺愛《できあい》には文句のつけようはない。

そう思いながらも冷静な能吏行成は、道長が、このとき、まぎれもなく権力者の風貌《ふうぼう》をわがものとしたことを心に刻みつけたことだろう。

愛と権力──。

一見異質なものが結びついたとき、その相乗作用は人間を変える。愛が権力の正当性の裏付けになったとき、人間は強くも冷酷にもなれるのだ。

伊周の朝参停止は、しかし、思いのほか早く解かれた。とことんまで追いつめない、いつもの道長の配慮の現われと見れば見られないこともないが、冷静な行成の眼は、もう一つの理由を決して見逃しはしなかった。

伊周の朝参が禁じられてまもなく、今度の事件に関連して、高階明順《あきのぶ》が取調べを受けた。明順は光子の兄弟、伊周には伯父にあたる。かつては道隆、伊周一族の側近として肩で風を切って歩いていた一人で、清少納言などとも親しく口をききあった仲間である。

光子の行方がいつまでたってもわからないので呼びだされた明順であったが、もともと病弱だった彼にとって、ショックが大きすぎたのか、取調べの数日後頓死《とんし》してしまった。このときは道長も直接顔をあわせた後だけに、寝覚めの悪い思いをしたらしい。

「あまり大人気ないことはするな、と申しただけだったのにな」

死を聞いて、そんな呟《つぶや》きを洩らしていた。

――あるいは帥どのに万一のことがあっては、と思われたのではないか。

行成にはそんな気がしている。そうでなくとも、このところ伊周のやつれが目立っている。ふくよかな貴公子だった昔からすると人が変ったように瘠《や》せてしまったのだ。

伊周は父の道隆ゆずりの糖尿病をわずらっていたらしい。太り気味だったのが急に瘠せが目立ちはじめたのは、末期的な症状があらわれたということだろうか。

体の衰えもさることながら、今度の朝参停止は彼の心にいやしがたい衝撃を与えたものか、停止を解かれた後も、ほとんど家に閉じこもりがちだった。

「濡れ衣だ」

周囲に言葉少なく彼はそう洩らしていたともいう。

「何で自分が帝や中宮や若宮を呪いたてまつることがあるものか」

その声はあまりに小さすぎて、誰の耳にも入らなかった。が、あるいは伊周の呟きは正しかったかもしれない。人々はやがて中宮彰子不調の真因に気づかされるからだ。

彰子はまたもやみごもっていたのである！

敦成を出産して一条院へ戻ったのが十一月、それから一、二か月で不調が始まったので、周囲も懐妊とは気づかなかったのだ。が、考えてみれば、魘魅事件が起ったのは、ちょうどつわりのころだった。それなら、円能が作ったものであると否とにかかわらず、魘符は何の関係もなかったことになる。

——左府はどこまでそのことを御存じだったのか？　つわりと知りながら、あえて光子や方理たちを追いつめる手段に使われたのか……。

魘符事件について、あまり口にしなくなった道長に気づきながら行成は、ふとそう思ったりする。魘符そのものをさまで信用していないように思われるのは、道長自身、張本人であるはずの光子の捜索にあまり熱心でないからである。正式の逮捕状は出したものの、いまだに捕えることのできない検非違使庁にきびしく催促する気配がない。

——とはいうものの、あの夜の左府の表情は、まんざら嘘《うそ》とは思えないしな。

孫のためなら、わが命を引きかえにしても惜しくはない、と言った道長の面持には真情があふれていた。行成にも道長の心情は摑みにくくなってきている。伊周に与えられた思いがけないほど早い宥免措置も、もともと魘符事件が虚構だったからか、それとも彰子懐妊に気づいて、慌てて取り消したのか。

しかし、朝参停止はその長さにかかわりなく、ある意味の政治効果を持つ。これまで少しずつ廟堂《びょうどう》における地位を回復したかに見えた伊周は、またもや徹底的な打撃をこうむったのだ。それによって、第一皇子敦康が有力な庇護者《ひごしゃ》を失い、宮廷の孤児として、ますます浮きあがった存在になってしまったことだけはまちがいない。

結局、この事件は、敦康および伊周一族の非運と、道長、彰子の運の強さをきわだたせただけに終ったともいえる。そして彰子の幸運はさらに続くのである。

六月、身重の彰子は土御門邸に戻ってきた。二度めの懐妊のせいか、落着き払って顔色もいい。こうして彰子が里邸にくつろいでいる間にまたもや一条院が焼失してしまうのだ。

偶然と言おうか、このとき、定子の忘れ形見の脩子《しゅうし》と敦康は一条院にあった。中宮彰子のいない折に、せめて親子水入らずでひとときを楽しもう、と一条帝は思ったのかもしれない。

そこへ突然、夜中の火の手だった。

「吾子よ、姫よ」

二人の手をひくようにして、一条は車に乗り、織部司《おりべのつかさ》に避難する。そこへ廷臣たちも駆けつけて来て、脩子と敦康は行成が供をして、一時伊周の室町邸に身を寄せることになった。

「おお、皇子《みこ》も姫宮も御無事で」

伊周はやつれた顔で二人を迎える。そのこけた頰を見て、行成は、彼の病状がさらに悪化したことを感じないわけにはゆかなかった。

偶然の災禍かもしれなかったが、それがたちまち敦康の人気の低下につながるのが、当時の風潮だった。

「御運の悪いお方」

ということになって、何となく人の心が離れるのである。火災はそれと対照的に、難を免れた彰子の運の強さをくっきりと浮かびあがらせた、といってもいい。もっとも、この運の分けめを演出したものがいたのかどうか、これは誰にもわからないことだったが。

そのころ、奇妙な噂が宮中では流れていた。

「帝が崩御される夢を見た者がいるというぞ」

「め、滅相もない」

声をしのばせながら、公卿《くぎよう》たちは、しかし眼を輝かせる。

「いったい誰だ、見たのは」

「権大納言実資卿……」

あのへそまがりか、と彼らは首をすくめる。

「あの御仁では問いただすこともできないな」

まじめくさった実資の顔を人々は盗み見するばかりだった。もっとも、実資の見た夢というのは、一条の死そのものではなく、その寿命は三十まで、という夢じらせをうけただけだともいう。そう聞いても、

「同じことじゃないか、帝は三十でいらっしゃるもの」

口さがない連中は言う。今度の火事はその厄払いだったとも、よからぬ未来の前じらせだともいわれた。そしてその噂の中で、彰子の運の強さだけが、いよいよあざやかに印象づけられていったのは皮肉なことだった。

仮の皇居として、道長の枇杷《びわ》邸が急遽《きゅうきょ》修理され、一条が遷居したのは十月の十九日、その一月あまり後、彰子は土御門邸で出産する。

今度も男児、二度めだけあって、周囲がはりあいぬけするほどの安産だった。やがて嬰児《えいじ》は敦良《あつなが》と命名され、親王宣下《せんげ》をうける。皇子とともに枇杷殿の皇居入りする彰子を見て、

「二度までも男の皇子をもうけられるとは、何と幸運なおきさきか」

人々は口を揃《そろ》えてこう言った。しかも道長の周辺の幸運はまだ続きそうな気配である。

彰子の妹、妍子《けんし》はことし十七歳になった。それ以前から、尚侍《ないしのかみ》に任じられて宮中入りしているが、もちろん女官としての実務にたずさわるわけではなく、一種の格付けである。道長の目的は、彼女を東宮居貞《おきさだ》の後宮に入れることにあった。

すでに故関白道隆の娘で東宮女御だった原子は急死している。残るのは故大納言左大将藤原済時《なりとき》の娘、娍子《せいし》だけ。ただ彼女は居貞が望んで入内《じゅだい》させたといういきさつもあって、結婚生活も長いし、男女数人の子をもうけている。

大臣の娘ではないが、これだけしっかり結ばれている娍子と東宮の間に割りこむようにして妍子を送りこむ以上、それなりの用意が必要だ。一月二十日、妍子が従二位に昇進するのは、その準備工作で、その翌月、きらきらしく飾りたてられた妍子は、東宮の後宮入りをはたす。

かくて道長は兄の道隆がかつて行ったように天皇と東宮の双方に娘を入内させることに成功するのだが、そのさなか、ひっそりと伊周が世を去った。三十七歳だった。道長の運に圧倒された彼は、もう生きる気力も失ってしまったのだろうか。が、これ以上の凋落《ちょうらく》を見ないで世を去ったことは、繊細な神経の持主だった彼にとっては、むしろ幸福と言うべきかもしれない。臨終《いまわ》のきわまで、彼は、敦康、脩子の将来を心にかけ、二人の娘たちにも、

「帝のきさきにでもと思っていた夢もかなわなくて残念だ。さきざきもの笑いになるようなことにならなければいいが。もしそんなことになったら、あの世から恨みを言いにくるぞ。ああ、こんなことになるのだったら、むしろそなたたちが自分より先に死ぬようにと、神仏にお願いするんだった」

と、涙ながらに言って死んでいった。最後に残されたプライドの言わせた言葉がいたましい。それほど彼に将来を案じさせた娘の一人は、道長の息子頼宗《よりむね》と結ばれたが、後の一人は、彰子に仕える女房になってしまった。その姿を見ないですんだのは、伊周に

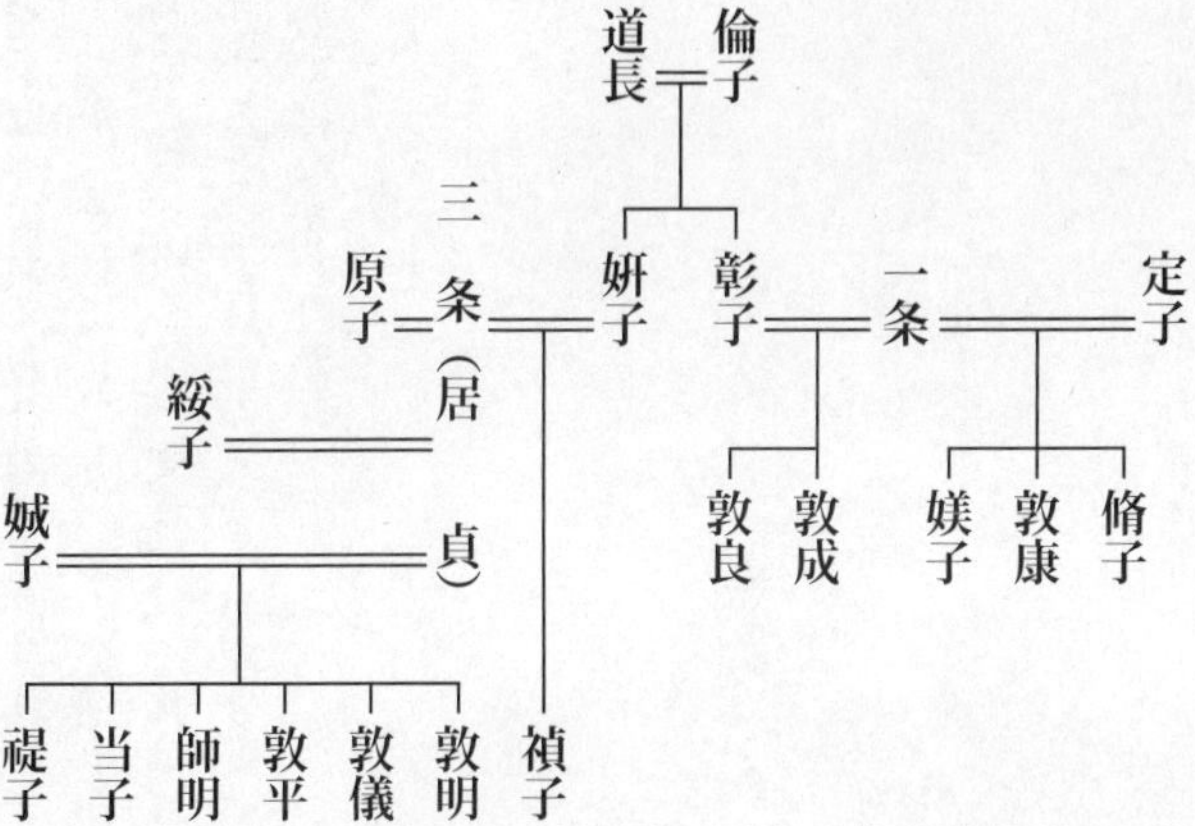

とって、まだしものことというべきかもしれない。

前半生の輝かしさに比べて、伊周のこの悲哀にみちた死——。父の七光りで本人自身の能力がなかったことはたしかだが、凋落の匂いを嗅ぎつけると、さっさと人々は離れてゆく。心こまやかに見える王朝時代は、じつは冷酷非情の権力社会でもあったのである。

かくて伊周が死んだ後、世の中にある変化が起った。人々はその年の暮、六条あたりを急ぎ足で歩く、小柄な男を見出したはずである。しきりに鼻の頭をこすりあげるところを見れば、まごうかたなき、陰陽師円能——。危うく絞首刑を免れて禁獄されていたはずの男は、とっくに許されて巷をうろついているのだ。

気づけば、明理、方理も本官に復している。

光子は遂に捕えられぬまま許された。夫の佐伯公行だけは殊勝に出家して官界から引退したが、それにしても、あの魘魅事件とはいったい何だったのか？　魘魅の演出者はいたのだろうか？　とすれば、それは道長か？　いや、そうではないかもしれない。もしかすると、道長その人こそ姿なき魘魅の法師に操られて権力の魔道を歩みはじめていたのではなかったか。

夜の水鶏《くいな》

政治的にはすでに過去の人となっていた伊周《これちか》ではあったが、その死は、人々に一つの時代の終りを感じさせた。

——いつのまにか変ってゆくのだな、時の流れというものは……。

そして、流れの中にある人間も。

行成《ゆきなり》と同様、道長の上にそれを感じはじめているのは、妻の倫子《りんし》である。

——いいお祖父《じい》ちゃまにおなりになった。

とは思う。

「皇子《みこ》が、皇子が……」

と、いまや、二人の皇子のことばかりを話題にする。さきに魘魅《えんみ》事件が起きたときなどは、

「皇子に万一のことがあったら、俺は生きてはおれん。冥土《めいど》へお供するぞ」

とまで口走ったほどだった。

それが一転彰子《しょうし》懐妊の喜びに変り、前の年と同じ騒ぎがくりかえされ、倫子は誰よりも忙しい日を過すことになったのだが、めでたく男児誕生を迎えた後、ふとしたことから、倫子は、昔からかしずいている侍女の小侍従から思いがけない噂《うわさ》を聞かされたのである。

「中宮さまが、内裏から御退出になったあのころから」

道長は、彰子づきの女房を追いかけ廻していたのだという。

――まあ！

思いがけないことだった。第一皇子敦成《あつひら》が誕生して以来、すっかり孫におぼれきっていたと思った夫が？……。

「いえ、あの……。こんなこと申しあげてよいかどうか」

ためらいを見せる小侍従に、つとめてさりげなく、倫子は言った。

「かまいませんよ。知っていることは言っておしまい。いえ、私だって、ちょっとは勘づいていることがあるのですから」

ていさいを取り繕うためには、こういうよりほかはなかった。

「あら、やっぱり、北の方さまも……」

小侍従はころりと、たくらみにかかった。

「お気づきでいらっしゃいましたの、まあ。そりゃそうでございますよね。あのときだって、殿さまはわざわざ早起きなさって、おみなえしなどを、あの人の局《つぼね》にさし入れたりなさったのですもの……」

　あのとき？

　あのときとはいつか。倫子は急いで記憶の糸をたぐってみる。あのとき、というからには、今度の出産ではない。とすると？

　おみなえし、という言葉に倫子はこだわった。それが秋の花である以上、第一皇子、敦成の誕生のときのことにまちがいない。

　――そんなことがあったのかしら。

　出産の騒ぎにまぎれて、夫の秘事にまでは思い及びもしなかった。が、眼の前の小侍従は、すっかり倫子が勘づいていたものときめてかかって、

「ええ、そりゃ、殿さまだって、ほんのおたわむれに過ぎなかったと思いますけれど。でもあの人は、すっかりいい御気分で」

　あの人？　まだ倫子には相手が思いうかばない。

「ですから菊の節供に菊の綿を北の方さまがお配りになったときも」

　そうそう、そういうこともあったっけ、と倫子はかろうじて思い出す。

　菊の節供――つまり九月九日の重陽《ちようよう》の宴《えん》である。この日は菊酒を掬《く》みかわすほかに、前夜、菊の花に真綿をかぶせておき、翌朝、菊の香の移ったそれで身を拭う。いずれも

長寿を願うためで、菊の露を含んだ綿で老いを拭いすてようというのである。

——ええと、あのときは誰と誰に配ったかしら？

じれったいほど思い出せない。とも知らず、小侍従は言う。

「あのとき、北の方さまは綿に歌をつけてお配りになられましたけれど、あの人は御返歌が間にあいませんでした。日ごろ女房方の中では第一の歌詠《うたよ》みだなんて顔をしておられましたけれど……」

返歌をしたというなら、何とか思い出せもしようが、歌がなくてはどうにもならない。

「そのくせ、歌はできていたのだけれど、北の方さまが早くほかの御殿にお移りになったので、さしあげずじまいになったとか何とか弁解しておいでてでございました」

「おや、そうですか。そんなわけだったの」

「はい。私たちは首をすくめておりましたの。殿さまからおみなえしを頂いたくらいでいい気になるなんてどうかしてる、って。そこへ北の方さまからの賜わりものでございましょ。妙に勘ぐってどぎまぎしてしまったのですわ」

九月九日といえば、彰子の出産の二日前、こちらはそれどころではなかった、と倫子はひそかに唇を嚙《か》む。

「おかしいくらいこだわっておいででした。返歌をさしあげないことを、北の方さまはお怒りじゃなかったかしら、なんて」

「まあ、そんなこと、ちっとも気にしていませんよ」

「そうでございましょ。大体あの人は自分だけで考えすぎたり、いい気になりすぎるところがあるんです、まわりもいけないのですわ、公卿がたが、やれ日本紀の局《つぼね》だとか、若紫だのってちやほやなさるんですもの」

——日本紀の局？　若紫？

遂に倫子が、「その人」に気づくときがきた。

——あっ、それでは……。

胸の動悸《どうき》を押えながら、しいて倫子は笑顔を作って見せた。

日本紀の局、若紫、といえばまごうかたなき藤原為時《ためとき》の娘、藤式部《とうしきぶ》——。現代の呼び名に従えば、紫式部である。学問の家に育った彼女が、女に似合わず漢籍などにも通じているというので、彰子の学問の相手をつとめさせようと召しかかえたのは数年前のことだ。長い物語を書いているという話に道長がひどく乗り気になって、紙や筆を見つくろっては度々届けさせていたことは倫子も知っている。

「古物語なら、ほかの姫君も持っている。が、わが家にしかない物語だぞ」

自慢そうにこう言ったのも聞いている。彰子入内の折、公卿たちにわざわざ歌を詠ませ、これを当代の名筆藤原行成に書かせて屏風《びょうぶ》に仕立て、入内の折の最高の支度にしたのと同じ発想なのだ。道長がしきりに式部に先を急がせ、清書のすまない部分まで取りあげて、次女の妍子《けんし》に見せたりしていたことも覚えている。倫子自身もそのついでに覗《のぞ》いても見たが、道長が言うほどおもしろいものとは思えなかった。

――とにかく、やり始めると凝る方だから。

道長の肩入れぶりを、単にそうとしか思っていなかったのは、何というかつさだったろう。その耳許で小侍従はくりかえす。

「ほんとにお物好きでいらっしゃいますわ。あんな子持ちの中年女を……美人でも何でもありませんのに」

倫子もその顔には見覚えがある。たしかにあまり目立たない目鼻立ちで、才女という印象は全くなかった。しかし、夫に先立たれた中年女とはいうものの、自分に比べれば、十歳は年下だろうか。その年の差を、倫子は意識せざるを得ない。そんなときでも、かえって心にもないことが言えるのは、貴族の女のたしなみというものである。

「まあ、そのようなことは言うものではありませんよ」

小侍従は手もなく感にたえた面持になる。

「ほんとに北の方さまはお心が広くていらっしゃいますこと。でも、それですから殿さまはいい気におなり遊ばすのですわ。それをいいことに今度も――。まあ、私としたことが、こんなこと申しあげてしまって」

「いいの、いいの。前のことは少しは勘づいていたのだけれど、その後のことは私も気がつかなかった。よく知らせてくれました。礼を言いますよ」

やっと体裁をとりつくろうことから解放されて、倫子は頬をやわらげる。

「さ、話しておくれ、全部」

「よろしいのでございましょうか」

顔色を窺《うかが》うようにして小侍従はこう言ったのだ。彰子が土御門邸に里下りしてまもなく、道長は、ある夜、紫式部の寝所を訪れて、しきりに戸を叩いたのだという。

「それで？」

倫子はおもわず固唾《かたず》をのむ。

「さすがに……あの方も、そのときは戸をおあけになりませんでした」

小侍従はそう言ってからつけ加えるのを忘れなかった。

「そりゃそうでございますわ。一度はお断りするのがあたりまえです。うかうかと応じるのは、よほど男欲しい女にきまってますもの。そうまでは見られたくなかったのでしょうよ」

翌朝、道長から歌が届けられた。

夜もすがら水鶏《くひな》よりけになくなくぞ真木《まき》の戸口に叩きわびつる

夜中じゅう、泣く泣く私は戸を叩いていたよ、こつこつと物を叩くように鳴くくいいなよりはっきりとね。というような歌だ。式部は早速歌を返した。

ただならじとばかりたたく水鶏ゆゑあけてはいかにくやしからまし

ちょっとおからかいに戸を叩いたまでのこと。それにうっかり乗ったら、後で後悔するばかりでしょうから。

恋の手あわせの、ほんの序盤戦というところである。

「それで?」

はしたないとは知りつつも、倫子は思わず膝《ひざ》を乗りだしてしまった。

「さあその先は、私も存じませんので」

おぼつかない返事をしたが、ぬかりなくつけ加えた。

「でも、あのかたは、同じ局の方に、見せないふりをしながら、それとなく殿さまの歌を見せびらかしているようで」

「まあ……」

「ええ、ええ。ふだんはおすましですけど、あれでなかなか……。清少納言のことなども、あの知識は大したことないとか、将来ろくなことはあるまい、なんて、こっそり日記に書いているとか。競争心が強い人なのですわ」

長い間倫子に仕えてきた小侍従は、紫式部への反感をむきだしにしている。が、話を聞いているうちに、倫子は自分でもふしぎなくらい心が冷えてゆくのを感じていた。

小侍従がいうほど、紫式部を嫌味な女とは思っていない。それに、冷静になって考えれば、才女とはいえ、相手は受領《ずりよう》層の娘にすぎないのだ。父為時は、長い間夫の許に出入りし、いわばその顔色を窺い続けてきた下僚ではないか。自分が怒り、嫉《そね》み、ひとしなみに張りあう相手ではないのである。

今までだって夫がそうした侍女クラスと交渉を持ったことは知らないわけではない。大納言の君のことだってその一つだったし、そんなとき、階層の違う女たちに眼もくれないだけの誇りを保ってきた倫子であった。

が、それでいながら、なぜか倫子の心は重い。自分が紫式部の話を聞いて、心が醒《さ》めてゆく、そのことがむしろ寂しいのだ。

年齢《とし》だな、と思う。

四十七歳になったいま、二つ年下の夫との間が、ひどく遠いものになってしまった。三年前、四十四で末娘の嬉子《きし》を産んだことは、倫子にとって、ちょっとばかり恥ずかしい体験だった。

「小柄でいらっしゃるから、いつまでもお若くて」

お世辞のつもりで言ってくれるのだろうが、そんな周囲の言葉も何やら皮肉に聞え、もう子供は産むまいと思った。しぜん夫との夜も自分の方からさりげなく身をかわすようにしてきたが、それも一つには、そのころまだみごもっていなかった娘の彰子に、女のみのりを譲りたいという、祈りに似た思いもあったのだ。

どれほどの効果があるかどうかは別として、少なくとも、自分にからだのよろこびを禁じることによって、娘に何かが伝えられれば、という必死の思いがあったことは事実である。

その後、めでたく彰子はみごもり、二度までも皇子を産んだ。以来、倫子は祖母としてのあけくれに徹している。そして夫もまた、いい祖父になりきってしまったように見えた。

——すっかりお変りになって……。

そう思いこんでいたのは、どうやらまちがっていたらしい。二歳年下の夫はまだ四十五歳、男盛りなのである。

——うかつだった。

考えてみれば、倫子自身、父雅信《まさのぶ》の四十五歳のときの子なのである。この先、夫が、五年、十年、「男」であり続けてもふしぎはない。孫をかわいがる祖父になりきってしまったと思ったのは、とんだ錯覚だったのだが、しかし、負け惜しみではなく、別の意味で、

——お変りになった。やはり……。

改めて、倫子はそう感じざるを得ない。情事そのものではなく、情事の持ち方にそれを感じるのである。

これまで夫は、軽く、さりげなく恋を楽しむ方だった。そのことが耳に入っても、倫子が苦笑するくらいで許せたのは、そのせいだったかもしれない。そうでなければ、大納言の君のような、一種の乾いた交渉のあり方で、口に出して言わないまでも、夫は、それとなく、

——宮中で、彰子の身辺には、そういう女が、ぜひとも必要なのだ。

ということを知らせてくれた。じじつ、後宮を舞台に行われる天皇や高官たちの政治的駆引に触覚を働かせ、他のきさきの動向を探ることにかけては彼女は絶妙な腕を発揮した。しかも、大納言の君は、倫子の姪《めい》という間柄でもある。さばさばした性格の彼女は、

「私は北の方さまのお眼代り、お耳代りというわけ」

割りきってこう言っているということも聞いている。そういう存在が自分をおびやかすものでないことは倫子も知りぬいているし、さらにいえば、王朝の上流社会における「性」は庶民とは違うありようを持つことも知っている。例えば天皇にとって、それは、政治であり儀礼である。上流貴族にあっても、それに似た事情があるのだ。

では、夫は今度の紫式部との事を、大納言の君と同じようなものだ、と言うつもりだろうか？　それとも……。

もちろん口実はどうにでもつけられるだろう。しかし、紫式部はたしかに才女だが、大納言の君のような、政治的感覚の持主とは思えない。ひっこみ思案で、切れ味の鋭さに欠ける。第一、大納言の君が彰子の側近にいれば、それでもう十分だ。

ではかりそめのたわむれか？

それにしては、何と瀟洒《しょうしゃ》な感覚に欠ける夫の振舞であることか。くいなのように式部の寝所の戸口を叩いたりすれば、口さがない他の女房たちに聞きつけられるのは当然なのに……。

気ばらしをしたいならそれもいい。が、夫は、ひそやかな恋の楽しみを忘れてしまったのか、それとも自制心を失ったのか……。

夫が変ったと思うのはそのことなのだ。

——勝手なことをなさりはじめたような。

そう思いながら、しかし倫子は胸の思いを、急いで拭い去ろうとしていた。

——やはり、形をかえた嫉妬《しっと》と人は見るかもしれない。

倫子はそういう気の廻し方をする女なのである。第一皇子敦成の五十日の祝の宴の夜の光景が、いまさらのように思い出される。あのとき、彼はつい広言してしまったではないか。

「宮（彰子）もこの父がいてお幸せ」

同じく娘を一条の許に入内させている右大臣顕光《あきみつ》や、内大臣公季《きんすえ》のいる前で、である。

気のゆるみ？　心のおごり？

そうかもしれない。聞きようによっては、

「彰子は皇子を産んだぞ。しかも左大臣の俺がついている。さあ、どうだ」

勝利宣言ともいうべきこの言葉を顕光や公季は何と聞いたことか。

それまでの夫は、倫子の眼から見ても、兄の道隆や道兼とは違った気の使い方をしていた。幸運というものが、分不相応な重荷であることを知って、それをせいいっぱい支え、あえぎ続けてきたようなところがある。だからこそ、その重みにたえかねて、ときに怒りを爆発させたり、ひどい自己嫌悪に陥るというのもよくわかるのだ。

その彼が変ったのはなぜか。

倫子の頭に浮かぶのは御嶽詣《みたけもう》でである。

——あれだって、姫の懐妊を願っての、せっぱつまった気持でのお詣《まい》りだったのだけれど……。

左大臣の権力にまかせての物見遊山ではなかったのだ。

そして運よく彰子が懐妊し、皇子を出産したのは、あれから間もなく——。してみれば、道長が、俺の努力がみのった、と思うのも無理はない。

そういえば、そのころから、夫には王者の風格が備わってきたような気もする。

——それはいいことなのだけれど……。

うっかり踏みはずしてくれなければ、と思いながら、彼女もまた、これは決してやきもちではないのだ、と自分自身に対して、しきりに言い訳をしていた。

もっとも彼女が気を揉《も》むほどもなく、紫式部と道長の恋のたわむれは、やがてうやむやになってしまったらしい。道長もさほど物好きではなかったし、はじめから道隆が清少納言をからかう程度のことだったのだろう。が、彼も式部も、道隆や清少納言ほど瀟洒《しょうしゃ》な遊び人ではなかった。その分だけ、まじめに見え、それが人の口を賑《にぎ》わせたのではないだろうか。

が、それはともかく、道長がこの時期、いささか有頂天になっていたことはたしかである。見たところ、面差に変りはない。陽気で気どらず、政務にせいを出しているのも以前どおりである。が、政敵が姿を消せば、その分だけ人の評価は高まるし、自分もつい、いい気になる。

が、考えてみれば、彼の幸運は、今度も、偶然の機会に恵まれたことではなかったか。なぜなら、彰子が男児を生むかどうかは、彼の力ではどうにもならないことだったのだから。

ところが、何やらこの時期、彼はそれを自分の努力の賜物《たまもの》と思いこんだふしがある。そして、彰子の産んだ皇子を守ることに絶大な使命感を感じてしまう。一皮剝《は》げば、利己的な祖父の盲愛でしかないものが、たまたまその幼児が天皇の子だったために、天皇擁護、国家擁護の大義名分を得てしまうのだ。

おもしろいことに、道長がそうなったとき、周囲も何となく、道長に一目おきはじめる。彼を評価するとすれば、平凡児が辛うじて身につけた平衡感覚で周囲に気を使いながら大した失敗もせずに、どうにか切りぬけてきた点にあるのだが、そのことには関心を払わず、ちょっとした運のよさを、すなわち彼の偉大さだと思いこんでしまうのだ。

もっとも平安朝人のこの錯覚を笑うことはできないだろう。人間に錯覚はつきものである。追いつめられて選んだ逃げ道を英雄的決断だと思いこんで、勝手に偉人像を作りあげたりする例は歴史上ざらに転がっている。人間のできることはごく小さいことでしかないのに、人はたちまちそのことを忘れてしまうものらしい。この錯覚が喜劇なのか悲劇なのか……。いや、結論を急ぐのはよそう。このところ御機嫌な左大臣どのを載せた歴史の舞台は、早くも廻りはじめているのだから……。

いつものことだが、運命はしのび足でやってくる。何の予告もなしに、人々に身をすり寄せ、音もなく、それは目指す人の腕を捉《とら》えてしまうのだ。

第二皇子敦良《あつなが》が誕生して一年経った寛弘七（一〇一〇）年十一月末、一条と中宮彰子は再建された一条院へ移った。もともとここがお気に入りだった一条が、

「おお、木の香もかぐわしい」

満足げなほほえみを見せたとき、誰が半年後にその身の上に起ることを予想したろうか。翌年の春ごろ、少し体の不調が続いたが、

「まだ三十二のお若さ、そのうちお元気になられるのでは」

誰もがそう思った。あまり強健でない青年帝は、時折り体の不調を来すことが多かったが、それも大事には到らず、いつか健康を取り戻すのが常であったからである。ところが大方の期待を裏切って、梅雨のころには、全身衰弱の様相をしめしはじめた。何かずるずると病の床に引きこまれ、気がついたときはどうにもならなくなっていた、という感じなのである。読経だ、大赦だ、と例のごとき病気平癒のための対策が慌しく行われたのはその直後からだ。が、そのときも周囲はさほど重大な局面を予想していたわけではなかったのである。そして、そのさなか、一条はひそかに権中納言《ごんちゅうなごん》藤原行成を病床に呼びよせた。

かつて蔵人頭《くろうどのとう》として献身的な奉仕ぶりを見せた彼に、一条は全幅の信頼を寄せている。

「蔵人頭をやめても、相談相手でいてくれるように」

と、彼に対しては特別の言葉があり、権中納言に昇進した後も、侍従《じじゅう》を兼ね、一条の

側近に侍することが多かった。

じつはそのころかなり体をこわしていた行成は、書状を蔵人に送って一条の病状を問い、一応の回復を見たという返事に安堵《あんど》し、そのまま参内を見あわせていたのである。が、召しによって一条院に出仕した彼は、まず内裏内の異様なざわめきに足をすくませた。御簾《みす》にとりすがるようにして、女房たちがすすり泣いている。

「これはどうしたこと」

冷静な能吏も一瞬とまどって、顔なじみの女官にたずねたが、

「帝《みかど》が、帝が……」

それきり後は言葉も出ず崩れ伏してしまっている。

事の重大さに気づいたのはこのときである。走るようにして、清涼殿に足を踏みいれてみると、一条はそれでも、常の執務の場所である昼の御座《おまし》に姿を見せていた。多分夜の御殿《おとど》から、抱きかかえられてきたのであろう。座についているのがやっとという状態で、重たげな瞼《まぶた》をあげて行成をみつめた。

「位を譲ろうと思う」

声というより吐息に近い言葉が洩《も》れたとき、

——あっ、お命の灯は尽きはてんとしておられる。

行成の背筋を走るものがあった。

──何という急なおやつれか。

が、慰めを言う余裕はない。まして、譲位を翻意させるなどは徒労である。それよりも灯を──尽きはてんとしている命の灯を見守ることが自分に課せられた役目だ、と思った。

「いま、左府に使を出した。東宮との対面を計らうようにと」

残りの命をふりしぼるように一条は言う。譲位のための東宮との対面である。

「ところで、そちを呼んだのは、その後のことだ。次の東宮をどうするか……」

平伏した行成の頭上を一条の声が過ぎてゆく。

「敦康のことを、そちはどう思うか」

いまは一手の読み違いも許されない。行成は明滅しつづける一条の命の灯をみつめながら、慎重に言う。

「一宮《いちのみや》（敦康）の行末を御案じ遊ばされるのは当然でございます。しかし、古《いにしえ》を考えますに……」

その昔、清和帝は文徳帝の第四子として生れた。このとき文徳は、愛姫《あいき》紀静子の産んだ第一皇子惟喬《これたか》に期待する気持があったが、藤原良房《よしふさ》という有力者を外祖父に持つ清和を後嗣に定めた。その例をひきながら行成は言った。

「してみれば、やはり二宮《にのみや》（敦成）を東宮に遊ばされるのがしかるべきかと存じます。

世の平安のためにも」

一条がかすかにうなずくのを行成は見逃さなかった。

――これでおよろしいのでございますな。

一条の問いを聞きちがえなかったことを、行成もひそかにたしかめる。一条の胸のうちはきまっていたのだ。その問いは東宮を誰にするかということではなかった。一条の用意した結論に対し、その冷静な保証人たることを行成に期待したのである。何となれば、伊周《これちか》亡き後、敦康と脩子の身辺にこまやかな気使いを見せているのは行成にほかならなかったから。

帝の諮問とはそうしたものであることを、行成は知りぬいている。帝に代って、その胸の中を口に出して言うのが臣下のつとめなのだ。このことによって、一条が決して敦康を見棄《みす》ててはいないことが確認されれば、いずれそれなりの効果を発揮するであろう。すでに危篤といっていい状態に陥りながらも一条はその配慮を忘れなかった。

――さすが一代の賢帝でおいでだ。

みずからの死後の政界の安定を願う理性が、ぎりぎりまで曇らされなかったことに、畏敬《いけい》に近い思いをいだきながら、行成は一条の前を退出する。ただちにその意は道長に伝えられ、譲位のための東宮との対面が行われたのが六月二日、その間に敦康は一品《いっぽん》に叙せられ、さらに封《ふ》一千戸を加え、三宮《ぐう》に准じて年官年爵（官吏の昇進、昇位の推薦権）

を与えるという破格の待遇がきまった。

それから十日ほど、一条は生死の間をさまよいつづける。譲位が行われたのは十三日だが、もちろん儀式の場への臨席は不可能だった。

六月十三日譲位した一条は、十五日にはうわごとを口走るようになり、十九日出家、昏睡《こんすい》の中で二十二日、時折り、念仏を唱えるように口を動かしながら、三十二歳の生涯を終えた。

死の一日前、ほんのひととき、奇蹟《きせき》的に一条の意識がよみがえったことがある。すでにその眼は何も捉えられなくなっていたにもかかわらず、片時も離れずに看病《みとり》を続けている彰子を、どうやって見分けたのだろう、わずかに視線を送ってうなずくと、辞世の一首をかすかに口にした。

つゆの身の草のやどりに君をおきて塵《ちり》をいでぬることをこそおもへ

帝であることから解き放たれた一人の男性の、妻への別れの言葉である。

譲位の動きを聞かされて、道長に真先に反対したのは彰子であった。

「帝はまだまだお元気です。譲位なんて、そんなこと……」

次期東宮工作がうまく行った喜びをかくしきれずにいる父が恨めしかった。皆が力をあわせて夫を死の世界に追いやろうとしている。

「いや、御譲位の後で御出家遊ばされれば、お命も延びます」

そんな周囲の慰めに耳を藉《か》そうとはしなかった。なにも夫を帝位につけておきたいのではない。譲位は死を、この世との訣別《けつべつ》を意味しているからこそ、彰子は必死になって、これを拒んだのである。帝王ときさき——年若くして肩書に鎧《よろ》われた人生を歩まなければならなかった二人が、最後に交わした魂の交流は、しかし、あまりにも短かった。別れの一首を彰子に伝えた後、一条の意識は遂にふたたび戻らなかったのである。

思えば権大納言実資の見た凶夢は二年ばかりのうちに実現したことになる。その中で人々はあるいは魘魅《えんみ》事件のことを思いだしたかもしれない。あの事件で敦康の身辺が寂しいものとならなかったら、いったいどうなっていたことか、と……。

そのことに人一倍口惜しさを感じているのは伊周の弟（敦康の叔父）中納言隆家だ。ひそかに一条を、

「ああ、何という人でなし」

と言ったとか。さまざまの人の思いをのせて、舞台はゆるやかに変転しつつあった。

魔の翼

一条の後をついで皇位についた居貞《おきさだ》、つまり三条帝は三十六歳。従弟《いとこ》の故一条より四歳年上である。東宮の方が天皇より年上という、今考えればまことに奇妙な現象がまかり通っていたのは、当時の皇位継承が、しばしば兄弟や従兄弟《いとこ》の間で行われたからだ。

藤原氏の中で、師輔《もろすけ》を祖とする九条流は、これら歴代の天皇に要領よく娘を送りこみ、その所生の皇子の即位実現を企んでは、またそこへ娘を、という方策をくりかえしてきた。つまり、天皇家に師輔流の娘たちがべったり貼《は》りつく形がここ数代続き、それが九条流が他派を圧して独走する原動力となっているのだが、これを九条流の男の側から見るならば、ここ数代の天皇は、どちらを向いても自分の義兄弟や甥《おい》、ということになる。

今度の新帝三条も、道長にとっては甥——つまり長姉超子《ちょうし》の生んだ皇子である。もっとも超子は年も違っていたし、比較的早く世を去ってしまったので、すぐ上の姉、故東三条院詮子《せんし》ほどの親しみはない。従って詮子の産んだ故一条帝ほどの身近さを三条には感じないことはたしかだが、しかし道長はある思いをもってその顔を眺めることがしばしばある。

――似ておられるなあ、わが父に。

外祖父だからあたりまえでもあるが、三条は、道長の父、兼家《かねいえ》にそっくりなのだ。兼家は線の太い豪放なたちで、肚《はら》がすわっていたが、それだけ無作法をやってのけても平気なところがあった。さすがに皇子として育てられた三条から野性味は消えているが、身のこなし、眼差《まなざし》などは、ぎょっとするほど兼家生きうつしで、ときには、

――ややっ。

父親にみつめられているような気がして、思わずぎょっとする。末っ子の道長は、父親のその眼にじろりと睨《にら》まれて縮みあがったこともしばしばなのだ。

もっとも、なかなか迫力ある三条の黒瞳《くろめ》がちのその瞳《ひとみ》は、じつはあまり視力がないのだという。

――奇妙なことだな。

道長は首をかしげざるを得ない。しかもその眼も、見えたり見えなかったり、眼病というにしては、症状が一定しないのだ。見たところ曇りひとつないので、いよいよ不思議である。人の噂《うわさ》では、誰やらの怨霊《おんりよう》が魔鳥に化けて、その翼で眼をふさいでいるのだという。時々その魔鳥が羽ばたくので、そのときだけ、羽の間からものが見えるのだというのだが、はたしてどうだろうか。

ともあれ、三十六歳の三条の即位は当時としては遅きにすぎた。このところ十代か二十代のはじめの即位が多く、先帝一条などは七歳で即位している。

——お待ちだったろうな、さぞかし……。

わが娘、彰子《しょうし》が皇子を産むまでのじりじりした思いにひきくらべて、道長には、その気持がわかるような気がした。父兼家に似たその面差が、このところ、とみに精気を帯びてきたように感じられるのもほほえましかった。

長い間待たされ続けた新帝三条と、この十数年、あれこれ気を使い、我慢しつづけた自分と——。

——これなら必ずうまくゆく。

道長はそう思った。

——先ごろ入内《じゅだい》させた妍子《けんし》も、きっと上手に二人の間の橋渡しをしてくれるに違いない。

全くいいときに入内させたものだ、と思った。即位してからの入内では、いかにもこれみよがしになるが、東宮時代からのなじみ、ということになれば、万事なめらかにゆく。幸い、三条の許《もと》には、大臣クラスの娘は入っていない。もう一人のきさきの娍子《せいし》はそれこそ古なじみで皇子や皇女も数人いるが、彼女の父の済時《なりとき》は大納言で世を去っているから、一条の女御《にょうご》だった右大臣顕光《あきみつ》や内大臣公季《きんすえ》の娘とは条件が違う、と道長は思っ

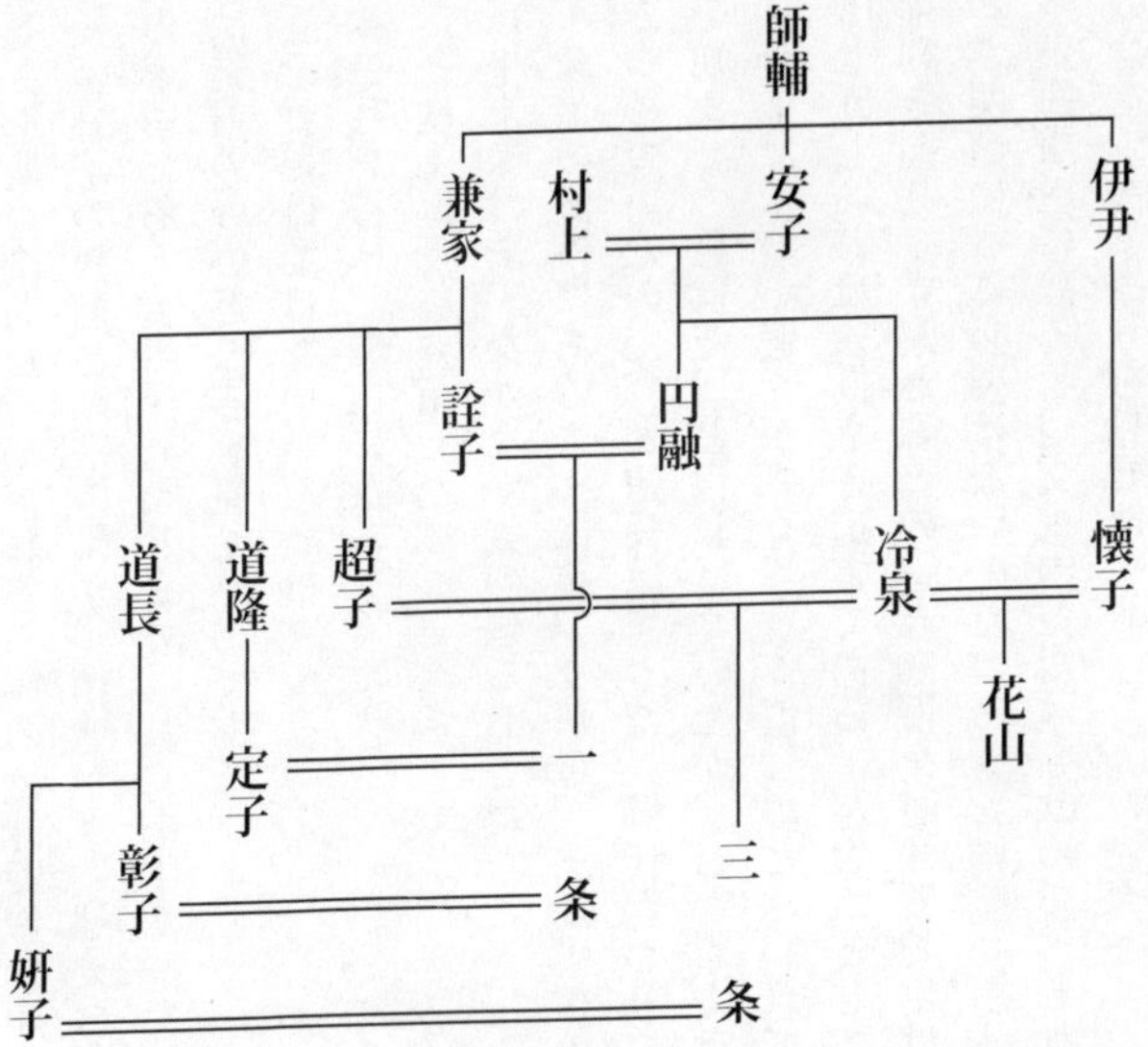

ていた。

　さて、新帝三条は、八月十一日、それまで住んでいた道長の東三条邸から本来の内裏に移った。さきごろ焼失の後、新築した内裏だが、故一条はその後も一条院の方を好んで専らそこで過し、そのまま命を終えた。もともとここは、一条が譲位した後に住むために準備された邸宅であり、追善供養もひき続いて行われていた。三条はこれを機にもとの内裏に移ることにしたのである。

　さすがに年たけた三条は移転にあたって、東三条邸の持主である道長一家に、行きとどいた配慮をみせた。臣下の家に滞在した場合、そこを発つにあたって、ねぎらいの意味で叙位を行うのは常のことだが、このときは道長の息子の教通《のりみち》と頼宗《よりむね》のほか、頼通《よりみち》が妻に迎えた隆子《りゅうし》女王（故具平《ともひら》親王の娘）や、頼通の家司《けいし》である藤原保昌《やすまさ》などまでこれにあずかった。道長はむしろ辞退したのだが、三条は気前のいいところを見せたのである。

それだけではない。三条は、

「これを機に、関白になるように」

と度々道長に要請した。

——ははあ、なかなか気の廻るお方だな。

政治の圏外にあるように装いながら、三十すぎの東宮は、やはり人々の動きをじっとみつめていたのだ、と道長は思った。御代がわりにあたって、何をしたら一番効果的かを知っての発言だ、と察しはついたが、しかしやはり三条の申し出は断った。

「今年は私の年廻りが悪く、重く慎しめと言われておりますので」

しかしこれは表向きの口実である。左大臣として閣議を統轄し、一方では文書内覧《もんじよないらん》の権利を握り、立案と審査の一人二役を演じる効用は、十数年間で知りぬいている。わざわざ関白になる必要はないのだ。

表面謙虚に辞退し、文書内覧だけを改めて、とりつけるに止《とど》めたが、三条はなおも、残念そうな素振りを見せた。

かくて新帝の初政は、順調にすべりだした。東宮時代の二人のきさき、娍子と妍子が女御の宣下《せんげ》をうけたのも当然のことではあるが、道長の身辺はいよいよ輝かしいものとなった。

万事順調に運んだ三条新政の中で、あいにくだったのは、冷泉上皇の死である。即位の儀だけはすんだものの、さらに大がかりな大嘗会《だいじょうえ》が行われるより前のことだったので、大あわてで、その予定を変更しなければならなかった。

——ま、ああいうお方だから。

人々は声をひそめて、故冷泉の狂疾についてこう言った。世の中のことを御存じないから、選《よ》りにも選って、実子の大嘗会をじゃまするようになった、というのだが、これは冷泉にとっては故なき濡れ衣《ぎぬ》であろう。死は、こうした現世の行事などとはかかわりなしに冷酷に襲いかかってくるものだからだ。思えば冷泉は十八歳で即位、二年後に譲位、六十二歳のその年まで四十年以上を無為に過したわけであった。

一条、冷泉の死によって、翌年の正月は節会もとどめられ、寂しいものとなったにもかかわらず、道長の身辺は、活気にみちていた。というのは、正月三日に、女御妍子を中宮にする、という三条の内意が伝えられたからである。皇太后遵子《じゅんし》（円融のきさき）を太皇太后に、中宮彰子を皇太后に、そして空席となった中宮の座に妍子を、という処置もごく妥当なもので、いまさらのように、

——彰子のときはこう順調ではなかった。

とあのころのことが思い出された。

あのときはすでに道隆《みちたか》の娘の定子《ていし》がその座を占めており、せっかく入内させた彰子なのに、危うく女御のままで止めおかれそうだった。それを藤原行成《ゆきなり》の奔走のおかげで、やっと二后併立にこぎつけたのである。

それに比べて、黙っていても事がどんどん運ぶとは、それだけ自分の運勢が強くなった証拠だ、と道長は思った。

——何しろ、俺の手でひらいた運だものな。

自信を深め、立后の日を陰陽師《おんみようじ》に選ばせたりしていると、数日後、奇妙な噂が彼の耳に入ってきた。

三条が、道長のことについて、ひどく腹を立てている、というのである。

「何と？」

思わず耳を疑うような話である。

一条の死後、半年の間、三条との間には何のわだかまりもなかったはずだ。新帝は自分にかなり配慮をみせてくれるし、それに対しては、さまざまな形で感謝の意を表してきた。

——誰かの離間策ではないか。

頭に浮かんだのはそのことだった。政治社会に嫉妬はつきものだからである。これまで三条がしめが、この見方は少し甘すぎたようだ。政治家の眼を取り戻して、これまで三条がしめした自分への好意を洗いなおしたとき、道長は、そこに、ある不自然さを読みとった。そう感じてから、三条の真意をさぐりあてるまで、さすがに数日とはかからなかった。

――ははあ、なるほど……。

三条は満たされない思いをいだいていたのだ。が、その内容に行きあたって、道長は、憮然《ぶぜん》たる表情になる。

――それはできぬ相談だなあ。

その間にも、三条の不満の声は、いよいよはっきりと道長の耳に伝わってくるようになった。

「鈍いやつだ」

三条はこう言ったという。

「身勝手な男だ」

とも……。

「こっちの好意は臆面もなくうけいれるが、自分への配慮が全くない」

その配慮とは？

妍子の立后とひきかえに、もう一人のきさきである娍子のことも立后させることだった。そのことを、道長がいっこうに言い出さないので三条は苛立《いらだ》っていたのだった。

——なるほど。

たしかに道長はそのことを全く考えていなかった。というのは藤原一族とはいえ、大臣の経験のない済時を父とする娍子には、はじめから皇后になる資格などあるはずもない、ときめこんでいたのだ。娍子の産んだ皇子や皇女は、三条の即位後、親王および内親王の宣下をうけてはいるが、だからといって、その母がたちまち皇后になれるとはかぎらないのである。

むしろ、三条の意向は、道長には唐突すぎるように思われた。それよりも彼がおもしろくないのは、これまでの三条の好意に、下心のあったことだ。息子たちへの叙位も、関白へのいざないも、妍子立后の内示も、娍子を立后させるための誘い水だったとは……。

——王者はそんな小細工をなさるものではない。

三条への好意が、いっぺんに消しとんだ。

——そんなことで俺を釣るおつもりか。

十数年苦労を重ねてここまでやってきた自分だ。駆引なら数枚上手《うわて》だ、という自信もある。意地ずくにもなってきている。

——ようし、それなら。

わざと知らんふりをしてやれ、という気になった。

——何しろ、俺がうんと言わないかぎり、ものごとは動かんのだからな。

これ見よがしに妍子立后の準備をすすめはじめた。それと察した三条も、負けずに対抗意識をむきだしにする。例のへそまがりの権大納言実資をひいきにして、

「彼こそわが味方」

しきりにそう言っていると聞いたのは一月の半ばごろのことである。

「困ったお方よ。政治というものを御存じない」

立后問題に関するいざこざも、三条と自分との間にひそかにくすぶりつづけているのだったら、まだ始末のつけようもある。

——が、あのへそまがりの実資などに口をはさまれては事はややこしくなるばかりだ。

意地が悪く、呆《あき》れるほどもの知りで、それを振りかざして、他人のやることに文句をつけたがる実資である。一応理屈は通っているだけに手古ずることも多い。これまでだって、

「理屈はそうだ。が、世の中というものはな、そう理屈どおりにはゆかんものだ」

何度こう言って怒鳴りつけたくなったことか。それに彼には小野宮流《おののみやりゅう》の本家を継いでいるという意識がある。本来なら道長たち九条流より自分の方が主流だと思っているのだろう。そういう人間を近づけるというのは、三条は妥協よりも対決を選ぼうというの

か。

——王者のなされようではないな。

と思えば、

「ああ、何たること、何たること」

つい口癖も出ようというものである。それにつけても、なつかしく思い出されるのは亡き一条帝のことだった。

——お若いながら、思慮の深いお方だった。

亡くなるときの態度のみごとさも改めて胸に浮かんできた。

若いながら思慮の深かった一条の、大局的判断のできる冷静さがなつかしい。一条とても、敦康《あつやす》の即位を全く考えなかったといえば嘘《うそ》になるだろう。が、今後の政局の安定を考えれば、やはり私情をさしはさむべきではない、と結論して、敦成《あつひら》を東宮に指名したのだ。

王者の叡智《えいち》であり、自制である。

しかも、一条は、心の中の葛藤《かっとう》を誰にも洩らさず、最後に行成に諮問するという、いかにも静かな形で、道長に意のあるところを伝えた。

これに比べて、三条のやり方は強引すぎはしないか。実資あたりに肚の底を明かさず、もっと隠密な形で意向を伝える用意があってほしいところである。それに困ったことに、道長との間の架け橋となる人間がいない。あのころ蔵人頭《くろうどのとう》だった藤原行成のように、慎重で献身的な根廻し役がいれば、摩擦は表面化しないですんだものを。

──行成はやはりかけがえのない人物だ。

ふとそう思ったその夜、さきごろ行成の見せた表情を、改めて道長は胸に浮かべてみるのだった。

あれは妍子立后の内示をうける半月ほど前のことだったろうか。まだ道長が三条に対して何のわだかまりも感じていないころである。

三条は、道長に、しきりに言っていた。

「新しい蔵人頭は、そちの三男、右馬頭《うまのかみ》顕信《あきのぶ》にしたいと思っているのだが……」

顕信は十八歳。高松殿、明子《めいし》の子としては二番めだが、一番年長には倫子《りんし》所生の頼通《よりみち》がいるので、道長にとっては三男になる。母親の明子は、若いころの道長が、

──風の精だ！

と心を震わせたころとほとんど変っていない。謎《なぞ》めいた美しさを湛《たた》え、薄倖《はっこう》の美少女が、「時」の荒波にも洗われず、そのまま今日まで生きてきた感じなのである。それだけに世事には余り関心がない。一方の倫子が、息子や娘の身辺に気を配るのに対して、子供の世話はほとんど乳母《めのと》まかせで、彼らの官位の昇進などについても、道長に頼んだことは一度もない。日ごろ出世といえば眼の色をかえる連中に取り巻かれている道長が、

明子の住む高松殿に、この世ならぬ安らぎを感じるのはそのせいなのだ。

その感化であろうか、頼宗も顕信もおっとりしたたちである。むしろその下の能信《よしのぶ》あたりになると、世の荒波を敏感に感じていて、倫子所生の頼通たちへの対抗意識をちらつかせることもあるのだが、とりわけ顕信はひかえめで、母親の気質を一番よくうけついでいるように見えた。

だから、三条の意向を聞いたとき、

「いやいや、顕信はその任ではございません」

道長が即座に辞退したのは、その性格を見ぬいていたからである。蔵人頭は、現在の官房長官にもあたる役で、華やかな出世コースだが、昼夜を分たぬ激務で、天皇と大臣以下の諸臣の間をとび廻らねばならない。その根廻しの気苦労に、顕信は押しつぶされてしまうだろう。心のやさしい息子を人々の物笑いにさせたくないという父親としての配慮もあった。

それに――。まだこのころ道長は三条の好意をそのまま受けとっていた。道長自身への関白就任要請はじめ、一族への過分なほどの厚遇の一つとして、顕信の蔵人頭起用を言いだしたのだと思ったのである。

それだけに慎重になった。

――周囲の眼もある。天皇や東宮の身辺を、わが一族で独占していると思われても

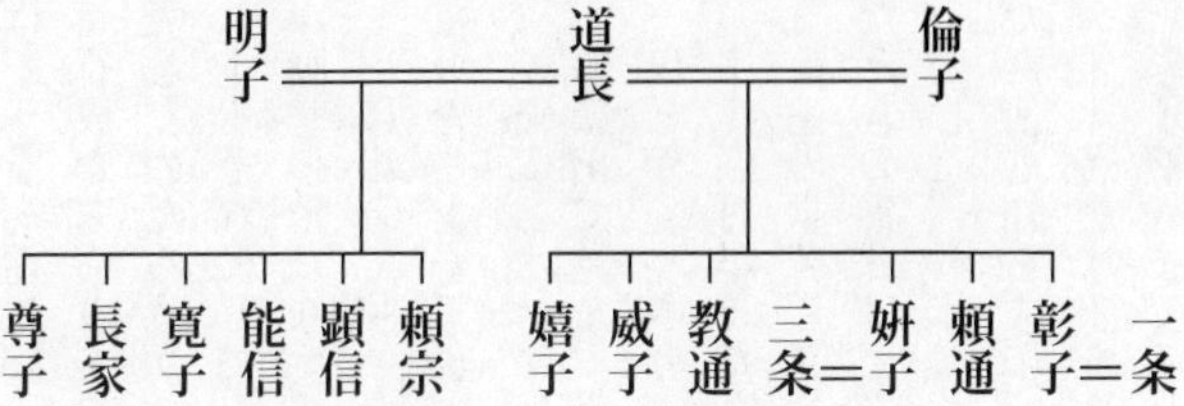

……。

だからこそ、三条の再三の要請にも、

「いや、顕信はまだ年若で経験不足でございますから」

そう言って、顕信に三条の意向を伝えずに辞退してしまった。

ただ、そのことを、行成にだけはそっと洩らしておいた。

「そなたのように有能な蔵人頭にはなれぬ。それに周囲の思惑も考えねばならぬからな」

その時の行成の複雑な表情を、いま道長は思いだすのである。

慎重な行成は、道長の意向について、このとき、積極的にいいとも悪いとも言わなかった。

「左様で……」

言葉少なにうなずき、薄い微笑のようなものをにじませたその表情を物足りなくさえ思っていたのだが、もしかすると、行成は三条の態度の裏にあるものを感じとっていたのかもしれない。

今にして思えば、顕信の蔵人頭就任を固辞したことは、難を免れたとしか言いようがない。娍子立后の問題が表面化し、三条と自分の間がぎくしゃくしはじめたいま、蔵人頭にでもなっていれば、一番窮地に陥るのは顕信にほかならないからだ。

行成がちらりと見せた複雑な微笑は、彼らしい控えめな表現で、道長の決定に賛意を表したのだろうか。

——それにしても、あれから一月とは経っていない。ふと、指を繰ってみて、

「睦月《むつき》の望《もち》だな」

口に出して呟《つぶや》いた。天文博士《てんもんはかせ》の安倍吉昌《あべのよしまさ》から、この夜月蝕《げっしょく》があるという知らせをうけていたことを思いだした。虧《か》けはじめるのが戌《いぬ》の刻（午後八時）、もうその刻限は過ぎているはずだった。

縁に出て見た。外気の冷たさが刺すように身に迫ってくる。見上げると、月の四分の一ほどがくっきりと翳《かげ》っている。満月のはずの夜空が妙に薄暗く、

——正月早々だというのに……。

前途の重苦しさを予告されたような気がした。この月の三日、妍子立后の内示をうけたときの喜びはどこへいってしまったのか。それから十日あまりの間に、三条との間は一変した。もうこれまでのようなこだわりのない気持でその顔を見るときはあるまい。

ただ何も知らずに三条を慕っている妍子が哀れである。

——苦労するなあ、姫も。

彰子懐妊までの長い道のりを思い出す。またそれをくりかえすのは辛《つら》すぎる。しかも

一方の女御娍子はすでに元服をすませた敦明《あつあきら》を頭に、四男二女の子福者なのだ。妍子が懐妊するとしても、果して皇子に恵まれるかどうか、月蝕の夜の暗さは娘の前途を暗示しているかのようであった。

この夜の月蝕はいわゆる部分蝕で、夜半すぎに月は元の形に復している。が、そうなった後でも、道長には、その輝きだけは元に戻らないように見えた。そして翌朝彼は、土御門邸に、思いがけない訪問客の姿を見出すのである。

僧都慶命《そうずけいみよう》――比叡山《ひえいざん》から駆けつけてきたこの僧侶《そうりよ》は、息せききってこう言ったのだ。

「右馬頭《うまのかみ》（顕信）さまが、今暁叡山においでになりまして」

「何と」

「出家したい、と仰せでございます」

「な、なんと……」

寝耳に水の知らせだった。

「事は重大でございます。他人の耳に入らぬよう、右馬頭さまにお待ちを願って、駆けつけてまいりました」

顕信が出家する？

今年十九歳になったばかりの若者が、なぜ？

慶命の言葉が何としても信じられなかった。

かりにも左大臣たる自分の息子ではないか。将来の出世は予約されているも同然だ。経済的にも不足はないはずだし、

「なにとぞ、わが娘の婿に……」

顕信にそう申し出ている高官も数人はいたはずだ。

それが何で、この世を捨てようというのか。瞬間頭に浮かんだのは、例の蔵人頭の問題である。顕信自身の耳に入れないで処理してしまったが、やはり聞かせてやった方がよかったのだろうか。

蔵人頭というエリート中のエリートの任じられる職まで身近にあったことを知らせておけば、出家などという気は起さなかったのではないか。

と思うそばから、それを打ち消す思いも湧《わ》きあがる。

――いやいや、あれは秘中の秘、口外できぬ話だ。

それにしても、何とも割りきれない思いがあるのは、顕信の日ごろの素振りに何の変りもなかったことだ。正月に高松邸で会ったときも、以前と同様、おっとりとした笑顔を見せていた。しかし、母親には何か言っていたのではないか。そうでないにしても、あるいは明子は何か感づいていたかもしれない。こんなとき、倫子のように、てきぱきと事を処理できる女なら、そっと自分に知らせてくれるのだが……。

――全く、いくつになっても、幼い姫君みたいな人だからな。もう少し、子供の一人

一人について、ちゃんと心を配ってくれないことには。

世間離れのした「風の精」の、この世ならぬ美しさに、このときばかりは舌打ちしたい苛立たしさを感じずにはいられなかった。三条との摩擦だけでも容易でないことなのに、そこへ、思いがけない問題に襲いかかられて、苛立たしさはつのるばかりだったが、ともかく、慶命を待たせたまま、道長は高松邸へ馬を飛ばせた。

――もう子供たちも大きくなっている。もっとしっかりしてもらわねば。

むしゃくしゃしながら、飛びこんだ高松邸であったが、明子のいる寝殿に足を踏みいれたとたん、道長の足は、その場に釘《くぎ》づけになった。

静かに、音も無く……。

「風の精」は泣いていた。

脇息《きょうそく》に身をもたせかけ、袖に顔を埋め、息づかいに従って、黒髪だけが、かすかに揺れていた。

「右馬頭さまは何も仰《おお》せられずに、お邸《やしき》をお出になられましたのでございますよ。只今山からお使が参りまして」

背後にしのび寄った顕信の乳母《めのと》が、すすりあげながら言う言葉は聞くまでもないことであった。

明子を取り巻く近よりがたい静寂の世界の前で、道長はいま、激しい悔いにさいなまれている。

――俺が悪かった。

思うのはそのことだけだった。

「風の精」である明子に、世俗的な配慮などを求める方が無理なのだ。その分だけ、自分が気を配り、子供たちに親身になってやらなければならなかったのだ。

――それを、忙しさにかまけて、ついうっかりしていた。

たしかに明子の子供たちは、倫子の子に比べて出世が遅れている。倫子の子供の方が年上だから多少のことはやむを得ないとしても、一方の倫子が中宮の母として、従一位という押しも押されもしない地位をしめているのに対して、明子は無位、家柄はむしろ倫子以上ではあるが、世間の見る眼には大きな隔りがある。

それらのことを、明子の子供たちがどう感じていたか。たしかに父親として配慮に欠けたところがあったかもしれない。それが顕信の出家を促したとすれば、取り返しのつかないことをしてしまった……。

静かに道長は明子のそばに近寄った。そっとひざまずいて、黒い髪を撫《な》でた。人の気配にふと明子は顔をあげたが、細いうなじを伏せて、ふたたび顔を袖に埋めてしまった。

道長は明子が体を許した夜のことを思いだした。あの夜も彼女は、静かに涙をしたたらせていた。驚いて手をとった道長に、

「泣くよりほかはないのですわ」

小さな声でそう言った明子だった……。

——そうだ、このひとは、泣くよりほかはないのだ。

うなだれて道長は座を起《た》った。土御門に戻って、慶命を呼びよせたとき、すでに決心はついていた。

「深く思うところがあってのことなのだろう。僧都の手で出家させてやってくれ」

「よろしいのでございますな」

慶命は、やや不安げに念を押す。

「やむを得ない。顕信の心に任せよう」

自分自身に言いきかせるように道長は言った。それから頼通を呼んで、事情を手短かに話し、さしあたっての用意をととのえ、自分に代って叡山に向うことを命じた。道長自身、すぐにも駆けつけたいところだが、しきたりとして、立后前の寺院への立入りは憚《はばか》られたからである。

「あまりに急なことでございますな。で、御伝言は？」

驚きをかくせない頼通に、ちょっと考えてから、

「兄のそなたなら、心を開いて語りもしよう。なぜ出家を思いたったのか、聞いてほしい。父の未練かもしれぬが……」

慌しく頼通が出発した後、道長は誰をも部屋に寄せつけず、脇息にもたれていた。月蝕の暗い光の中を、叡山に向って静かに馬を歩ませて行く顕信の姿が眼に浮かんだ。自分が月蝕の空を眺めていたころ、彼はどのあたりにいたのだろう。

――顕信よ。

呼んでも届かないところに息子はいる。その心の中を聞かせてほしい、と切に思った。

頼通は翌日山から戻ってきた。

「やはり出家の志は固いようで」

まず第一にそのことを言い、

「父上にくれぐれもおわびを申しあげてほしい、と申しておりました。我儘《わがまま》を通すことをお許しいただきたいと」

とつけ加えた。

「それで？」

道長は尋ねずにはいられなかった。

「その……出家の本意を打ち明けたか？」

「いや、はっきりとは」

頼通の返事はすこぶる頼りない。

「何か不満を申しておったか。官位の昇進などについて、心鬱《うつ》するものがあったかどうか」

「いや、そのようなことはないようで」

その答にほっと胸を撫でおろす思いだった。

――そうだったのか。

蔵人頭問題を知っての出家ではないとわかれば、多少心が軽くなるが、その道長に気づかないのか、頼通は言う。

「変った男ですね。顕信は」

「どうして」

「いろいろ聞いてみたのですがね、はっきりした動機はない、というんです」

「ほう」

「好きな女に死なれたとか、誰かに奪われたとかいうことはないのか、とも聞いてみました。故花山院も女御が亡くなられたのをお悲しみになって出家なさったでしょう。院もあのとき十九でいらっしゃいましたものね」

「ふむ」

「すると顕信は笑って言うのです。そんなに思いつめた相手はいないって。じゃ、ほかに何か不満があるのかと聞くと、そうじゃないんだと言う。それなら何も出家などしなくたっていいじゃないか、というと黙って笑っているのです」

「そうか、御苦労」

うなずきながら、道長は、頼通にはとうてい顕信の心は理解し得ないだろうと思った。兄弟といっても母の違う二人は全く異なる環境で生きてきた。現実的な母親の倫子に育てられ、順調に官界で出世している頼通は自分の現在に何の疑問も感じていない。

一方、「風の精」を母とした顕信は、現実の世界に生きながら、別の世界をみつめる瞳を持っている。この世の出世とは別の価値観を心の中に育てながら、あの息子は十九年の歳月を生きてきた。そして、いま自然に、この世から別の世界に足を踏み入れようとしている……。

二人の父である自分はその両方がよくわかる。顕信が官途に不満を持っての出家でないことでほっとしたのもつかのま、いま、道長は別の思いに胸をしめつけられる。

——そうなのだ、顕信、この世はまさに夢の世だ。

そう言って肩を抱いてやりたい。

顕信の出家が、出世に対する不満だった方が、むしろ救われたかもしれない。

「この父の配慮が足りなかった」

とわびることもできるからだ。が、彼が別の次元でものをみつめていたことがはっきりするにつれて、道長の胸は鍼《はり》を刺しこまれたように痛む。顕信にその気がないとしても、何か自分の生き方そのものを批判されているような心のすくみを感じるのだ。

――たしかにこの世は幻だ。その中であくせくし、怒ったり泣いたりする俺はあさましい。

一瞬そう感じないわけではないのである。

――が、顕信よ、父はもうここまで来てしまった。後へは退《ひ》けぬのよ。その父の子であるそなた、よくぞ思い切ったな。

褒めてやりたい。飛んでいって語りあかしたい。それもできない自分のこの胸のうちを、果してわが子はわかってくれるだろうか……。

顕信の出家の噂が伝わると、一族からは当座の衣料やら、さまざまの布施《ふせ》が叡山に届けられた。が、顕信は、

「母君のお志だけをありがたくいただこう」

こう言って、明子からの衣だけを受取り、他は一山の僧侶たちに分けてしまった。

「もうこれからは麻や葛《くず》の衣しか着ないつもりだから」

という言葉にも、出家の志の固さがうかがわれた。

こうした知らせを聞きながらも、道長は妍子の立后を急がざるを得ない。正式に立后の宣旨《せんじ》が下ったのは二月十四日、儀式は彰子のときと同様におごそかに行われ、その後に妍子の里邸である東三条邸でくりひろげられた祝宴も、彰子の折を凌《しの》ぐ華やかさとなったが、しかし、道長の心はなぜか前のようには浮き立たなかった。叡山に籠《こも》ってしまっ

た顕信のことが心にかかっていたからかもしれない。

この年妍子十九歳。顕信と同い年である。

——二人が続いて生れたときは、双方の妻の許に祝の客がたえなかったものだが……。十九年というさまで長くない歳月の間に、二人は人生を全く違う方向へ歩んでしまった。

——もし明子の子が女の子で、入内、立后ということになっていたら？

高松邸の雰囲気は全く違ったものとなっていたかもしれないのに……。そういう悔いの中にも、穏かな微笑をたたえた顕信の面影が浮かぶ。

——こんな俺の愚痴を、顕信は笑っているかもしれぬ。

気恥ずかしくもなってくる。

それに——。気が重いのは、そのことだけではなかった。妍子の立后が済んだ後には難問が待ちかまえている。

娍子の立后はどうする？

三条の催促をどうかわすべきか？

本音をいえば、娍子の立后は認めたくない。

——せめて妍子に懐妊、出産のことがあるまで、帝《みかど》も待ってくださってもよさそうなものなのに。

が、三条も意地ずくになっている。このところ、道長の顔を見れば、そのことをほのめかそうとする。そうと知って道長はいよいよ知らんふりをきめこむ。二月の末ごろには、両者の間は決裂寸前になっていた。

「左府は傲慢《ごうまん》だ。人の心を思いやるところが全くない」

あからさまに近臣にそう言っているというのを聞けば、道長はおもしろくない。

「そう言いたいのはこっちだ」

苛立ちが昂《こう》じたせいか、病弱な三条はすっかり体調を崩してしまっていた。床につくことが多く、視力もめっきり衰えたという噂がしきりだった。

「見えるふりをしておいでだがね、そのじつ、全く御覧になれないのだよ」

そんな噂のさなか、中宮となった妍子に与える封戸《ふこ》のことで、嫌でも道長が三条と顔をあわせざるを得ない機会がやってきた。封戸というのは、一種の俸禄で、中宮の経済源となるものである。

三条はこれにも気前のいい決定を見せてから、

「ときに」

かたちを改めて、女御娍子の立后のことを、じかに切りだした。

「なるべく早い時期に行いたいと思うが」

相談というより命令の口調であった。道長には三条が言外に突きつけてくるものがひしひしとわかる。

──先帝の砌《みぎり》、そちは、中宮がおいでのところに、さらに彰子を立后させたではないか。自分の要求を拒むことはできまい。

三条はそう言いたいのだ。

たしかに撥《は》ねつける理由はどこにもない。みごとに強行した彰子冊立《さくりつ》であったが、それがいま、鋭い剣となって道長に突きつけられている。

──さあ、どうだ。

と言わぬばかりの三条の前で、拒む理由がないからこそ、道長は、体が震えるほどの憤怒《ふんぬ》に駆られる。

「そ、それは、当時藤原氏出身のきさき方がすべて出家され、大原野《おおはらの》の神事に差支《さしつか》えるための、やむを得ざる処置でございまして」

「理由はどうあろうと、先例は先例だ」

三条の瞳があらぬ方を見たように道長には思われた。

──ははあ、俺がどこにいるかもわからなくなっておいでだ。

たちまち道長は反撃に出た。

「先例という仰せでございますならば──」

「何だ」

「いまだかつて大納言の娘が皇后になられた先例はございません」

道長の最後の切札であった。

一瞬の沈黙があった。

三条の黒い瞳は、視点が定まらないふうに空をさまよった。

——ははあ、全くお見えにならないのだな。

と、その瞳が、ゆっくり動いて、道長を捉《とら》えた。はっ、と思ったとき、瞳に薄い笑いがにじんだ。

「そうだ、先例はその通りだ」

気味悪いほど落ちつきはらった口調でそういってうなずいたかと思うと、

「では」

一語一語に鋭い気魄《きはく》をこめて、三条は言い放ったのである。

「女御の父、故藤原済時に、右大臣を贈ることにしよう」

瞬間、黒い瞳の放った光芒《こうぼう》に、道長はぎょっとして身をすくめる。

——似ておられる、わが父に。

父兼家がよみがえってきて、自分を睨《にら》みつけているような気がした。

——帝は本当にお眼が悪いのか。それとも……。

ふだんは不自由な眼が、時折り気味の悪いほどはっきり見えるといわれていることを思いだした。してみると、視点の定まらないと見たあなどりをも、三条はちゃんと読みとっていたのではないか。

ともあれ、道長の完全な敗北である。数日後、蔵人頭源道方《みちかた》がやってきて、正式に三条の言葉を伝えた。

「宣耀殿《せんようでん》女御（娍子）を立后させようと思うがどうか」

道長は不機嫌をかくさず、ぶっきらぼうに答えた。

「その趣きは先日承りました。帝のおよろしいように。私は御意向に従うのみでございます」

三条側はたちまち済時に右大臣を追贈する手続をはじめた。

――してやられたな。

道長にはその思いを拭いさることができない。頭に浮かぶのは顕信のことである。顕信が蔵人頭だったら、三条との間がこうまで悪化しなかったのではないか。いや、心やさしい彼のことだ。間に立って悩むばかりだったかもしれない。やはり蔵人頭にしなくてよかったのだ。

そう思う間にも、顕信の静かな微笑が見えかくれする。彼はそれらの煩悩をぬけでたところから自分を眺めているような気がする。

――そうだ、顕信、愚かな父を笑ってくれ。が、娘のためにはな、愚かな上にも愚かにならざるを得ないこともあるのだぞ。

何もかも嫌になってくる。と、体調も崩れる。三条の方も道長との対決に体力をすりへらしたのだろう、疲れはてて寝こんでいるという噂《うわさ》も伝わってきた。

客観的に見れば二人ながら妄執の渦に捉えられてしまったとしかいいようがない。が、帝と大臣という権力を背景にした闘いである以上、両者は退くに退けない立場におかれているのだった。

三条は道長を余りあてにせず、娍子立后の準備にとりかかった。頼りにしているのは専ら権大納言実資だという。物知りで儀式に明るい彼は多分そつなく立后の儀式をとりしきるだろう。そこには三条が実資を道長の対抗馬に仕立てようとする意図が見えすいている。意地のはりあいが、政治的色彩を帯びてきたのだ。

道長は、まず娍子立后の日を探らせた。彼を疎外して事を運んでも、そうした情報を提供する公卿《くぎよう》には事欠かない。

「四月二十七日、とおきめになったようで」

報告をうけると、

「よし！」

即座に、中宮になったわが娘、妍子が内裏に入る日をその日と決めて発表した。

さきに彰子立后の折にも書いたことだが、中宮になるときは、女御はあらかじめ里邸に戻ってその宣旨をうけ、その後改めて中宮の格式をととのえて華やかに内裏に入る。この一世一代の晴れの日を、道長は娍子立后の当日にぶつけたのだ。

明らかな挑戦である。さて、どちらがどれだけ公卿を集められるか、双方ともにきさきをかついでの、華やかなセレモニーにかくれながら息づまる戦いをくりひろげる。

「当日はきてくれるだろうな」

と、明らかに言葉に出さないまでも、仲間集めに必死になった。どうやら現代の票集めに似ている。中には権中納言俊賢のように、

「なあに、時刻が違うから、両方に伺うということにしておきましたから」

と、道長に忠義顔で報告する者もいる。

さきに一条帝の折、中宮定子が懐妊して平生昌《たいらのなりまさ》の家に退出した日、道長はわざと宇治へ遊びに行ってしまった。有髪の尼である定子が、彰子をさしおいて懐妊したことへの不快の念の表明である。このときも公卿たちの多くは宇治へ来てしまい、定子の内裏退出の行列はひどく淋しいものになった。

が、今度の中宮妍子の内裏入りは、もっとあからさまな対決だった。こうして血の一滴も流さずに、凄絶《せいぜつ》な戦いを演じるのが王朝政治社会なのである。

道長は実資に対しても、わざとゆさぶりをかけた。妍子の入内《じゆだい》に必要な糸毛《いとげ》の車を都合してほしいと中宮付きの役人を通じて申し入れを行ったのだ。実資は賀茂の斎院《さいいん》の乗

る車を借り出して、妍子の許《もと》に送ってきた。

——はは、彼の卿とても、嫌な顔はできぬわけだ。

知らんふりをして、道長は彼に妍子入内の折の参内を要請した。病気を理由に実資は確約を避けたが、ここに到って三条の信任が実資にとっていささか重荷になりはじめていることを道長は感じた。

——いざとなれば、正義の味方も弱腰よ。

さて、いよいよ四月二十七日。

その日がやってきた。

朝からすさまじい豪雨だったが、妍子の里邸である東三条邸には、続々公卿、殿上人がつめかけてきた。

——よし！

胸の中で指を折りながら、道長は顔ぶれをたしかめる。出発までには、予想を超えた多人数が集まった。蓋《ふた》をあけてみなければ、と一抹の不安を感じていたのは杞憂《きゆう》にすぎなかったようだ。これでは顔を見せない連中を数えた方が早いくらいである。

まず、権大納言実資。

——やっぱりな。来ないで糸毛の車で義理を足したというわけか。

その実兄の参議懐平《かねひら》。実資の実兄とはいえ、温厚な性格で、むしろ道長とは親しい。

——あの御仁は来ると思ったのにな。

参議通任《みちとう》。これは娍子の兄だからやむを得ない。

中納言隆家。故関白道隆の子。道長との対決に敗れて死んでいった伊周の弟だ。

——ほほう、あの御仁らしい筋の通し方よ。

その硬骨ぶりを、むしろほほえましく感じる余裕さえ道長は持ちはじめていた。

さて一方の三条の方はどうか。妍子入内に先立って行うはずの娍子立后の儀式の時刻が迫っているのに、主催すべき右大臣も内大臣も口実をもうけてやってこない。いらいらした三条は実資の許に使を走らせる。病気を口実に頰かぶりをきめこんでいた実資だったが、こうなっては腰をあげざるを得ない。

「ええい、ままよ。天に二日《じつ》なく、土に二主《しゅ》なしだ。やはり帝の御命令には従わねばならぬ。あとはどうとでもなれ」

理屈好きは、こんなときでも大げさな名分を自分に言いきかせないと気がすまない。やっと実資の登場によって、立后の宣命《せんみょう》が作られ、ここに「皇后娍子」が誕生するのである。

このときも、ちらりちくりと道長は意地の悪いところを見せた。こうした宣命は一応内覧である道長の承認を得なければならないことを幸い、その文章に文句をつけて書き直させ、物知り実資の自慢の鼻をへし折った。

ふつう立后が行われると、人々は争ってそこの役人になりたがる。きさきの父や兄にあたる権力者に接近する足がかりになるからである。ところが皇后娍子の役人にははじめからなりてがなかった。娍子の父はすでに死んでいるし、兄弟も非力である。三条と道長の対立の経緯は知りぬいているから誰も近づかないのだ。

結局皇后宮大夫《こうごうぐうのだいぶ》（長官）は隆家、次官の亮《すけ》は通任の弟の為任にきまった。

このときになっても公卿、殿上人はいっこうに姿を現わさない。東三条邸まで行って参内を催促した使は、さんざんに嘲罵《ちょうば》をあびせられて帰る始末。未曽有の寂しい立后の儀となった。そしてそれが終ったころ、中宮妍子は多くの供人を従えて、きらびやかに入内してきたのであった。

この立后事件において、道長は娍子に皇后の称号を許した代り、公卿を結集して実力を誇示した。さきに三条に敗れた彼は、それをおぎなって余りある勝利を手にしたのだ。

事の推移に、三条はひどく衝撃をうけたらしい。眼疾がいよいよ進む中で、実資にひそかにこう伝えてきた。

「大臣はじめ誰も参らぬ中で、そち一人が立后の事を計ってくれた。うれしく思う。今後も頼みに思うぞ」

もっとも、その信任は、実資にとってはいささか有難迷惑だったらしい。というのも自分の一族である権大納言公任《きんとう》すら、道長の息子の教通を婿に迎えて大よろこびしている有様なのだ。彼とても孤立してまで道長と張りあうほどの気骨はないのである。

事件が落着したころ、顕信の受戒の式が延暦寺で行われることになった。儀式の主催者である戒師《かいし》が、僧侶として守るべき戒を授け、受戒者が仏前に終世の持戒を誓う式である。これによって、顕信は正式の僧侶として認められ、求道の道を踏みだすのである。

道長は一族や腹心の源俊賢たちとともに比叡山に登ったが、戒壇院でいよいよ儀式が始まると、さすがに胸が迫って、わが子の姿をみつめることができず、終始うなだれ続けていた。

儀式が終ると、戒師をはじめ、延暦寺の僧侶たちに手厚い布施が配られた。

「わが子をよろしく」

という道長のせめてもの心やりである。すべてが終って顕信に別れを告げるときになって、道長は人眼も憚らず涙をこぼした。

「これが一生のお別れではございませんし」

むしろ力づけるように言ったのは顕信の方だった。

「そうだとも」

うなずきながらも、道長の涙はとまらなかった。

「左府ともあろうお方が……」

というささやきも聞えないわけではなかった。

「疲れておられるのさ。ま、いろいろの事があったから」

言われるまでもなく、自分はひどく疲れている、と思った。その疲れが徒労のための疲れであるような気もしないではない。

そのせいだろうか、比叡山から降りて数日も経たないうちに、道長は猛烈な頭痛に襲われてしまった。

頭がはりさけそうだった。起きあがることもできず、床の中で唸《うな》り続けた。そしてそのころ、道長は気味の悪い噂を耳にするのである。比叡山の守護神である山王権現が祟《たた》っている、というのである。

じつは顕信の受戒のために登山したとき、ちょっとした事件があった。誰とも知れぬ者から、つぶてを投げられたのだ。数多くある延暦寺の子院《しいん》の一つの奥からその時わめき声がした。

「誰だっ。下馬もしない奴は。髪をひっつかんでひきずりおろしてくれるぞっ」

つぶてを投げた犯人を処罰するように命じたきり、道長はそのことを忘れていたのであったが……。

日が経っても、道長の病状はいっこうに回復しなかった。それどころか、夜中になると脂汗が体中から噴きだし、息がつまりそうになる。

急いで法華経の講読がはじめられたが、このとき、思いがけないことに、延暦寺の高僧、権僧正慶円《けいえん》がその座に列することを拒んできた。

「左府の今度の御病は、御登山の折の非礼を怒られた山王権現のお祟りでございますので」

延暦寺の僧としては読経、修法《ずほう》はできぬ、と言われて、道長は激怒した。

「うぬっ、布施だけは取りおって！」

下乗せずに山王権現や子院の前を通ったのは体が弱っていたためだ。顕信の出家姿をひと目見たいという親心を、神も仏もおわかりにならぬのか……。

そうわめきちらした道長であったが、そう言ってしまった後で、にわかに弱気になり、

「俺は左大臣を辞めたい」

辞表を呈出して周囲を驚かせた。

「何でも心のままになされるはずなのに、なぜに？」

病苦の錯乱のなせる所行だ、と誰しも思ったが、道長は思いつめたふうで、ライバル実資を呼んでこう言った。

「後はよろしく頼む。とりわけ一条院に先立たれた皇太后（彰子）は二十五歳。後見《うしろみ》をお願いしたい」

そのころ、巷間《こうかん》には実資や隆家たちが道長の発病を喜んでいるという噂が流れていた。嫌味のひとつも言われるのかと、身構えてやってきた実資は、案に相違した言葉にむし

ろ薄気味悪い思いをした。周囲の人々も、何もそこまで下手《したで》に出る必要はない、と呆《あき》れはてたようである。

中で妻の倫子だけは、

「いつものお癖です」

泰然としている。喜んだかと思うと、すぐ落ちこむのは毎度のことだ、というふうに。が、その倫子さえも、道長の胸の翳りには気づかなかったのではないか。彼はそのころ、顕信の出家に深く心をひかれ、すべてが空《むな》しくなっていたのである。

そう思ったとき、ふと平凡児にかえって、平衡感覚が胸によみがえった。自分自身が卑小に見えるからこそ、人の心も気づかい、実資に手をさしのべる気にもなったのだ。

思えば、魔鳥に眼を塞《ふさ》がれていたのは三条だけではなかった。道長もまた権力という魔鳥を頭に頂きはじめて以来、日ごろの平衡感覚を、ともすれば見失いがちだったのだ。いや、三条の頭上にとまっているのも、実は権力という名の魔鳥だったのかもしれない。因果なことに、この魔鳥は、死ぬまでその人の頭から飛び去らない。道長もだから、平衡感覚を思いだすのは時々のことで、このときも少し元気になると、たちまち辞意を撤回し、心ひそかに魔鳥を欲しがっていた実資を落胆させたのであった……。

恋しかるべき

　立后問題でこじれにこじれた三条と道長の関係は、その後雪解けの季節を迎えた。

　理由は簡単だ。

　中宮妍子《けんし》が懐妊したのである。知らせをうけたのはその年の暮——ぎりぎりになって長和と改元された前後のことだ。

「まことか、それは」

　道長はたちまち相好を崩した。長女の彰子《しょうし》が入内してから皇子敦成《あつひら》の誕生まで、足かけ十年もかかったのに比べれば、妍子は入内してまだ二年めである。

　——案外お二人の相性はよいのかもしれぬ。

　三条との和解の緒《いとぐち》が見つかったような気がした。娘の妍子が何やら救いの神のようにも見えてくる。

「体だけはいたわって、よい子を産みなされ」

　できれば男子を、という言葉を、辛うじて呑《の》みこんだ。妍子の出産予定は七月だったが、道長は早々に上東門邸に引きとってしまった。代って皇后娍子《せいし》が多くの皇子や皇女を引きつれて内裏に入ったことも、それほど気にならなかった。やがて妍子も母になるのである。

——もし皇子が生れたら？

年の順にかかわらず、その嬰児《えいじ》が三条の諸皇子の中で最も重みを持つことはいうまでもない。この精神的な余裕が道長を寛大にさせた。

やがて七月——。彰子のときと同様、祈禱《きとう》だ、加持だ、と大騒ぎをする中で、妍子は無事に出産する。

ただし、道長の期待に反して、生れたのは女児であった。

——皇子ではなかったのか。

失望の色はかくしきれない。祝にやってくる公卿たちに会うのも面倒くさくなって、道長は奥にひきこもってしまった。例の意地悪実資《さねすけ》は、使にやった養子の資平《すけひら》からその様子を聞いて、内心にやりとしながら日記に書きつけている。

「左府も客に面会しないし、中宮付きの人々も浮かない顔をしている。女の子だかららしい。が、これは天のなすところ、人間の力ではどうにもならんじゃないか」

全くそのとおり、人力の如何《いかん》ともしがたいことだが、このことが、ふたたび三条と道長の間に微妙な翳《かげ》りをもたらしたことだけはたしかである。

皇女誕生の報をうけて、三条は大喜びし、早速守り刀を届けてきた。三夜、七夜、九夜の祝も、彰子の出産のときと同様に華やかに行われた。

そして九月――。もう待ちきれない、とでもいうように、三条は上東門邸に、嬰児の顔を見にきた。

「おお、おお、なんとかわいい……」

手馴《てな》れた様子で抱きあげ、頰ずりせんばかりにした。

「やあ、何と豊かな髪か。まだ生れて二月というのに。この分では初誕生には背丈ほどにも伸びるかもしれぬ。母宮ゆずりなのだな」

眺める道長の心境は複雑である。

三条が、道長はじめ、それぞれに気を使っているのがよくわかる。が、それが何となくそらぞらしく感じられるのはなぜだろう。道長には、三条が嬰児を抱く手つきがひどくもの馴れていることさえうとましいのだ。

――すでにたくさんの御子をお持ちだからな。いまさらもの珍しくもあるまいよ。

三条も道長の心を察してか、さりげなく言う。

「いや、いままで何人かの子を持ち、それぞれにかわいいと思ってきたが、こんなに美しく愛らしい子は、はじめてだ」

さて、例によって、三条は妍子の御帳台《みちょうだい》の中に体をすべりこませる。

「離れていて、どんなに淋しかったか。早く戻っていらっしゃい。この姫宮を中にして、寝物語をしよう。姫宮の面倒は私が見るから」

久々の逢瀬《おうせ》を楽しむかのように、三条はなかなか御帳台から出ようとはしなかった。そのうちに舞楽が始まった。道長が近づいてそのことを告げても、

「楽《がく》は聞えるからいい。舞はもう何遍も見ているし」

少しでも長く妍子のそばにいたいのだ、というふうをしめした。が、それらがすべて、道長には、しらじらしくさえ感じられる。一条帝のときはそうではなかった。なぜそうなのか自分にもわからない。しばらくして、ふっと、

——帝は、生れたのが姫宮だったので、はしゃいでおられるのではないか。

と思った。

——よもや。

慌てて、自分の思いを打ち消そうとした。そんなことはあるまい。が、その思いが拭いきれないのは、すでに三条が娍子との間にもうけた第一皇子、敦明《あつあきら》が成人し、右大臣顕光《あきみつ》の娘、延子《えんし》を妻としていたからである。

——延子姫も懐妊とか聞いていたな。

成人したこの皇子に、三条はひそかな期待をかけているのではないか。とすれば、妍子に皇子が生れなかったことにほっとし、その分だけ喜びが大きくなったとしても無理

はないのである。

内裏への帰還にあたって、三条はかなり気前のよい恩賞を道長一族に与えた。かつて一条の来臨の折と同じことなのに、なぜか道長の気持は晴れなかった。

もしも、このとき生れたのが皇子だったら？

多分、道長の心境は大いに違っていたことだろう。そして三条との関係も別の展開を見せたかもしれない。が、この小さな生命が、期待されざる「性」を背負ってきたというそのことが、大人の世界の明暗を変転させてしまったのである。

――もともと、俺とは相性の悪いお方だった。

こうなると昔のことが思いだされる。

かつて三条がまだ東宮時代、後宮に入っていた道長の異母妹、綏子《すいし》が密通事件を起したときのことである。三条に頼まれて、彼は事の真相をたしかめにいったのだ。密通は事実だったが、それをたしかめようとして、道長は少しやりすぎた。綏子の胸許をひきあけ、思わずその乳房に触れ、したたかに、ほとばしる乳を浴びてしまった。そのことを報告したとき、

――何もそこまでやってくれとは頼まなかったぞ。

というふうに、三条がひどく嫌な顔をしたことを憶《おぼ》えている。その綏子はすでに世を去り、密通の相手だった源頼定《よりさだ》は、いまや故一条帝の女御《にようご》、元子《げんし》と懇《ねんご》ろになっている。

元子も右大臣顕光の娘で、密通の現場に踏みこんだ顕光が、怒りのあまり、

「尼にでもなれ！」

と元子の髪を切ってしまった。が、元子は頼定のことを諦《あきら》めるどころか、

「どこへなりともお行きやれ」

と父が怒鳴ったのをいいことに、家を飛びだし、知人の許に身をひそめて、頼定との

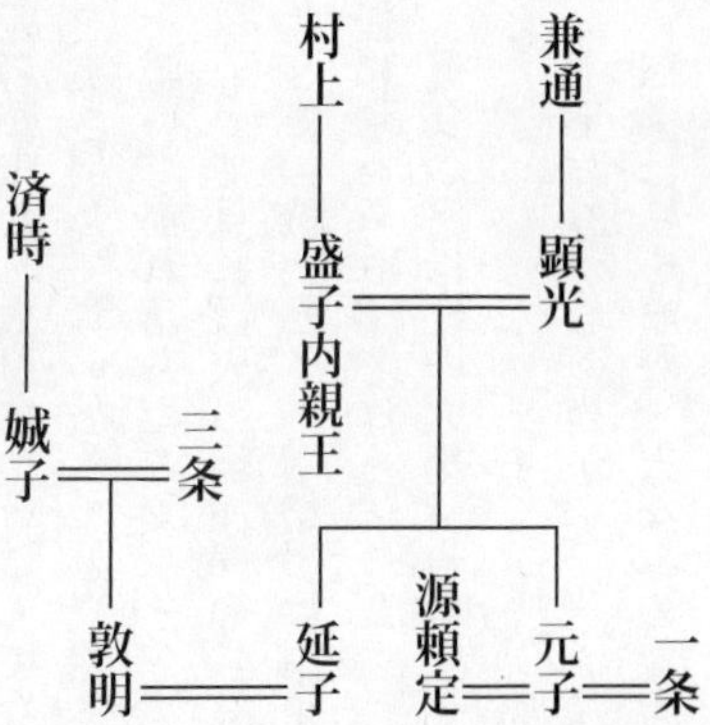

しのびあいを続けているという。
頼定という遊蕩《ゆうとう》貴族の巻きおこした二つの事件といえばそれまでだが、どうも道長には三条との間のしこりは綏子の事件以来のことのように思えてならないのだ。そして、両者の握手の唯一の機会だった妍子の懐妊が、女児出産という結果をもたらしたとき、二人の間の感情はいよいよ冷えきったものとなった。
しかも三条にとって不利だったのは、そのさなかに、内裏が焼失してしまったことだ。登華殿《とうかでん》から出た火を避けて、三条も中宮妍子も無事に大極殿《だいごくでん》に移ったものの、その間に左衛門陣《さえもんのじん》あたりで焼

死者が出た。火事につけこんでなだれこんできた下人が、焼けかけている左衛門陣の柱を曳《ひ》き倒して奪い去ろうと騒ぐうち、火の廻りが早すぎたのか、その頭上に、陣舎が火を噴いて崩れ落ちたのだ。

いって見れば火事場泥棒の自業自得の死であったが、死者が出れば、当時のしきたりとして「穢《けがれ》」とされ、祭事は中止される。そして凶事の連続は、何となく三条自身の責任に帰せられてしまう。

道長の異母兄の大納言道綱《みちつな》などは三条の許へくるたびあからさまにその素振りをしめした。

——おろかものめが。

三条は唇を嚙《か》む。人なみの能力も持たず、道長のおかげでここまで出世してきた道綱が、いいように操られて、その意向を代弁しているのがわかるからだ。道綱もさすがに言葉に出してはいわなかったが、その奥には、

——そろそろ、御譲位になっては。

という気配がありありと読みとれた。東宮敦成は彰子の所生、つまり道長の孫だ。その即位を心待ちしている道長にとっては、何でも三条に譲位を強いる口実になる。

——辞めんぞ、絶対に。

三条は意地になる。しかし、内裏が焼失してしまった以上、やはり道長の邸《やしき》をあてに

しなくてはならない。選ばれたのは、皇太后彰子の住んでいた枇杷《びわ》邸。彰子は別の邸に移り、火災後二か月めに、ここが内裏となった。

故一条帝も、内裏が焼失するたびに一条院に移ったし、その住み心地を愛してもいた。が、三条は違う。気持のしこりがあるから、いよいよ道長の翼の中に羽交いじめされてしまったように感じられる。

——どこかで誰かが見ているのではないか。

監視されているようで内密な話もできない。以来枇杷邸は陰湿な駆引の場になった。むろん、管絃《かんげん》が奏でられ、歌がやりとりされ、ときには華やかな宴がくりひろげられる中で、微笑の仮面をかぶっての戦いである。

まず道長は、三条の蔵人頭《くろうどのとう》として、藤原兼綱《かねつな》をその側近に押しこもうとした。彼は道長の兄で辣腕家《らつわんか》だった道兼《みちかね》の子だが、父の死後は、専ら道長の庇護《ひご》に頼っている。

三条はこの人事に難色をしめした。これではスパイを飼うようなものではないか。直ちに、

「資平はどうか」

反対提案をする。彼は信頼厚い実資の養子だ。少し前から蔵人頭になりたい、とひそかに申し出ている。実資もしきり

藤原遠量女?
　‖——兼綱
┌道兼
└道長

に後押しをしているのだが、それを知りぬいている道長は、いっこうに同意せず、逆に三条は押しきられた形になった。

明らかに三条の敗北である。実資は少なからず落胆したが、結局反撃の機を捉えて、翌年三条はとうとう兼綱と並んで、資平を蔵人頭にしてしまった。

もちろん道長も負けずにわが子頼宗《よりむね》、能信《よしのぶ》の官位の昇進を要請してくる。一進一退、まさに揉《も》みあいの人事合戦だ。

そのうち、比叡山延暦寺の最高責任者である天台座主《ざす》が死んだ。すると、三条は、道長の大嫌いな慶円《けいえん》をその後任に就けようとした。慶円は、かつて道長が病臥《びょうが》したとき、それは叡山に非礼があったからだ、と祈禱を拒んだ硬骨漢で、以後も道長との仲はよくない。

——あんな奴に座主になられてたまるか。

道長は不服で対立候補を立てたが、このときは結局三条の言い分が通った。今でもそうだが、人事は権力争いの焦点である。後へは退けない。道長も三条も、負けるに負けられない戦いを執拗《しつよう》に続けなければならなかった。

この間に、三条の第一皇子敦明に男児が生れた。母は延子、右大臣顕光の娘である。すでに七十、ますます魯鈍《ろどん》さを加えてきたにもかかわらず、顕光は王子誕生とともににわかに元気づいた。

「うえ、うえ、うえ」

唇の端をゆるめて、だらしなく笑い、

「ま、東宮はきまっておられるが、その後は、敦明の皇子《みこ》、そしてその先は、わが王子
……」

自らの年も考えず、その即位まで生きている気になりはじめた。無能なくせに権力欲だけは人並以上の人間がからんでくると事はいよいよ複雑になる。道長も神経を尖《とが》らせ

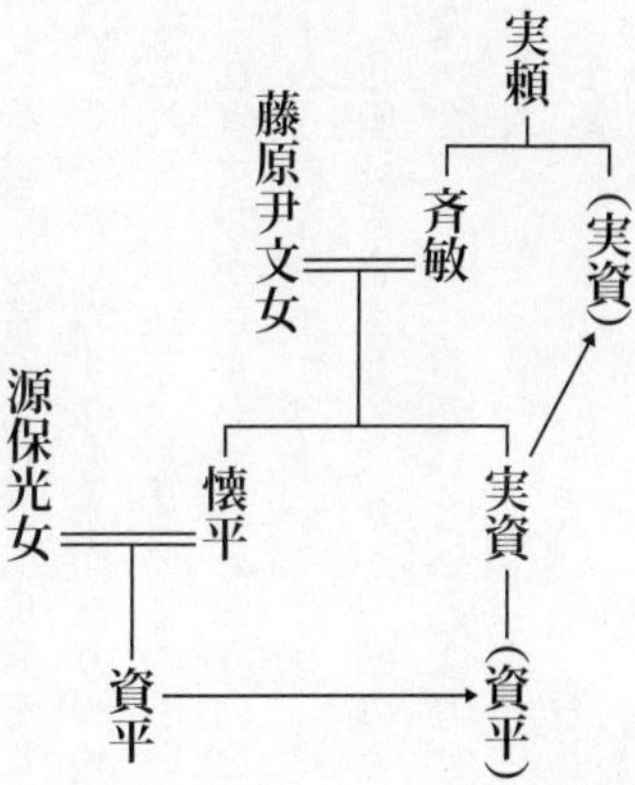

ざるを得ない。いま彼のひそかな関心は、東宮の後をどうするかにあるのだから……。
はてしない人事の駆引に三条は疲れている。それでいて、道長に対する敵意だけは、より熾《し》烈《れつ》に燃えさかった。
眼の治療に異常ともいえる執念をしめしはじめたのはこのころからである。眼病に効くという薬は何でも飲んだ。
「大寒、小寒の折に汲《く》みおいた水を何杯も御髪《みぐし》にかけられると効果がございます。これは昔から行われている療法でございまして」

と献言する者があれば、早速それをやってみた。冬のさなか、運ばれてきた手桶《ておけ》の水は、すでにうっすらと氷がはりつめている。

「これを、お注《そそ》ぎになるのでございますか」

女官たちがさすがにためらうのを、

「かまわない、かけよ」

角盥《つのだらい》に首をさしのべたが、頭の上から注ぎかけられた水は、息もとまりそうな冷たさだった。いや、冷たいというより、金属片を投げつけられる痛さ、といったらいいかもしれない。

十杯、二十杯……。

終るころには唇は血の気も失せ、半ば意識も朦朧《もうろう》としてしまっていた。その日から三条は高熱を発して寝こんだ。この療法が、眼疾に何ほどの効果もあげなかったのはいうまでもない。

「それまでなさらなくても」

ひそかにささやきあう女房たちもいた。そういう療法は当時行われていないわけではなかったが、しかし、これが一条帝の場合だったらどうだろうか。いくら効果があろうとも、道長はその身を案じて止めたかもしれない。

いまの枇杷邸には少なくともそういう雰囲気はない。無意識にそのことを感じてか、三条はしきりに内裏へ戻りたがった。が、その造営は遅々として進まない。そのうちに、三条は片方の耳も聞えなくなったことに気づく。

しかし、これは絶対に道長にさとられてはならないことだった。半ばめしい、耳も聞えないとわかれば、彼はたちまち譲位を迫るであろう。

必死の願いをこめて、三条は春日詣《かすがもう》でを決心する。その効験にすがって、健康の回復をはかろうとしたのである。が、このことを公表した後で、健康状態はさらに悪化する。いよいよ予定していた時期が近づいたとき、三条は奈良までの旅行に耐える体力のないことを自覚せざるを得なくなる。こうなっては道長に諮問するよりほかはない。

「春日詣では無理かもしれぬ。いかがすべきか」

案の定、道長の答は冷淡だった。

「私がとやかく申しあげるべきことではございません。帝《みかど》の御決定通りにいたしますので」

「そうか、それでは……」

涙を呑んで延期した。いや、延期という名目で中止したのである。結果的には、三条は自分の体力の衰えを天下に公表したことになってしまった。

悲劇だろうか、地獄図だろうか？

それとも、妄執の描く戯画か？

長和四（一〇一五）年というその年の、春から秋までにくりひろげられた三条と道長の相剋図《そうこくず》は、見方によって、どうとも眺められる政争絵巻である。盲目の帝王が、権臣によってその座を追われたと見れば、これは王朝の暗部を描く一大悲劇だ。

あたかも髑髏《どくろ》化《か》したその王者の眼窩《がんか》からは、蒼《あお》い鬼火が噴きだし、背後に怨霊《おんりよう》が跳梁《ちよう りよう》し、読経、修法の声がまつわりついていると見れば、これはまさしく凄絶な地獄図であろう。

が、加害者の立場にある道長としても、舌なめずりをしながら獲物をいたぶっていたわけではないのである。頑固で一筋縄でゆかない三条に手を焼き、腹を立てたり、なだめてみたり、脅してみたり、さんざん精力を使いはたしているのだ。おまけにそのさなか、道長は自分の邸の打橋《うちはし》（渡り廊下）から足を踏みはずして転げ落ち、意識不明になる有様だった。

よほど打ちどころが悪かったのだろうか、半月経っても、まだ立てないでいた。うんうん唸りながら意のままにならない事態にいらいらしつづけている道長のそばには、

――やれ、いい気味、うひひひ、

嬉しそうに日記を書いている実資もいる――となれば、これはもう戯画に近い。

人生とは何と悲しく、何とおかしいものなのか。もっともその当事者だけは、いたっ

て大まじめなのであるが……。

秋のはじめ、三条は手許に提出される文書が判読できないほどになっていた。やむを得ず、しばらく道長にこれを見るように、と言ったが、道長は鄭重《ていちょう》に辞退した。天皇が裁決できなければ政務は渋滞し、退位に追いこむことができる。自分が代りをつとめるのは、延命の手助けをするようなものだからだ。

そのくせ、ときどき三条は視力を回復して、

「ああ、あそこの障子の松の画は……」

などと言って周囲を驚かせる。

「そういうときには、道長は全くおもしろくない、という顔をするのさ」

とは、三条が蔵人頭資平に語った言葉である。が、結局それは一時的なことで、やがて三条は文書の点検、裁許を道長にゆだねなければならなくなるのであるが。

その間にも、三条の眼病平癒のために怨霊調伏や加持祈禱が行われている。道長は三条の言うなりに、あらゆる手段を講じているかのように見える。そのくせ、伊勢神宮へ奉幣使を立てることを決定しながら、何のかのと理由をつけ、その出発を遅らせているのも道長そのひとなのだ。

三条は一歩一歩譲位に追いこまれていったが、それでも執拗に、

「新しい内裏へ移らねば」

と言いはった。長和四年九月、造営の遅れていた内裏がついに完成した。三条は近侍の者たちに助けられて移転を終える。その後で三条はわざと譲位問題にそっぽを向く。道長に肩すかしを食わせたのである。

しかし、皇位交替劇は終りに近づいていた。誰もが幕をおろしたがっている。結果はわかりきっているからだ。

「帝はすでに何もごらんになれない。回復の見込もなくていらっしゃる」

「文書にお眼を通すこともできないのだからな。帝はあってもなきが如しだ」

一方の当事者である道長にいたってはなおのことだ。いらいらしながら幕のおりるのを待っている。いや、もう次の幕の準備まではじめている。

次の幕、すなわち三条譲位の後のことだ。彰子所生の一条の第一皇子、敦成が即位するのはわかりきっているが、道長が前から心にかけているのはその後の東宮だ。

——できれば、第二皇子敦良《あつなが》を。

そう考えて工作をはじめている。腹心の中納言俊賢や大納言公任が、その意をうけて動きだした。時勢を見ぬくことにかけては、抜群の才のある俊賢はあたりまえだが、このころには公任もすっかり道長党になっている。かつては道長など足許に及ばないほどの才をうたわれた彼も、道長の次男教通を婿に迎え、下にもおかぬもてなしをしている現在なのだ。

「御譲位の日取りはいつにしますか」

俊賢などは、すでに三条の譲位を既定の事実のように、道長の前で語っている。が、ほとんど大勢が決定したように思われたそのときがきてからも、三条はなおもしぶとい抵抗をしめす。

「譲位？　いつ自分がそんなことを言ったか」

壮絶というか、向う見ずというか。すべてを白紙に戻すような勢をしめした。

「敦良を東宮にしようなどという不埒《ふらち》な考えをする者があるかぎり、退位はしないぞ」

そう言い放ったと聞いて、道長は渋い顔をする。内々の工作が露見したのはまずかったが、それにしても扱いにくい相手だと舌打ちした折も折、三条はがらりと態度をかえ、道長を招いて唐突にこう言った。

「わが姫宮と頼通をめあわせたいが、どうか」

——ややっ、何と。

これには道長もあっけにとられる。第一皇女当子《とうし》内親王は十五歳で斎宮として伊勢にいる。その次の禔子《しし》——いずれも皇后娍子の所生だが——にいたっては裳着《もぎ》も終っていない少女である。が、三条は涼しい顔で言う。

「頼通は故具平親王の娘を妻としているようだが、なに、それはいっこうに差支《さしつか》えない。ともかく頼通にあずけたいのだ。そうなればまことに喜ばしい」

「は、は、畏《おそ》れ多いことで」

天皇から持ちかけられた縁談を断るわけにはゆかない。が、これが譲位ひきのばし作戦であることは見えすいている。頼通を味方にひきずりこもうというのだろうが、あまりに露骨すぎるし、第一稚拙きわまる——と思いながら、一気にこれを拒否できないことに道長は苛立《いらだ》った。

——長年駆引の世界で生きぬいてきたこの俺が……。

みすみす子供だましに似た三条の罠《わな》にかかって動きがとれないとは。

——これが帝でなければ、そんな提案など、一気に蹴《け》とばしてくれるんだが。

もう勝負はついているはずなのに、諦めない相手というのは困ったものだ。天皇の申し出を拒むわけにゆかないから、婚儀を行うことにすれば、たしかにその分だけ、譲位は先になるだろう。しかし、それだけのことではないか。何程の効果もありはしない。譲位は既定の事実なのだ——と道長は叫びたかった。

こうしておいて、三条はふたたび、道長に摂政に准じてすべての政務を取り行うようにと言ってきた。

「畏れ多いことで」

口ではそう言ったものの道長は、もちろん拒否するつもりである。摂政に准じた扱いをうけるということは、三条の在位を認めることになるからだ。

――姫宮と頼通の結婚を俺がありがたがっているとでも思っておいでか。

皇后娀子はいそいそとその準備をはじめているらしかったが、こっちも婚儀は引き延ばすまでだ、と道長は覚悟をきめている。が、准摂政を拒否することは、あまりに角が立ちすぎるという側近の意見もあって、十月末、しぶしぶ道長はこれを受諾する。准摂政――明らかな天皇代行である。他人の眼には、道長はいよいよ栄光の階段を上りつめたと映るだろう。が、道長はその栄光に苦虫をかみつぶし、三条の執拗さに腹を立てているのだった。

が、一方の三条の形勢もいよいよ悪くなっていた。九月に遷《うつ》ったばかりの新内裏が、二月足らずでまたもや焼けてしまったのだ。しかもこのとき内裏にいたのは皇后娀子で、中宮妍子は上東門の里邸にとどまっていた。やむなく三条は道長の枇杷邸に逆戻りする。娀子は皇后宮亮《こうごうぐうのすけ》である弟為任《ためとう》の邸に移り、二人はまた離れ離れになった。

怪火ともいうべきこの事件が、三条を追いつめる。

――度々の内裏焼失は帝徳薄きがため。神も帝を見放しておられるのですぞ。

道長はじめ人々の、そう言いたげな態度が、ひしひしと感じられる。折も折、頼通が重病に陥り、高熱を発して呻《うめ》いているという噂《うわさ》を三条は耳にする。ひどく深刻な顔をした道長が現われたのはその後間もなくである。

「加持をいたさせましたところ、もののけが出まして。愚息と姫宮の婚儀が行われれば、二人とも取り殺してくれるぞ、と申します」

「そうか」

「まことにありがたい仰せではございますが、姫宮さまのお命にもかかわるとなりますと」

三条は婚儀の提案を撤回せざるを得なくなる。その決定を見るやいなや、頼通の病はけろりと治ってしまったという。頼通はほんとうに重病だったのだろうか?

いまや、満身創痍《そうい》。

残された道は譲位しかなかった。しかし、この期に及んでも、三条はなおもしぶとく条件をつきつける。

「皇后娍子所生の第一皇子、敦明を東宮に。それ以外は絶対に認めない」

道長も遂にこれをうけいれざるを得ない。あれほど敦明を忌避し、敦良擁立の工作を続けてきたのに、それを諦めたのはなぜか。

一つには三条の提案が、当時としては一応筋の通ったものであったからだ。半世紀ほど前、村上帝が亡くなって以来、その皇子である冷泉《れいぜい》、円融《えんゆう》の兄弟の両系統が交替で帝位につくことが一種の不文律になっていた。すなわち、円融の後は冷泉系の花山《かざん》、その後が円融系の一条、そして冷泉系の三条。東宮敦成は、一条の子だから円融系。とすれば次は冷泉系の三条の皇子が継ぐのが妥当である。

が、それだけでなく、道長は三条の粘りにうんざりしていたのだ。

——しぶといお方だ。

三条にも、さんざん道長にいためつけられた、という思いがある。こうしてそれぞれに不満をのこして、三条譲位が実現する。一般には権力者道長のごり押しと思われている事件だが、三条の執念もかなりすさまじいものがある。当時の天皇は、決して藤原氏に唯々諾々と操られるロボットではなかったのである。そして摂関と呼ばれる権力者たちも、簡単に天皇のすげかえのできるほどの絶対者でもなかったのだ。

ではこれは単なる不幸な個性の対決だろうか。

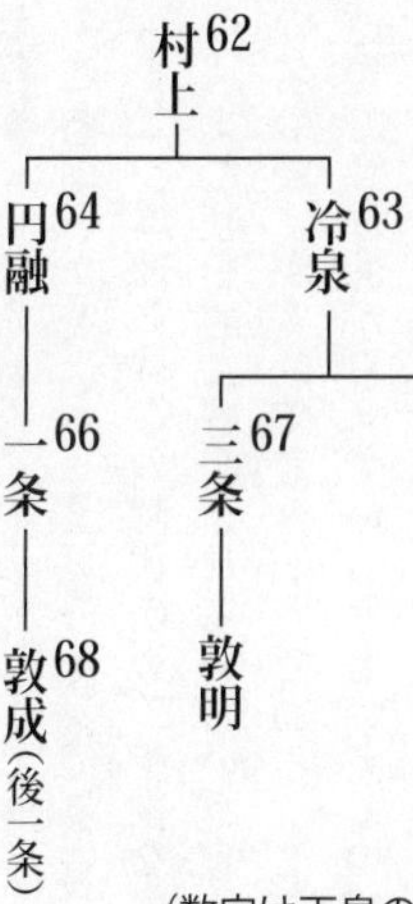

(数字は天皇の代数)

そうではない。不幸は彼ら権力機構を形造る環が完璧《かんぺき》性を欠いていたことにある。たとえば一条と道長の間には、一条に対して強力な発言力を持つ母后、詮子《せんし》がいた。そして一条と道長の間の潤滑油として奔走にあけくれる蔵人頭行成がいた。

が、三条の母后はすでに世を去っていた。蔵人頭は二人とも器量が不足し、調整役がつとめられない。

この両者を欠いたことが、三条と道長の相剋をはてしないものにした。母后と能吏――じつは彼らはこの時代の影の主役なのだ。が、日本の長い伝統に根ざす母后の問題は、まだ歴史的に解明されていない。官僚機構とその政治機能の問題も、とかく権力者の名の蔭《かげ》にかくれて霞《かす》みがちである。この三条をめぐる事件は、いわばこれらの問題を逆光で浮きあがらせているともいえるのである。

両者の対立が個性の問題ではなかった証拠はまだある。三条の譲位後、両者の親密さは復活するのだ。権力という魔鳥が飛び去った後の一個の人間としての三条に対しては むしろ道長は親切でさえあった。

さて、どろどろした執念に満ちた引退劇の終りに、三条はこの時代にふさわしい優雅なピリオドの打ち方をする。

心にもあらでうき世に長らへば恋しかるべき夜半《よは》の月かな

譲位を決意した十二月半ばの作である。

恋しかるべき月は、もう三条には見えないのだ。生きながらえてみたいとも思わないこの世だが、もし意に反して長らえたなら、この夜の月も、なつかしく思い出されようという歌は、その月さえも見えない盲目の三条の作であるからこそ哀切きわまりないのである。

ところで、そのころ、もしかすると、都を遠く離れて、同じく視力の鈍った瞳《ひとみ》で月を眺めている人間がいたかもしれない。

道長のライバルだった伊周の弟、中納言隆家である。

三条と道長の摩擦が昂《たか》まりはじめたころ、彼はみずから望んで大宰権帥《だざいのごんのそち》に任じられ、筑紫《つくし》に下ったのだ。そのころ彼は眼疾に苦しんでいた。さまざまの治療を試み、わざわざ熊野詣でもしたのだが、効果はさらに現われなかった。

「この上は大宰権帥を希望して筑紫に行ってみようかと思うのですが」

大宰府の長官の交替期に当っていたそのころ、彼はこっそり実資と相談している。大宰府には、いま宋から恵清という名医が来ているらしい。その薬も取りよせてみたが、やはり直接見て貰《もら》った方がいいのではないか……。

が、大宰府の長官は要職である。さきにも書いたが、九州地方を統轄するほか、いわば貿易公社の総裁の役をつとめるので、しぜん大陸からの珍宝を手に入れることも多く、莫大な役得があるから希望者も多い。そのようなうまみのある役を、はたして道長は伊周の弟の隆家に許すだろうか。

ともかく希望を出してみると、拍子ぬけするくらいにあっさりと、道長は大宰府行きを許してくれた。

「よろしい、お行きなさい」

度量のあるところをしめしたのは、思うに隆家の頭上にはすでに魔鳥がとまるべくもないことを見ぬいていたからではないか。一条帝が臨終にあたって、定子所生の第一皇子敦康をさしおいて、敦成を指名したと聞いて、

「何たる人でなしでおいでか」

と舌打ちしたものの、それ以来、ふっつり権力への欲望を断ちきってしまった彼の、竹を割ったような性格に、道長はむしろ好もしさを感じていたのである。

そういう人間に対するとき、道長は平凡児らしい平衡感覚を取り戻す。いつぞや土御門で酒宴があったときのことである。道長からしいて来邸を求められた隆家が、やむを得ず出かけてみると、すでにかなりの酒が廻って、一座は乱れに乱れていた。客の半ばは、袍《ほう》の紐《ひも》をゆるめて胸許《むなもと》を押しひろげていたが、隆家を見て、

「や、これは……」

さすがに、あわてて衣紋を繕ろおうとした。が、道長は笑ってこれを制した。

「それでは座が白ける。さ、中納言もらくになされ」

声に応じて隆家の袍の紐に手をかけようとした男がいる。藤原公信《きんのぶ》といって、家柄は悪くないが、隆家より官位は低い男である。じろりと隆家は彼をひと睨《にら》みすると、傲然《ごうぜん》

として言い放った。

「不遇とはいえ、そなたなどに手をかけられる隆家ではない」

一瞬にして人々の酔はさめはてた。

気骨随一、怒れば何をしでかすかわからない隆家だ。その昔、兄の伊周が、恋敵を花山法皇と知りながら矢を射かけさせた事件も、背後で隆家が、

「やれっ、やっちまえ」

とあおりたてたからなのだ。

――うへっ、とんでもないことになるぞ。

水を浴びせられたように一座は沈黙する。

が、そのときである。

ゆらりと立ちあがった人物があった。

それが道長だった。

「まあ、まあ、今日のところは……」

笑みをたたえて隆家に近づき、

「ま、冗談はよしにしていただくとして……」

虚をつかれた面持の隆家の肩に手をかけて、

「道長に解かせていただこう。さ、これでよろしいかな」

左大臣が、わざわざ年下の中納言の袴《はかま》の紐を解いてやる——。これほど道長が下手に出るとは思いもかけなかったのだろう。

「や、や、これは」

隆家は怒った顔のやりばに困ったようだ。

「さ、酒を、盃《さかずき》を」

一座にはまた陽気などよめきが戻った。人々はさらに酔い、隆家もその中に混って、したたかに酔いすごした。

——よかったな。ま、無事に収まって。

誰の胸にもそんな思いがあった。そして誰よりも上機嫌だったのは、道長だったかもしれない。彼は酒宴が無事に続けられていることよりも、むしろ久々に取り戻した自分の平衡感覚に満足していたのである。

こうした事が、以後の道長と隆家の間をなめらかにしたことはたしかである。もしもあのとき座中に険悪な空気がみなぎり、隆家が席を蹴って帰ったとしたら？　おそらく大宰権帥就任もたやすく実現したかどうか。自尊心の高い隆家は、その希望を出すことじたいにこだわりを感じたかもしれない。むしろ道長の臨機の処置は、隆家の前途をも救ったことになるのである。

しかも道長は隆家の大宰府赴任にあたって正二位に叙せられるよう取り計らった。左大臣の自分も正二位なのだから、大変な優遇といわねばならない。久しぶりの高官の現地赴任というので、天皇臨席のもとに酒宴が開かれ、衣装や馬や砂金が下賜《せんべつ》された。皇太后彰子、中宮妍子からも衣装を、道長からも衣装や砂金、馬などが餞別として贈られた。

それから半年足らず、九州の隆家からは、たちまち規定の貢進物のほかに唐絹や香料、螺鈿《らでん》の細工物などが、天皇や道長に送られてきた。三条譲位の数か月前のことである。貿易公社の総裁として、隆家は存分に腕を振いはじめたようだ。

わが手で選びとった新天地で、彼はそれなりに充実した別の人生を歩みはじめた。が、その代り、数年後、彼はこの時代の公卿《くぎょう》が誰ひとり体験しなかった重大局面に立ちむかわなければならなくなる。

それは突然の外敵の侵入だ。

今は忘れられているが、これは平安朝の大事件の一つである。考えてみれば日本が外国勢力の大がかりな侵入をうけたのは、蒙古《もうこ》襲来と今次大戦と、このときの三度、といってもいい。来襲の期間も短く被害も一部にかぎられてはいたが、有史以来の恐怖の体験として、現地の人々に与えた衝撃は大きかった。

何の予告もなしに疾風のようにやってきたのは刀伊《とい》の賊。ときに寛仁三（一〇一九）年四月、五十余艘《そう》の船に乗った彼らは、まず壱岐《いき》、対馬《つしま》に上陸、百数十人を殺害し、四、五百人を捕えて連れ去った。中でも壱岐では守《かみ》の藤原理忠《まさただ》までが殺害され、ほぼ全滅状態に陥った。

刀伊はさらに勢に乗じて筑前の能古《のこ》島に上陸、周辺を荒し廻った。ここでも百数十人が殺され、数百人が捕えられ、壱岐、対馬の分を加えると数百頭の牛馬が奪われた。

隆家は在地の豪族に応戦を命じ、刀伊が博多の筥崎宮《はこざきぐう》まで侵攻してきたところで、やっと押し返させた。この合戦によって刀伊側もかなりの負傷者を出したようだが、日本側も、引きあげる刀伊から捕虜を奪い返すほどの力はなかったようである。

このとき彼らと日本側の戦力には格段の開きがあった。彼らは三、四十の楫《かじ》をつけた敏捷《びんしょう》な船に乗り、上陸するやたちまち刀、弓矢、楯《たて》を持つ二十個隊に分れて進撃してきたというから訓練されぬいた戦闘集団である。しかも一艘に五十人乗っていたとすると、総数では二千五百ほどにもなろうか。

一方九州の豪族は、蒙古襲来の時の鎌倉武士ほど成熟した武士団ではない。大宰府も直属軍隊を持っていたわけではないから、いわば寄合世帯の軍隊である。

それがどうにか力をふりしぼって刀伊に対戦できたのは、やはり隆家という存在のおかげである。大宰府の管内はなかなか統治しにくいところで、このところ都から下ってくる長官はたいてい失敗している。宇佐八幡のような寺社勢力、あるいは配下の国の守、あるいはそれ以下の在地勢力——それぞれが我欲をむきだしにして抵抗するので、例の怠け者の名筆家、藤原佐理《すけまさ》はじめ、歴代の長官はその反抗にいつも手を焼いてきた。が、隆家は何といっても関白道隆の子、その家柄の前では国の守も在地勢力も、かしこまらざるを得ない。加えるに隆家自身の剛毅《ごうき》な性格が彼らを心服させたのだろう。じじつ隆家は、都に刀伊の侵入を報告するにあたって、自身出陣の決意を申しのべている。もっとも刀伊はまもなく引きあげてしまったので、実際に戦闘に臨んだことはなかったらしいが……。

もし、これが、平惟仲、藤原有国といった実務官僚出身者だったなら、大宰府の威令はこれまで行われたかどうか。在地の連中も尻ごみし、刀伊はさらに九州内部まで侵攻を続けていたかもしれない。

ところで、剽悍《ひょうかん》な刀伊の賊とは何だったのか？　どうやら現在の中国の東北地方にいたツングース系の女真《じょしん》という種族らしい。狩猟と牧畜の民である。後に清朝《しんちょう》を興す満洲族も同一種族のようだが、当時の彼らは、ときに船隊を組んで高麗《こうらい》の沿岸を荒しまわったりしていた。彼らとすれば、これも「海の狩猟」だったのかもしれない。

日本からの帰途にも高麗を襲ったが、このときは逆に高麗軍にやられて、日本で捕えた捕虜たちを置きざりにして逃走した。おかげで命拾いして高麗から送り返された人々の話によると、刀伊の賊は、捕虜の中でも役に立たない老人などは、どんどん海に放りこむという残虐さだったという。

刀伊の侵入が報じられたとき、都では、

――すわ、一大事！

高官たちは色めきたった。何しろさきに南方の海賊が来襲したときも、道長はじめ高官が飛びあがらんばかりに仰天したくらいである。外敵の侵入にはいつもびくびくものなのだ。

「わが国は亡弊の国だ。その実体を見破られては大変だ」

と、まずそのことを考えるのである。

が、その弱腰を笑うわけにはゆかない。ある意味では、侵略体質に欠けていたからこそ保てた平和だったからだ。勇気ある隆家も、そのことは心得ていて、刀伊を深追いすることを禁じ、高麗の領海を犯すことをきびしくいましめた。そのことが後での捕虜の引取りを円滑にしたのはたしかである。

もっともこのときの政府の対応には、今の眼で見るとピントはずれの所もかなり多い。大宰府の報告をうけて彼らが決定したのは、

「各地の警固をきびしくすること」

「諸社寺に祈禱《きとう》させること」

であった。前者はあたりまえすぎるし、後者にどれだけの効果があったろう。

さらに戦後恩賞を与える段になって、

「それは必要あるまい」

という議論も出た。なぜなら、

「たしかに手柄をたてたら恩賞を与えるという通達は出した。しかし発令は四月十八日、現実に十三日に戦闘は終っている。つまり発令前の行動だから恩賞に値しない」

というのだ。これには反論が出て、結局恩賞は与えられることになるのだが、何という硬直した官僚的思考であることか……。

が、滑稽《こっけい》に近い法律万能主義にも、じつは考えさせる問題が含まれている。現地が独断専行して周囲と事を起し、恩賞を要求することが平然と行われるようになったらどうなるのか。恩賞はともかく、出先機関の行動にどれだけ歯止めをかけるべきか。とりわけ軍事行動の場合の危険性は我々が戦時中にいやというほど経験したことだし、今もその意味は問いかけられている。刀伊の乱はさまざまのことを考えさせる事件なのである。

虧《か》けゆく月

大宰権帥《だざいのごんのそち》の任期は国の守《かみ》より長く、五年ときまっている。長和三（一〇一四）年の冬に権帥に任じられた隆家《たかいえ》は、その任期の終り近くに刀伊《とい》の侵入を経験したことになるが、彼が都を離れている間に、中央の政局はじつは劇的な変化を遂げている。都からの便りによって、その間の消息には通じていたであろう隆家も、任を終えて帰京したとき、多分、

——おお！

今浦島の感を深くしたに違いない。

まず、彼に過分の餞《はなむけ》をしてくれた三条帝は退位していた。いや、それどころか、もうこの世にはいなかった。意地で生きているとでもいうように帝位にしがみついていた三条はすべての張りを失ってしまったのかもしれない。が、その死のもたらした政情の変化に触れる前に、三条譲位の直後から始まった動きを眺めておかねばならない。

まず、わが道長は、遂に正式に摂政となった！

三条時代の「摂政に准じて」という何とも中途半端な肩書を払いおとし、東宮敦成《あつひら》、すなわち後一条の即位とともに、天下晴れて摂政に就任するのである。

さすがに喜びはかくしきれないものの、倫子《りんし》は夫の頬に、

――大丈夫だろうな、俺は？

念には念を入れてたしかめるような気配のあることを見逃してはいない。陽気な半面にあるこの小心さが、彼を今日まで左大臣に止《とど》まらせていたのだ。道長の胸の底には、

――道隆兄も道兼兄も、無理して急いで摂政や関白になったから早死した。

という思いがある。つまり、摂政や関白は外祖父になってから手にするのが自然なのだ、と思っているのだ。

――大丈夫ですとも、あなた。

倫子はそう言ってやりたい。

――帝は姫の生みまいらせた皇子。摂政におなりになるのに何の憚《はばか》ることがあるものですか。

いや、それは口に出さないでもいいことなのだ。すでに結婚三十年め、自分が道長の心の中が読みとれると同じくらい、相手も、自分の微笑ひとつで、すべてをわかってくれているはずだから。

その後倫子は道長と並んで、三宮《ぐう》（太皇太后宮、皇太后、皇后）に准じて年官年爵を

得、封戸《ふこ》が追加された。年官、年爵というのは、毎年官吏の任官や加階を推薦できる権利で、最高の栄誉である。倫子はいまや天皇の外祖母として、三宮なみの待遇を得たのだ。こうした例はないわけではないが、まず破格の栄光といっていい。

——よろしいのでしょうか、あなた。

今度は倫子が不安になる番であった。道長の無言の微笑が、彼女にとっては何よりの支えだった。

倫子にとってより嬉しいのは、これらが皇太后である娘の彰子《しょうし》の計らいという形で行われていることだ。幼年の後一条に代って、政治の中心にいるのは、彰子である。

——いつのまにか立派になって……。

改めてその姿を見直す思いである。

幼いときから、物おじせず、線の太い彰子であった。かつての東三条院詮子の役割を引き受けて、宮廷の中心にどっしり腰を据えている。後世は彼女たちの存在をつい見過しがちだが、あたかも廻る独楽《こま》の軸のような役をしているのは彼女たちなのだ。そして詮子《せんし》や彰子のような、しっかりした母后が軸をなしているとき、政治は安定を保つ。後一条の時代は、道長の時代であるとともに彰子の時代でもあった。

父に似て、彼女も政治社会の平衡感覚を忘れない。以前からへそまがりの大納言実資《さねすけ》などにも、

「どうしているか、時々顔を見せるように」

といった言伝《ことづ》てをこまめに伝え、反対派に廻るのを未然に抑えてしまっている。さすがの実資も彰子の眷顧《けんこ》に悪い気はしなかったらしく、道長への根廻しを頼むときなどは、彰子の許にしげしげとやってきた。このとき、彼の窓口になったのが紫式部だったというのもおもしろい（もっとも、長和二〈一〇一三〉年ごろから後は彼女の消息は摑《つか》めなくなっているのであるが）。

そして彰子と道長を結ぶ位置に倫子がいる。彼女もまた、ただの摂政の妻として、栄華に包まれていたわけではなかった。残っている史料からも、彼女がしばしば参内し、彰子と交渉を持っていることがたしかめられる。

そのころ倫子の実母の穆子《ぼくし》が世を去った。

夫の反対を押し切って、

——道長こそ、わが娘の婿。

ときめたのが彼女だったことを思えば、まさに穆子、倫子、彰子という女の系譜が、この時代を貫いているともいえる。曽孫《そうそん》の即位を見届けて、満足しきって一生を終えた穆子だったが、道長はその臨終にあたって、

「情においてはしのびなかろうが……」

と、言いながらも、倫子を枕頭から立ち去らせた。死のけがれに触れて、公的な行動

がひどく制限されるのを恐れたのだ。

「いや、いや、離れるのはいや……」

倫子は日ごろの理性も失って取り乱した。五十すぎても、やはり母の死は悲しい。が、泣きじゃくりながらも席を外さざるを得ない彼女だった。公人としての立場は知りぬいているし、夫が自分に望んでいることが、わかりすぎるほどわかったからだ。

母の死が倫子に深い悲しみを与えたとすれば、道長を嘆かせたのは、火災の頻発だった。穆子の死の二日前には自身の上東門邸（土御門邸）まで焼けてしまった。隣に住んでいた近江守《おうみのかみ》藤原惟憲《これのり》の家から出火したかと思うと、またたく間に飛び火して、豪奢《ごうしゃ》な上東門邸が全焼してしまった。

「ああ、何たること、何たること」

焼跡に立って呆然《ぼうぜん》とする間もなく、父兼家の建てた法興院《ほこいん》が焼けたという知らせが入った。このときは土御門大路から二条にかけて五百余の家が焼けるという大火だった。

——ついてないな、俺は……。

それまでの得意はどこへやら、道長の顔は暗くなりはじめる。

当時、都の火事は日常茶飯事であった。内裏も度々焼失しているし、げんにそれから間もなく、三条上皇の枇杷《びわ》邸も丸焼けになった。周囲としてみれば、浮かぬ顔の道長に、

「何もそんなにお嘆きなさらずとも」

と言いたいところであろう。再建の資金に困るわけではないのだから。いや、上東門邸焼失と聞くやいなや、見舞いの客がどっと押しよせてきた。中でも目立つのは、富裕な受領層《ずりよう》——。道長のおかげで、甘い汁のたっぷり吸える国の守になれたのだから、一大事とばかり、各地から上京してきた。遠国の国の守たちも使者を送ってくる。

「この度はとんだことで……この際何でもお役に立ちますので、お申しつけください」

申し出たものは十指に余った。

この分ではたちまち再建は可能であろう。が、じつは道長が衝撃をうけた理由は別にあったのだ。そのころ彼は、この邸《やしき》を舞台に、もう一つの——ある意味では生涯最大の絵巻をくりひろげるべく、準備中だったからだ。

——その矢先に邸が焼けるなんて縁起でもない……。

その準備はすでに実行段階に入りつつあった。ともかく邸の再建にとりかかると同時にこの方もスケジュールどおり進めるよりほかはなかった。

まず、その年の暮、彼は長年坐りつづけていた左大臣の座を離れ、摂政の肩書を帯するだけになった。やがて翌年三月、右大臣顕光《あきみつ》が左大臣に、そして内大臣公季《きんすえ》が右大臣に——。順送り人事である。魯鈍《ろどん》、無能な二人を信用しているわけではないが、これは息子の頼通《よりみち》を内大臣に押しこむためであった。

そうしておいて、十数日後、彼は昨年なったばかりの摂政をも辞めてしまう。代りに摂政となったのは、内大臣になりたての頼通であった。顕光、公季に一応の花をもたせ、実をとるという彼らしい人事運営である。

――道隆兄のようなことにはなりたくない。

平凡児らしい用心深さが働いている。道隆が関白のまま重病に陥ったために、その子伊周《これちか》は内大臣までなりながら、権力を握りそこねた。その下風に立ちながら一気に傍らを駆けぬけてしまったのが、ほかならぬ自分なのである。

――邪魔が入らぬうちに。

と、さばさばと摂政を譲った理由はここにある。

その代りに与えられたのが従一位で、おもしろいことに、ここにいたって、はじめて彼は妻の倫子と同じ位に並んだ。まさに九年めの女性上位の解消である。

「やあ、これで俺も、やっと、国母《こくも》の母君と同格になったぞ」

冗談を言うころには、いつもの陽気さを取り戻していた。

しかし、そこまで慎重に、その先を考えて事を運ぶ必要があったかどうか……。

なぜなら、その後まもなく、事は道長の予想もしなかった方向へ展開してしまうからだ。

――よもや。

と思った事件の一つは、三条上皇の死である。枇杷邸が焼けてから半年ほどで、四十二歳の生涯を終えた。眼疾と火災に悩まされた悲劇の一生というべきかもしれない。

その悲劇は、皇位継承者たるべく運命づけられたことからはじまっている。もし、そうでなかったら、至極常識的、かつ平凡な一皇子としての生涯を送れたかもしれないこの人は、手にした権力の故に、道を誤ったようなところがある。権力というものの甘さだけを知り、その恐ろしさに気づいていなかったということかもしれない。少なくとも、この世界での平均をとることのむずかしさを身にしみて感じていた点では、道長に一日の長があったことはたしかである。

ともあれ、両者の激突はここで一応の終りを告げた。激突は眼にもとまらないほどのすさまじさで回転する渦を巻きおこし、両者はその中で傷つき、憎みあい、その余勢にはねとばされるような形で、一方はこの世から消えてしまったのだ。

そして残る一方も……。

三条の譲位とともに、少しずつ平衡感覚を取り戻して、相手に手をさしのべるだけの余裕はしめしはじめたものの、渦の中で揉《も》みくちゃにされていたことに気づき、どうやら人心地がつくのは、その後である。

気がついてみると、周囲の状況は一変しつつあった。変化は向うからやってきた。思わず眼をこすりたくなるような変化が、である。

その話が極秘にもたらされたとき、

「や、や、なんと？」

思わずその耳を疑った。秘密の情報を伝えたのは息子の能信――。明子《めいし》所生の子の中では目はしのきく男である。やや緊張した面持で父に近づいた彼はそっと言ったのだ。

「東宮からのお召しがありまして、これから参上いたします」

彼は三条時代の後半、蔵人頭《くろうどのとう》をつとめたので、道長の息子の中では、比較的三条側に近い位置にある。能信はさらに声を低めた。

「何でも東宮をお辞めになりたい、という御意向のようで」

「まことか、それは……」

半信半疑というより、このとき道長はまだ二十二歳の息子の情報を信じていなかった。何かにせの情報を摑ませられているのではないか。が、能信は、むしろ確信ありげにうなずき、

「ともかく参上いたしますが、父上にもお召しがありましたら、お出になられますか」

「ああ、むろん参上するが」

若い能信の背に、不安を感じずにはいられなかった。

待つこと一日。

道長は少なからず、いらいらしていた。

――あんな若者に大事を任せてよかったのか。

自分が直接乗り出せないもどかしさにじりじりしているところへ、能信は姿を見せた。やや頰を上気させているが、その口調はむしろ静かだった。

「すべては決定いたしました」

「それで」

「東宮を辞退なさいます」

――お、お……。

道長は思わず言葉を吞《の》みこむ。たった二十二のこの若者が、一日のうちに、極秘裏に事を運ぼうとは。しかも、世間知らずの「風の精」の息子が……。

――俺はこの息子を見損っていたのかもしれぬ。

「なるべく早く参上して事をお運びになった方が」

という能信の言葉に、彼は大きくうなずいていた。

「行くとも、明朝早く」

かくて、東宮交替という未曾有の事件は、あっという間に完了する。新しく東宮になったのは、いうまでもなく後一条の実弟、敦良《あつなが》である。

もっともこのときの能信は、花山《かざん》退位のときの道兼のように、東宮敦明《あつあきら》をぺてんにかけてその座からひきおろしたわけではない。敦明自身が、それを望み、事後処理をうまく運んだというだけのことである。が、敦明の周囲にはその即位を待望している実母の皇后娍子《せいし》、娘を入内《じゅだい》させている左大臣顕光などがいる。彼らに気づかれないように事を運んだのはやはり能信の功績であり、彼はその直後に権中納言に昇進する。政界の大物として活躍するのはずっと後のことだが、これが彼の政治世界へのデビューを飾る事件だったことはたしかである。

敦明の東宮辞退は、母の娍子と、左大臣顕光を痛く失望させた。敦明の弱気に舌打ちする者も中にはいたかもしれない。が、これが苦労からの逃避か、賢明に選んだ平和の道かは評価のむずかしいところであろう。敦明はそれより以前から、この政争社会にあいそをつかしていた気配があるからだ。

敦明はこれ以後小一条院と呼ばれる。道長は彼を上皇なみの待遇とし、明子所生の寛《かん》子《し》（能信の妹）と結婚させる気のつかい方を見せている。

小一条院——敦明の婚儀の行われたのは高松殿。寛子が母の明子と住む邸である。以後敦明はこの一族になったような顔をして、しげしげと寛子の許に通いだした。

見棄《みす》てられた形のもう一人の女御延子《えんし》——顕光の娘は、食事も喉《のど》を通らないほど悲しみに沈んでいる、という噂が専らだった。

が、奇妙なのは、父の顕光だ。ここまで面目を潰《つぶ》されたら、道長に嫌味のひとつも言うところなのに、ちょうどそのころ、道長が二条に新しい邸を新築して移転すると、このこと祝に出かけたりしているのだ。

これには周囲も呆《あき》れはて、お互い眼配せをするばかりだった。

——いくら鈍い御仁とはいえ、これはどういう了見か。

顕光はこれでまたもや評判を落した。こういう度胸のなさと、道長の平衡感覚とは違う。油断も隙《すき》もならない政治社会で生きぬいている連中はこの微妙な差を正確に嗅《か》ぎわけているのだ。

そのくせ蔭では顕光は道長を呪詛《じゅそ》していたらしい。例の情報通の実資は、早速これを道長に知らせ、意地悪く反応をたしかめようとしたが、道長はこれには乗ってこなかった。

誇りも根性も置き去りにしたように見える顕光だが、しかし彼はじつは呆れかえるほどの自信の持主でもあった。

——俺はついてる。俺の運は絶対だ。特別な工作をしなくとも、ほれ、この通り左大臣になった。

そう思いこんでいるから始末が悪い。

——だから、今度も……。

と、彼は夢を棄てていない。敦明は東宮を降りてしまったが、延子の生んだ敦貞《あつさだ》が、東宮になる日がこないとはかぎらないではないか、と……。

「おお、御子《みこ》さま、御機嫌はいかがで？　さあ、じじが馬になって進ぜましょう」

大事な宝物である敦貞を背中に載せて、部屋の中を這《は》いまわっていた。

——何事も待つことだ。待っていれば、俺が左大臣になれたように、御子にも皇位が廻ってくる。何しろ運の強い俺の孫だ。なあに、今度の東宮はほんの子供だ。子供が作れるようになるのはずっと先。その間にこの御子が東宮になれないことはあるまい。帝《みかど》だって、まだ元服しておられぬのだから。

しかし、顕光が敦貞の馬になって部屋を這い廻っていたころ、じつは着々と事は運んでいたのだ。小一条院と寛子の婚儀が終ってまもなく、まず道長が太政大臣になった。これは政界への復帰というよりも、後一条帝の元服のための布石である。天皇が元服するとき、外祖父が太政大臣となって、冠をかぶせる役をつとめるのが、しきたりのようになっていた。

かくて翌寛仁二（一〇一八）年一月三日、後一条の元服が行われる。そして、二月九日、早くも道長は太政大臣をやめてしまう。予定の行動である。

見当ちがいに自分の強運を信じていた顕光とは異なり、道長はこの時期まぎれもなく運を摑んだ感がある。汗をかきかき、平衡感覚を保ってきた彼に、運命の神も、このへんでねぎらいを与える気になったのだろうか。

もっとも運には潮の満ちひきのようなうねりがあって、その度ごとに一喜一憂をくりかえすことになるのだが、考えてみれば、後一条の元服以前、幸運の第一波は、早くも彼の許におしよせてきていたのだった。

まず円融《えんゆう》天皇のきさきだった太皇太后遵子《じゅんし》がこの世を去った。後一条の元服を機に、皇太后彰子《しょうし》が、空席になったその座に遷ったのはごく自然なことだったが、これは後に大きな意味を持つ。

さて、次の運命の波を確実に道長は摑む。

三女の威子《いし》を、元服したばかりの後一条の許に入内させるのだ。すでに裳着《もぎ》をすませている威子は、従三位尚侍《ないしのかみ》の地位を与えられている。もっともこれは一種の格付けで、実際に宮廷の女官の仕事をつとめていたわけではない。

が、平凡児の道長の心の中には、このとき、ひとすじの躊《ため》いがあった。威子と後一条は、叔母甥《おばおい》の関係である。そういう結婚は当時としては珍しくはないのだが、威子はすでに二十歳。相手の後一条は、元服をすませたばかりの十一歳の少年なのだ……。

——はたしてうまくゆくかなあ。

彰子が入内したときはたった十二歳。成人している一条の愛に応えられるかどうかに不安があった。それに当時一条には成熟したきさき、中宮定子《ていし》がいて、その存在がひどく羨《うらやま》しく思えたものだ。

が、今度のように、相手よりかなり年上の娘を入れるのもなかなか心配なものである。こんなとき、女は度胸がすわるのか、妻の倫子は案外泰然としている。

「大丈夫、私だってあなたより二つ年上でしたもの」

「でも、十一と二十じゃわけが違うぞ。九つも年上なんだからな」

「九つも、二つも同じことです。そう違いませんわ。それに姫は私に似て小柄ですから、十五くらいにしか見えませんわ」

「そうかなあ」

「姫は髪があまり多くありませんしね。ほかの姫とどうしてこう違うのかと心配したものですけれど、今となってはそのほうがようございました。それだけ若く見えます」

髪の長いこと、豊かなことはこの時代の美人の条件である。倫子はいわば威子の弱点ともいうべきことまで引っぱりだして、この結婚を祝福しようとした。こうなると道長を力づけるというより、倫子自身何とかこの「幸運」を納得しようとしている趣きがある。

しかし、困ったことに、その威子自身、今度の入内にあまり乗り気でないのである。

「私が帝のおきさきに、ですって?」

面白くもないという顔をしている。運命の神様は皮肉なもので、これで「満点」という幸運はなかなか恵んでくれないらしい。

「だって、帝なら存じあげてますもの」

威子が後一条との結婚を渋るのはその理由からだった。

「おかしな姫ね、存じあげているからこそ気がらくじゃありませんか。ふつうはお顔も知らない方と結婚しなけりゃならないのですよ」

　倫子が言いきかせても、

「だから嫌なの」

と威子は首を振る。たしかに名ばかりの尚侍といっても宮中の女官の最高位にある彼女は、儀式のときなどには後一条と顔をあわせている。それに姉の彰子が土御門邸で彼を出産したときは、度々そのそばへ行って抱いたりあやしたりしてやった。

「そういう方と結婚するなんて！」

　思いがけない抵抗を何とかとりなしてくれたのは、太皇太后彰子である。

「私もそれを望んでいるのだから。私といっしょに帝をお助けすると思って……」

　その説得に応じて威子が入内したのは三月七日。支度は彰子や妍子のときを上廻る豪華さとなった。しきたりどおり、後一条から入内を促す使がくる。夕刻、糸毛の車に乗って、いよいよ威子は内裏へ向う。当時の内裏は一条院、その西北の対が威子の殿舎ときまっている。道長も倫子も、娘に従ってそこへ落着く。一族やそのほかの高官たちが続々とやってきて酒肴《しゅこう》が出される。

　そのうちに後一条から使が来て、威子は後一条の夜の御殿《おとど》（寝所）に向う。やや緊張した面持の倫子がこれに従う。もうこの先は、倫子にすべてを任せるほかはない。

──頼むぞ。

さまざまの思いをこめた道長の眼くばせに、倫子はちらりと応えた。このときになって、道長は、娘を幼帝に入内させた兄の道隆の心境がわかるような気がした。

──あのときも一条帝は十一。定子姫は十四だったな。

めでたさというものには、やはりなにがしかの不安がつきまとうものらしい。

しばらくして倫子が戻ってきた。

「どうだった?」

「ええ、まあ……」

道長のささやきに、あいまいな微笑を浮かべる。

こんなとき、後一条に前以《まえもっ》て「お心得」を伝授するのは乳母《めのと》の役である。後世になるとお心得を通りすぎて、実地訓練に及ぶ例もあったらしいが。

後一条の方も顔なじみの威子の前では何となくぎこちない。照れてしまうのである。

夜の御殿には、絹を垂らした御帳台《みちょうだい》(寝台)が据えられているのだが、寝台)が据えられているのだが、それに近づこうともせず、二人とももじもじしている。

乳母が気をきかせて陽気な助け舟を出す。

「まあまあ、何をご遠慮遊ばしておいでですの。おかしなこと。さ、そんなところにいらしてはいけません」

後一条を御帳台の方へ押しやるようにした。

「それで？」

道長は固唾《かたず》を呑む。

後一条は、まぶしげに眼を逸《そ》らせながら、それでもかねて教えられたとおり、威子の袖を引く。威子も引きずられたように起《た》ちあがる。どう見ても、姉が弟を連れている感じである。

「うーむ」

こそばゆげに唸《うな》る道長に倫子は言った。

「御帳台に入られたところで、お衾《ふすま》（夜着）をおかけして戻ってまいりました」

これは後見役のつとめである。後がどうなったか倫子も知らない。近くには後一条の乳母たちが詰めている。威子はきまりの悪い思いをしたかもしれないが、それから先は一人で耐えねばならないのだ。

ともあれ、婚儀は成立した。セレモニーというものは、いつの世にも荘重で優雅で、そのくせどこか滑稽なものだが、性に伴うそれには、とりわけその感が深い。その中に今度のようなアンバランスが含まれているとき、いよいよこれが露《あら》わになるのである。

が、その思いを嚙《か》み殺して、いとも優雅に振舞うのが、当時の貴族のしきたりである。その意味では、威子もまた、まさに当時の貴婦人の資格に欠けてはいなかった。未明に自分の殿舎に退出したとき、幾分の照れくささを頰に残しながらも、早くも帝のきさきらしい凜《りん》たる風情をただよわせていた。

道長には、その照れくささがよくわかる。

――運がいいというのも、らくなものじゃないな。

その照れくささは熾《おき》のように、道長の胸のどこかに長く燃え残った。それをあたため続けていることで、彼は威子につながっている思いがある。

――そうだろうともよ、姫……。

胸の中の熾が、また勢を増してくるのは半年ほど先のことだ。

その間にも彼の身辺にはさまざまのことが起っている。まず三条帝時代焼失した本来の内裏が完成し、後一条は母后彰子とともにここに移った。後一条の住むのはいうまでもなく清涼殿だが、彰子は弘徽殿《こきでん》、東宮敦良は凝華舎《ぎょうげしゃ》に入った。このよき日を選んで女御の宣旨《せんじ》をうけた威子の殿舎は飛香舎《ひぎょうしゃ》である。

続いて道長自身の上東門邸も再建を終えた。藤原惟憲邸からのもらい火で全焼して、道長を嘆かせた邸宅であったが、むしろそのおかげで面目を一新した。今までは軒の低い古風な建て方であったのが、晴ればれと面をあげたような、軒の高い、さわやかなものに変った。

新邸建築は、はからずも、道長の息のかかった受領たちの奉仕競争の場になった。われもわれもと合力を申し出た彼らに道長はそれぞれに割りあててこの邸を作らせたが、中でも人の眼を奪ったのは源頼光の莫大な献上物である。

「お邸のすべての御調度は、この頼光に任せていただきます。はい」

胸を叩いて請負った彼は、屏風《びょうぶ》、厨子《ずし》からはじまって、唐櫃《からびつ》、銀器、管絃《かんげん》の楽器類、寝具、衣装、その他あらゆるものを新調して運びこんだ。

源頼光——むしろライコウの名で知られている彼は、武勇の人、四天王の親分として有名だが、当時はむしろ大富豪の一人として知られていた。それにしても、今度の献上物のおびただしさに人々は度肝をぬかれた。

「貯《た》めこんどるなあ、奴は」

「それも道長公に度々受領にしてもらったおかげよ」

役得や袖の下はこっそりかくれてという現在の感覚では、贈賄まるだしのこの行為は理解しにくいが、当時はむしろ道長べったりを誇示することが有利だったのだ。

へそまがりの実資はこれにも白い眼をむけて古詩を日記に書きつけている。

「小人好ムトコロヲ知ッテ、宝ヲ懐《いだ》イテ四方ヨリ来ル」

小人が物を欲しがるから宝が集まるのだ。汚れた手の奉仕は、何とも結構なことで、と皮肉たっぷりである。が、人々がこの豪勢な献上品の目録を先を争って写していると きけば、自分もこっそりこれを写しているところをみると、彼とても「もの」には関心

がなかったわけではないらしい。しかも、問題の新邸には早速駆けつけて、

「いや、おみごと」

などとお世辞を忘れない実資なのである。

もっとも上東門邸は、金に飽かせた私邸というより、一種の公邸である。内裏を独占している道長ファミリーの里邸であり、その意味では新内裏と一組になったものだ。国費が乏しいから道長は受領に分担させたわけである。その癒着が社会をいよいよ腐敗させてゆくという構図じたいは、今でも十分通用するものかもしれないが……。

上東門邸が完成すると、まもなく威子が里下りをするはずである。単なる休養のための内裏退出ではない。道長はどんなにこの日を待ちかねていたことか……。

指折り数えてその日を待つ彼に、悪夢のようによみがえってくる光景がある。

上東門邸で、顔色を失い、仰のけにひっくりかえっている自分の姿がそれだ。

——あのとき俺は危うく死ぬところだった……。

上東門邸が建築途中のことだ。それ以前から体の不調は感じていたのだが、上東門邸の工事の進捗《しんちょく》状態が気がかりで、二日おき三日おきに現場に出かけたのがいけなかったかもしれない。突然激しい胸の痛みに襲われ、眼の前が真っ暗になり、その場に昏倒《こんとう》した。

「死ぬぞ、死ぬぞ！」

大声にわめこうとしたが声も出なかった。

——あ、俺も終りだ。

混濁した意識の中で、かすかにそう思ったことだけは覚えている。

やっと気がついたとき、傍らから覗《のぞ》きこんでいる妻の顔があった。いつも、

「また、大騒ぎをなさって」

と泰然としている彼女も、さすがに色蒼《いろあお》ざめていた。

「御無理が過ぎたのですわ」

やや回復の兆しが見えると、倫子はしきりに寺への参籠《さんろう》をすすめた。

「私もお供いたしますから、法性寺へお籠《こも》りにまいりましょう」

妻の気の使い方には、長い間、娘や孫にかまけて、つい道長の身辺への注意がおろそかになっていたことへの埋めあわせをつけようとするようなところがあった。

——妻の心づかいは痛いほどわかった。でも、俺の心は沈んでいた。絶望的にもなっていた。

今にして道長はそう思う。もう長いことはない、という諦《あきら》めと、上東門邸の完成も見ないで死ぬことの無念さがせめぎあって、それが、たちまち苦しい発作に連なった。

その内にやっと上東門邸が完成した。人々に助けられて新邸に遷《うつ》り、報告をかねて参内したとき、太皇太后彰子は、

「それは何よりでございました」

やつれた彼を温かく包むようにして言ったのである。さらにその唇から静かに洩《も》れた言葉を道長は一生忘れないだろう。

「女御（威子）の立后をさせたいと思っておりましたので……」

胸にこみあげるものを抑えかねて道長は思わず眼をつぶっていた。

——娘にいたわられている、俺は……。

長い間、翼の下にかばい続けてきた娘が、今度は自分を力づけ、支えようとしている。いや、娘だけではない。妻もまた、一言も口に出しはしなかったが、自分の心の中にある願いを読みとり、力をあわせて、励ましてくれているのだ。

上東門邸の建築に熱中してはいたものの、道長は、そこに意図したものを、誰にも語ったわけではない。が、妻も娘も、そのことをあやまたず感じとっていたのだ。

絵巻を——。

生ける絵巻を——。

完成した上東門邸を舞台に、道長はそれを思い描いていたのである。

威子の立后——。

それは彼にとって、幻の絵巻であった。なぜなら、後一条の即位は実現したものの、そのころはまだ太皇太后遵子は健在だった。後一条に威子を入れる腹づもりはあったものの、彼女の立后は期待すべくもなかったのである。

が、遵子がこの世を去り、彰子が太皇太后に遷ったいま、中宮妍子が皇太后に遷れば、当然中宮が空く。まだ三条の皇后娍子はそのままだが、四宮併立の慣習が定着した感のある現在、問題はない。

彰子が威子の立后をすすめたのは、そのあたりを含んでの提案だったのである。しかも敦明の東宮辞退によって、東宮も彰子所生の敦良に代って、まさに天皇とその周辺は道長一族によって占められた感がある。

もしも遵子が世を去らなかったら？　もしも敦明が東宮を辞さなかったら？　さらに兄の道隆が、四后併立の先例を開かなかったら？　絵巻の実現は不可能だった。今となっては上東門邸が焼失したことも、むしろ幸いだった。おかげで木の香も新しい新邸で威子立后の日を迎えることができたのだから……。

威子が、この新邸に里下りをしてきたのは寛仁二（一〇一八）年、十月のはじめのことである。当時のしきたりとして、立后に伴う儀式は宮中で行われるが、きさきは里邸にいて勅使の報告をうける。その上で改めて皇后本人（中宮）の格式で内裏入りをするのである。

——いいのかな、こんな幸運があっても？

道長はふと頬をつねりたくなる。

——父上も道隆兄も味わったことのないこの幸運を、俺が手にできるなんて。

三条帝時代の相剋《そうこく》などは夢のようだ。現金なもので、病苦はどこかにふっとんでしまった。

立后宣下《せんげ》は十月十六日ときまっている。その日に備えて、上東門邸には遅咲きの菊が改めて植えこまれた。池の落葉も念入りに掬《すく》われ、ほどよく色づいた楓《かえで》が加えられた。道長はその指図に忙しい。念願の「動く絵巻」の実現に、しぜん人々を呼びつける声も大きくなる。

だが、それでいて……。

妻の倫子は、夫の頬の上に、何か甘ずっぱいような表情を見逃さなかったはずである。得意満面というよりも、ふと、ためらい、立ちよどむような、それを……。

そうなのだ。平凡児道長の胸に燃え残っていた燠のような照れくささが、幸運を前に、またほてりだしたのである。

彼は忙しく動き廻りながらも、時々、ふと立ちどまって、何やら呟《つぶや》く。

「え、何をおっしゃいましたの」

倫子がたずねかえすと、彼は慌てて首を振った。

「いや、何でもない、何でもない」

「でも、何か仰《おお》せられたのでは？」

「いや、その……何も」

こんなとき、彼は一段と照れたような表情になる。

いよいよ十六日。道長は早々と参内し、立后の儀式に参列する。主宰者である左大臣顕光は、また例によってドジをやらかしかけたが、まあまあと怒りを抑え、儀式を終るやいなや上東門邸に馳《は》せ戻って勅使を待った。

摂政頼通以下、大臣公卿《くぎよう》がやってきてここでも形通り儀式が行われた後、華やかな酒宴となった。

「やあ、めでたい、めでたい」

さざめきの中で、道長は右大将実資を呼んで言った。

「いや、じつは、つまらん歌を作ったのですがね」

「ほ、それはそれは。ぜひ聞かせていただきたいもので」

実資もそつはない。

「それも、思いつきの、あまりうまくない歌で」

「御遠慮には及びません。どうぞ、どうぞ」

「じゃあ、ひとつ披露してみますかな。その代り、ぜひ右大将殿にお返しの歌を頂戴《ちようだい》したい」

「よろしうございますとも」

「それでは」

口に出しかけて、道長はもう一度躊った。

「うむ、こりゃ、ちと自慢たらたらというように聞えるかもしれんなあ」

照れたような笑いの末に、やっと道長は口ずさむ。


この世をばわが世とぞ思ふ望月の虧《か》けたることもなしと思へば

照れくさそうなその口許《くちもと》をみたとき、倫子はたちまち気づいたはずである。数日前から、そっくり同じような表情で、何やらぶつぶつ言っていたわけが——。

——思いつきだなんておっしゃって。あれこれ考えていらっしゃったのだわ。

そっと首をすくめたいところである。

「いやあ、こりゃすばらしい。優雅そのものだ」

道長が誦《ずん》じ終ったとたんに、こういったのは実資だった。道長はいよいよ照れた。

「いや、それほどでも……」

「絶唱ですよ、これは」

「それは過分のお言葉で。さ、ぜひお返しを」

「ほ、これは困った」

大仰に実資は眉をしかめてみせた。

「こんなおみごとな歌に御返歌はできません」

「まあ、そうおっしゃらずに」

「謙遜《けんそん》ではありません。心から感嘆しているのです。つたない返歌など申しあげるよりも、さ、おのおのがた」

実資は一座を見廻した。

「御一緒にこのお歌を吟じようじゃあありませんか」

「や、や、それではあまりに晴れがましい」

止めようとする道長に、実資は涼しい顔で言う。

「昔、唐の詩人元稹《げんしん》の名詩に、さすがの白居易《はくきょい》も応える詩ができず、終日感嘆して吟じるのみだったと言いますからな。さ、おのおのがた！」

この世をばわが世とぞ思ふ望月の……。

陰暦十月、ひえびえとした池の面には、詠唱に応えるかのように、十六夜《いざよい》の月の光が砕けている。歌っている実資の顔は大まじめだ。

――この世をば、わが世とぞ思うだって？　聞いて呆れる。

腹の底ではそう思っていたかもしれないが、ともかく表面はいたって和やかだ。道長は相変らず、こそばゆげな顔をしている。傍若無人にふんぞりかえって一座の人々に歌わせているわけでもないし、自分でもあまり上出来な歌と思ってはいないのである。そのせいか、この日の行事について詳しい記述を残している彼の日記にも、この歌は載っていない。この夜の宴に関する部分は、むしろそっけないほど簡略である。

「此《ココ》ニオイテ余《ヨ》（道長）和歌ヲ読ム。人々コレヲ詠ズ。事了《ヲハ》リテ分散ス」

夜が更けるにつれて月の光はいよいよ冴《さ》えてきた。平凡児らしい気のつかい方で、何とかここまで辿《たど》りついてきた彼の、いささか照れくささの入りまじった満足感ぐらいは、まず認めてやってもいいのではないか。

じじつ、この夜の歌は、彼としてもほんの座興のつもりだった。そのせいか、彼の栄華をたたえてやまない『栄花物語』もこの歌は載せていないのである。

では誰がこの歌を伝えたのか。

ほかならぬ実資そのひとである。今はほとんど一般に読まれることのないその日記『小右記《しょうゆうき》』のこの部分だけが、なぜかくも大げさに伝えられたのか、これは歴史の皮肉というよりほかはない。

そして、千年近く経たいま、三十一文字は、道長の照れたような笑顔をふりおとし、それ自身傲岸《ごうがん》に不遜にふくれあがり、歴史を覆ってしまった。あたかも手にしていた小さな風船が、うっかり紐《ひも》を放したとたん、みるみる宙に昇ってしかも空一面を覆う大気球になってしまったようなもので、慌てふためいているのは、地下の道長かもしれない。

——ああ、何たること、何たること……。

と言っても、しかし、手遅れなのだ。飛んでいってしまった風船はもうもとへは戻らない。いや、ひとり歩きしはじめた言葉はもっとおそろしい。

「あれは座興だった。うれしかったもので、つい……」

などという言い訳は通用しないが、後世のことは、ある意味では彼の責任ではない。

ただし、この歌の中でも、彼はうっかり口をすべらした趣きがある。

「望月の虧けたることもなしと思へば」

彼に言わせれば、それは娘の彰子、妍子、威子が、それぞれ太皇太后、皇太后、中宮となって三宮を独占したことを望月に譬《たと》えただけのことなのだ。

が、この夜は十六夜——。まぎれもなく月は虧けはじめている。そして、このときはまだ気づいていなかったが、まもなく彼の前途は翳《かげ》りはじめるのである。

威子の立后から半年も経たない三月半ばの夜、道長は、

「殿、殿さまっ」

けたたましい侍女の声で叩きおこされた。

「火が……火事でございますっ」

ただごとでない予感に襲われて、飛びおきた。

「どこだっ」

「内裏の方角で……」

またしても火事か。何度こうして夜中に叩きおこされたことか。手早く身支度して馬を飛ばせた。折角再建したばかりの内裏がまた焼失してはやりきれない。

幸いこのときは火はたちまち消しとめられ、被害らしい被害はなかったのだが、夜中に突然馬を走らせたことが祟《たた》って、帰途に急に胸が痛みだし、帰宅するやいなや寝込んでしまった。彼は長年の糖尿の持病が悪化していて、そのために心臓発作が時々起ったらしいのだ。

内裏の中の東宮御所、凝華舎から火の手があがったのは翌十四日、

「放火《つけび》だぞうっ」

遠くの叫びを聞いたような気もする。が、道長はもう起つこともできなかった。そしてそのことが、ひどく彼の心を萎《しぼ》ませた。

——老いたな、俺も……。

非常の際は誰よりも先に馬を飛ばせて駆けつけたのに。あの元気はどこへいってしまったのか。しかもこの連続的な出火は異常すぎる。何とかせねば、という焦りに、いよいよ身をさいなまれた。

そして数日後――。

これまで経験したことのない強い発作がきた。背筋や胸が、怪物にひきちぎられるように痛み、脂汗を流して失神した。気づいたときも、

「大丈夫ですか、あなた」

のぞきこむ不安げな女の顔を、倫子だとわかるまでには時間がかかった。

二日、三日、病状は一進一退する。

二十一日、遂に道長は出家を決意した。

道長出家の噂《うわさ》は都じゅうをかけめぐり、公卿たちも続々つめかけたが、すでによしみの深い比叡山の僧侶《そうりよ》、法印院源《ほういんいんげん》の手によって受戒の儀式が行われた後だった。その間に妍子が、ついで彰子と威子が駆けつけてきた。

実資も、あまりの早業に慌てふためいた一人である。折あしく腰が痛くて見舞にもゆかずにいた彼は、道長出家と聞いて、人々に助けられて上東門邸に這いあがる。もちろん面会は許されない。

「で、御出家後、いくらか御快方に？」

詰めていた僧侶にたずねると、

「それが、一向に……。御受戒の後、またもお痛みが起りまして」

という返事。そのころ病気の特効薬のようにも思われていた出家も御利益をもたらさ

なかったらしい。やや小康が伝えられ、御簾《みす》ごしに対面したのは二十九日、その顔を見るなり、実資は絶句した。

——変られたな。

実資の第一印象はそれであった。

瘠《や》せさらばえた老法師がそこにいる。藤原道長とはこういう人だったか、と改めて眼をこすりたくなるくらいだった。

が、その声は相変らず大きくいつもの張りを取りもどしていた。ひどくなつかしげに発病以来のことを語った後で道長は言った。

「いや、出家したといっても、山林に籠ろうというわけではありませんでな。まだいろいろ仕事も残っておりますし。ま、月のうち五、六度は参内しようと思っています」

「結構なことで」

実資はそつなくうなずく。

「やはり万事に眼を配っていただかぬことには……」

が、腹の底では、舌打ちをくりかえしている。

——呆れたもんだ。まだまだ未練たっぷりとは。

ともあれ出家によって、道長は政治の表面からは引退する。そして、先に触れた刀伊の来襲はじつはその直後のことなのだ。つまり隆家の大宰権帥の任期中に、道長のドラマは一応の幕をおろしていたことになる。

隆家が九州へ発つとき、三条帝はまだ在位していた。そして道長と激しく揉みあっていた。が、隆家の任が終えるより先に、三条は死に、道長は栄華を極め、そして出家してしまっていたのである。

無常迅速。人の世は何と変りやすいものか。何やら望月の歌じたいが、反語のようにも聞えてくる。

もっとも、道長の生命そのものは残念ながらまだ終らない。人生とはなかなか皮肉なもので、ちょうどよい折に幕をおろすことにはならないのである。出家しても、まだこの世にいや、それどころか御本人は全くそのことに気づかない。むしろしなければならないことが山ほどあった恋々としていると実資を呆れさせたが、出家すれば病気が癒《いえ》ると思われていたそのころ、道長としてはからこその出家だった。出家すれば病気が癒ると思われていたそのころ、道長としては起死回生の手術をうけたようなものだった。

その上で彼がやろうとしたのは、十三歳になった末娘、嬉子《きし》の入内である。すでに威子に代って尚侍に任じられている彼女を、東宮敦良《あつなが》のきさきとすること――。敦良は嬉子より二歳年下、威子と後一条のときのように年齢を気にする必要もない。

彼が出家するとき、これに続こうとした倫子をおしとどめたのはそのためだ。出家してしまうと、正式に婚儀の式に立ちあえないからである。

やがて治安元（一〇二一）年二月、嬉子は道長の望みどおり入内する。十三歳の敦良はなかなかおませで、人なみの恋歌を贈って倫子をほほえませた。

婚儀は無事に終り、威子のときと同じく、御帳台入りした二人に衾をかけてやって、母としての仕事をすべて終えた倫子は、その月のうちに出家した。

あとは威子と嬉子の出産を待つばかりだった。

「まだか、まだか」

道長はそればかりを口にし、病軀《びょうく》をおして比叡山や高野山にも参詣《さんけい》した。その甲斐《かい》あって、嬉子に懐妊の兆しが見えたのは万寿二（一〇二五）年、里下りしてきた彼女を迎えて、上東門邸は喜びに湧《わ》きたった。

「皇太后（妍子）さまのおめでたから何年ぶりでしょう」

涙まじりに指を折る古女房もいる。出産の予定は八月とあって、皇子誕生の祈りも早々に始められた。

が、それに先立つ七月初め、突然、不幸が道長を襲う。

小一条院の女御、寛子が死んだのだ。母親の明子によく似た美貌《びぼう》の彼女は、年来の不調に加え、そのころまた西の方からはやりだした流行病《はやりやまい》に冒されたらしく、小さな体が透きとおるばかりに衰えてこの世を去った。出家した兄の顕信《あきのぶ》が臨終に駆けつけて、形ばかり髪を削《そ》いで尼の姿にしてやった。道長の袈裟《けさ》と倫子の衣《ころも》をかけてもらって横たわる姿は、小さな蠟人形《ろうにんぎょう》のようだった。

傍らでは、修験者やよりましがまだ恐ろしい声で叫んでいる。

「やったぞ、やったぞ、恨みははれたぞ」

先ごろ死んだ左大臣顕光と娘の延子の怨霊《おんりょう》を演じているのだ。小一条院の女御だった延子が夫の愛のうつろいを嘆いて死んだことは周知のことである。修験者たちが怨霊を現出させるのはたやすいことだった。

彼らの狂態の前で道長は黙然としている。

初めて迎えた娘の死だった。自分より後にこの世に現われた者が先に死んでゆくという現実を突きつけられて、彼は言葉もない。

——俺はこの娘に何をしてやったか？

いや、何も……。何もしてやれなかった。

すべては空《むな》しい。譬《たと》えようもなく空しい。

そして一月後、末娘の嬉子も、男児を出産して二日目に死んだ。寛子を出家させた顕信も数年後これに続く。そして皇太后妍子も……。すさまじい速度で道長の栄華は音をたてて崩れてゆく。しかし彼にはどうすることもできない。

いや、崩れてゆくのは彼の身辺だけではなかった。世の中全体がすさまじい勢で崩れつつあったのだ。すでにこれ以前から、殺人、強盗、放火は日常化していた。つい先ごろは花山法皇の皇女までが何者かに殺害され、路傍に棄てられた死体は犬に食い荒されていた。

高官たちの従者の乱闘沙汰は毎度のことだが、主人はそれを制することもできない。中級官僚どうしの殺しあいもあるし、ときには女官たちの暴力沙汰さえある。そしていま、東国では大規模の叛乱《はんらん》の芽が育ちつつある。平忠常《ただつね》の乱と呼ばれるそれが火を噴くのは少し先のことだが、将門以来の大動乱の火種は確実にくすぶりつつあった。

近親の死を食いとめることができなかったように、道長にはそれをどうすることもできない。長年培《つちか》った平衡感覚の範囲をこえる、それは時代の変動だったからだ。

ときの人は、それを末法の世到来と思った。

——末世の足音がしのびよってくる。

そのころ、人々は、末法の世の始まるのは一〇五二年、と固く信じていた。さきにも触れたように、当時仏教の数え方では、その年に正法《しょうぼう》に続く像法《ぞうぼう》の世が終って末法に入るということになっていたのである。

とすれば残りは三十年足らず、大災害や革命の予告をうける以上のおののきをもって、人々は迫りくる年をみつめていた。世の中の不安はすべて末法の前兆と思われた。

出家直後から道長が仏寺の造営に力を入れたのもそのためである。上東門邸の東隣に造りはじめられた中河御堂《なかがわのみどう》は、はじめ無量寿院《むりょうじゅいん》、のちに法成寺《ほうじょうじ》と呼ばれ、しだいに規模を拡張していった。これがいわゆる「御堂」であって、道長の御堂殿《みどうどの》という名も、これからきている。

九体の金色の阿弥陀《あみだ》像《ぞう》を安置した阿弥陀堂、百体仏を安置した釈迦堂《しやかどう》はじめ、薬師堂、十斎堂《じゆつさいどう》……。ここで道長は念仏にせいを出す。もちろん完全に隠退したわけではなく、時には関白となっている頼通を叱りとばしたりしているが、寛仁末年ごろの日記には、九月一日十一万遍、二日十五万遍、と念仏のことしか出てこない。

しかし造寺造仏も、しつこいほどの念仏への凝り方も、宗教心の深まりというより、むしろ彼の不安の裏返しではなかったか。

当時の貴族たちは、不安が昂《たか》まれば昂まるほどそこへ行きつく。出家が病気治療の特効薬でもあったのと同じ理屈で、造寺造仏こそ最高の救済手段であるように思えてくるのだ。かつての奈良の大仏が栄光の象徴ではなく、底知れない不安の虜《とりこ》になっていた聖武、光明の心のよりどころであったと同様に、壮麗な堂宇は、近づく末法の世に対する不安とおののきの記念碑だったのである。

だから不安が昂まるごとに、堂宇はいよいよ壮麗になる。嬉子が死ぬと三昧堂《さんまいどう》が建てられ、妍子のためには、阿弥陀堂で大がかりな供養が行われたように……。

道長が死の床に就くのは万寿四（一〇二七）年十一月。妍子の法要の後まもなくだった。すでに六月ごろから食事が進まず、むざんに痩《や》せ衰えていた彼は、たちまち重態に陥り、十日ごろからは失禁状態がはじまった。

ひどい下痢に悩まされながら、それでも彼は念仏をはじめる。そのうち背中に悪性の腫瘍《しゆよう》ができて、体の震えがとまらなくなった。二十四日、危篤状態の彼の病床は、阿弥陀堂の正面に移された。枕頭に見舞う後一条や彰子の顔も識別できたかどうか。それでも口だけがかすかに動いていたのは、無意識に念仏を唱えていたのであろう。

腫瘍を切開すべきかどうか、議論に手間どったおかげで病状はいよいよ悪化した。やっと切開が行われたのは十二月二日、血膿《ちうみ》のしたたる中で道長は断末魔の悲鳴をあげる。運命の神は、法成寺の建立者にも、平等に死の苦しみを与えたのである。

息をひきとったのは四日。

「あなた、さ、これを」

阿弥陀の手から垂れる五色の糸を倫子に握らされたまま、なおもその口は念仏を呟き続けているかのようだった。

史料のことなど

この作品は一九八二年五月十一日から四五一回にわたって、毎日新聞（朝刊）に連載されたものですが、出版に際して多少訂正、加筆をいたしました。またその折、小松茂美博士から懇切な御示教を得ましたことを感謝しております。執筆にあたり使いました史料および参考文献は次の通りです。あるいは理解の行届かない点や誤解があるかもしれませんが、それはすべて筆者である私の責任によるものです（なお、著者筆者名は五十音順、敬称は略させていただきました）。

『御堂関白記《みどうかんぱくき》』（大日本古記録本）
『小右記《しょうゆうき》』（大日本古記録本）
『権記《ごんき》』（史料纂集本・史料大成本）
『大鏡』（松村博司校注・岩波書店）
『大鏡』（橘健二校注・訳・小学館）
『栄花物語』（松村博司・山中裕校注・岩波書店）
『枕草子』（萩谷朴校注・新潮社）

──◇──
阿部　猛『摂関政治』（教育社）
今井源衛『紫式部』（人物叢書・吉川弘文館）
上村悦子『蜻蛉《かげろう》日記の研究』（明治書院）
朧谷　寿『源頼光』（人物叢書・吉川弘文館）
北山茂夫『大和守源頼親伝』（古代学17―2）
坂本賞三『藤原道長』（岩波書店）
下玉利百合子『日本の歴史・摂関時代』（小学館）
土田直鎮『東三条院四十御賀』（国文目白20・21）
角田文衛『日本の歴史・王朝の貴族』（中央公論社）
萩谷　朴『紫式部とその時代』（角川書店）
服部敏良『紫式部日記全注釈』（角川書店）
村井康彦『平安時代医学の研究』（桑名文星堂）
村井康彦『日本の歴史・王朝貴族』（小学館）
森田　悌『平安貴族の世界』（徳間書店）
山中　裕『王朝政治』（教育社）
『平安人物志』（東京大学出版会）

登場人物の名前には一応ふりがなをつけましたが、別の読み方もあることをおことわりしておきます。女性の名前の読み方にいたってはいよいよわからないというのが偽りのないところで、多分高貴の女性の場合は、あからさまにその名を呼ばれることは、ほとんどなかったと思われます。そこで女性名は歴史の通例に従って音読《おんよ》み（たとえば倫子《りんし》のように）に統一いたしました。

また、この時代の血縁関係はきわめて複雑ですので、松村博司博士のお許を得て、岩波書店版『大鏡』所収の系図を別に付けさせていただきました。改めて御好意に対し厚く御礼申しあげます。これとは別に本文の中に入れた小系図は、『尊卑分脈』『一代要記』『本朝皇胤紹運録《ほんちょうこういんじょううんろく》』から作製しました。これはあくまで本文のその部分を理解する手引きにしていただくためのもので、作製の都合上、配列は必ずしも年齢順によっておりませんし、また他の部分に登場する人物でも、そこに必要でないものは省略してあることをつけ加えておきます。

＊朝日文庫版では岩波書店版『大鏡』所収の系図は収載しておりません。

解説（新潮文庫版）

尾崎秀樹

永井路子は戦後の歴史作家の中でもふかく歴史研究に取り組み、その豊富な蓄積をもとに一貫して歴史小説を手がけてきた人である。彼女は鎌倉三代の研究を基礎として、直木賞受賞作となった『炎環』をはじめ、幾多の作品を執筆し、さらに日本史全般にわたって時代の権力構造を把握する眼を養い、多くの長短篇《ぺん》をまとめてきた。その中には歴史上の女性を主人公として、女性史の通説をくつがえした『北条政子』や『流星——お市の方』、『銀の館』などの長篇もあるが、それまでの諸作よりひとまわり大きく、彼女の力量を印象づけたのが第二十一回女流文学賞を受けた『氷輪』だった。

これは日本に渡来した後の鑑真《がんじん》をとりあげ、その不遇な晩年を描いたもので、日本に戒律を伝えるために多くの困難を越えて来日した鑑真の意図が、日本側の諸事情で正しく受けとめられないままに終る経過を、奈良朝の複雑な政治状況や、それを反映する仏教界の様相とからませて追究した野心作だが、彼女は大正大学の聴講生となって学び、作品の構想をふくらませたという。

『氷輪』につづいて、やはり丹念な努力をうかがわせるのが『この世をば』であろう。

平安朝の社会と人間をいきいきと描き出したこの作品は、王朝の政治機構や政権をめぐる同族間のはげしい争いなどをわかりやすくとらえ、他の王朝ものの諸作とはことなる新鮮味をうち出したが、彼女の歴史理解のふかさをみごとにしめしたのである。

彼女は昭和五十九年十月に「難解な史料をもとに歴史小説に新風を吹きこんだ」として第三十二回菊池寛賞を受賞したが、これは主に『この世をば』をふくむ評価であり、多くの古典をはじめ各種の史料を自由に読みこなし、歴史の中の諸人物を現代人と同様に思い浮かべることのできる力量をその作品に生かしたからであろう。

『氷輪』や『この世をば』のあとも、彼女は平清盛の妻時子を主人公として、北条政子と対をなす源平期の女性の生き方を『波のかたみ』で描き、七世紀末から八世紀はじめにかけて皇位をめぐり蘇我《そが》系一族と藤原氏が凄絶《せいぜつ》な争いをくり返す過程を、蘇我系の最後の女帝となった元正を中心に古代幻想として語った『美貌《びぼう》の女帝』をまとめるなど、その活躍は続いている。

このように彼女は古代から近世に到る時代を背景に、歴史上の諸事件や諸人物の運命を描いているが、いずれも本格的な歴史解釈をふまえているところに特徴がある。するどい歴史感覚をもつ彼女は、多くの史料にひろく目をとおすだけでなく、そこから現代にも共通する人間の心理や組織と人間の関係などを汲《く》み取っており、その現代的視点が彼女の小説のおもしろさとなっているのだ。

菊池寛賞を受賞したおりのあいさつで、彼女は歴史小説の材料である史料とのつき合いを、つぎのようにユーモラスな言葉で語ったという。

「史料とは最初のうちまじめにつきあっていましたが、しばらくしたら、あら、ウソをおっしゃって——という感じになり、今はときには欺《だま》し、ときには欺されてのつきあいで、一生の伴侶《はんりょ》のような気持……」

　歴史への関心は、単に作品のネタを探すのが目的ではなく、歴史を全体としてとらえようとする姿勢からきており、さまざまな史料とついたり離れたりしながら、いつのまにか幾つかの作品世界をつくり上げてゆくのに違いない。とくに古典を丹念に読むことが、彼女の歴史理解の基本となっていると思われる。

　太平洋戦争中に東京女子大学に入学した永井路子は古典を専攻したが、卒業の翌年、敗戦に出あい、歴史にたいして新しい眼を開かれた。彼女が歴史に関心をもったのもその時代意識の反映であり、あらためて古典を理解したいという思いを抱いたようだ。そして卒業後、『源氏物語』を読み通したことから王朝時代に興味を感じ、創作の筆をとった当初はそのあたりを書いてみようという気になったらしい。初期短篇の『応天門始末』などがそれにあたるのかもしれないが、しかし大学時代に読んでうんざりしていた『大鏡』を改めて読み直したとき、そのおもしろさを知ったという。

　彼女の古典への造詣《ぞうけい》をしめす入門書や解説書はほかにもあるが、後に古典を読むシリーズの一冊として刊行された『大鏡』(岩波書店刊)は、古典『大鏡』の魅力を教えてくれる一冊であり、同時に『この世をば』の背景をなす王朝末期の様相に別の角度から光をあてたものといえよう。

すでに述べたように『この世をば』は藤原道長を主人公に、平安朝の人間の社会を幅ひろくとらえ、従来のイメージを破った長篇であり、昭和五十七年五月から五十八年八月まで四五一回にわたって毎日新聞に連載された。彼女の作品の主要なテーマであるその時代の権力の構造を、中心人物や周囲の人々の動きをとおしてとらえる点では同様だが、文学や和歌、華やかな恋愛合戦などで知られる王朝時代の裏面にひそむさまざまな葛藤《かっとう》をあばき、歴史の中の平安朝をあざやかに照らし出している。たとえば登場人物たちの錯綜《さくそう》する人間関係を王朝カンパニーにたとえるなど現代的な視点で語っているため、いかにもわかりやすく、親近感を抱かせるのだ。

とくに主人公の道長は、天皇の外戚《がいせき》として権力をふるい、栄華を誇ったことがこれまで強調されてきたのを、権力の権化というより幸運な平凡児として設定し、人間的な側面を描いているのが新しい見かたであろう。

左大臣源雅信《みなもとのまさのぶ》と妻の穆子《ぼくし》が娘の倫子《りんし》の婿を選ぼうとして、候補者の家柄や身分をいろいろと検討するあたりから作品ははじまり、藤原兼家《かねいえ》の三男道長が浮かび上る。兼家は息子の道兼《みちかね》と組んで花山帝《かざん》ひき下しを策し、その結果、一条天皇の外祖父として権力をふるうようになったが、雅信はこの一家の強引な性格を嫌い、しかもまだ官位の低い道長の将来性を危ぶんだ。しかし穆子は道長に好感をもち、さらに天皇の母である姉詮《せん》子《し》の強力なあと押しで、道長と倫子の結婚が実現する。こうして道長は権中納言《ごんちゅうなごん》に昇進し、それを機に彼の運がひらけてゆく。

婿入りした道長は倫子との仲もむつまじく、二男四女をもうけるが、一方では風の精を思わせるような明子《めいし》にも心ひかれて結ばれる。さて彼をとりまく王朝の貴族社会では、官位昇進をめざして権謀のあの手この手が錯綜する中で、娘を入内《じゅだい》させて政権に近づこうとする動きも多いが、はげしい政争の渦中で何かにつけて道長をささえてくれたのは、母后として強い政治力をもつ姉の詮子だった。

道長はおっとりした気質で、長兄道隆《みちたか》のように万事に抜け目なくやるのでもなく、また兄と覇を競《きそ》う野望家の次兄道兼とも違っており、いつも兄たちの後からついて歩いていた。そしてことごとに一喜一憂する平凡人だが、茫洋《ぼうよう》とした人間味を感じさせた。

父兼家の死後、関白の地位を道隆が継いだが、道隆が病死すると政権はその子の伊周《これちか》に譲られず、道兼のものになったため、伊周は口惜しがる。だがおりから疫病が流行し、道兼ほか上位者数人が倒れるという事態がおこり、その結果、トップの座はついに道長のもとへころげこむことになった。

道隆、道兼から道長へという変転には、伊周の母方である高階《たかしな》一族のつよい抵抗があったが、好運に恵まれた道長は詮子の活躍もあって、さして労せず順調なコースを歩んだ。しかもライバルたちは伊周の弟隆家《たかいえ》の従者がおこした暴力事件がもとで失脚してしまう。

こうして一手に権力を握った道長は、幾多の内憂外患に出あいながらも、それなりの風格を身につけ、一種の平衡感覚を発揮して時代を乗り切り、政治も安定する。そして娘の彰子《しょうし》を入内させ、皇子の誕生を待ち望むうちに、その願いもやがて実現し、ついに権力の図式を確立させるのだ。その上、後には娘の妍子《けんし》や威子《いし》をも入内させ、それぞれ太皇太后、皇太后、中宮の三宮《ぐう》を独占した道長は、「この世をばわが世《よ》とぞ思ふ望月《もちづき》の虧《か》けたることもなしと思へば」の歌を詠むといった幸福を味わう。

だが反面では明子の産んだ息子の顕信《あきのぶ》が出家し、彼の後だてであった東三条院詮子や娘たちが亡くなるなどの悲しみにも出あうことになる。作品はそれらの変遷を経て道長が万寿四年（一〇二七）、その生涯を閉じるまでをたどっている。九条流の藤原氏の隆盛からそのピークである道長の死までの諸事件を追いながら、当時の貴族たちの生活や風習などを織りこみ、道長やその一家をはじめとする時代群像の王朝絵巻をたしかな構図で描きあげたのが『この世をば』である。

紫式部や清少納言など王朝の才女たちの像にもふれているが、道長と倫子夫妻の会話を現代的な感覚で描いているのも、道長の人間像を現代人に近く造型しようとしたからであろう。

永井路子は執筆にあたって先にふれた『大鏡』、道長の書いた『御堂関白記』、作中にも登場する名筆で知られた藤原行成《ゆきなり》の『権記《ごんき》』、また藤原実資《さねすけ》の『小右記《しょうゆうき》』、あるいは『栄花物語』などの古典を丹念に読みこなし、そこから多くのエピソードを拾いあげて、諸人物の心理や行動を作品化しているが、この作品はそうした彼女の文学が到達したひとつの地点をしめすものであり、読者に平安朝という時代を考え直させる力作といえよう。

昭和六十一年八月

（おざき　ほつき／文芸評論家）

解説（朝日文庫版）

澤田瞳子

英雄を一点非の打ちどころのない人物として描くことは、非常にたやすい。なぜなら英雄とは凡人の予想もつかぬ人間であるがゆえに英雄たりえ、突飛な行動も非論理的な言説も「英雄」という設定の前には、すべて許されてしまうからだ。

難しいのはむしろ、英雄をただの平凡な生身の人間として描くこと。超人であれば遭わぬであろう悩み苦しみ、ただ人であるがゆえの苦悶《くもん》……生身の人間を余さず文章を以て捉えるには、残酷なまでにひたむきな観察と精緻な描写が必須となる。

本作において永井路子は、平安中期の寵児《ちょうじ》たる藤原道長を、時代の覇者ではなく、徹底的に幸運に恵まれた平凡児として描いた。とはいえ従一位摂政太政大臣、娘を三人も天皇の后とし、三人の天皇の外祖父となった彼は、一説には『源氏物語』の主人公・光源氏のモデルとの説もある男。それだけに『大鏡』や『栄花物語』といった平安後期に記された歴史物語は、道長を並々ならぬ才能の持ち主と評価する。「権者《ごんじゃ》」、つまり神仏の権化であると誉めそやす記述すら見られるほどだ。

それだけに本作の道長像——すなわち、容貌は残念ながら人並。美貌にはほど遠い顔立ち同様に、性格も平々凡々。末っ子ならではのおっとりしたところだけが取り柄で、ついでにいえば舞や管絃といった素養にも欠けるという描写に、読者の中には肩透かしを食らった気分になる方もおいでかもしれない。しかしながらそもそも道長は摂関家の正室腹の御曹司ではあるが、所詮は五男坊。同母の兄たちが相次いで病没したため、たまたま幸運に恵まれたという史実に接すれば、なるほど永井の描く人物像も決して不自然ではないと得心できるはずだ。

この物語は、そんな道長の正室となる源倫子《みなもとのりんし》の婿取りから幕を開ける。左大臣の長女であり、宇多《うだ》天皇の曽孫に当たる倫子は、年頃さえ釣り合えば天皇の妃として入内《じゅだい》しても不思議ではない高貴な姫君。それだけに『栄花物語』によれば、倫子の父は実のところ道長を「口わき黄ばみたるぬし（青二才）」と評し、彼の婚姻の申し出も「あなもの狂ほし（馬鹿馬鹿しい）」と言って、まったく取り合わなかったらしい。真摯な歴史研究を基盤に作品を発表し続けてきた永井は、こういった史料の記述を積み重ねることで、英雄視されがちな道長観を取り払い、彼を生身の人間として描き出すことに成功している。

道長の同母の二人の兄のうち、長男は苦労知らずの独断専行型の人物、次兄は人を陥れることにためらいのない峻烈《しゅんれつ》な男。本作はそんな兄たちに頭を押さえられてきた末っ子が、気の小さい自分自身を見つめ直しながら時代を泳ぎ渡る物語とも言い得るであろう。

だが本作において何より注目すべきは、これが藤原道長という一人の男の生涯であるとともに、彼を支える女たちの物語としても構築されている点だ。前述の通り、本作は倫子の婿取りから始まり、倫子の介添えを受けつつ彼岸へ赴く道長の姿によって幕を下ろす。だがそもそも「出世の見込はまずないな」と倫子の父にこき下ろされていた道長が婿取りに成功したのは、倫子の母の強い推薦と、姉である詮子《せんし》の励ましあればこそ。道長自身はうまく行きそうにないなら仕方がない、と早くから諦めモードであるのが実に情けない。

すでに幾人もの妃が天皇に侍《はべ》る後宮に十七歳で上がった詮子は、時に道長をたじろがせるほどの強い闘志の持ち主。そして女たちの戦を勝ち抜き、一条天皇の母として君臨する彼女は、決してその栄光に溺れる愚かな人物ではない。かつて恨みを呑んで亡くなった藤原氏の政敵の娘・明子《めいし》を道長に娶《めあわ》せ、彼女を幸せにすることで怨霊の憎しみから一族や我が子を守ろうと奮闘したり、甥・伊周《これちか》を取り巻く高階《たかしな》一族を警戒し、それゆえに道長を引き立てんと策を巡らす。いわば藤原氏一族の守護者とも呼ぶべき女傑である。

永井はこの詮子の動向を、各人の個性ではなく、「古代から連綿と続いた母后の発言力のなせるわざ」と喝破する。当時の人々の中には女系中心の考え方が根強く残っており、それが詮子の一条帝に対する発言力の大きさとなったのだ、と。

――この時代、官位の昇進に関しては父親の七光が大いに効果があるので、母系、女系の連帯感はつい見おとされがちだが、いわば水面下にたゆたうこの意識が、いざというときには案外力を発揮するのである。

という永井の指摘は、女性史研究が端緒についたばかりの一九八〇年代の作とは思えぬほどに先進的である。この眼差しは道長の長女であり、後に後一条天皇を産むことになる彰子《しょうし》にも向けられており、道長はまだ幼いと思っていた娘の堂々とした態度に、幾度となく驚かされることとなる。

ところで平安女性史研究の第一人者である服藤早苗らを編者とし、二〇二〇年に刊行された『藤原道長を創った女たち――〈望月の世〉を読み直す』（明石書店）は、源倫子や明子、彰子といった道長の親族や婚族、更に側仕えの女房など多くの女性の分析を通じ、道長の栄光の新たな側面に光を当てた研究書である。第一章「道長を創った女たち――ジェンダー分析の提唱」において、服藤は以下のように記し、この論集の射程を明らかにしている。

――作家の永井路子『この世をば』は、一九八四年に出版されたが、道長の正室源倫子の視点で道長の生涯が描かれていた。平安時代の研究を始めたばかりの駆け出し研究者の筆者は、女性たちが多く登場し、何とも新鮮な印象を受けた。多くの女性たちの登場のみならず、婚姻の最初は妻方で同居し生活の扶養を得る妻方居住婚、すなわち「婿取婚」からはじまる当時の家族婚姻実態がきちんと反映されているのも嬉しかった。（中略）しかし、小説刊行から三十五年、道長を取り巻く女性たちの史料に即した実像は明らかになったのだろうか。

ここからは本作刊行当時、永井が描いた道長と彼を「創った女たち」の姿が如何に斬新かつ正鵠《せいこく》を得ていたかが明確に分かる。ただ一方で、永井が本作において、道長を取り巻く女たちをただ彼に権力を与えるための道具のみとしては扱っておらぬことにも、我々は注意せねばならない。

長女・彰子の入内前夜、一条天皇の最愛の女性・定子《ていし》が懐妊したと知った倫子は、娘の入内中止を夫に請願する。まだ十二歳とあどけない娘を、熾烈《しれつ》な女たちの戦に加わらせたくない。そう涙ながらに夫をかき口説く倫子の姿には、左大臣の正室たる威厳はない。そこにはただ、娘を案ずる一人の母親の狼狽《ろうばい》があるのみだ。そしてそんな妻に対し、もはや自分たちに逃げ場はないと言い聞かせる道長の姿もまた、倫子同様、およそ幸運に恵まれた男らしからぬ脆《もろ》さをあらわにしている。徹底的な歴史考証があればこそ描き出せる、生身の人々の哀歓がここにはある。

ちなみに来年二〇二四年は、NHK大河ドラマとして紫式部を主人公とする『光る君へ』が放映される。歴代NHK大河ドラマの中では一九七六年放送の『風と雲と虹と』に次ぐ古い時代を扱う注目作であるが、先日、『光る君へ』の時代考証を担当なさる倉本一宏・国際日本文化研究センター教授から興味深いお話をうかがった。

倉本氏はまだ駆け出しの研究者でいらした頃、永井の夫――すなわち古代史研究者であった元・清泉女子大学教授・黒板伸夫に電話をかける機会が幾度となくおありだった。倉本氏は電話を取る永井とやがて雑談を交わすようになり、「いつか『この世をば』がドラマ化された際には、ぜひ考証をさせてくださいよ」と永井に仰った折もあったという。それに対する永井の返答は、「『この世をば』が大河ドラマになることはないでしょうが、そうなった際にはよろしくお願いします」だったそうだ。

無論、本作は『光る君へ』の原作ではない。だが『御堂関白記』『小右記』といった歴史上の当事者の日記に始まり、『大鏡』や『栄花物語』などの歴史物語まで多くの古典を読み込み、数々の逸話の中から生身の人間をすくい上げ、今日でも色褪《いろあ》せぬ史観で以て彼らを描いた本作が、今日の平安時代を舞台とする創作物に与えた影響は大きい。その意味からすれば、倉本氏は四十年の歳月を経て、永井との約束を間接的に果たしたとも言えるであろう。

作中、道長は半ば諦めを抱きながら、「王朝社会には転職はない」と心の中で呟く。平凡であるがゆえに激しい転変を泳ぎ切った一人の男とそれを取り巻く女たちの物語は、偉大なる英雄の成功譚《せいこうたん》よりもなお強く、我々の胸を打つ。刊行から四十年を経てもなお色褪せぬ王朝絵巻を、存分にお楽しみいただきたい。

（さわだ　とうこ／作家）

本書中には、今日では不適切と考えられる表現がありますが、
作品の時代背景、文学性を考慮して、そのままとしました。

この世《よ》をば　下
藤原道長《ふじわらのみちなが》と平安王朝《へいあんおうちょう》の時代《じだい》
朝日文庫

2023年11月30日　第1刷発行
2024年6月10日　第4刷発行

著　者　永井路子《ながいみちこ》

発行者　宇都宮健太朗
発行所　朝日新聞出版
〒104-8011　東京都中央区築地5-3-2
電話　03-5541-8832（編集）
03-5540-7793（販売）
印刷製本　大日本印刷株式会社

Published in Japan by Asahi Shimbun Publications Inc.
定価はカバーに表示してあります

ISBN978-4-02-265129-7

細谷正充・編／宇江佐真理／北原亞以子／杉本苑子／
半村良／平岩弓枝／山本一力／山本周五郎・著

情に泣く

朝日文庫時代小説アンソロジー 人情・市井編

失踪した若君を探すため物乞いに堕ちた老藩士、家族に虐げられ娼家で金を毟られる旗本の四男坊など、名手による珠玉の物語。《解説・細谷正充》

細谷正充・編／池波正太郎／梶よう子／杉本苑子／
竹田真砂子／畠中 恵／山本一力／山本周五郎・著

おやこ

朝日文庫時代小説アンソロジー

養生所に入った浪人と息子の嘘「二輪草」、歌舞伎の名優を育てた養母の葛藤「仲蔵とその母」など、時代小説の名手が描く感涙の傑作短編集。

細谷正充・編／青山文平／宇江佐真理／西條奈加／
澤田瞳子／中島 要／野口 卓／山本一力・著

なみだ

朝日文庫時代小説アンソロジー

貧しい娘たちの幸せを願うご隠居「松葉緑」、親子三代で営む大繁盛の菓子屋「カスドース」など、ほろりと泣けて心が温まる傑作七編。

細谷正充・編／朝井まかて／折口真喜子／木内 昇／
北原亞以子／西條奈加／志川節子・著

わかれ

朝日文庫時代小説アンソロジー

武士の身分を捨て、吉野桜を造った職人の悲話「染井の桜」、下手人に仕立てられた男と老猫の友情「十市と赤」など、傑作六編を収録。

細谷正充・編／朝井まかて／宇江佐真理／梶よう子／
小松エメル／西條奈加／平岩弓枝・著

いのり

朝日文庫時代小説アンソロジー

隠居侍に残された亡き妻からの手紙「草々不一」、紙屑買いの無垢なる願い「宝の山」、娘を想う父の決意「隻腕の鬼」など珠玉の六編を収録。

朝井まかて／安住洋子／川田弥一郎／澤田瞳子／
山本一力／山本周五郎／和田はつ子・著／末國善己・編

いのち

朝日文庫時代小説アンソロジー

江戸期の町医者たちと市井の人々を描く医療時代小説アンソロジー。医術とは何か。魂の癒やしとは？ 時を超えて問いかける珠玉の七編。

菊池仁・編／有馬美季子／志川節子／中島要／南原幹雄／松井今朝子／山田風太郎・著

朝日文庫時代小説アンソロジー

吉原饗宴

売られてきた娘を遊女にする裏稼業、身請け話に迷う花魁の矜持、死人が出る前に現れる墓番の爺など、遊郭の華やかさと闇を描いた傑作六編。

今井絵美子／宇江佐真理／梶よう子／北原亞以子／坂井希久子／平岩弓枝／村上元三／菊池仁編

朝日文庫時代小説アンソロジー

江戸旨いもの尽くし

鰯の三杯酢、里芋の田楽、のっぺい汁など素朴で旨いものが勢ぞろい！　江戸っ子の情けと絶品料理に癒される。時代小説の名手による珠玉の短編集。

中島要／坂井希久子／志川節子／田牧大和／藤原緋沙子／和田はつ子〔著〕

朝日文庫時代小説アンソロジー

家族

姑との確執から離縁、別れた息子を思い続けるおつやの情愛が沁みる「雪よふれ」など六人の女性作家が描くそれぞれの家族。全作品初の書籍化。

朝井　まかて

グッドバイ

《親鸞賞受賞作》

長崎を舞台に、激動の幕末から明治へと駆け抜けた伝説の女商人・大浦慶の生涯を円熟の名手が描く、傑作歴史小説。《解説・斎藤美奈子》

木内　昇

化物蠟燭《ばけものろうそく》

当代一の影絵師・富右治に持ち込まれた奇妙な依頼（「化物蠟燭」）。長屋連中が怯える若夫婦の正体（「隣の小平次」）など傑作七編。《解説・東雅夫》

梶　よう子

ことり屋おけい探鳥双紙

消えた夫の帰りを待ちながら小鳥屋を営むおけい。時折店で起こる厄介ごとをときほぐし、しなやかに生きるおけいの姿を描く。《解説・大矢博子》

北原　亜以子
再会
慶次郎縁側日記

岡っ引の辰吉は昔の女と再会し、奇妙な事件に巻き込まれる。元腕利き同心の森口慶次郎が活躍する人気時代小説シリーズ。《解説・寺田　農》

北原　亜以子
雪の夜のあと
慶次郎縁側日記

元同心のご隠居・森口慶次郎の前に、かつて愛娘を暴行し自害に追い込んだ憎き男が再び現れる。幻の名作長編、初の文庫化！《解説・大矢博子》

北原　亜以子
おひで
慶次郎縁側日記

元同心のご隠居・森口慶次郎は、自らを出刃庖丁で傷つけた娘を引き取る。飯炊きの佐七の優しさに心を開くようになるが。短編一二編を収載。

北原　亜以子
峠
慶次郎縁側日記

山深い碓氷峠であやまって人を殺した薬売りの若者は、過去を知る者たちに狙われる。人生の悲哀を描いた「峠」など八編。《解説・村松友視》

宇江佐　真理
憂《う》き世店《よだな》
松前藩士物語

江戸末期、お国替えのため浪人となった元松前藩士一家の裏店での貧しくも温かい暮らしを情感たっぷりに描く時代小説。《解説・長辻象平》

宇江佐　真理
うめ婆《ばあ》行状記

北町奉行同心の夫を亡くしたうめ。念願の独り暮らしを始めるが、隠し子騒動に巻き込まれてひと肌脱ぐことにするが。《解説・諸田玲子、末國善己》

永井　路子
王者の妻　上
秀吉の王室おねねの生涯

一介の草履とりだった秀吉に一四歳で嫁いだ妻おねね。仲睦まじい夫婦だったが、地位があがるにつれ、秀吉の浮気と権力欲におねねは苦しめられる。

永井　路子
王者の妻　下
秀吉の王室おねねの生涯

秀吉の死後、徳川との対立に心を痛め奔走するが、豊臣家は滅びる。乱世を逞しく生きたおねねの生涯を描いた長編。《解説・尾崎秀樹、大矢博子》

永井　路子
歴史をさわがせた女たち
日本篇

古代から江戸時代まで日本史を動かした魅力的な女性三三人を深掘り。歴史小説の第一人者による傑作歴史エッセイ集。《解説・細谷正充》

永井　路子
源頼朝の世界

鎌倉幕府を開いた源頼朝。その妻の北条政子と弟の北条義時……。激動の歴史と人間ドラマを描いた歴史エッセイ集。《解説・尾崎秀樹、細谷正充》

宇江佐　真理
おはぐろとんぼ
江戸人情堀物語

別れた女房への未練、養い親への恩義、きょうだいの愛憎。江戸下町の堀を舞台に、家族愛を鮮やかに描いた短編集。《解説・遠藤展子、大矢博子》

宇江佐　真理／菊池　仁・編
酔いどれ鳶
江戸人情短編傑作選

夫婦の情愛、医師の矜持、幼い姉弟の絆……。江戸時代に生きた人々を、優しい視線で描いた珠玉の六編。初の短編ベストセレクション。